DUMONT

Puccini hat unsterbliche Musik komponiert und unvergessliche Frauengestalten geschaffen. Auch im wirklichen Leben war er ein obsessiver Frauenliebhaber: legendär der Prozess, der angestrengt wurde, als Puccinis Gattin Elvira das Dienstmädchen Doria verdächtigte, ein Verhältnis mit ihrem Mann zu haben. Dabei schlief der doch nur mit ihrer Kusine. Doria, die Puccini über alles bewundert, wird in ihrer Verzweiflung bis zum Äußersten getrieben.
Helmut Krausser erzählt das Leben des genialen Erotomanen entlang dreier Frauen – und entfaltet um die Person des heute populärsten Opernkomponisten ein spannendes Panorama jener letzten Phase der Belle Époque und ein unglaubliches, oft bizarres Geflecht aus Kunst und Erfolg, Liebe und Begierde, Neid und Intrige, Eifersucht und Hass.

Helmut Krausser, geboren 1964 in Esslingen, ist einer der vielseitigsten und interessantesten deutschsprachigen Autoren. Er schreibt Romane, Erzählungen, Lyrik, Tagebücher, Hörspiele, Theaterstücke, Drehbücher, Übersetzungen und Musik. Seine Romane »Der große Bagarozy« und »Fette Welt« wurden fürs Kino verfilmt. Zuletzt erschien von ihm der Roman »Geschehnisse während der Weltmeisterschaft« (2018). Helmut Krausser lebt in München und Berlin.

Helmut Krausser

DIE KLEINEN GÄRTEN DES MAESTRO PUCCINI

Roman

DUMONT

Von Helmut Krausser sind bei DuMont außerdem erschienen:

Eros
Plasma
Einsamkeit und Sex und Mitleid
Substanz
Aussortiert
Nicht ganz schlechte Eltern
Die letzten schönen Tage
Melodien
Deutschlandreisen
Verstand und Kürzungen

MIX
Papier aus verantwortungsvollen Quellen
FSC® C083411

Februar 2019
DuMont Buchverlag, Köln

Umschlaggestaltung: Lübbeke Naumann Thoben, Köln
Umschlagabbildung: Torre del Lago, Villa Puccini – Como, foto Brunnger & Co
Casa della Musica di Parma, Archivio Storico del Teatro Regio,
Collezione Giovanni Bergonzi
Satz: Fagott, Ffm
Gesetzt aus der Haarlemmer
Druck und Verarbeitung: CPI books GmbH, Leck
Gedruckt auf säurefreiem und chlorfrei gebleichtem Papier
Printed in Germany
ISBN 978-3-8321-6487-4

www.dumont-buchverlag.de

Verzeichnis relevanter Personen

Die Familie:

Giacomo Puccini 22.12.1858–29.11.1924
seine Lebensgefährtin, dann Gattin: *Elvira Bonturi-Puccini* 13.6.1860–9.7.1930
sein Sohn: *Antonio (»Tonio«) Puccini* 23.12.1886–21.2.1946
seine Stieftochter: *Fosca Gemigniani verh. Leonardi* 5.4.1880–23.1.1967
Foscas Gatte: *Salvatore Leonardi* ??–21.12.1938
Puccinis Lieblingsschwester: *Ramelde Puccini-Franceschini* 19.12.1859–8.4.1912
deren Gatte: *Raffaello Franceschini* 7.4.1854–28.5.1942
Andere erwähnte Schwestern:
Iginia Puccini (»Suor Enrichetta«) 19.11.1856–2.10.1922
Nitteti Puccini 27.10.1854–3.6.1928
Macrina Puccini 13.9.1862–4.1.1870
Elviras Schwester: *Ida Bonturi* 11.4.1871–??
deren Gatte: *Giuseppe (»Beppe«) Razzi* 22.11.1861–ca. 12.8.1916
Elviras erster Gatte: *Narciso Gemignani* 30.3.1856–26.2.1903

Angestellte im Hause Puccini:

Der erste Chauffeur: *Guido Barsuglia* 1883–1963
Der zweite Chauffeur: *Silvio Peluffo*
das Dienstmädchen: *Doria Manfredi* 6.9.1885–28.1.1909
die Köchin: *Angiolina Manfredi* – nicht mit Doria verwandt
das Dienstmädchen: *Alice Manfredi* – evtl. Dorias Cousine (ungeklärt)
der Majordomus und bester Freund Tonios: *Giulio (»Nicché«) Giovannoni* 1888–1954

Puccinis Freunde:

Sybil Rachel Seligman geb. Beddington 23.2.1868–9.1.1936
deren Gatte: *David Seligman* 1864–4.2.1939
der Sohn: *Vincent Seligman* 1895–1955
der Sohn: *Esmond Seligman* 5.10.1892–1930
Sybils Schwester: *Violet Beddington* 1874–1962
Sybils Schwester: *Ada Leverson* 10.10.1862–30.8.1933
»La Torinese«: *Maria Anna Coriasco* (*»Corinna«*) 18.9.1882–8.12.1961
der Kunstmaler *Ferruccio* (*»Ferro«*) *Pagni* 11.9.1866–20.11.1935
der Kunstmaler *Plinio* (*»Morino«*) *Nomellini* 6.8.1866–8.8.1943
der Arzt und Trauzeuge Puccinis *Dr. Rodolfo Giacchi*
der Anwalt und Gutsverwalter *Antonio* (*»Tonino«*) *Bettolacci*
der Ingenieur *Cleto Bevilacqua, Viareggio* ca. 1861–27.11.1909
der Beamte *Luigi* (*»Ciospo«*) *Pieri, Lucca, später Mailand* 1861–1929
der Drogist *Alfredo Caselli, Lucca* 8.12.1865–15.8.1921
der musikalische Direktor *Guido Vandini, Lucca* 1.1.1869–31.7.1925
dessen Bruder, der Finanzbeamte *Alfredo* (*»Segretario«*) *Vandini, Rom*
der Bürgermeister von Viareggio, *Cesare Riccioni* ??–1937
Puccinis Anwalt *Carlo* (*»Cenzio«*) *Nasi, Turin*
der Musiker und Komponist *Ervin Lendvai, Budapest, später Berlin* 4.6.1882–21.3.1949
dessen Schwester (Puccinis Kurzzeitgeliebte): *Blanka Lendvai* 3.2.1887–14.12.1977
der Komponist und Pianist *Paolo Tosti* 9.4.1846–2.12.1916
dessen Gattin *Berthe Tosti* 1854–nach 1927

Dorias Verwandte:

ihre Mutter: *Emilia Cinti-Manfredi* 4.11.1854–28.7.1940
ihr Vater: *Riccardo Manfredi* ??–15.11.1895
ihr Bruder: *Rodolfo* (*»Dolfino«*) *Manfredi* 11.2.1890–8.4.1939
ihre Cousine (Puccinis Geliebte): *Giulia Manfredi* 29.3.1889–20.3.1976
deren Vater: *Emilio Manfredi* 17.10.1850–16.11.1925

Puccinis Librettisten:

Giuseppe (»Pin«) Giacosa 21.10.1847–1.9.1906
Luigi (»Gigi«) Illica 9.5.1857–16.12.1919
Valentino Soldani 7.8.1873–7.7.1935
Carlo Zangarini 9.12.1874–19.7.1943
Guelfo Civinini 1.8.1873–10.4.1954

Puccinis Künstler:

der Dirigent: *Arturo Toscanini* 25.3.1867–16.1.1957
der Sänger: *Enrico Caruso* 27.2.1873–2.8.1921
die Sängerin: *Rosina Storchio* 19.5.1874–24.7.1945
die Sängerin: *Salomea Kruscinicki* 23.9.1873–März 1953 (16.11.1952?)
die Sängerin: *Lina Cavalieri* 25.12.1874–7.2.1944
der Dirigent: *Cleofonte Campanini* 1.9.1860–19.12.1919
der Klavierauszughersteller: *Carlo Carignani* 1857–5.3.1919
dessen Gattin: *Maria Carlotta del Chiaro* ??–5.11.1947
der Schriftsteller und Fast-Librettist: *Gabriele D'Annunzio* 12.3.1863–1.3.1938

Puccinis Verleger:

Giulio Ricordi 19.12.1840–6.6.1912
dessen Sohn: *Tito Ricordi* 17.5.1865–30.3.1933
der Konkurrent: *Edoardo Sonzogno* 21.4.1836–14.3.1920

Erstes Buch: Cori

1

1961

Es war Zeit, die zierliche alte Frau vom Bett in den Sessel zu heben und ans Fenster zu schieben, wo sie für gewöhnlich drei Stunden des Nachmittags damit zubrachte, in den Park des nahegelegenen Altenheims zu sehen. Jener Park war klein und ungepflegt, bot auf den ersten Blick kaum Betrachtenswertes. Auf den scheußlich neumodischen, türkisgrünen Plastikbänken links und rechts der Ulme saßen je zwei der vier Lamberti-Schwestern und fütterten Kohlmeisen mit zu Krümeln zerriebenen Pinienkernen. Die Vögelchen waren ganz verrückt danach, hüpften zwischen den verlotterten Astern aufgeregt hin und her und kamen auf die Hand geflogen, wenn man lange genug wartete.

Maria Anna erinnerte sich, auf diese Art mal einen Vogel, damals wars ein ordinärer Spatz, gefangen zu haben, ihre Hand ahmte den dazu notwendigen schnellen Griff nach, und während sie so das bizarr wie pittoresk schwarz-in-schwarz gekleidete Quartett der Lamberti-Schwestern beobachtete, ertappte sie sich dabei, ihnen Vorwürfe zu machen. Es gehört ein wenig Mut dazu, die Finger um einen flatternden Vogel zu schließen, doch wehrt er sich dann nicht, ist hilflos, man kann ihn ansehen, kann Zwiesprache mit ihm halten, kann ihm so manches beschwichtigende oder alberne Wort an den Kopf werfen, er wird es hinnehmen und am Ende dankbar fortfliegen, die dummen Lamberti-Schwestern ahnten nicht, wie lange man sich mit derlei Spielchen amüsieren konnte.

Alle hatten Fußknöchel dünn wie Besenstangen. Überhaupt – ein grotesker Anblick – daß vier Schwestern, alle über achtzig, ihr Leben in ein und demselben Seniorenheim ausklingen ließen, als hätten sich der Tod, die Liebe oder das Abenteuer für keine von ihnen je interessiert – wo gab es das? Es schien geradezu rekordverdächtig. Können vier Leben so gleichmäßig banal, ohne Irritationen verlaufen, daß sie auf so wenig Raum zum Ende kommen? Alle hatten sie geheiratet, alle waren sie verwitwet, nein, so ungewöhnlich schien das ja nicht, warum eigentlich?

Fast alle Turiner lieben ihre Stadt und bleiben ihr verbunden. Die meisten Turiner sterben, bevor sie fünfundsiebzig werden, die meisten Turinerinnen, sofern sie nicht rauchen oder Pech haben, überleben ihre Männer, übrig bleibt manchmal eben so etwas – vier sehr alte Mädchen, die das Leben weit genug links liegen gelassen hatte, damit sie, noch bei bester Gesundheit, Kohlmeisen füttern konnten. Nur – wozu? Die Frage mußte doch erlaubt sein. Gott ließ jede Frage zu. Antworten gab er selten, höchstens Zeichen. Wie gerne ich unten bei den Lamberti-Schwestern sitzen und mich einmischen möchte, und seis nur, um ihnen zu sagen, wie sehr sie doch unter ihren Möglichkeiten bleiben, wenn sie von den Vögeln so gar nichts fordern. Gott, ich werde eigenartig, entwickle, wie sagt man, Schnurren?

Hüpfende Kohlmeisen zwischen mumifizierten alten Weibern. Maria Anna suchte im Radio nach Musik. Die meisten Sender brachten nachmittags nur seichte Schlager oder Krach.

Wenn, wie so oft am Abend, Musik von IHM kam, schaltete sie ab, überfordert. Denn ER hatte sie geküßt von oben bis unten, ausnahmslos.

Besser als Kohlmeisen gefielen ihr die Saatkrähen – oder nannte man sie Dohlen? –, deren weite Sprünge immer leicht taumelig wirkten und bei der Landung durch winzige Körperbewegungen nachgebessert wurden. Die Schnäbel halb offen, die Flügel kaum einmal zu einem Schlag hervorgeholt, vermittelten die schwarzgrauen Krähen – *Krähenvögel* waren es ganz sicher, ob nun Dohlen oder nicht – einen Spaß am Leben, der manchmal in Spott, nie jedoch in Übermut mündete. Aber das war wohl nur Interpretation, und Maria Anna, geistig noch ganz klar (befand sie apodiktisch stolz), ärgerte sich ein wenig darüber, den Krähen sentimental etwas anzudichten, was in Wahrheit wohl nur Revierkampf und Nahrungssuche bedeuten mochte, günstigstenfalls ein Vorspiel zum Balztanz war.

Einen Augenblick, einen köstlichen Augenblick lang, hatte sie gestern die Lust bedrängt, ihrem Pancrazio alles zu erzählen. Nur um zu sehen, wie er reagieren würde. Später könnte sie ja behaupten, einen Witz gemacht zu haben. Er wäre nach so vielen Jahrzehnten noch eifersüchtig geworden, zornig, er hatte nie gefragt, warum ihre Hochzeitsnacht so blutleer verlaufen war. Nie hat sie ihm die Geschichte vom Pferd erzählen müssen, die sie sich für diesen Fall bereitgelegt hatte.

Man macht in seiner Jugend Fehler, dazu ist die Jugend da. Als 1911 der Krieg in Libyen begann, protestierte nur der Sozialist und Pazifist Mussolini. Die meisten haben das vergessen. Der Mensch ist wandlungsfähig.

Sie zögerte, versuchte ihre Gedanken zu ordnen und sah auf die hüpfenden (Saat-? Nebel-?) Krähen.

Der Vertrag ist juristisch sicher nicht mehr gültig. Alle sind längst tot. Ich könnte inzwischen alles erzählen, mir würde nichts geschehen. Aber wozu? Für meine Eitelkeit? Gott vergib mir, denn ich bin eitel. Meine Eitelkeit ist ein Springteufel, der wie mit einem Eizahn an der Schädeldecke schabt und seinen Auftritt haben will. Und ich – halte den Sargdeckel drauf. Es nutzt doch alles nichts mehr. Möge Gott mich im Tod endlich erlösen von meiner Eitelkeit.

Maria Anna gebar, halb aus Geltungssucht, halb aus Rücksichtnahme, einen Gedanken. Sie konnte einen Brief schreiben und ihn bei einem Notar hinterlegen. Der Notar sollte den Brief an *La Stampa* senden, irgendwann, in vielen Jahren, nach dem Tod ihres Mannes und ihrer beiden Söhne.

Obwohl – der Gedanke wurde unappetitlich. Daß *die Menschheit* es erfahren sollte, nur ausgerechnet ihr Gatte und die Söhne nicht, nein, das konnte sie nicht tun, das würde bedeuten … Sie tat sich ein wenig schwer damit, die Konsequenzen auszuformulieren.

Aber sie nahm, nicht zum ersten Mal, den Notizblock und den Bleistift vom Fensterbrett und kritzelte einen Entwurf des Briefes hin. Sie würde es aufschreiben, dann zerreißen und wegwerfen. Wie so oft schon.

> was beinahe sechzig jahre lang so schwer auf meiner seele lag, mit mir nun umzubetten in mein grab, es für immer in sicherheit zu bringen, es wegzusperren unter zwei meter tiefe erde und einen eichenen sargdeckel, wäre sicher konsequent. ich habe meine niederlage akzeptiert, damals wie heute, habe sie auf mich genommen, habe geschwiegen, habe mir und meiner familie zuliebe gelitten, die zähne zusammengebissen, und wie durch ein wunder haben alle, die davon wußten, es waren etliche, den mund gehalten, sind nach und nach weggestorben, bis zuletzt mein geheimnis und ich, wir zwei, übrigblieben, relikte einer heute beinah schon unvorstellbar fernen zeit.

Das klang wohl leicht pathetisch, doch als sie ein junges Mädchen gewesen war, hätte es sachlich geklungen, nicht gravitätischer als die Rede eines Strafverteidigers vor Gericht.

> obwohl mein name im zusammenhang mit den vorgängen nie genannt wird, schlicht, weil man meinen namen nicht kennt, redet

man von mir, der unbekannten, wie von einer bösen, hexenhaften person, und es wäre mir sehr daran gelegen, zu erzählen, vieles richtigzustellen, mich zu verteidigen.

mein leben hätte ganz anders verlaufen können, und wäre es auch, wenn dem chauffeur guido barsuglia nicht in einer kurve die augen zugefallen wären vor müdigkeit. unfaßbar, welche winzigkeiten genügen, um biographien von grund auf zu ändern. das ist so furchtbar banal, aber gerade aufgrund seiner banalität enorm beeindruckend. finde ich. als ich noch laufen konnte, bin ich einmal mit dem zug nach torre gefahren, 1938, auf dem friedhof traf ich alte bekannte von damals, den pomadigen ferro, den maler, seinen imposanten schnauzbart trug er inzwischen sicher nicht mehr, und die arme doria, an die ich mal geschrieben habe. persönlich bin ich ihr leider nie begegnet.

seltsam, so zwischen grabsteinen zu wandeln. in der villa war ich nicht, ich wollte nicht als touristin da hinein, einmal, eine lustige nacht lang, war ich ja in der villa, das war beinahe noch im letzten jahrhundert, ich weiß aber noch genau, wie es da drin aussieht. angeblich hat man alles so belassen, wie es war. alles ist ein museum geworden. und ich – will lieber in eine vitrine wandern als unter die erde, ist es das?

ach, manche stimmen tief im kopf sagen: tu niemandem weh, es ist zu spät, du hast davon nichts mehr, warst betrogen und hast es verdrängt, nimm es hin. und dein geheimnis, das teile mit keinem, es gehört nur dir, alles andere entspringt dem stolz. aber wenn das größte in meinem leben –

An diesem Bindestrich angelangt, als knüpfe er eine arkane Verbindung zu etwas viel Höherem, zugleich zu etwas lange Vergangenem, hielt Maria Anna zu schreiben inne, seufzte leise. Der Bleistift entfiel ihrer Hand, und als er auf eine Lehne des Sessels traf, war dieses Geräusch, jenes helle, hölzerne Klacken der letzte Laut, den Anna Maria in ihrem Leben aus eigener Kraft verursachte. Pancrazio, ihr Mann, ein pensionierter Beamter, der den Nachmittag über erfolglos am Fluß geangelt hatte, fand die Tote gegen siebzehn Uhr. Weil er zu schwach war, sie aufs Bett zu tragen, öffnete er das Fenster und rief die Nachbarschaft um Hilfe. Danach trank er eine Flasche Bier. Maria war, alles in allem, eine gute Frau gewesen. Es hatte sich gelohnt, sie zu lieben. Daß sie stets etwas für sich behalten und ihn, ihren Gatten vor Gott, stets etwas abschätzig behandelt hatte, daran, und an alles daraus resultierende Leiden, versuchte er nun nicht zu denken, als sei der Gedanke dem Anlaß nicht angemessen.

Pancrazios Sehkraft hatte in den letzten Jahren stark nachgelassen. Die linierten, eng beschriebenen Zettel auf dem Fensterbrett landeten zuerst im Papierkorb, dann, mit einem heftigen Schnaufen, als werde er von etwas dazu gezwungen, holte der Greis sie wieder hervor. Einer der Bestattungsgehilfen, ein noch ganz junger Mensch von kaum achtzehn Jahren, darum gebeten, entzifferte mit viel Mühe den ersten Satz, *was beinahe sechzig jahre lang so schwer auf meiner seele lag, mit mir nun umzubetten in mein grab, es für immer in sicherheit zu bringen, es wegzusperren unter zwei meter tiefe erde und einen eichenen sargdeckel, wäre sicher konsequent.*

Vom Tonfall jener Zeilen eigenartig berührt, schloß der junge Mann, statt weiterzulesen, die Augen. Offensichtlich handelte es sich um etwas, das ihn nichts anging.

Pancrazio nahm ihm den Zettel aus der Hand. Eichener Sarg? Wunschdenken, bloßes Wunschdenken. Es sei schon gut, er habe immer alles gewußt, wie könne sie angenommen haben, er hätte nicht? Seinen letzten Brief habe sie immer behalten, er liege im Wäscheschrank, zwischen Bettzeug versteckt. Der junge Mann verstand kein Wort, wagte aber nicht zu fragen, was gemeint sei. Pancrazio küsste die Lippen der Toten und bat den Bestattungsgehilfen, gut für sie zu sorgen, was dieser stumm, nur mit einem Nikken, versprach. Später, nachdem er mehr Bier getrunken hatte, nach den ersten drei Stunden der letzten Einsamkeit, ging der Greis zum Wäscheschrank und zog den Brief aus seinem Versteck.

Ich bitte dich, sei vernünftig. Ich werde nicht über juristische Mittelsmänner mit dir verhandeln. Wie kanst du so tief gesunken sein, meine Briefe an Dritte weiterzugeben? Gegebenenfalls hätte ich direkt mit dir verhandelt. Wir müssen uns einigen. Wenn du willst, kannst du uns beide zugrunde richten. Aber wozu? Du hast noch Dein ganzes Leben vor Dir.

Jetzt, da Dein Vater verurteilt wurde, wird man Dir wenig Glauben schenken, aber mir ist nicht daran gelegen, Dir Schaden zuzufügen. Laß uns beide erhobenen Hauptes aus der Sache herausgehen. Denk an die schöne Zeit, die wir hatten. G.

Pancrazio verbrannte den Brief, obwohl er zuerst daran dachte, ihn seiner toten Frau in den Sarg legen zu lassen. Nur der Gedanke, dies könne wie ein Vorwurf wirken, brachte ihn von der Idee wieder ab. Während das fleckige, bereits angegilbte Papier aber brannte, stellte er an sich eine enorme Erleichterung fest, genau wie damals, als die Zeitungen meldeten, G. sei gestorben. Maria hatte damals geweint, ihre Tränen vor ihm zu verbergen versucht. Jetzt würde niemand je ahnen ... Nein, es war gut und tot, nicht nur sie, auch *das*. Besser so.

2

1904

Mit weit ausholenden, behutsamen Ruderschlägen, die kaum ein Geräusch verursachen, lenkt der Jäger das Boot in tieferes Wasser. Es ist Ende November, kühl und windstill, und während in Ufernähe Reste gestaltloser Nebel zerflocken, legt sich das taufeuchte Schilf, so empfindet es der Jäger und muß lächeln, die erste Schicht Glanz auf, mädchenhaft eitel, zugleich dezent, als dürfe im Moment mehr nicht gewagt werden, müsse es auch nicht. Vom Bug des Bootes aus verlieren sich Kreise im See, flüchtige Verwerfungen einer sonst reglosen Spielfläche einfallender Lichtstrahlen, Kupferschlangen, die sich nach und nach in Goldfäden verwandeln.

Der Morgen dämmert über dem Massaciuccoli-See. Rosa- und Rottöne blühen, Schatten schälen sich ab von den Dingen. Die Villa auf der Landzunge beginnt zu leuchten, wie im fernen Hintergrund die Berge, bald darauf wird am Horizont die Dorf-Exklave sichtbar, nicht mehr als zwölf Häuser im Dunst. Eine Ente flattert auf. Der Jäger reißt sein Gewehr hoch, drückt ab. Der Schuß zerreißt die Stille, nebenbei auch die Ente, doch statt zerrissene Stille wiederherzustellen, glattzubügeln durch Gleichmut und Diskretion, fliegen in der nächsten Sekunde weitere zwanzig Enten los aus dem Schilf. Der Jäger verschießt die zweite Schrotpatrone, zieht aus dem Koppel einen Revolver und feuert dessen Trommel leer. Erregt lädt er nach, greift zu den Rudern, sie klatschen laut ins Wasser. Jetzt fängt es an zu blinken und zu schillern auf dem See, und im Röhricht zirpt und pfeift es.

Der Jäger greift in totes Gefieder, erntet die Beute ab.

Eine der Enten, rücklings auf dem Wasser treibend, was berührend menschlich, fast komisch wirkt, bewegt noch die Flügel, sehr langsam, mit letzter Kraft. Die schönste Zeit des Tages geht vorbei.

Der Jäger. Ein stattlicher, nicht allzu groß gewachsener Mann von bald sechsundvierzig Jahren, mit kaum ergrauten Schläfen, gepflegtem Schnurrbart und braunen Augen, die stets leicht schläfrig wirken oder traurig. Gekleidet in eine Art soldatischen, sandfarbenen Baumwolldrillich, das rechte Bein lang ausgestreckt, dreht er der Ente den Hals um und zündet sich eine Zigarette an. Lange ruht sein Blick auf dem glitzernden See, wandert zum Motorboot am Steg, zum Garten der Villa, wo zwei Dienstmägde Wäsche von den Seilen nehmen. Puccini stopft die erlegten Enten in einen Strohsack und rudert ans Ufer. Zwei Burschen stehen bereit und helfen ihm aus dem Boot. Mit Krücken auf schwankendem Grund aufzustehen, traut er sich nicht zu. Bald wird es regnen.

3

1924

Beinahe auf den Tag genau zwanzig Jahre später. Erwachen. Erster Gedanke: Es kann das letzte Mal sein, daß ich je erwache. Ledoux hat die Operation als relativ unkompliziert geschildert, aber Ärzte müssen so was sagen, und *relativ* ist ein scheußliches Wort, ich habe ein scheußliches Gefühl, kann nicht sprechen, von Apparaturen gefesselt. Die Oper! Gibt es einen Gott, läßt er sie mich fertigschreiben, gibt es keinen, gibt es auch keine Hölle. Wahrscheinlich gibt es gar nichts. Gar nichts. Besser so?

Der Kranke, der ob des künstlichen Atemwegs am Hals leise röchelt, versucht sich aufzurichten, sieht sich um. Die Brüsseler Klinik besitzt einen hervorragenden Ruf, wie jeder zweite Satz der eintreffenden Briefe betont. Sybil war da und konnte meinen Anblick schwer ertragen, sie ist wieder nach London gefahren, wohl, um damit Zuversicht auszudrücken. Sie muß sich ja um ihren kranken Esmond kümmern, sagt sie und spielt dies hier bravourös herunter. In ihrer ganz eigenen, taktvollen Art. Und Elvira kann nicht kommen, wegen einer Grippe. Naja, so geht es dahin mit der gloria mundi. Aber die Oper? Der ganze Schluß sitzt fertig in meinem Kopf, wie eine Vereiterung der Stirnhöhlen, die nicht hinaus will.

Das riesige Zimmer, mit Travertinfußboden, wirkt morbid, beinahe wie ein Raum der Pathologie. Muffige Braun- und Gilbtöne im Licht. Stoffjalousien vor den Fenstern. So viele Blumen im Vorzimmer.

Dr. Ledoux tritt ein. Nimmt dem Patienten Stift und Blatt aus der Hand. Puccini schüttelt energisch den Kopf, gibt zuletzt nach. Sein Gekritzel hat kaum jemand lesen können, als er noch gesund gewesen war. Von den illustren Kollegen habe nur Beethoven eine ähnlich ›ungezähmte‹ Handschrift besessen, wie ein gutmeinender, deshalb nicht minder verzweifelter Setzer es einmal mit aller angesparten Höflichkeit ausgedrückt hat. (Das Verlagshaus Ricordi leistet sich eigens einen Angestellten, Carlo Chiusuri, der mit nichts anderem beschäftigt ist, als Puccinis Partituren zu entziffern.)

Seien Sie guten Mutes!

Dr. Ledoux spricht dürftiges Italienisch; Giacomo versteht, er solle *gutmütig sein.* Bin ich. Eigentlich. Oft zu meinem Schaden.

Der Arzt fühlt den Puls des Patienten. Hört mit einem eiskalten Stethoskop dessen Herzschlag ab. Puccini sinkt aufs Kissen zurück.

Hört sich alles gutmütig an, behauptet Ledoux mit diesem Arztlächeln, das in südlicherer Währung einer Krokodilsträne entsprechen dürfte.

In einer Stunde, sagt er, setzen wir die Spritzen. Operation dann um fünf.

Puccini nimmt den Block und schreibt: *Tonio.*

Dr. Ledoux nickt. Winkt einer Schwester, die den Patienten waschen soll. Die hübscheste im Haus.

Es wird alles glattgehen, Papa.

Tonio ist siebenunddreißig Jahre alt. Mein Gott, denkt Puccini, siebenunddreißig und gesund sein, welche Gnade. Ich hätte mehr draus machen müssen. Immerhin, ich habe ein bißchen draus gemacht, und beinahe sechsundsechzig ist ein Alter, um das man leidlich froh sein muß. Glattgehen wird gar nichts. Tonio verspricht zuviel, jetzt. Früher hat er nie so viel versprochen, aber gut, das ist so, der Apfel fällt oft weit vom Stamm.

Puccini deutet auf die Skizzenblätter zum Finale der *Turandot*, will danach greifen.

Ich hab es schon durchgesehen. Ganz zauberhaft! Gurrt Tonio, obwohl er weiß, daß sein Urteil wenig gilt, eigentlich nichts. Er kann die Noten kaum entziffern, redet, wie man zu Kranken eben redet, wie zu Kindern.

Puccini formt mit den Lippen: *Tropposcuro*!

Tonio geht zum Fenster, zieht eine der Jalousien halb hoch. Blendendes Licht fällt herein, entfernter Straßenlärm ist zu hören.

Puccini röchelt. Versucht zu grinsen. Zu dunkel. Bin ich Goethe? Werden das meine letzten Worte sein?

Ich würde dir jetzt gerne etwas sagen, Sohn. Ich kann es nicht sagen, kaum in Gedanken ausdrücken, und es ist keine Zeit mehr, es aufzuschreiben. Aber ich erinnere mich an einen Morgen, vor, wann war das, zwanzig Jahren, als ich Enten schoß und beobachtete, wie der Tag in all seiner Gleichgültigkeit über den Massaciuccoli-See kam. Ich hatte, was Künstler nicht tun sollen, die ganze Nacht ein uraltes Werk überarbeitet, meinen Zweitling, damit er in Buenos Aires nicht wie ein verstoßener Erstling klingen würde, ich war betrübt und voller Wut, weil ich mich verfolgt fühlte, verraten selbst von meinen Freunden, so verliebt, rettungslos verliebt war ich gewesen, aber das sind andere Geschichten, ich kam aus London, aus Paris, fuhr nach Genua, um mich meines Sterns, meines Erfolgs zu vergewissern, wie ein Süchtiger, was für ein Leben, wenn noch bei der neunten Aufführung dreitausend Menschen dich auf Händen tragen wollen, nächste Station war Rom, der Anwalt Campanari vom Verlag hatte mich auf die Idee gebracht, das sei doch eine gute Idee und im Terminplan gut unterzubringen, dort habe ich dich endlich legitimiert, dich uneheliches Kind, du hast dich wohl oft gefragt: *Warum so spät?* Ich weiß keine Antwort, die glaubhaft klingt. Der Rausch. Soviel Leben. So wenig Zeit. Und nicht genug Sterben. Elviras Exmann mußte erst abkratzen, bevor ich deine Mutter, nach zwanzig Jahren, heiraten durfte. Man kann es andersrum formulieren: Er durfte abkratzen – und ich mußte ran. Der alte Ricordi hat mich so unter Druck gesetzt, wegen Cori, ich hätte dir so gern einmal von ihr erzählt, ausführlicher, nicht nur das, was du schon weißt. Die ganzen Lügen. Ich lag ja mit zerschmetterten Knochen im Bett, wehrlos ausgesetzt der Gemeinheit. Alle setzten mich unter Druck, hockten auf meiner Brust, schrien mich an, flüsterten mir ein, ich solle Cori fahren lassen, wie einen Furz. Raus mit der schlechten Luft! Ein Exorzismus im Gewand der Krankenpflege! Warum? Warum ist das alles so geschehen? Aber ich schweife ab, vermische Geschichten. Was wollte ich erzählen? Daß ich mich hingesetzt habe, an jenem Regentag im November, um ein kleines Zehnminutending zu schreiben, ein Requiem zum vierten Todestag Verdis, wie um eine Dankesschuld abzutragen, ich habs gemacht, ein wenig widerwillig, wie unter innerem Zwang, eine schlichte Sache für Orgel, Viola und Chor. Die Violamelodie kam von einer sterbenden Ente. Ganz ehrlich. Es ist auf meinen Wunsch hin nie öffentlich aufgeführt worden, außer einmal, bei der Trauermesse in der Kapelle der Casa di Riposo, die fünfzig Insassen, nein, die Bewohner des Altersheims haben es gehört, hat ihnen, glaub ich, gefallen, jetzt, nach zwanzig Jahren, sind sie bestimmt alle tot, krepiert, es gibt keine Ohrenzeugen mehr, ich hätte selber gern, wie Verdi, so ein Altersheim für Musiker gegründet, warum denn auch nicht, aber ich mochte nichts, was mit dem Alter zu tun hat, und hatte keine Zeit, hab soviel Geld und Zeit verschwendet, kindisch, eigensüchtig, auch geizig, deine Mutter warf mir meinen Geiz vor, sie hatte dabei stets Kleider genug, mein Sohn, aber das Requiem, immerhin – es ist knapp, das Stück, ganz simpel im Grunde, doch von enormer Wirkung, eins der besten Werke, das ich nicht für die Bühne geschrieben habe. Ich war zornig damals, habe mit einem Revolver gejagt, den mir ein französischer Großherzog geschenkt hat, mit einem Revolver, ganz unwaidmännisch, stillos, das ist egal. Den Enten zumindest wars egal. Bestimmt. Und heute denke ich, diese Melodie, d-moll, die ich im Geiste notierte, während ich zerschossene Enten in einen Sack stopfte, du weißt, ich habe in den letzten Wochen die Sterbemusik für die Liu geschrieben, nicht übel, gar nicht übel, damals aber habe ich meine Sterbemusik geschrieben und großzügig an Verdi verschenkt, um nicht als undankbar dazustehen, oder unbescheiden, ach, Mozart hatte Glück, er schrieb sein Requiem und konnte es behalten, indem er drüber starb, bin ich neidisch? Nein, Neid oder Geiz sind es nicht – du würdest es nicht begreifen, du lieber und durchschnittlicher Sohn, ich danke dir ja letztlich von ganzem Herzen für deine Durchschnittlichkeit. Was will ich überhaupt sagen? Niemand wird je wissen, wie sehr ich gelitten habe, ausgerechnet ich, den alle glücklich und einen Götterliebling nennen. Erschossen habe ich Enten – und wollte doch mich ... Weiß Gott, ich habe oft darüber nachgedacht, hatte manchmal den Finger am Abzug. Dieser Morgen, die Melodie, das Licht. Die Hoffnung. All meine Musik – *Turandot* ... Es ist egal, für wen und warum ... Müssen wir schon?

Ledoux setzt die Spritzen. Mit dem Lächeln eines Arztes.

Seien Sie gutmütig!

So einfach geht der Glanz vorüber.

Ich will ...

4

1902

Puccini, meint Tito, mit Gift in der Stimme, sei der klassische Fall des Künstlers, der zu früh zuviel bekommen habe. Das tue niemandem gut, die allermeisten Seelen würde es zerstören. Jetzt sei er zwar noch nicht vollends zerstört, aber verbraucht, abgeschliffen. Gäre im eigenen Saft. Das sei klar.

Giulio gibt sich erstaunt. Ach, klar sei das? Nun, nun ... Warum er so über ihn rede? Warum?

Das Verlagshaus Ricordi in Mailand, dank der Opern Rossinis und Verdis zu sagenhaftem Reichtum gelangt, den Puccinis Welterfolge *Manon Lescaut, La Bohème* und *Tosca* noch ausgebaut haben, müßte nach wirtschaftlichem Ermessen kein Ort übertriebener Sorge, sinistrer Ahnungen sein. Ganz und gar nicht.

Giulio Ricordi, ein klug und würdevoll wirkender Mann, geht langsam auf die Siebzig zu. Im Aussehen dem greisen Verdi, dem vor kurzem verstorbenen Freund, mit voller Absicht nicht unähnlich, kann er auf ein mindestens ebenso erfolgreiches Leben zurückblicken. Sein Verlag hat in Italien praktisch ein Monopol inne; nur von ihm Zurückgewiesene versuchen bei Sonzogno unterzukommen, danach für immer als zweitklassig gebrandmarkt.

Und doch. Man hat Giulio zu Furcht und Vorsicht erzogen. Sein Vater bleute ihm, auf der Grundlage humanistischer Bildung, das Beispiel des untergegangenen römischen Reiches in die Seele ein, als schlimmstmögliche Katastrophe für die Zivilisation, von daher kann Giulio das heutige Königreich Italien nur als schattenhaften Abglanz des einstigen Imperiums betrachten, ständig auf der Hut vor neuen Symptomen der Hybris und Dekadenz. In seinem Büro, einem kleinen Prunksaal, geschmückt mit rotsamtenen Wandbehängen und reproduzierten Büsten der zwölf Cäsaren, Inbegriffen von Macht und Verfall, sitzt ihm der bald vierzigjährige Sohn und designierte Nachfolger Tito gegenüber, das Gespräch mündet schnell in eine Art Krisengipfel.

Es geht nicht um *ihn*, Vater. Es geht – ausnahmsweise, ja? – um *mich*. Und um das Haus Ricordi. Wenn ich irgendwann einmal unseren Verlag übernehme, verzeih die klaren Worte …

Oh, das sind überaus klare Worte!

Will ich nicht mit abgehalfterten Komponisten hausieren gehen. Ich brauche junge Kräfte. Meine Entdeckungen. Aber du zerstörst alle Talente, die ich dir bringe, mit einem Achselzucken.

Giulio wirkt nicht überzeugt. Talente, meint er süffisant, die sich von einem Achselzucken zerstören ließen, könnten per se nicht viel taugen.

Tito, ein fast schon kahlköpfiger Mensch von kraftstrotzender Physis, schnaubt aufbegehrend. Diese *Butterfly* werde, jede Wette, eine Katastrophe. Das könne der gesunde Menschenverstand voraussagen.

Will er behaupten, mir sei mein gesunder Menschenverstand abhanden gekommen? Wie wütend er ist. Giulio faltet die Finger vor der Unterlippe, unterbricht den Sohn aber nicht.

Exotisches Gedudel, brutal, geschmacklos, mit über die Geduldsufer tretenden Längen. Sentimental und obszön. Puccini sei faul geworden, eitel, sei nicht mehr hungrig. Ein *geiler, genußsüchtiger Gockel*, egomanisch, hypochondrisch, depressiv, wehleidig.

Es folgen noch einige andere Adjektive, leider kein so hübscher Stabreim mehr wie geiler genußsüchtiger Gockel. Giulio läßt seinen Sohn wüten, bis der sich abreagiert hat.

Es ist schon was Wahres dran, Giacomo müßte endlich eine große, ernste Oper schreiben, mit einem erhabenen, meint, über alle Zweifel erhabenen Sujet, von historischer Dimension und tragischer Wucht, ohne effekthascherisches, hypermodernes Beiwerk. Ohne aufreizende Tricks. Marie Antoinette, die unglückliche Königin, wäre ein solcher Stoff.

Du hast gar nichts darauf zu sagen, Papa?

Giulio blickt auf, bemerkt erleichtert, daß Tito eine Pause gemacht hat. Giulio zwinkert schalkhaft und zählt alle Opernhäuser auf, die an der *Butterfly* bereits heftiges Interesse gezeigt hätten. Buenos Aires, London, Rom.

Die hätten eben, meint Tito, einen Sack voll toter Katze bestellt.

Weil er merkt, daß der Vater unwillig reagiert, den Kopf schüttelt und die Augenbrauen leicht, ganz leicht zusammenzieht, rudert Tito zurück. Zugegeben: Aus Puccini sei durchaus noch etwas herauszuholen, sofern er seinen Lebenswandel in den Griff bekäme, dann, und nur dann, könne vielleicht noch mit ihm zu rechnen sein. Schlimm genug, daß er mit der Mutter seines Sohnes nicht verheiratet sei, daran habe das Land sich in all den Jahren mühsam gewöhnt, aber nun stehe ein Skandal, vielmehr ein Erdbeben ins Haus, wenn erst bekannt werde, daß er mit einer Art Hure verkehre, einer Proletin, in die er sich ernsthaft verguckt habe. Diese Affäre müsse unterbunden werden, mit allen Mitteln. Dieses zwielichtige Nüttchen sei eine Zapfstelle, ein Talentvampyr, sie entziehe ihm jede Arbeitskraft.

Giulio nickt. Die Sache ist auch zu ihm längst vorgedrungen. Illica hat, allerdings aus zweiter Hand, erzählt, Giacomo habe brieflich mit einem siebenmaligen Geschlechtsverkehr geprahlt. Naja. Natürlich habe er Verständnis, wenn ein Mann in mittleren Jahren sexuelle Inspiration suche –

Tito erschrickt. Sein Vater hat in seinem Beisein dieses Wort – ›sexuell‹ – nie zuvor benutzt, in keinem denkbaren Kontext. Es ist ihm ein wenig peinlich, nein, *äußerst* peinlich, zugleich aber registriert er, noch zu überrumpelt, um sich angemessen darüber zu freuen, eine Art väterlicher Beförderung, nämlich der zum Gesprächspartner heikelster Themen. Betreten bis verblüfft hört er zu, welchen Schluß sein Vater zieht.

Giacomo habe es diesmal an jeglicher Diskretion fehlen lassen, die Verbindung mit Elvira sei kurz davor zu scheitern. Würde das passieren, fiele die Reaktion der Presse vernichtend aus, egal, welche Meriten sein Genie angehäuft habe. *Siebenmal* – das sei schon sehr beachtlich, das könne man *feiern*, gewiß, aber mit so etwas dürfe man eben nicht *prahlen.*

Ich bitte dich, Papa, – *Genie* –, das ist ein so überbenutztes Wort, flüstert Tito, hochrot, möchte vom Thema ablenken und erwähnt einige Nachwuchskräfte, denen er Großes zutraut, wären sie nur erst an den richtigen Verlag gebunden.

Giulio zuckt mit den Achseln.

5

1903

Wie wir armen Menschen uns bemühen, etwas zu schaffen, was uns als wichtige, bleibenswerte Künstler ausweist. Wie wir einander grausam bekämpfen beim Ringen um diesen scheinbaren Weg zu den Sternen, der, wenn alles gut läuft, uns flüchtigen Ruhm und Wohlstand beschert, einigen Mitmenschen Freude bereitet und, im günstigsten Fall, ein Jota höherer Einsicht in die Niedrigkeit unsres Daseins. Und doch sind wir eben, was wir sind, geboren mit Fehlern außerhalb unsrer Verantwortung, wir haben, im Unterschied zu den Tieren, die bösartigsten aller Tyrannen zu überwinden – Todesgewißheit und Langeweile.

Es gibt diverse Strategien, die uns eine solche Existenz erleichtern. Die einen sammeln Spielzeug, die anderen Geld, wieder andere Liebschaften, einige Fanatiker halten sich einzig in der Gegenwelt der Kunst auf, wo sie ihre Körper- und Kindlichkeit verleugnen, Mönche werden, für eine Art pseudoreligiösen Aufstand gegen Gott, den sie verbessern und ersetzen wollen, selbst wo sie ihm letztlich ihre Erzeugnisse scheinheilig widmen. Wie lächerlich das alles ist und doch so notwendig ... Ich für meinen Teil nutze jede der zur Verfügung stehenden Strategien. Eine Haltung, die mir völlig natürlich und vernünftig erscheint. Und jede Frau, mit der ich schlief, endete als Melodie in mir. Jede. Wenn es etwas wie Apokryphen zu Ovids Metamorphosen gäbe, müßten sie den Zauber des Prozesses vermitteln, der es vollbringt, einen Fick in Musik zu verwandeln. (ANM. 1)

Anfang Februar 1903 bestellt Puccini sein drittes Automobil, den De Dion Bouton *Phaeton*, der laut Katalog problemlos eine Spitzengeschwindigkeit von ca. 50 km/h erreichen soll. Was wird das für ein Gerät sein, nach dem ersten De Dion Bouton, einem besseren Spielzeug mit 3,5 PS, und dem Clément, der mit mehr als zwei Insassen gerade mal 35 km/h schafft!

Die Bäume im Garten sind noch kahl, doch herrschen ungewöhnlich milde Temperaturen, der Frühling scheint zum Schnuppern nahe. Tonio ist sechzehn und rot vor Stolz auf den neuen Wagen seines – Vaters. Erzeugers. Die boshaften kleinen Rüpel aus dem Dorf nannten Tonio einmal *Bastard*, und Elvira, seine Mutter, eine *Konkubine*, inzwischen wagen sie das längst nicht mehr.

Ruhm, denkt Giacomo, kann so nützlich sein; jeder Künstler, der etwas anderes behauptet, hat ihn nie genossen, nur davon gehört. Die Liebe zu Automobilen verbindet Vater und Sohn wie sonst nur recht wenig. Beide bewundern die technische Skizze des Phaeton im Werbeprospekt und weisen einander auf technische Details hin.

Wozu er dieses Ding brauche? Elvira ist mäßig begeistert. Das werde dann schon das dritte. Zwölf PS! Wohin solle das noch führen? Welcher Mensch brauche gleich drei dieser gefährlichen Maschinen? Er werde sich damit umbringen.

So etwas, antwortet Giacomo, brauche man nicht. So etwas leiste man sich.

Du wirst dich damit umbringen, bekräftigt Elvira. Es macht mir angst!

Sie hat in den letzten Jahren an Taille verloren, ihre Gestalt kann einschüchternd wirken, matronenhaft, beinahe bäuerlich. Ihre Züge sind streng geworden oder, wenn sie lächelt, verwaschen und von wachsgelbem Teint. Ihr Gestenkatalog läßt einiges jener Anmut und

Grazie vermissen, die Giacomo an Damen von Stand so betörend findet. Auch ihre Stimme klingt nicht mehr wie früher, zwar ist es wohl noch dieselbe Stimme, nur benutzt sie inzwischen andere Tonlagen, verirrt sich in Höhen und Härten, die dem Ohr eines Musikers unangenehm schrill vorkommen müssen.

Mit dem neuen Wagen werde er umgerechnet dreißig Meilen pro Stunde erreichen, fast fünfzig Kilometer, prophezeit Puccini, vorausgesetzt, die Straße verlaufe leicht abschüssig. Atemberaubend!

Elvira interessiert das nicht. Sie verbietet vorsorglich ihrem Sohn, jemals in diesem Höllengefährt Platz zu nehmen. Wenigstens hat sie sich inzwischen an den im letzten Jahr erworbenen Clément gewöhnt, unter der Auflage, daß Giacomo nicht selbst am Steuer sitzt. Dafür gebe es schließlich den Chauffeur, Guido, zu dem man Vertrauen haben könne. Der mache trotz seiner zwanzig Jahre einen nüchternen, sachlichen Eindruck. Ihr fällt noch der gewagte Vergleich von jenen Pferdebesitzern ein, die doch wohl auch nie auf die Idee kämen, im Rennen selbst zu reiten.

Giacomo gibt keine Antwort, obgleich er antwortet.

Ja.

Er gehe jetzt Karten spielen. Es wäre schön, wenn um Mitternacht der Kaffee heiß wäre.

Warum, fragt Elvira, die normalerweise pünktlich um zehn Uhr abends schlafen geht, sagst du das nicht dem Personal? Bin ich dein Dienstmädchen?

Er ist nicht mehr *heiß*, insistiert Giacomo und legt eine Extraportion Bedeutung in das Wort. Er brauche einen Liter *heißen Kaffee* für seine Kunst, ob das zuviel verlangt sei?

Seinetwegen, gibt Elvira zu bedenken, müsse jemand vom Personal bis Mitternacht aufbleiben. Ob er seine Kunst nicht vielleicht auch am Tag fabrizieren könne?

Und Giacomo platzt der Kragen. Seine Kunst finanziere das alles hier!

Ein gewichtiges Argument, dem Elvira ad hoc nichts entgegenzusetzen weiß. Sekunden später fällt ihr ein, daß sie damals aus Liebe zu Giacomo gezogen ist, sich aus Leidenschaft und Liebe für ihn entschieden hat, aus Leidenschaft und Liebe, eine katholische Mutter, mit der Aussicht, oder wenigstens dem nicht geringen Risiko, in bitterster Armut zu leben, aber das mag und kann Puccini nicht mehr hören, nicht mal, wenn sie es ihm hinterherbrüllen würde.

Der Maestro, der fast nur abends und nachts arbeitet, zieht sich zurück in den Club La Bohème. Eine schlichte Hütte, holzgeheizt, mit Strohdach. Über der Tür hängt ein schiefes Schild mit roten Buchstaben: *Club La Bohème.* Mehr Behauptung als Club. Im Grunde die einzige, zudem *ehemalige* Kneipe der Dorfexklave am See. Der Wirt hat sich vor Jahren schon fortgemacht. Auf den Tischen kleben Hunderte Stummel erloschener Kerzen, etliche Gläser, mit fettigem Schmierfilm, halbvoll mit Wein oder Likörchen, stehen herum. Es gibt ein Klavier, ziemlich verstimmt, für ausgelassene Stimmungen jedoch so gerade noch geeignet. Oft, so wird kolportiert, habe ein Freund Melodien aus den Opern Puccinis gespielt, um Elvira glauben zu machen, Giacomo arbeite.

Man spielt indes Karten und schwätzt.

Rund um die Villa hat sich am Massaciuccoli-See eine Art Künstlerkolonie abgelagert. Die meisten Künstler sind nur den Sommer über da, wenn sie bei den Bauern zur Untermiete wohnen, ein paar aber haben sich auch ganz hier niedergelassen. Kunstmaler vor allem. Freizeitjäger. Freunde. Kumpane. Männer von *bodenständigem Witz*, mit Sinn fürs Derb-Erdige. Ein Arzt, ein Anwalt. Keine Komponisten, selbstverständlich. Es hat junge Leute gegeben, die Puccinis Schüler werden wollten, um Unterricht baten, er hat sie alle kopfschüttelnd abblitzen lassen. Selbst wenn es ihm nicht an der nötigen Zeit gemangelt hätte, selbst wenn es ihm leichter gefallen wäre, über Musik theoretisch zu referieren – wäre er doch immer der strikten Meinung gewesen, ein Komponist von Rang sei von seinem Karma her *Einzelkämpfer*, habe sich den Weg ans Licht, zur Inspiration, aus eigener Kraft zu bahnen. Das *Wesentliche* sei immer ein Geschenk der Götter, Hostie, die man nun mal nicht lehramtlich spenden könne.

Ohnehin, tagsüber soll hier von irgendeiner Arbeit oder Pflicht keine Rede sein. *Müßiggang um jeden Preis*, so lautet die oberste Regel im Club La Bohème. In den Gründungsstatuten steht geschrieben, *Faulheit* sei in jeder Form erlaubt, *Schweigen und Weisheit* nur in Sonderfällen. Vom Präsidenten wird verlangt, daß er den Kassierer am Einzug der Mitgliedsbeiträge hindern müsse, dem Kassierer wiederum ist ausdrücklich gestattet, mit der Kasse durchzubrennen. Jedes erlaubte Spiel ist hier eigentlich verboten, aber das nimmt man längst nicht mehr so genau. Eine gepflegte Runde Scopa soll helfen, den Tag zu verkürzen.

Dr. Giacchi, Puccinis Hausarzt und Freund, spielt eine Karte aus. Schweigen am Tisch. Puccini zögert, sinnt in sich hinein. Etwas zu lange.

Ärger mit Elvira? fragt Giacchi.

Sei still! Quacksalber! Pillendreher!

Giacomo erhält lautstark Unterstützung. In dieser heiligen Hütte darf es keinen Ärger mit Elvira geben. Probleme haben hier keinen Zutritt.

Hier sind *ernste* Themen unerwünscht! kreischt Kunstmaler Pagni mit dem glanzvoll gefetteten Schnauzbart, während der vierte Mitspieler, Plinio Nomellini, der Puccinis Villa mit Fresken ausgemalt und sich alsbald hier angesiedelt hat, das Kreischen Pagnis ignoriert und die Gelegenheit für günstig hält, einen freundschaftlichen Ratschlag loszuwerden.

Nimm sie doch einfach mal wieder irgendwohin mit, wo sie *Grande Dame* spielen darf, dann muß sie es hier nicht!

Das genügt, flüstert Giacomo. *Arschpopler!* Sein Gesicht wirkt fahl und verschattet, bedrückt und bissig. Nomellini senkt den Kopf. Überlegt. Ist das Spaß? Wenn es nicht Spaß ist, was dann?

Du mußt die Farbe bedienen, Giacomo!

Ich muß, wenn ichs recht bedenke, gar nichts! Müssen ist scheiße. Überhaupt, Quacksalber, wie du aussiehst!

Ja, wie seh ich denn aus? Giacchi gibt sich erstaunt und neugierig. Sag mir doch mal, wie ich aussehe!

Wie der Proktologe vom Papst, Rodolfo, so steif und würdevoll und irgendwie pikiert! Als hättest du eine brennende Kerze im Arsch!

Er zieht ihn an seiner Krawatte. Hält das Ende der Krawatte in die Kerzenflamme. Das nun findet Giacchi bedenklich bis inakzeptabel.

He! Bist du verrückt geworden? Gibts hier seit neuestem eine Kleiderordnung, ach? Sind meine Krawatten nicht so schön wie deine? Nicht so teuer? Nicht teuer genug? Das nennt ihr Spießer die *Bohème*? Was ist draus geworden? Schäm dich!

Giacomo ist es leid, schämt sich wirklich. Ein bißchen. Schon länger. Die Zoten und Späße von einst zünden nicht mehr. Er läßt los. Giacchi flucht und löscht seine Krawatte mit lauwarmer Limonade. Puccini schmeißt die Karten hin. Mit über vierzig Jahren macht stundenlanges Kartenspiel nicht soviel Freude wie früher. Seltsamerweise. Warum? Warum? Er gesteht es sich nur ungern ein.

Wie oft war hier gesungen worden, gelacht und getrunken; Tausende Witze, Bonmots wurden gebrüllt, im Wettstreit, Manifeste ersonnen gegen Gicht und Tod und Impotenz, Blasphemien und Schweinereien bis zur Besinnungslosigkeit. Es hatte Anzeigen und

Verfahren gegeben, wegen Ruhestörung, Landfriedensbruchs, groben Unfugs und Wilderei.

Wo ist all die Fröhlichkeit hin? Wo muß man nach ihr suchen? Wieso, fragt Giacomo sich, soll er das Ende der Jugend so unwidersprochen dulden, wenn es feindlich, als eine barbarische Invasion, hereinbricht in die letzten Reservate und Oasen jenseits der bürgerlichen Zwänge? Wo man sich doch längst eine gewisse *Freiheit* erarbeitet hat, geistig wie materiell, eine *Trutzburg*, quasi. Wie dem Sturmwind des Alters entschlossen und bewußt entgegentreten?

Die Möse ist der einzige Trost der schmachtenden Menschheit. Hoch lebe die Möse, in die man wie in einen Hausschuh schlüpfen kann!

So hat er an Pagni geschrieben und seine damalige Hochstimmung kundgetan.

Jetzt steht er auf, bittet Rodolfo um Verzeihung, umarmt ihn, nennt ihn seinen *lieben Giacchetto*, schimpft sich selbst einen debilen Saftsack.

Sagt Elvira bitte, ich hätte noch wohin gemußt.

Alle horchen auf. Und zu wem, wenns beliebt?

Caselli? schlägt Giacomo, mit schräggelegtem Kopf, vor. Ich fähre zu Caselli.

Caselli, wird prompt und eifrig eingewendet, wöre auf Reisen derzeit.

Dann Cleto. Ich kömme zu Cleto!

Cleto ist da! Die Runde feixt. Ergeben ihrem Idol und Muezzin. Wir sagen ihm, daß du kömmst!

›Fähre‹, ›Wöre‹ und ›Kömmst‹ sind hier im Club noch im letzten Jahrhundert erfundene Konjugationsformen, die kurz ausdrükken, was sonst mit ›daß du offiziell zu ihm fährst, aber natürlich nicht wirklich‹ wiedergegeben werden müßte. Die Verschwörer wissen rundum Bescheid. Giacomo liebt seine Freunde, behandelt jeden ungeachtet des jeweiligen gesellschaftlichen Standes wie einen Bruder, teilt seine Geheimnisse gern, das wissen sie alle zu schätzen.

Danke, Freunde, Bohèmiens!

Jack, so heißt er hier, hebt das Glas, für einen Toast. *Wie wir armen Menschen uns bemühen, etwas zu schaffen, was uns als wichtige, bleibenswerte Künstler ausweist. Wie wir einander grausam bekämpfen beim Ringen um diesen scheinbaren Weg zu den Sternen …*

Er wiederholt, was er in der letzten, sternstürmend vertrunkenen Nacht aufgeschrieben hat, plötzlich stockt er. Seine Worte, so überlegt zurechtgelegt, gestern, kommen ihm heute unpassend vor, aufgebläht, die Freunde ahnen, wohin er sich begibt und wozu, es mag angehen, *hinterher* darum ein Gedöns zu machen, *jetzt* lieber nicht.

Er weiß: Sie beneiden ihn alle. Nicht um Ruhm und Geld. Das würde die Atmosphäre schnell vergiften. Aber um die Frauen, die ihm allerorts vor die Füße fallen, um Benutzung geradezu betteln, darum beneiden sie ihn wie sabbernde Schuljungs, das geht selbstverständlich in Ordnung, das genießt er. Elvira gegenüber wird er im Notfall behaupten, Cleto sei tatsächlich ein Vorwand gewesen, er habe nur *jagen und autofahren* wollen. Das klingt glaubhaft, einigermaßen.

6

4. Februar 1903

Puccini, offiziell nun doch nicht bei seinem in Viareggio lebenden Freund Cleto Bevilaqua, sondern auf dem Weg zu einer Jagdgesellschaft nahe Pavia, zu der er in den nächsten Tagen tatsächlich stoßen wird, entsteigt der Droschke in einer Seitenstraße, flaniert einmal um den Block, betritt sein Genueser Lieblingshotel, das Grand Hotel Isotta.

Es ist bereits dunkel, er hat den Hut tief in die Stirn gezogen und den Mantelkragen hochgeklappt, würdigt den vorab bestochenen Portier keines Blickes, der seinerseits geflissentlich bemüht ist, ihn zu übersehen. Und ihm dennoch euphorisch hinterhernickt.

Ohne zu klopfen, öffnet Puccini die Tür zur einzigen Suite im ersten Stock. Spürt im Nacken Angst, *sie* könne ihn versetzt haben, das Telegramm sei nicht angekommen, *sie* habe den Zug verpaßt, habe sich nicht freimachen können, all die kleinen Ängste, die einer Liebesnacht vorausflackern.

Ohne Dich ist mein Leben nichts wert, ich bin so traurig, meine Süße! Ich denke in jedem Augenblick an Dich, sehe Dich, rufe Deinen Namen, möchte Deine Stimme hören, Deinen Duft genießen, Dein Lächeln, und Du bist nicht hier, glaub mir, Du fehlst mir so sehr – Du bist die Tröstung meines Lebens – ohne Dich ist es das eines Toten. Ohne die Erwartung, Dich wiederzusehen, glaube mir, könnte ich es nicht ertragen. Leb wohl, meine süße Blume, Parfüm und Poesie mei-

nes Lebens! Ich küsse Dich vom Kopf bis zu den Füßen! Dein Jack, der Dich sehr liebt. (ANM. 2)

Cori hat ihr eigenes, manchmal recht stures Köpfchen, ein schlaues, stolz aufbegehrendes, voller Eigensinn und Charme. Hier in Genua treffen sie sich öfter einmal, quasi auf halbem Weg, die relativ große Stadt bietet diskrete Möglichkeiten – und bald, sehr bald wird es Möglichkeiten in Hülle, Fülle und Mailand geben, Cori wird eine eigene Wohnung beziehen, ein Umzug, den sie sich natürlich nur dank Jacks finanzieller Unterstützung leisten kann. Puccini besitzt selbst eine Wohnung in Mailand, nahe seinem Verlagshaus, noch näher an der Scala, er benötigt keinerlei Vorwände, um jederzeit dorthin aufzubrechen, es sind strahlende Aussichten.

Cori, die sich unter falschem Namen, Paßkontrollen gibt es nicht, ins Gästebuch eingetragen hat, liegt auf dem Bett, liest, bei Gaslicht, mit einem seidenen Bademantel bekleidet, den sie nur bei solchen Gelegenheiten trägt, Gedichte des gerade populären Poeten Carducci. Ziemlich ödes Zeug, das bald mit dem Nobelpreis geadelt werden wird.

Es ist einer jener geheiligten Samstage. Sofort nach Erhalt des Telegramms war sie aufgebrochen, am frühen Abend eingetroffen, mit dem Schnellzug aus Turin, der nach dreieinviertel Stunden schon in Genua ankommt, während Giacomos nicht so schneller Zug aus Viareggio ungefähr dieselbe Zeit benötigt. Er haßt Züge. Irgendwann, bald schon, bald, wird er mit einem Automobil die Strecke in weniger als zwei Stunden schaffen. Fortschritt!

Er denkt an ihren Vater, den Bäckermeister, der ihn bat, er solle seine Tochter, wenn es denn sein müsse, lieben, wie man eine Prinzessin liebt. Nur unter dieser Bedingung gebe er sein Einverständnis. Puccini hat meist vermieden, sie auf ihre Familie anzusprechen, hat Cori stets wie eine autarke Frau behandelt, was auch sonst, alles andere würde sie ihm übelnehmen. Zwar liebt sie es, Autorität zu spüren, doch nur, solange sich diese nicht etwa *väterlich* äußert.

Sie hat als Fünfzehnjährige bereits angefangen zu arbeiten, zwei Jahre lang, als Näherin, bevor sie Giacomo traf. Er hat ihr bald eine Wohnung neben dem Turiner Bahnhof besorgt, um mit ihrer Familie nicht mehr viel zu tun haben zu müssen. Ihre Mutter nahm die Beziehung zuerst wenig begeistert, mit sehr gemischten Gefühlen hin, hatte ihm das Versprechen abverlangt, Cori zu heiraten, sobald diese erst ein wenig älter geworden sei.

Er muß an die schönste Woche seines Lebens denken, als er, vor gut zwei Jahren, ganze sieben Tage am Stück mit der Geliebten verbracht hat, verbringen durfte, in seiner frisch erworbenen Villa in Chiatri, eine wunderbare Woche, freie Tage, sonnige Tage, an deren Ende er ein Preislied, eine gereimte Hymne auf die körperliche Liebe verfaßt und an den Freund Pagni gesandt hat, in angeberischster Absicht. Wozu hat man Freunde, wenn man vor ihnen nicht angeben darf?

Die grazile Cori, inzwischen zwanzig Jahre jung, eine bleiche Schönheit mit schulterlangen, kastanienbraunen Haaren, ist nicht sehr gebildet, sie weiß das und liest verzweifelt Carducci. Ihre fast schwarzen Augen flackern vor Ungeduld. Ihre spitze Nase und der schmale Mund lassen sie älter wirken, melancholisch, sehnsüchtig, in manchen Momenten hochmütig.

Diese spätpubertäre Noch-Unausgesöhntheit mit den Fakten. Der jugendliche Zorn und Leicht-Sinn. Das schlichte Nicht-Hinnehmen all dessen, worin sich die Mehrzahl der Menschen achselzuckend als in etwas Unvermeidliches fügt. Herrlich. Manchmal wird Giacomo bewußt, daß er an Cori eben das schätzt, was ihm selbst so sehr abhanden gekommen ist. Hält er sich doch für einen Sklaven der Umstände, für einen Hamster im Rad, gefangen in einem Netz von Erfordernissen und Konventionen, aus denen er nur heimlich ausbrechen kann, vielmehr will.

Das Lächeln, das Cori ihm nun entgegenstrahlt, lasziv, erwartend, läßt sein Herz hüpfen, was in diesem Fall mehr ist als eine abgeschmackte Metapher. Manchmal fürchtet Jack um seine Gesundheit. Nur in ihrer Gegenwart bekommt er Herzrasen und Schwindelanfälle, ihr zuliebe nimmt er sich beim Essen zurück, achtet auf seine Figur und trinkt maßvoll, wenngleich er sich nie in seinem Leben für einen Alkoholiker halten, noch diesen Vorwurf je von irgendwem hören wird. Er trinkt über den Tag verteilt selten mehr als einen bis anderthalb Liter Wein, selbst bei Gelagen verliert er nie die Kontrolle. Und seit ein Arzt vor wenigen Monaten den Verdacht auf Diabetes geäußert hat, hält er sich noch mehr zurück.

Da bist du endlich! Sie springt aus dem Bett, umarmt ihn, preßt eine Wange an seine Brust, reibt ihr Becken an seinem.

Ich werde, flüstert er zur Begrüßung, heute nacht wieder nicht an der *Butterfly* arbeiten!

Er meint es liebevoll, doch schwingt, wenn auch ganz unbeabsichtigt, ein Vorwurf darin mit. Cori grinst und bedankt sich sarkastisch, vollführt einen reizenden Knicks.

Vermutlich sei das nun mal das Netteste, was er einer Frau zur Begrüßung sagen könne.

Puccini sieht sie schmunzelnd an. *Frau*? Seufzt, entschuldigt sich dafür, den unpassenden Ton gewählt zu haben. Wie ein ertapptes Kind, das eine Fehltat eingesteht.

Als du zum ersten Mal zu mir kamst, erinnert sich Cori, war ich drei Meter groß vor Stolz. Konnte vor meinen Freundinnen prahlen damit. Und hab es nicht getan, aus Rücksicht auf dich. Ich bin eine Epikureerin. Kann man das so sagen? Ich lebe im Verborgenen.

Ja ... Giacomo brummt, leicht resignativ, aber auch ausweichend, als begriffe er ihr Problem zum ersten Mal und müsse erst darüber nachdenken.

Soll ich eine Oper über dich schreiben? Ich tue es ja schon. Im Grunde steckt recht viel von dir in meiner Oper.

Cori antwortet nicht, zieht eine erstaunte Schnute. Was meint er denn? Bin etwa *ich* die Butterfly?

Sie ist es in gewissem Sinne tatsächlich und ahnt nichts davon. In der Vorlage für die neue Oper, John Luther Longs Erzählung »Madame Butterfly«, war die weibliche Heldin siebzehn Jahre alt, und siebzehn war auch Cori, als er ihr zum ersten Mal begegnete. Er könne nur komponieren, wenn er verliebt sei, erklärt Puccini seinen Freunden.

Beide haben einander im Zugabteil zwischen Turin und Mailand kennengelernt. Sie hatte ihn erkannt und angesprochen, neckisch-dreist, er fühlte sich geschmeichelt und zum Flirt bereit, jedoch auf routinierte Weise, ohne ernsthaften Glauben, es könne mehr daraus werden. Obwohl sie ihm nicht ganz so jung erschien, wie sie tatsächlich war. Ihr Gesicht ist eines jener Gesichter, die sich altersmäßig nicht leicht einordnen lassen, er hätte die Siebzehnjährige genausogut für zweiundzwanzig halten können.

»Mein Name ist Maria Anna, ich habe kein Billett für die Erste Klasse, aber ich möchte kurz vorbeischauen und Ihnen sagen, daß ich keine Musik auf Erden so sehr liebe wie Ihre Bohème!«

Und er, bereits bezaubert, hatte sie hereingebeten, das mit dem fehlenden Erste-Klasse-Billett mache nichts, das bringe er notfalls in Ordnung. Er hatte beim Schaffner Getränke bestellt. Wein und Limonade. So hatte das Ganze begonnen, Anfang Februar vor drei Jahren. Als sie im Zug ein paar Takte der Mimi aus dem ersten Akt gesungen hatte – *Mi chiamano Mimi* –, war er hilflos vor ihrem Liebreiz zerbrochen. Als würde ihr leicht krächzender Gesang etwas unter seiner Stirn wegschmelzen und freilegen, aufbrechen für den frisch entgegenwehenden Wind. Bald hatte für ihn festgestanden, daß er als nächste Oper die *Butterfly* machen würde.

Vor ihm saß das Geschöpf, das er für diese Arbeit brauchte.

Einige Briefe wurden gewechselt.

Mit jedem Brief war der Ton leidenschaftlicher, schlüpfriger geworden.

Cori, später *Corinna* genannt, hatte dann die Initiative ergriffen, vorgeschlagen, man könne die Bekanntschaft doch vertiefen, falls es ihn nicht langweile. Von seinen Opern kannte sie nur *Manon* und die *Bohème*, letztere aber recht gut, das Werk verkörpere vollkommen ihre Auffassung vom Leben, wobei er nicht nachzufragen gewagt hatte, was sie genau damit meine. Was kann ein junges Mädchen damit schon meinen?

Als er am 14. Februar 1900 nach Turin fährt, den äußeren Anlaß bietet die dortige Aufführung der *Tosca*, ist sich Giacomo ziemlich sicher, was ihn erwarten wird. Im Zug schreibt er an den Freund Nomellini, es warte auf ihn *un pezzo di vagina fresca*, das ihm helfen könne, sein Alter – damals einundvierzig – zu vergessen.

Er verbringt einen Nachmittag mit der *vagina fresca* im Café, umwirbt sie, doch kommt es zu einem noch sehr züchtigen Abschied, nicht nur wegen der vielen Augen, die nach den beiden schielen. Cori gibt sich ihm nicht sofort hin, erst nach acht Tagen schreibt Giacomo einem befreundeten Architekten, daß heute abend wahrscheinlich seine *Männlichkeit auf dem Prüfstand stehe*. Und wirklich klopft Cori am 22. Februar, kurz nach neun Uhr abends, an seine Zimmertür im Grand Hotel d'Europe, küßt ihn auf den Mund, erklärt sich zu allem bereit. Die Situation als solche ist für Giacomo keine ungewöhnliche, abgesehen von Coris Jugend. Dutzende Frauen haben sich ihm so offeriert und hingegeben. Und er ist nie wählerisch gewesen, hat kaum ein Angebot je ausgeschlagen. Aber diesmal ist da mehr, viel mehr, Cori liebt ihn vom ersten Moment an rückhaltlos, voller Innigkeit und so, als seien die beiden schon seit vielen Jahren zusammen, einander vertraut. Es ist ihm beinahe unheimlich, wieviel Intimität und Geborgenheit er in ihrer Gegenwart spürt. Plötzlich wird er schüchtern und scheut zurück, kann sein Glück nicht fassen. Bekommt ein wenig Angst.

Wie sie denn das gemeint habe, mit der Auffassung vom Leben – und der Bohème? Das Scheitern aller Dinge am Ende?

Nein, antwortet sie flüssig und überwältigend altklug, das Ende interessiere nicht, das sei bitter, immer, doch umso süßer möge alles sein, was vorher passiert. Alles. Man könne damit nicht früh genug anfangen, und er möge sich beeilen, sie müsse noch vor Mitternacht nach Hause.

So gefordert, überwindet er seine Angst und defloriert das Mädchen binnen der nächsten halben Stunde. Und sie bereut hinterher nichts, überhaupt nichts. Seine Furcht, post coitum könne sie trist und reuig werden, klingt schnell ab, er merkt, daß Cori es genossen hat und mehr noch, es für immer genießen will, daß sie ihm Zuversicht gibt, Energie, auch Verständnis für seine Sehnsüchte zeigt – Cori hört sich seine ständigen Jammereien aufmerksam an, streichelt ihn gern, ist hingerissen von ihm.

Danach hatte er einige Termine im Umkreis gehabt, fuhr zweimal nach Mailand, kehrte abends aber nach Turin zurück, um das zuvor als einmalig und unwiederholbar eingeschätzte Erlebnis wieder und wieder zu genießen. Er stand unter Adrenalin wie seit zwanzig Jahren nicht mehr, als er der damals noch so hübschen, verheirateten Elvira nachgestellt, ihrem Gatten Hörner aufgesetzt und ein Leben in permanenter Verbitterung beschert hatte.

Cori begleitete ihn an jedem ihrer freien Tage, nach Mailand, nach Genua, nach Pisa, wo beide am Bahnhof erkannt und denunziert wurden, nach Lucca – und Anfang Juni hatten sie sich sogar in Torre del Lago mit seinen knapp 1500 Einwohnern (*die von GP einmal gebrauchte Angabe: 12 Häuser, 120 Einwohner gilt nur für die Exklave am See*) getroffen. Immer unvorsichtiger waren sie geworden, obwohl sie selbstverständlich in getrennten Abteilen reisten und von den Bahnhöfen aus getrennte Droschken in die Hotels nahmen.

Heute abend trifft die kleine Cori ein, schrieb Jack seinen willfährigen Kumpanen, *sie möchten alles, unter strengster Geheimhaltung, so arrangieren, daß niemand etwas mitbekomme*. Im Gegenzug durften seine Freunde einen neugierigen Blick auf die junge, weithin jüngste Errungenschaft werfen.

Elvira, die die Provinz verabscheut, befindet sich in ihrem geliebten Mailand, als er Cori am 2. Juni 1900 stolz durch seine eben fertig renovierte Villa führt.

GP an Pagni, 29. Mai 1900 aus Mailand

Lieber Pagni,

Freitag abend habe ich vor, nach Torre abzureisen. Komme in Viareggio ungefähr um vier Uhr morgens an. Ich sage, ich habe es vor, weil ich, wenn sich der Fischzug ergibt, in Genua haltmache und also in Viareggio erst am Samstag abend um elf ankomme.

Ich werde Dir in unserem Jargon telegrafieren und Du wirst verstehen. In jedem Fall komme ich nach Torre, und wenn sich der Fischzug ergeben hat, müßtest Du Dich am Bahnhof von Viareggio einfinden, Samstags um elf, mit einer Kutsche *nicht* aus Torre, und man könnte nach Torre ohne Aufsehen, quasi maskiert, fahren. Ich werde Dir telegrafieren und bitte darum, Dich mit ein paar Vorräten einzudecken, wie Koteletts, Konserven, Butter, Früchte etc., um ein Abendessen zu improvisieren, nur wir drei allein, und am Morgen, für die Abfahrt, werden wir uns was ausdenken. Du bist unterrichtet. Jetzt warte auf Telegramme, die Dir sagen, wie zu verfahren ist.

P.S. Wenn der Fischzug *nicht* stattgefunden hat, treffe ich mit Pieri ein, vier Uhr nachts in Viareggio, Freitag nachts oder besser Samstag mittag. Komm Du dann mit Morino.

Luigi Pieri und *Morino* (Plinio Nomellini) sind Kumpane aus Lucca bzw. aus Torre.

Bald wird Puccini bewußt, ein wenig zuviel riskiert zu haben, seine Leutseligkeit, sein anachronistisch naives Vertrauen in die Freunde schwächt sich ab. Dennoch: Jeden noch so fadenscheinigen Vorwand nutzt er, um nach Turin zu fahren oder sich mit der Geliebten an neutralen Orten zu treffen.

An den Intimus Pagni schreibt er nach einer dieser Schäferstunden (6. Dezember 1900), er habe *soeben wieder Cori genossen. Un delirio! 7!*

Und er setzt, mehr oder minder poetisch, hinzu:

Die alten Römer haben es nicht so oft gebracht! Es lebe die Möse, einziger Trost der schmachtenden Menschheit! Die Kunst, die Natur, die Möse! Göttliche Dreifaltigkeit, von der jeder Mann trinken, essen und sich darin suhlen darf. Auf dem Hügel der Venus schlafen! Eine Titte als Kopfkissen! Es lebe die Möse, in die man wie in einen Hausschuh schlüpfen kann! Schrei du nur, ich suche mir immer neue Mösen. Aber die zweiundvierzig stehen vor der Tür … Ich grüße Dich, Giacomo Puccini.

Der Brief wird ungeahnte Folgen haben. Jene beiden prahlenden Zeichen, 7! – tragen die Hauptschuld daran, daß seine Freunde sich über die zierliche Geliebte Gedanken in ganz bestimmter Richtung machen. Sie muß ja ein echter Feger im Bett sein, allerhand. Ein unersättliches Schlupfloch, brennend vor Leidenschaft. Die Gerüchte fressen sich mit jedem Windzug neue Nahrung an.

Die junge, von Giacomo in einem Brief als empfindsam und reizbar geschilderte Dame mutiert zur toskanischen Männerphantasie. Was an Information über ihre Person später auf dem Schreibtisch Giulio Ricordis landet, stellt sie in schmerzhaft grellem Licht dar, monströs verzerrt.

Dabei ist Giacomo keineswegs nur sexuell fasziniert von ihr, in einem Brief an die Schwester Ramelde gesteht er, sich verliebt zu haben, bis über beide Ohren und darüber hinaus.

Selbst, als er vor Monaten mit Elvira und Stieftochter Fosca in Turin residierte, stahl er sich nachts aus dem Hotel, schlich in ein anderes, um dort Cori zu treffen, die zweite große Liebe seines Lebens. *Wenn sie nur fünf Jahre älter wäre!* Wie problemlos könnte alles sein.

Die nötige Zeit. Er bemitleidet sich, weil es ihm an der nötigen Zeit fehlt, doch hin und wieder fällt ihm ein, daß auch Cori an seiner Zeitnot leidet. Dann bemitleidet er auch sie, sich selbst aber doppelt.

Ich würde dich gerne glücklich machen, meine Liebste. Ich versuche es ja.

Ach komm, du hast gar keine Arbeit mehr, die Butterfly ist fertig, du machst mir was vor!

Wieso? Nein, leider, gar nichts ist fertig, es ist noch verflucht viel zu tun. Ich wünschte sehr, du hättest recht.

Du hast mir versprochen, sobald die Butterfly fertig ist, trennst du dich von ihr. Sie hat mir die Nase zerkratzt. Die Narbe ist jetzt noch zu sehen!

Wirklich? Jack beugt sich über die Geliebte, sieht nach, da ist nichts, ihre wohlgestalte spitze Nase wirkt unversehrt, von drei, vier Sommersprossen abgesehen.

Die Butterfly ist noch lange nicht fertig, ich schwöre es dir!

Elvira hat von der Affäre schon vor zwei Jahren erfahren, durch Leichtsinn und Zufall. Giacomo und Cori waren im Bahnhof von Pisa, dem Knotenpunkt des norditalienischen Eisenbahnnetzes, beobachtet worden, von einem entfernten Bekannten, der sich prompt veranlaßt fühlte, seine Wahrnehmung an Nitteti weiterzugeben, eine von Giacomos Schwestern, die in Pisa lebt.

Nitteti beschwert sich daraufhin etwas doppelzüngig bei Elvira, warum Giacomo und seine hübsche Begleitung denn nicht die Gelegenheit genutzt hätten und bei ihr vorbeigekommen seien?

Und so weiter und so fort.

Bald wußte die ganze Familie von der Liebschaft, aber Giacomo beendete jede Auseinandersetzung durch Schweigen oder Flucht. Über die Geliebte machte er keine Angaben, außer, daß sie eine Grundschullehrerin und ihr Name Corinna sei. Beides stimmt nicht.

Die Affäre mit Cori war nicht etwa der Beginn einer Krise, nein, schon vor den ersten Treffen mit Cori schrieb Giacomo an Elvira, daß von ihrer Seite nie auch nur ein liebes Wort komme, das ihm Mut mache, daß die schöne Intimität, die sie einmal gehabt hätten, längst Vergangenheit sei. Kalt und launisch sei sie geworden, mißtrauisch, hypernervös und schwierig. Er beschwert sich, daß ihre Verwandten zu lange in seiner Villa hausen würden, daß sie früher zwar nicht wohlhabend gewesen seien, aber für sich und glücklich. Jetzt seien sie beide unglücklich, er sehe keinen Ausweg.

Worte, die nach Trennung klingen.

Giacomo, ansonsten nach seiner Villa in Torre del Lago (gekauft als Bruchbude für preiswerte zehntausend Lire) geradezu süchtig, fühlte sich eine Zeitlang nur auf Reisen wohl. Wäre es anders gewesen, wäre Cori vielleicht nur, wie viele Gespielinnen, eine schnelle Episode geblieben, etwas Unwichtiges, für das sich Giacomo nicht groß hätte rechtfertigen müssen. Als typisch italienischer Mann findet er es völlig in Ordnung, Affären zu haben, sofern die Familie darüber nicht vernachlässigt wird. Aber die Beziehung zu Elvira liegt in Scherben, und Cori scheint ein zur Erde gefallener Engel zu sein, ein Geschenk des Himmels. (Cori sieht das ganz genauso, Gott habe sie seiner Meriten wegen zu ihm gesandt.) Giacomo, wie jedes Opfer einer Midlife-Crisis, gibt sich unendlich Mühe, der jungen Geliebten zu gefallen, leidet dadurch, wenn auch unbewußt, doppelt unter seinem Alter, das er, etwas großzügig, mit den »letzten Jahren seiner Jugend« umschreibt. Cori vermeidet es, ihn den Altersunterschied jemals spüren zu lassen. Was ihr später als infame Strategie ausgelegt werden wird. Mädchen unter zwanzig, heißt es, die einen viel älteren Geliebten nicht gelegentlich aufziehen würden, seien nicht ehrlich, sondern verschlagen.

Ihre Briefe sind, relativ zu ihrer plebejischen Herkunft, von bezirzender Anmut, in jugendlichem Schwung und erstaunlich hohem Ton verfaßt. Giacomo ist von diesen Briefen so berührt, daß er etliche Stellen kopiert und, man höre und staune, seinem Ersatzvater Ricordi sendet. Er möchte dessen Zweifel an Coris reiner Seele zerstreuen und Verständnis für sich wecken, gleichsam väterlichen Pardon erbitten.

Liebster Jack,

wenn Du nicht bei mir bist, bin ich nicht etwa allein, ich bin gar nicht da, existiere nicht. Du kannst meinem Körper Blut einflößen, meinem Kopf Seele verleihen, meinen Lungen Atem.

Wenn Du gehst, werde ich zu einem vergessenen Spielzeug, das im Eck liegenbleibt, unbenutzt, leblos und ohne Sinn, mit gelähmten Gliedern. Eine Wiese, die auf Sonne und Regen wartet, eine verschlossene Blüte, die welk zu Boden hängt, eine frostige Nacht, der kein Mondstrahl heimleuchtet. Du allein besitzt die Kraft, die magisch erweckenden Hände, mich aus der Nichtigkeit meines Daseins emporzuheben zu den Sternen. Komm bald zu mir zurück! Das erlesene Wesen, das ich manchmal bin, kann ich allein mit

Deiner Hilfe werden, umgekehrt will ich alles tun, um für Dich jenes Stückchen Glück zu sein, das dir noch fehlt in Deinem großen, von Gott gesegneten Leben. Bist du bei mir, mit mir, in mir, belohnt mich Dein gütiges Lächeln für all jene Tage, die ich hier in irdischer Schäbigkeit und Ödnis zubringen muß. Es küsst Dich von Ferne, voller Sehnsucht, Deine kleine, Dich anbetende Cori

Giulio Ricordi ist die Sache ziemlich peinlich, er äußert sich nicht dazu, erst später, als alles schon fast vorbei ist, wird er von *vulgären Schreiben* sprechen, *aus denen keinerlei Wahrheit verlaute, keinerlei Edelmut durchscheine.*

Elvira schien sich, aus Angst vor der sich abzeichnenden Trennung, in die Menage zu fügen. Einmal, in einem Brief zum neuen Jahr 1902, erklärte ihr Giacomo, daß sich die Turiner Beziehung von seiner Seite aus bereits merklich abgeschwächt habe, daß er im Grunde nur sie, Elvira, liebe – aber das war kaum mehr als eine Silvester-Freundlichkeit, eine beschwichtigende Maßnahme, die er der Mutter seines Sohnes zu schulden glaubte. In der Hoffnung, so ein Mindestmaß jener Ruhe zu erreichen, die er für seine Arbeit so sehr benötigt. Zeit und Ruhe.

Daran, daß die Götter einem Künstler nicht dreihundert Jahre zu leben geben, kann man sehen, wie egal ihnen alle Kunst ist. Schreibt er an Cori.

Selbstbewußt und naseweis antwortet sie, daß alles eine Frage der Einstellung sei, wer sein Leben nicht vergeude, könne sicher dreihundert Jahre länger leben als die meisten anderen. In *empfundener* Zeit.

Die Antwort gefällt ihm. Im ersten Moment. Was will sie sagen? Vergeudet er etwa sein Leben? Meint sie das? Hat sie recht? Warum kann er sich zu einem radikalen Umbruch nicht entschließen? Die lebensbejahende Cori hat es ja soviel einfacher als er. Sie hat schließlich nichts – außer ihm und der Hoffnung. Giacomo fühlt sich oft feige, von bürgerlichen Hemmnissen, von zu vielen schlechten Erfahrungen beschränkt. Es deuten sich die üblichen, natürlichen Diskrepanzen an, zwischen einer, die erst beginnt zu leben, und einem, der bereits ausgiebig gelebt hat. Eine Zeitlang ließ sich alles arrangieren, getragen von der Kraft der Liebe und Begierde, die jede noch so bedrängende Realität auszublenden versteht.

Doch dann.

Vor acht Monaten traf er sich mit der Geliebten in Viareggio, im Hotel *Plaza e de Russie*. Nach der Liebesnacht unternahmen die beiden einen Spaziergang im nahegelegenen Pinienwald.

Wie eine Wegelagerin war plötzlich Elvira vor beiden erschienen, hatte der Nebenbuhlerin einen Schlag mit dem Regenschirm versetzt. Cori hatte leicht geblutet. So entstand, zum Glück ohne weitere Zeugen, die bis dato peinlichste Situation in Giacomos Leben. Danach hatte er Cori die Ehe versprochen. Oder zumindest lebhaft in Aussicht gestellt. Unter solchen Umständen ja auch das mindeste.

Wer Elvira den Wink mit Viareggio gegeben haben konnte, blieb Giacomo ein Rätsel. Sie schien Spione auf ihn angesetzt zu haben. Seine Paranoia wuchs.

Die Lösung ist dabei ganz einfach und findet sich in einem Brief Elviras an Guido Vandini – 8. Mai 1902. Darin schreibt sie:

Mein Verdacht war ganz und gar nicht unbegründet. Die Signorina traf in Viareggio ein am Mittwoch abend um elf, und am Donnerstag, selbe Uhrzeit, fuhr sie wieder. In solchen Dingen täusche ich mich höchst selten.

Offensichtlich hat Elvira seine Post kontrolliert. Man fragt sich, warum Guido Vandini, eigentlich ein verläßlicher Freund Giacomos, diesen nicht gewarnt hat. Wahrscheinlich wollte Vandini sich nicht zwischen die Eheleute stellen. Mit solch einer Gewalttat konnte er schließlich nicht rechnen.

Puccini war vom Amoklauf seiner Frau schwer gekränkt und abgestoßen.

Aber er hatte Stärke gezeigt, hatte Elvira vor die Wahl gestellt, sie solle ihn in Ruhe lassen, oder die Trennung würde unvermeidbar werden und endgültig. Elvira war daraufhin zusammengeschrumpft, hatte klein beigegeben, sich hintenrum aber bei allen möglichen Leuten beschwert, bis endlich auch der alte Ricordi über die Lage informiert war.

Giulio Ricordi an Illica, 2. Dezember 1902

Teuerster Illica,

ich danke Ihnen sehr für die Informationen, die Sie mir bezüglich der an der *Butterfly* vorgenommenen Änderungen geben. Ich sehe, daß auch Sie vollkommen von ihnen überzeugt sind, wie Puccini selbst. Nichts besser als das. Ich hoffe, nein, ich bin sogar sicher, daß auch ich diese Meinung irgendwann teilen werde, während ich im Moment weiterhin daran zweifle, ob die Oper gelingen wird, sie ist nicht Fisch, nicht Fleisch. (...)

Die anderen ... intimen Nachrichten schmerzen mich hingegen sehr. Nein! Ich werde nie wieder mit Puccini darüber reden; mehr als das, was ich gesagt und getan habe, will ich nicht sagen oder tun. Es waren in den Wind gesprochene Worte. Ich bin zur schmerzhaften Schlußfolgerung gezwungen, ihn, eine Person, der ich trotz allem große Wertschätzung und Zuneigung entgegenbringe, als einen Lügner und als vulgär zu verurteilen: Derlei Enttäuschungen sollen sich nicht wiederholen. Es ist sicher, daß er seine Arbeit irgendwann zu Ende bringen wird, da sie einst mit großem Schwung begonnen wurde, der noch nachwirkt. Aber dann – und es tut weh, dies zu sagen, ist Puccini für die Kunst und die Freunde verloren. Alles deutet darauf hin: Der Blick, die schlaffen Wangen, die Motorik, die Unruhe beim Stehen, der plötzliche Überdruß. Ach! Wie gern wäre ich doch ein falscher Prophet!

GP hat einen Freund beauftragt, als Strohmann eine kleine Wohnung für Cori in Mailand zu mieten, sie sei langsam alt genug, ihr natürliches Nest zu verlassen. In einem halben Jahr wird sie volljährig. Was sie ihren Eltern über den Zustand der Beziehung erzählt, ob Lügen, ob die Wahrheit, überläßt er ganz ihr, will es gar nicht wissen. An Coris Eltern denkt er ohnehin nicht gerne. Einen einfachen Bäckermeister soll er zum Schwiegervater bekommen? Ach je. Bei aller Liebe –

Wann heiraten wir? fragt Cori, noch knapp bei Atem, und die Frage stellt eher eine Anerkennung als eine Forderung dar.

Wenn du reif dafür bist.

Das Mädchen sieht ihn schmollend/zwinkernd an. Schlafen kannst du mit mir, ja?

Sie solle da zwei Dinge nicht durcheinanderbringen, murmelt Giacomo. Es sei klar, daß sie wenigstens einundzwanzig sein müsse, bevor man daran denken könne, der Öffentlichkeit eine solche Verbindung zuzumuten.

Mit diesem an sich vernünftigen Argument schindet Giacomo Zeit, auch wenn er es nicht bewußt so empfindet. Ihm ist die Sache durchaus ernst, aber der Altersunterschied, der damit unweigerlich verbundene Skandal, läßt ihn zögern.

Könnte ich ein Niemand sein und das Paradies genießen wie ein Niemand. Alle nennen mich glücklich und einen Günstling des Himmels, aber – er zitiert Schiller – *Nur der ist König, der bei seinem Tun nach keines Menschen Beifall braucht zu fragen …*

Mit diesen Worten öffnet er Coris Bademantel, sie aber entzieht sich ihm und schenkt zwei Gläser halbvoll mit Pfirsichlikör.

Du solltest so was Starkes noch nicht trinken.

Ja? Ach, komm. Du bist ein unverheirateter Mann, Jack. Hast Geld genug, sie großzügig abzufinden. Sie muß nicht in der Gosse hausen. Wo ist das Problem? Wenn du mich auch nicht sofort heiratest, kannst du dich wenigstens von ihr trennen. Mir hat Elvira einmal weh getan. *Dir* tut sie dauernd weh. Du leidest unter diesem Weib.

Laß mich die Butterfly vollenden ... Bitte! Sei nicht eifersüchtig. Ich brauche noch ein paar Monate. Nur diese paar Monate. Mein Leben ist schwer genug.

Ich bin nicht eifersüchtig. Fürsorglich, ja. Ich habe dir geschworen, ich werde auf dich warten, du bist es mir wert. Ich sehe dich, seit du so hart arbeitest, kaum ein halbes Dutzend mal im Jahr. Aber ich bin zufrieden. Du darfst mich nur nicht verlassen!

Wie bitte? Er umarmt sie, küßt sie ab. Wie sie denn auf so was komme? Auf so einen Blödsinn!

Das Mädchen setzt, wie er es von ihr nicht gewohnt ist, einen traurigen, fast bitteren Blick auf.

Jemand läßt uns beobachten, Jack!

Er döst soeben weg, weswegen Cori ihren letzten Satz noch einmal wiederholt.

Jemand läßt uns beobachten, Jack!

Ja? Hmmhmm.

Weißt du auch, wer? Nein, ausnahmsweise nicht deine Hauskrähe! Rätst dus?

Wer denn?

Dein Verleger!

Was? Giacomo hebt den Kopf aus den Kissen. Unfug. Beruhige dich!

Cori insistiert. Es sei ja auch zu leicht! Wenn ich schlafe, schreibst du Briefe an alle möglichen Leute – und immer auf dem Briefpapier unsrer Hotels. Daß der Portier ein Schuft ist und bestechlich, das weißt du ja selbst.

Giacomo, eben noch bereit, nach kurzer Ruh' aufzuerstehen, um erneut die Geliebte zu bespringen und alle Probleme zu vergessen, sieht sich in eine surreale Diskussion verwickelt, die ihm gerade ungelegen kommt. Beinahe unwirsch wiegelt er ab.

Er weiß allerdings, daß zumindest Elvira einiges unternommen hat, um zuerst den wahren Namen des Mädchens, dann mehr über sie zu erfahren, er hat davon Wind bekommen ... Elviras Spionin hatte sogar versucht, bei Coris bester Freundin, einer Näherin, Unterricht im Spitzenklöppeln zu nehmen.

GP an Illica, Torre del Lago, 12. September 1902

Ich habe entdeckt, daß Tabaracci in Diensten Elviras nach Turin gereist ist, wegen der üblichen Angelegenheit. Aber davon weiß nur ich und ich bitte Dich, die Sache schriftlich nicht zu erwähnen, denn es würde (wenn E. davon wüßte) denjenigen kompromittieren, der mir das versichert hat.

Aber Ricordi – lachhaft. Der alte Herr würde nie ... Dummes Zeug. Du schwelgst in Phantasien, Kleines. Das ist absurd! Du liest zu viele phantastische Geschichten! Wovon redest du? So was sieht dir gar nicht ähnlich. Wie kommst du um Himmels willen auf Ricordi?

Cori springt auf, unter dem wehenden Bademantel nackt. Es müßte, denkt er, spezialisierte Dichter geben, nur zu jenem Zweck am Leben, um die schmalen Fesseln dieses Mädchens zu besingen. Sie geht zum Fenster, öffnet die Vorhänge einen Spalt, beobachtet die Straße. Heute ist niemand zu sehen, da unten.

Soll sie es ihm sagen? Sie muß es, selbstverständlich. Leider.

Er hat mir geschrieben.

Giacomo schreckt hoch, stützt sich auf die Ellbogen.

Wie bitte? Was? Niemals! Treib keinen *Luderschund* mit mir!

Giacomo hat einen ausgeprägten Hang zu Wortspielen. Manche gelingen auch.

Naja, natürlich nicht direkt. Dein Freund Pagni hat mir freundlicherweise geschrieben. Dem hat dein Freund Gigi geschrieben und ihm wiederum hat Ricordi geschrieben, daß man endlich etwas gegen mich unternehmen müsse. Jetzt guckst du, was?

Puccini liegt da, mit offenem Mund, glaubt an einen kindlichen Scherz, fällt dann aus allen rosa Wolken. Seine neueste, eben noch im Aufbau befindliche Erektion schrumpft in fast nichts zusammen. Es scheint ihm plötzlich undenkbar, daß diese Nacht noch irgendeine Erfüllung bieten wird.

Blaß geworden, mit heiserer Stimme, verlangt er den Brief zu sehen.

7

Lieber Luigi,

ich schreibe Dir heute in einer äußerst inoffiziellen Angelegenheit. Es ist wichtig, daß Du diese Zeilen sofort nach Lektüre verbrennst. Ich weiß nicht, an wen ich mich sonst wenden soll in meiner Wut und tiefen Enttäuschung.

Denn die Welt, Gigi, wie wir sie kennen, bricht zusammen, alles ist absurd und erschreckend geworden. Unser beider Verleger, Ricordi, ich meine nicht den Schnösel Tito, sondern Gevatter Giulio, den ich stets für diskret und warmherzig hielt, hat sich in unerträglicher Weise in mein Privatleben gemischt, hat Dich dazu benutzt, beleidigende, ehrabschneidende, sogar drohende Äußerungen gegenüber einer Freundin auszustoßen, die darin gipfeln, daß jene ihre angebliche Beziehung zu mir sofort beenden soll. Ich danke Dir, daß Du den Brief in sicher wohlmeinender Absicht an Ferro weitergeleitet hast. Aber warum hast Du mich nicht direkt gewarnt? Oh, ich verstehe natürlich, Du willst nicht zum Prellbock werden, gut, dennoch – Ist es wahr, daß Detektive auf mich angesetzt sind? Lieber Himmel. Ich kann Dir über diese Frau, sie ist Piemontesin, nicht viel erzählen, eine gute Freundin, punktum, und ehrbar – falls Du etwas anderes hörst, glaub bitte kein Wort. Und wenn da auch immer, egal was, wäre, ein bißchen was ist immer – stell Dir meine Situation vor! Mein Verleger konspiriert anscheinend mit meiner Gattin wegen meines privaten Umgangs, läßt uns vielleicht tatsächlich observieren – welche Zustände sind das? Wie soll ich in so einer Welt weiter leben und arbeiten? Soeben sitze ich im Zug nach Mailand, hoffentlich kannst Du meine Handschrift entziffern, ich bin so aufgeregt, ich weiß nicht, was ich tun werde. Ich habe Wut für drei bestohlene Landsknechte und Lust, Giulio anzubrüllen, werde ihn zur Rede stellen, werde den Verlag wechseln, irgendetwas Unvernünftiges werde ich wohl tun. Und Elvira, wie könnte ich je wieder mit ihr zusammenleben in einer solchen Atmosphäre des Mißtrauens und der Eifersucht? Mein Werk leidet, die Butterfly ist eine offene, eitrige Wunde, ich werde nie damit fertig werden, bin verzweifelt.

Also schön. Oder nicht schön. Ich will Dich nicht anlügen; meine Bedürfnisse, Bedürfnisse, die nun mal zum Leben eines sinnesfrohen Mannes gehören, die Piemontesina erfüllt sie, hin und wieder, aber es handelt sich um nichts, was Elvira öffentlich demütigen würde, nichts, worüber vernünftige, erwachsene Menschen keine Einigung erzielen könnten. Und doch kommt es mir nun vor, als würde ich durch einen finsteren Wald gehen, gefangen in klebrigen, ekligen Spinnennetzen. Nichts macht mir noch wirklich Freude. Sehr kummervoll, zerbrochen in Tausende Teile, die nie mehr zusammenfinden werden, so grüßt Dich Dein Freund GP

8

Giulio Ricordi schweigt, wie nur ein noch junger Greis mit weißem Haupthaar und grauem Schnurrbart schweigen kann, würdevoll, beherrscht, auf subtilste Weise einschüchternd. Lange schweigt er, läßt Puccini toben, als höre er sich dessen Vorwürfe gewissenhaft an und prüfe sie wohlwollend, ja selbstkritisch. Bis zuletzt eine lange Stille entsteht, die er durch scheinbar umherirrende Blicke an sich reißt und in einen Teppich verwandelt.

Man ist versucht zu glauben, er habe das Interesse verloren, sei müde geworden, er aber rollt, wiederum durch Blicke, die sich nach und nach auf sein Gegenüber gewissermaßen einschießen, die zum Teppich gewordene Stille auf, als habe er erst eine Plattform finden müssen, von der aus er seine Antwort auf angemessene Weise geben kann. Und wie von tiefen, weichen Teppichen gedämpfte Schritte klingen seine Worte.

Wissen Sie, lieber Giacomo, Sie waren stets wie ein Sohn für mich. Und ich bin selbst – oder war zumindest vor noch nicht allzulanger Zeit – ein Mann in vollem Saft, der für einiges Verständnis hat. Diese Gesellschaft könnte nicht existieren, oder wäre ganz unerträglich, wenn es nicht die kleinen Gärten und Geheimnisse gäbe, die versteckten Fluchtburgen, die gewissen Nischen in der Mauer, in der aparte Halbschattengewächse zu Hause sind und blühen dürfen. Ich habe um Ihren enormen Bedarf an Halbschattigem immer gewußt. Nun sind Sie ein herausragender Repräsentant unsrer Nation geworden, sicher nicht ganz gegen Ihren Willen. Damit einher gehen gewisse Verpflichtungen. Wenn Sie sich hin und wieder eine flüchtige Affäre gönnen, hat gewiß niemand, der eine männliche Seele besitzt, etwas einzuwenden. Die begeisterten jungen Damen möchten intim signiert werden? Schön. Sollen sie. Aber diese Dauerbeziehung! Zu einem niedrigen Fräulein, um nicht zu sagen, einer Proletin! Das, lieber Giacomo, geht nicht. Nein.

Sie haben mich stets wie einen Sohn behandelt, Signor Giulio. Das ist wahr. Im Guten wie im Schlechten. Jetzt ist jedes Maß verloren. Sie haben nicht das Recht, diese Frau eine lasterhafte Person zu nennen. *Diese* Einmischung geht zu weit. Viel zu weit!

Cori sei, stellt Giacomo fest, vor dem Gesetz heiratsfähig, aus redlichem Haus, die Eltern würden sicher ihre Zustimmung geben.

Sie sei, antwortet Giulio beinahe flüsternd, eine lasterhafte, früh verdorbene Person. Das stehe fest, nur ein Flittchen lasse sich in diesem Alter mit einem viel älteren Mann ein und gebe ihre Unschuld hin.

Puccini, auf sein Alter angesprochen, ballt die Finger zu Fäusten.

Signore, ich wiederhole: Sie hatten kein Recht, sich einzumischen!

Doch, ich mußte. Elvira bat mich darum.

Bitte? Und Puccini wiederholt noch einmal BITTE? Als habe er nicht recht verstanden.

Es ist besser, Elvira sucht Hilfe bei mir als sonst irgendwo. Es ist schließlich auch im Interesse des Hauses Ricordi, daß Ihre Verhältnisse Sie nicht in den Abgrund treiben. Ich kann nicht tatenlos zusehen, wie ein erhabener Künstler sich zugrunde richtet!

Puccini springt aus dem breiten roten Lederpoltrone, in den er sich eben noch, zögerlich, der Form halber, hineinbequemt hat. *Abgrund*? Wovon er da rede? *Elvira* sei ein Abgrund. *Er*, Ricordi, sei ein Abgrund. Die Signorina dagegen sei ein wunderbarer Mensch. Ein sinnliches, zartes, empfindsames Wesen!

Ricordi, nicht daran gewöhnt, als *Abgrund* bezeichnet zu werden, hebt seine Lautstärke um ein paar Grade.

Giacomo, bitte! Die Zeitungen tolerieren, daß Sie seit bald zwanzig Jahren mit einer verheirateten Frau zusammenleben. Und wenn, so wirft man es *ihr* vor, nicht Ihnen. Elvira war bereits Mutter, als sie ihrem Gatten davongelaufen ist, bei Nacht und Nebel, für *Sie*, lieber Giacomo. Ein Spießrutenlauf. Hier in Italien!

Das sei, wirft Puccini trotzig ein, schon wahr, aber auch sehr sehr lange her. Alle hätten es vergessen.

Ricordi betupft seine Schläfen mit Kölnisch Wasser und schüttelt langsam den Kopf.

Täuschen Sie sich bitte nicht! Vergessen ist es keineswegs. Man toleriert es, weil unser Land Helden braucht. Schöpferisch ringende Helden. Die sich manches erlauben dürfen, gewiß. Aber diese … obszöne, frühreife Person ist nicht tolerierbar. Wenn es wenigstens ein bißchen heimlicher zuginge. Aber nein, Sie schreiben, Giacomo, als würden Sie noch ein zielloser Jüngling sein, an verderbte, nicht vertrauenswürdige Spießgesellen niedere, vulgäre Preislieder auf den Geschlechtsverkehr, selbst Elvira bekommt es um drei Ecken mit. Diese bewundernswerte Frau hat Ihnen ihre besten Jahre geopfert, lebt ohne Trauschein, ohne Rechtsgrundlage, hat Angst, Ihnen nichts mehr zu bedeuten – Kurzum! Für derlei Eskapaden gehen Sie bitte nach Paris! (*Sein Zeigefinger streckt sich gen Westen.*) Wandern Sie aus! Wenn Sie sich unbedingt zugrunde richten möchten!

Puccini wird jetzt richtig wütend. Was hat er da gehört? Pagni, der liebe Freund, eine Plaudertasche in jedwede Richtung? Das wird Konsequenzen haben! Tatsächlich hat der Strolch Pagni – ohne böse Absicht – das Preisliedchen Illica vorgelesen, der hat es – mündlich – an Giulio Ricordi weitergeleitet.

Jetzt passen Sie mal gut auf, Signor Giulio! Elvira ist die Mutter *meines* Sohnes. Wir sind eine *Familie*, und ich halte meine Familie *heilig*. Daran zweifelt niemand, der mich kennt. Verdammt! Und jetzt macht ihr alle ein Drama draus. Und das Wasser kocht im Arsch! Sie lassen mich beobachten. Setzen Verleumdungen in die Welt über eine liebende junge Frau, weil sie mir ein wenig Zärtlichkeit gibt. Verbünden sich hinter meinem Rücken mit Elvira. SO NICHT! Das Haus Ricordi hat Millionen verdient mit meiner Musik. Das muß keineswegs so bleiben! Es gibt zum Glück noch andere Musikverleger in Italien! Sonzogno würde auf Knien von Mailand bis zu mir nach Hause rutschen!

Er stürmt, den Mantel auf der Schulter, ohne sich umzusehen, aus der Tür.

Ach, Giacomo ... Lieber ...

Giulio Ricordi stützt, nun ernsthaft besorgt, sein Kinn auf beide Daumen der wie zum Gebet gefalteten Hände. Der Geisteszustand seines besten Komponisten scheint angegriffen zu sein, präziser gesagt: schwer verwundet. Wenn er sogar schon *Sonzogno* erwähnt.

Im Grunde war das abzusehen. Längst schon abzusehen.

Zu den Symptomen der Hybris zählt nicht zuletzt der rücksichtslose Grabenkrieg, den Puccini mit seinen Librettisten Giacosa und Illica führt, die er tyrannisch zu immer neuen Änderungen zwingt, ohne ihre Einwände im mindesten ernstzunehmen. Wo immer ihm nichts einfällt, so lautet sein Credo, müsse an der Dramaturgie etwas nicht stimmen. Er hat sogar befohlen, die Akte zwei und drei der neuen Oper zu einem sehr langen zusammenzuziehen, was rundum auf heftigen Widerstand stieß. Unbelehrbar, für kein vernünftiges Argument der Experten offen, hatte sich Puccini durchgesetzt, dabei tausendmal die Gefühle seiner engsten, kompetentesten Mitarbeiter verletzt, sie zu Sklaven herabgewürdigt. Beide haben geschworen, künftig nie wieder mit dem Maestro zusammenzuarbeiten. Illica, der Prosaist, hat diesen Schwur bald gebrochen und sich mit Puccini neu arrangiert, recht fruchtbar sogar. Giacosa hingegen, dessen Aufgabe darin besteht, Illicas Prosa in gereimte Verse zu verwandeln, zieht es vor, noch immer beleidigt zu sein.

Tags darauf, in einem Gespräch mit Tito, gibt Giulio Ricordi sich zwar erneut zuversichtlich, die *Butterfly* möge noch irgendwie, irgendwann beendet werden, danach aber sei der Künstler Puccini am Ende, moralisch wie intellektuell. Er, als Verleger, habe getan, was er für seine menschliche und väterliche Pflicht gehalten habe, jetzt, jetzt könne wohl nur noch Gott selbst etwas für diesen Künstler tun. Dutzende Blutegel seien nun einmal nichts im Vergleich mit jenen Damen, die gewohnt seien, sich von abgezapfter Lebenskraft zu ernähren.

9

Caro Gigi,

(…) Von Musik versteht Elvira kaum etwas, zeigt sich aber gern an meiner Seite in den Opernhäusern, führt ihre neuesten Kleider vor, zu Hause läuft sie recht nachlässig herum. Nach der Musik erwartet sie dann Dankbarkeit, für ihre Loyalität, für die Geduld, für ihr malträtiertes Sitzfleisch. Dabei sind gerade meine, sprich *unsere* Opern, nun wirklich nicht lang, ich weiß, daß die brauchbaren Opern der Zukunft allesamt nicht so lang sein werden. Wir sind nicht Wagner, wir sind gegen Wagner arme Würstchen, die sich besser einen neuen Beruf suchen sollten. Und dennoch –

Elvira ist eine gute Mutter, wie ich ein passabler Vater bin, das glaube ich von mir sagen zu können. Wenn nun zwei Eheleute, wir sind ja praktisch alte Eheleute, nur ohne Trauschein, miteinander nichts mehr anfangen können, dabei aber die Pflicht gegenüber dem Nachwuchs und der Familie nicht vernachlässigen, ich muß ja auch noch zwei meiner Schwestern versorgen und gebe Elvira manchmal Geld für Zuwendungen an ihre gierige Verwandtschaft, wenn das also so ist, dann kann man Gefühle nicht einklagen wie Pflichten, dann ist es in Ordnung, wenn jeder auf seine Weise nach dem sucht, was man am anderen vermisst. Das hat nichts mit fehlendem Respekt zu tun oder einer Herabwürdigung, noch trifft darauf das profane Wort *Betrug*, schließlich haben wir uns nie vor Gott etwas versprochen.

Gut, ich habe Fehler gemacht, ich habe auf die Diskretion meiner Freunde vertraut, auf das Briefgeheimnis, ja, das war dumm und naiv, manchmal bin ich schon dämlich, ich hätte wissen müssen, daß mein aus der Laune des Augenblicks entstandenes Preislied auf die Lust herumgezeigt werden würde, schön, auch habe ich mich hier und da in der Öffentlichkeit, was heißt Öffentlichkeit? Im Straßenverkehr, sozusagen, habe ich mich, allerdings nie in sittenloser Weise, mit dem Mädchen gezeigt, um das jetzt solcher Wahnsinn entstanden ist.

Mein Entschluß steht fest. Wenn die Butterfly beendet ist, sofern sie je beendet werden wird, schaffe ich klare Verhältnisse. Egal, was die Welt darüber denkt. Gebe Gott, daß ich je wieder arbeiten kann.

Am 10. Februar 1903 kehrt Puccini von der Jagd bei Pavia in sein Haus in Torre del Lago zurück. Marschiert wortlos an Elvira vorbei, steigt die Treppe zum Schlafzimmer hinauf. Schlägt die Tür zu.

Elvira schreit ihm hinterher. Du riechst noch nach ihr!

Er brüllt von oben herab, daß *er* vielleicht rieche, *sie* aber stinke.

Elvira erfährt an diesem Tag seelische wie physische Unterstützung von zweien ihrer Verwandten aus Florenz, der Schwester, Ida, und deren Gatten, Giuseppe Razzi, genannt Beppe. Vielleicht war den beiden eine Art Unterhändlerrolle zugedacht, jetzt jedenfalls ergreifen sie eindeutig Partei und verschärfen die Situation nur noch.

Elvira habe diesmal ganz recht, wirft Beppe dem Jagdgefährten und engen Freund vor, er benehme sich *schäbig. Schäbig und obszön.*

Giacomo bemüht sich, den dicken Menschen mit dem Mosesbart zu ignorieren. Freunde, die gegen ihn Position beziehen, sind die längste Zeit seine Freunde gewesen. Er stellt, für diesmal kämpferisch gelaunt, Elvira zur Rede. Ob ihre parasitäre Verwandtschaft dauernd hier rumlungern müsse? Ob die denn kein Zuhause hätten? Er sagt es so laut, daß alle es hören. Hören sollen.

Elvira, bleich geworden, entschuldigt sich bei Ida und Beppe. Seht ihr, was ich mit diesem Monstrum aushalten muß? Ihr seid meine Zeugen, wenn ich mich von ihm scheiden lasse.

Du bist gar nicht verheiratet mit ihm, wendet Ida zaghaft ein.

Nicht vor der Welt! Aber vor Gott! Und selbst Gott hat ihn satt!

Beppe Razzi pflegt, sobald er mit Giacomo allein ist, zu diesem ein herzlich-vertrautes Verhältnis. Er leidet, sobald er in seiner Funktion als Schwager Elviras auftreten – und seine Loyalität gegenüber dem Freund höheren Loyalitäten unterordnen muß.

Aber was kann man schon tun? Was hat Ida eben gesagt? *Du bist gar nicht verheiratet mit ihm.* Das ist die Lösung!

Wir sollten einsehen, murmelt Beppe, daß Giacomo hier nun mal der Hausherr ist, sich folglich in einer schwer attackierbaren Position befindet.

Wie bitte? Was sagst du?

Rein juristisch, meine ich.

Von oben dröhnt Giacomos Stimme: *Deine windige Sippe soll sich verpissen!*

Wir fahren besser, meint Beppe.

Wir lassen, sagt Ida, meine Schwester jetzt auf keinen Fall allein. Komm mit zu uns! Du brauchst ein paar Tage Ruhe.

Erneut, von oben, die Stimme: *Ja! Haut ab! Alle!*

Mit derlei dezidierten Anweisungen nicht vertraut, üblicherweise geht der Maestro ja jedem Konflikt aus dem Weg, beschließen Ida und Beppe, nach intensiver interner Diskussion, hier nicht länger vermitteln zu wollen, es trage letztlich keine Früchte. Mit Gewalt lasse sich schon gar nichts lösen. Elvira denkt kurz daran, das von der Schwester angebotene Asyl zu akzeptieren, dann weist sie den feigen Gedanken von sich, beschließt statt dessen zu bleiben, um ihr Revier zu kämpfen. Was hat sie denn sonst vom Leben? Was?

Seinem Freund Beppe ruft Giacomo noch hinterher, sein Zorn richte sich nicht gegen ihn, er sei hier jederzeit willkommen. Beppe antwortet, mit diesem Angebot werde *Ida* beleidigt, und GP wiederum antwortet, ja, schon, aber nicht Ida *an sich*, eher die zecken&heuschreckenhafte Sippschaft der *Bonturis* im allgemeinen. Bis eben seien noch Elviras Geschwister Zeffiro und Livia im Haus gewesen, alle kämen sie an, die bewundernden Verwandten, immer öfter, bewunderten die Villa, machten es sich gemütlich bei der Bewunderung der Villa, legten sich schlafen zwischen einer Bewunderung und der anderen. Und manche jener Bewunderer seien nicht einmal verwandt mit ihm!

Seltsamerweise – sobald Ida und Beppe sich verabschiedet haben, kehrt so etwas wie Ruhe ein. Giacomo, der harmoniebedürftige Mensch, schlurft in den Salon, verlangt mit höflichen Worten nach Essen und Kaffee, gibt Elvira gar einen Kuß auf die Wange, tut standhaft so, als sei weiter nichts geschehen. Sein Wunsch wird an die Dienerschaft weitergeleitet; einige Tage lang herrscht vornehmes Schweigen. Elvira ahnt wohl, auf welch tönernen Füßen ihr Anspruch ruht. Sie gibt sich mit der entstandenen Farce zufrieden. Vorerst.

10

Vater, du solltest die Sache mir überlassen. *Du* hast ihn immer viel zu sanft behandelt. Seine antriebsschwache Natur benötigt gewisse ... Tito schnippt mit zwei Fingern, ringt um den passenden Begriff.

Was?

Anstöße. Tatsachen. Entscheidungen. Er ist im Innersten *dankbar* dafür.

Ja? Es gibt Grenzen, Tito. Manchmal hab ich Angst, was passiert, wenn du den Verlag einmal übernimmst.

Ich sehe klar voraus! Und rede nichts schön. Seien wir pragmatisch! Tito deutet mit gekrümmtem Zeigefinger auf das nun entstandene zweiaktige Libretto vorläufig letzter Fassung.

Ich finde es eigentlich gar nicht so schlecht.

Ach nein? Giulio nickt, vom Urteil des Sohnes überrascht. Er denkt ja ganz ähnlich.

Sicher enthalte es Möglichkeiten, aber bleibe doch ein minderwertiges Sujet, ein Federgewicht. Leider.

Es sei zu krass, zuviel häßliches Leben, zuwenig schöne Oper, meint Tito. Es müsse hier und da abgerundet, gefälliger werden. Und der neue zweite Akt sei ein Monster, das es zu zügeln, zu zähmen gelte. Du wirst Toscanini bitten, ihm dies zu sagen. Auf Toscanini hört er manchmal. Und die Regie muß die Ödnis, infiziert von Debussy und dem Pariser Pack, die Längen im zweiten Teil, bekämpfen, mit starken Effekten, ich habe da meine Ideen, überlaß das mir!

Giulio wiegt den Kopf. Ich kann Puccini nur zuraten, aber ihm nichts vorschreiben, Sohn. Er ist zornig genug auf mich.

Als Verleger hat Giulio Ricordi stets den eisernen Grundsatz befolgt, demzufolge ein Künstler, solange er *Erfolg* hat, letztlich auch *recht* hat, egal, womit. Denn der Künstler ist von Gott gesandt, und sein Erfolg ist der Beweis von Gottes Segen. Auf diesem Gebiet denkt Giulio Ricordi calvinistisch. Was sich mit nüchternem Unternehmergeist problemlos verträgt.

Ich kann dieses Werk retten, Vater, und ich werde es dir beweisen!

Nein, Tito. Laß ihn jetzt in Ruhe. Falls diese Butterfly ohnehin nicht zu retten ist, sollten wir ihm hinterher nicht als Ausrede dienen können. Wir sind zu weit gegangen.

Im Gegenteil! Im Gegenteil!

Sei still jetzt. Bitte!

11

Es ist der Nachmittag des 25. Februar. Puccini setzt sich die Fahrerhaube auf, um einer Einladung seines Freundes Alfredo Caselli ins nahegelegene Lucca zu folgen. Vorher will er wegen seiner chronischen Halsschmerzen einen Spezialisten aufsuchen, danach ist eine scheinbar zufällig zustande kommende Aussprache mit dem immer noch gekränkten Librettisten Giacosa geplant, der, laut Caselli, zaghafte Signale gesetzt hat, sich vielleicht doch wieder versöhnen zu wollen.

Du fährst nach Lucca?

Ja.

Elvira weist darauf hin, daß Casellis Einladung der *gesamten Familie* gegolten habe. Es wäre, sagt sie, ungewohnt sanft, eine Gelegenheit, den Familienzusammenhalt zu demonstrieren, Giacomo möge ihr das nicht abschlagen.

Auch der herbeigeeilte Tonio bittet darum: Laß uns alle gemeinsam fahren, Papa!

Giacomo fühlt sich bedrängt. Egal, was ihr denkt – ich fahre wirklich zu Caselli …

Um so besser, meint Tonio. Der Junge klingt etwas vorwitzig, von der Mutter instruiert.

Pin ist dort. Ich treffe ihn wegen neuer Änderungen am Libretto. Das wird ganz langweilig. Ein Gespräch unter Männern. Schlimmer: *Künstlern.* Entsetzlich fade!

Bitte, Papa! Wir werden euch nicht stören.

Giacomo hat eigentlich keinen Grund, die Bitte abzuschlagen, schließlich seufzt er laut und nickt sein Einverständnis. Elvira streicht ihm dankbar über die Stirn.

Ich muß mich nur noch umziehen! Guido fährt!

Als die beiden im Haus verschwinden, wirft Giacomo die Fahrerhaube in den Sand, zornig auf sich und den von seiner Mutter offensichtlich als Mittel zum Zweck benutzten, manipulierten Sohn, für den es ja nicht den allergeringsten Grund gibt, sich auf so einen Abend zu freuen. Über die Maßen gelangweilt, wird Tonio einsam herumsitzen, während die Männer rauchen, trinken und über Kunst und den Kulturbetrieb reden werden, die Weiber hingegen über Weiberkram. Was ist schlimmer?

Die Idee, Tonio könne sich vor einer bevorstehenden Trennung seiner Eltern fürchten, kommt ihm relativ spät in den Sinn. Wonach sein Zorn sofort verebbt. Beinahe gerührt läßt er den Clément auftanken.

Es wird eine gemächliche Fahrt. Puccini gibt dem Chauffeur mehrmals die Anweisung, ein bißchen mehr Gas zu geben, aus der Karre sei mehr herauszuholen. Guido Barsuglia, ein ruhiger, manche sagen sogar *stumpfer* Mensch, reagiert nicht. Muß er auch nicht, bei einander widersprechenden Befehlen.

Lassen Sie sich von meinem Mann bitte nicht drängen, Guido! Wir wollen schließlich die Landschaft genießen!

Die Geschwindigkeit, in der sie an der zu genießenden Landschaft vorbeirasen, beträgt fast fünfzehn Meilen pro Stunde.

Puccini, auf dem Beifahrersitz, leidet. Es ist so *langsam*, murmelt er in sich hinein. Es ist – *zu* langsam. Alles. In fünfzig Jahren, malt er sich aus, wird die Welt um so vieles schneller sein, Automobile für ganz normale Bürger werden bestimmt das Dreifache leisten, man wird morgens in Paris starten und mittags vielleicht schon die

Dächer Londons erblicken. Was für eine Zukunftsaussicht! Und wie erbärmlich die Schnecke Gegenwart, auf deren dünnem Häuschen er jetzt, mehr als nur metaphorisch, durch die Gegend zuckeln muß.

Nach der Visite beim Arzt – der rät, wie immer, zu maßvollerem Rauchgenuß, Tabak könne auf schon entzündete Hälse schädlich wirken – kehrt man mit den Casellis im Restaurant *Rebecchino* ein, einem der besten Lokale am Ort. Danach – es soll über gewisse Dinge lieber ohne Öffentlichkeit geplaudert werden – fährt man zum Landhaus Caselli, gegen 21 Uhr, wo es eine Art bunten Nachtisch gibt in Form unzähliger *Dolce* – Kuchen, Bonbons, Pralinen und Schokoladen, dazu wird Tee, Kaffee und Glühwein gereicht. Auch Cognac und Schnaps. Die von Caselli hergestellten Karamelbonbons wurden im Vorjahr einer nationalen Auszeichnung für würdig befunden.

Giacomo trifft auf den »zufällig« anwesenden Buddha und tut überrascht, reicht ihm die Hand. Ein Diener reicht frische wie auch kandierte Früchte. Man nimmt an der kleineren Tafel Platz, Wein wird ausgesucht, Champagner geöffnet. Des Gastgebers Geschäfte laufen nicht schlecht.

Da sitzen, im Uhrzeigersinn, Alfredo Caselli und Guido Vandini, die zwei engsten Luccheser Freunde Puccinis, Giuseppe Giacosa, genannt *Pin* oder eben auch *Buddha*, ein beleibter, vollbärtiger Mann, erfolgreicher Dramatiker, Librettist und zur Zeit ein nur *ehemaliger* Freund Puccinis. Dann der Maestro selbst, Elvira am Fußende der Tafel, schließlich vollenden Tonio sowie die Gattinnen Vandinis und Casellis das Oval. (ANM. 3)

Wann kommt dein neuer Wagen?

Dieses Jahr noch, hoffe ich. Rückwärtsgang! Habt ihr davon schon gehört?

Keiner hat davon gehört. Rückwärtsgang – wofür soll das denn gut sein?

Giacosa und Giacomo haben den Abend über kein Wort miteinander gewechselt, selbst der Händedruck war schlaff und knapp ausgefallen. Giacosa fühlt sich durch dieses Schweigen ausgegrenzt, erwartet ein gewisses Entgegenkommen, vielleicht sogar eine wenigstens angedeutete Entschuldigung, sieht nicht ein, daß er den ersten Schritt tun soll.

Plötzlich bricht das Eis. Puccini wendet sich, fast beiläufig, nach rechts, klopft ihm an den Oberarm, spricht ihn, als wäre nie etwas vorgefallen, mit seinem moderateren Spitznamen an.

Pin, ich habe heute eine Idee gehabt!

Giacosa brummt erleichtert, streicht sich den Bart, streicht sich den gewaltigen Bauch, tut aber so, als habe sein Brummen nur einer bevorstehenden, vorausgeahnten Zumutung gegolten.

Das ist ja nichts Außergewöhnliches. Du sagst es allerdings so, daß ich mich jetzt schon fürchte!

Und doch – ein Grinsen stiehlt sich auf sein Gesicht. Der Versöhnung steht nun kaum noch etwas im Weg.

Puccini, Giacosa, Vandini und Caselli ziehen sich ins Hintere des Raumes zurück, entnehmen dem Humidor brasilianische Zigarren. Maestro Guido Vandini, der am Luccheser Teatro del Giglio als künstlerischer Direktor arbeitet, nutzt beherzt die ihm gegönnten fünf Minuten, versucht Puccini zu überreden, vor Ort die Zweitaufführung der *Butterfly* leiten zu dürfen, erfolglos. Lucca, mit seiner doch eher zweitklassigen Sängerriege, muß warten, bis das Stück ein paar Jahre an den großen Häusern gelaufen ist.

Vorne beginnt eine mühsame Themensuche. Nach den üblichen Krankheitsbildern aus der weiteren Verwandtschaft einigt man sich auf Spekulationen zur Hutmode der kommenden Saison. Sagenhaft, wieviel es darüber zu debattieren gibt. Tonio wird in den Garten geschickt, wo es eine verwitterte, windschiefe Kegelbahn mit Kerzenbeleuchtung gibt. Alleine zu kegeln, wenn man nach jedem Wurf die gefallenen Kegel selbst wieder aufstellen muß, ist keine dauerhafte Unterhaltung an einem kühlen Abend. Zu Tonios Glück steigen bald Barsuglia, der Chauffeur, und einer von Casellis Bediensteten in das Spiel ein. Lieber allerdings würde Tonio im Wohnzimmer sitzen und ein Buch über Mechanik lesen, aber das würde als unziemlich, provokant eigenbrötlerisch gelten.

Der Vater liebt ihn nicht sonderlich, weil er aus der langen Familientradition gefallen scheint und keinerlei Talent zur Musik zeigt.

Als er dem Fünfjährigen die erste Geige geschenkt hat, so eine Anekdote, verzog sich der kleine Tonio damit, baute einen Mast und Segel und ließ die Geige im nächsten Teich als Piratenschiff schwimmen. Eigentlich eine Phantasie verheißende Anekdote. Viele Jahre später wird Giacomo sie anders erzählen, wird behaupten, Tonio habe ihm auf der Geige vorgespielt, er selbst habe dessen nicht existentes Talent lächelnd eingesehen und die Geige zum Segelschiff umfunktioniert. Es entspricht seiner Gewohnheit, den Dingen nachträglich einen ihm gewogeneren Rahmen zu verleihen, selbst wo er niemals ein Musikinstrument, das teuer Geld gekostet hat, zu Wasser lassen würde.

Wahr ist allerdings, daß Tonio sich krampfhaft weigert, ein Gewehr in die Hand zu nehmen und auf Vögel zu schießen. Aber diese Geschichte kann man wirklich niemandem erzählen, beim besten Willen nicht, nicht mal angedeutet. Jeder vernünftige Mensch würde denken, sein Sohn habe am anderen Ufer geparkt.

Pin, hör zu! Ich weiß jetzt, was falsch ist. Ja.

Lieber Gott, Giacomo, erspar mir das!

Ich bin nicht Gott, du kommst nicht in die Hölle. Wenn es nach mir geht. Du mußt den ehemaligen dritten Akt umschreiben.

Was?

Wir lagen völlig richtig mit unserer Entscheidung: die Szene auf dem Konsulat mußte raus. Zwei lange Akte! Das war die Lösung. Der Vorhang durfte nicht fallen.

Pin sieht ihn an, mit offenem Mund. *Unsere* Entscheidung war das? Das klingt, ja wie denn? Dreist! Will er die Vergangenheit fälschen, oder glaubt er, mir helfen zu müssen, damit ich mein Gesicht bewahre? Die Streichung der zweiten Pause hat er mir aufgedrängt, hat sie gegen meinen Willen durchgesetzt, Illica flennt jetzt noch, ich bin schließlich auch ein Künstler, warum werden bei Opern immer nur die Komponisten genannt, als sei das Libretto zweitrangig bis völlig egal? Gerade Jack sollte inzwischen begriffen haben, wie wichtig ein gutes Textbuch ist.

Jack sieht ihn treuherzig an. Der nun so lange zweite Akt sei zu lang.

Das ist die ganze *Idee*?

Es sei, bekräftigt Jack, eine umwerfende Idee. Verkürzung, Verdichtung, quasi Poesie.

Vorne, wo die Frauen sitzen, am Kamin, wird nur noch in Alibisätzen (Elvira, wollen wir nicht mal zusammen einkaufen in Mailand? Gerne!) gesprochen, ansonsten der Debatte gelauscht.

Nur über meine Leiche! Die zweite Hälfte ist jetzt schon so dicht, was soll man da bitte noch weglassen?

Pin! Lieber Pin, du großer, noch am runzligen Euter der griechischen Musen genährter Dichter! Ich will die Leute erschüttern. Aber nicht aufgrund deiner Leiche, bitte. Es gibt jetzt eine kurze Übergangsmusik. Danach findet nur noch das Wesentliche statt. Konzentration! Vergeistigung. Abstraktion! Die Szene auf dem Konsulat war ein schwerer Fehler. Das Drama muß ohne Unterbrechung zu Ende gehen, knapp, wirkungsvoll und furchterregend …

Die meisten Künstler machen den Fehler, das Ende hinauszuzögern wie einen Orgasmus, der dann keiner mehr ist. Sie überreizen das Kunstwerk, wollen zuviel hineinschieben …

Pin wird sauer. Das klingt wieder alles so apodiktisch wie früher. Nur Befehle, keine Debatte. Du bist betrunken! Oder ist das nur Übergangsscheiße? Wenn wir weiter kürzen, geht jegliche Psychologie flöten!

Im Gegenteil! Alles rückt zusammen. Dicht wie ein Diamant! Ich seh ihn schon funkeln.

Giacosa sieht gar nichts funkeln, zerdrückt seinen Stummel wütend im Aschenbecher.

Du willst meine Poesie opfern! Für eine Schnapsidee! Ich meine nicht irgendwelche hübschen Verse, sondern eine innere, wesenhafte Poesie!

Der Berufsmasochist Giacosa, seit vielen Jahren an die Launen Puccinis gewöhnt, zur Versöhnung eigentlich mehr als gewillt, sieht sich mit einer neuen Verrücktheit konfrontiert.

Es ist eine gute Idee, bekräftigt Giacomo. Poesie sei mit einer Traumlogik viel eher verwandt als mit prosaisch profaner Logik.

Scheiße! Natürlich ist der zweite Akt viel zu lang. Anderthalb Stunden! Aber alles, was er enthält, ist notwendig! Du mußt ihn einfach wieder teilen. Ich habe Jahre meines Lebens an diesem Libretto gearbeitet und bin sehr sehr zufrieden damit. Wenn du jetzt etwas dran ändern willst, dann … dann such dir einen Lohnschreiber von der Straße.

Eine Minute wird geschwiegen.

Nein, du, niemand sonst, du wirst das für mich machen. Du wirst es begreifen. Puccini legt ihm die Hand auf die Schulter, Giacosa schüttelt sie ab.

Das ist delirant! So kannst du mit Gigi umgehen, nicht mit mir. Es wird Zeit für mich!

Pin erhebt sich, schnauft tief durch, geht, aber nicht aus dem Haus, nur auf die Toilette.

Ja. Du mußt darüber nachdenken, ich verstehe das, du bist halt so gebaut. Elvira! Hol Tonio. Wir brechen auf! Giacomo sieht auf seine Taschenuhr. Mit strahlendem Gesicht.

Er könne, sagt er, heute nacht noch an der Oper arbeiten.

Wie, wir brechen auf? Jetzt? Elvira wundert sich, ist an Gelage bis weit nach Mitternacht gewöhnt.

Ich hab' gedacht, wendet auch Guido Vandini ein, etwas enttäuscht, wir betrinken uns noch ...

Später, mein Freund, wenn wir Grund dazu haben. Dann richtig. Wie es sich gehört.

Caselli, ein Geschäftsmann, Cafébesitzer und Kunstfreund, nebenbei Puccinis brüderlicher Freund seit Kindertagen, schlägt vor, daß doch alle gerne hier übernachten könnten. Es mache keinerlei Umstände. Im Haus stehe ein Klavier, Jack dürfe es, wenn er partout komponieren wolle, gerne benutzen, auch nachts. Halt ohne Pedal, dann gehe das schon ...

Danke, Alfredo! Aber ich muß nach Hause. Ich habe endlich wieder *Ideen*!

Während Barsuglia, der in der Zwischenzeit eine Flasche Wein geleert hat, den Wagen vorfährt, wiederholt Giacomo noch mehrmals, daß er endlich wieder *Ideen* habe. Elvira fühlt sich wegen des raschen Aufbruchs genötigt, die Gastgeberin um Verzeihung für Giacomos Marotten zu bitten, seine Art sei manchmal arg impulsiv, schwer nachvollziehbar.

Steigt ihr jetzt endlich ein?

Komm hinter dem Steuer hervor, Topico! Ich dulde nicht, daß *du* fährst. Wir haben einen Chauffeur. Es ist sein *Beruf* zu fahren. Wozu bezahlen wir ihn denn? Außerdem hast du *getrunken*.

Seinen Kosenamen, *Topico*, verwendet Elvira nach Jahren wieder, um eine längst Vergangenheit gewordene, partnerschaftliche Zärtlichkeit zu demonstrieren. Sie versteht ihn nicht mehr. Wie hat er früher die Zeit vertrödelt! Nun hetzt er, als gehe sie ihm morgen aus.

Das sei nun einmal, flüstert Madame Caselli, die *Hälfte des Lebens*. Einmal dort angelangt, würden Männer jede Sekunde wie eine kostbare Münze betrachten, als seien sie sich ihres Wertes eben erst bewußt geworden.

Schneller! Schluß mit Geschwätz! Verabschieden können wir uns noch oft!

Verzeiht, Freunde! Der Maestro ist an neuen Ideen erkrankt!

Sehr wohl, Signora, kommentiert Barsuglia.

Ein doch sehr seltsamer Abend, findet Guido Vandini und schlägt vor, zusammen noch ein Glas oder zwei zu trinken.

Ich wäre dabei, wenn ihr dabei seid! meint Giacosa, wiederauferstanden vom Abort, auf den er sich zum Schmollen zurückgezogen hat. Zusammen stimmen sie eine der alten Hymnen des Club de Bohème an, *Qui siam'? Siamo poeti! Che cosa facciamo? Bibiamo!*

Puccini schweigt. Ihm kommt dieses schmissig verbindungshafte Getue peinlich vor. Er hat irgendwann gelernt, die Rolle eines würdevollen Künstlers zu spielen, stets gut angezogen, mit Stil und Grandezza. Elvira hat diese Entwicklung leider nicht mitgemacht. Jetzt ein kleines Hotel am Meer, mit einem Klavier, einem Tisch, einem Bett, Cori darin, das wäre das Glück, pures Glück, warum kann ich, der bestbezahlte Künstler Italiens, mir das eigentlich nicht leisten? Wo es an sich ja allzuviel gar nicht wäre …

Guido legt den ersten Gang ein. Er ist kein gelernter Chauffeur, nur der Sohn jenes Vinzenzo Barsuglia, der Puccini ein erstes Zimmerchen in Torre del Lago vermietet hat, als der noch bettelarm, am Anfang seiner Kräfte gewesen war.

Es ist zwanzig Minuten vor Mitternacht, Regen setzt ein, und die Heimfahrt wird eine knappe Stunde dauern, wenn es keinen Nebel gibt. Leider gibt es Nebel, gottlob nicht allzu dichten. Die Straße nach Torre del Lago wird nur spärlich vom Mondschein beleuchtet und keine drei Meter weit durch die schwache Lichtmaschine des nach einem Jahr schon veralteten Clément.

Schneller, Guido! Ah, ich bin glücklich! Meine Oper ist gerettet. Eigentlich wars ganz einfach: Geschwindigkeit! Verdichtung durch Geschwindigkeit. Nicht die *Stringenz* zählt, nur die *Situation.* Wie in der Erinnerung einmal vom Leben nur Situationen bleiben, Momente! Wie Perlen gereiht auf einer Kette. Der Rosenkranz der Momente!

Nicht so schnell, ruft Elvira von hinten, dabei fährt Guido Barsuglia wirklich nicht schnell und fühlt sich durch die ständige Maßregelung langsam, aber sicher in seiner Ehre gekränkt.

Was dann genau geschieht, ist unklar. In einer scharfen Kurve hüpft irgendetwas über die Straße, vielleicht ein Reh, vielleicht nur ein Schatten, der vorgibt, etwas zu sein. Puccini ist gerade damit beschäftigt, sich eine Zigarre anzustecken, das Streichholz entgleitet ihm vor Schreck. Guido will das Reh, den Schatten, was auch immer, umfahren, reißt den Steuerknüppel zu weit nach links. Fünfzig Jahre später gibt er zu, ein Reh, oder was immer, nur erfunden zu haben, ihm seien für einen Moment die Augen zugefallen, der Begriff *Sekundenschlaf* steht noch nicht im Wörterbuch. Hinten schreit Elvira, der Wagen schert aus der Bahn, rutscht über den Abhang, stürzt fünf Meter tief hinab in ein Feld, überschlägt sich entgegen manch dramatisierenden Darstellungen aber nicht, bleibt immerhin auf der Seite liegen, die Achse ist gebrochen, die Personen auf den Vordersitzen, Guido Barsuglia und Giacomo, werden gegen die Armaturen und aus dem Wagen geschleudert. Barsuglia bricht sich den linken Oberschenkel, Jack das rechte Schienbein, der Rest sind Kratzer und Prellungen. Tonio und Elvira kommen mit dem Schrecken davon. Der Wagen hingegen scheint im Eimer zu sein, es ist Nacht, Nebel liegt auf dem Acker. Die Männer können beide nicht laufen, es bleibt nichts übrig, als Tonio loszuschikken, der Hilfe holen soll. Tonio läuft los. Obschon er sich fürchtet vor dem Dunkel, vor den gespensterhaften Nebelschlieren, klettert er den Abhang hinauf. Betet zu Gott um ein Lichtlein, im wahrsten

Sinne des Wortes. Und wirklich, von der Straße aus ist eine Art Gehöft zu erkennen, ziemlich nahe sogar, atemlos schlägt Tonio gegen die Pforte.

Ich werde Papa retten, denkt er in diesem Moment, stolz wird er auf mich sein, ich rette ihm das Leben. Tatsächlich ist sein Vater gerade ohnmächtig geworden, der Blutverlust ist nicht lebensbedrohlich, eigentlich wiegt der Anblick mehr als die Menge. Für eine Ohnmacht in jedem Fall ausreichend. Elvira faselt etwas davon, daß der Wagen explodieren werde, und schleift ihren Lebensgefährten an den Schulterstücken durchs Feld, was dieser mit schnappendem Ächzen und Stöhnen kommentiert.

Barsuglia ist bei Bewußtsein, kann sich aber kaum bewegen, immerhin hält *er* die Wahrscheinlichkeit einer Explosion für eher gering und gönnt sich zwischen zwei Schreien einen Schluck aus dem Flachmann. Noch unter Schock stehend, versucht er sich zu erklären, wie geschehen konnte, was geschehen ist.

Tonio hat Glück. Ein seltsamer Zufall – das Haus, gegen dessen Pforte er schlägt, gehört einem, der weiß, was zu tun ist.

Wer ist da? ruft eine energische Frauenstimme.

Ich bin Antonio Puccini. Wir hatten einen Unfall. Mein Vater stirbt! Ist hier in der Nähe ein Arzt?

Im Haus gehen Lichter an. Ein untersetzter Mann, aber noch jung, Mitte Dreißig, im Schlafrock, öffnet.

Ich *bin* Arzt. Gestatten, Dottore Carlo Sbragia. Wundarzt.

Kommen Sie! Bitte! Puccini liegt unter dem Automobil.

Moment mal! Puccini? Automobil? Puccini! *Der* Puccini?

Die Stimme des Arztes wechselt ins Falsett. Seine Frau läuft derweil mit einer Pfanne und einer Schöpfkelle durch die Straße, trommelt Leute, Hilfskräfte, aus den umliegenden Häusern herbei.

An der Unfallstelle, vielmehr nicht weit davon entfernt, hält Elvira Giacomos Kopf. Mit ihrem Hutband hat sie ihm das Bein abgebunden, keine ganz üble Idee. Es ist kalt, und Giacomo glaubt, der Tod kröche in Form von feuchter Kälte durch seine Knochen. Elvira hingegen glaubt, er sei an den Benzindämpfen beinahe erstickt, später wird sie der Presse genau das erzählen und behaupten, sie habe ihn unter dem Automobil mit aller Kraftanstrengung hervorziehen müssen.

Giacomo kann sich an Details nicht erinnern. Kurz aus der Bewußtlosigkeit erwachend, lallt er: *Cori!* An und für sich sieht er ein, daß er Elvira schlecht darum bitten kann, Cori an sein Totenbett zu rufen, also entscheidet er sich dafür, wieder in Ohnmacht zu fallen. Es gelingt nicht, er denkt nach, welchem lebenden Komponisten man eventuell anvertrauen könne, das Fragment der *Butterfly* zu komplettieren. Eher niemandem. Zu vieles fehlt. Und was vorhanden ist, ist unausgegoren, schade. *Che Cazzo!* So ein blöder, alberner Tod. Er beginnt zu weinen, weniger über das eigene Schicksal als das der *Butterfly*. Wie sehr hatte er darauf gehofft, *zwischen* zwei Opern zu sterben. *Der Himmel*, sagt er grimmig, *muß voller Arschgeigen hängen.* (ANM. 4)

Elvira hingegen hofft, daß dies nicht seine letzten Worte bleiben werden, wie soll sie *das* der Nachwelt übermitteln? Sie registriert, was sie da eben für eine Sekunde lang gedacht hat, während sie doch schreit und schluchzt – das habe ich tatsächlich gedacht, denkt sie sich.

Und schreit und schluchzt noch mehr.

Dottore Sbragia trifft ein, mitsamt etlichen herbeialarmierten, aus ihren Betten gebrüllten Feldarbeitern. Seine Frau, Maria, reicht Decken herum.

Puccini wird auf der einzigen zur Verfügung stehenden Bahre, eigentlich einer sonst nur landwirtschaftlich genutzten *Trage*, ins Haus geschleppt. Guido Barsuglia muß warten, er tröstet sich mit dem Stumpen von Puccinis fallengelassener Zigarre, das wird schon in Ordnung gehen. Elvira schreit ihn noch an, wie er es wagen könne, bei all den Benzindämpfen zu rauchen, er winkt ab, ihm ist soeben alles egal geworden.

Im Haus angelangt, legen die Helfer den größten im Moment so gerade noch lebenden Komponisten Italiens auf den Küchentisch. Petroleumlampen werden entzündet. Sbragia besieht sich den Schaden und meint: Oje!

Elvira bekommt einen erneuten Heulkrampf, nicht ahnend, daß Dottore Carlo Sbragia immer, aus purer Gewohnheit, erst einmal *Oje* sagt. Seine Diagnose klingt dagegen zuversichtlich, ja beinahe banal.

Beinbruch und Quetschungen. Platzwunde an der Stirn. Leichter Blutverlust. Ich geb ihm eine Spritze gegen die Schmerzen. Das ist was ganz Neues, aus England, so ähnlich wie Morphium, nur besser. Dann schläft er erst mal. Sie sind natürlich alle meine Gäste heute nacht! Es ist mir, darf ich sagen, eine Ehre!

Zwei von den Dienstboten verständigte Gendarmen betreten das Haus, um den Unfallhergang zu Protokoll zu nehmen und sich wichtig zu machen. Ihre Hoffnung, mit Puccini zusammen fotografiert zu werden, erfüllt sich leider nicht, keine Kamera ist aufzutreiben, die Lichtverhältnisse wären denkbar ungünstig.

Wird er sterben, fragt Tonio, aufgrund der schnellen Hilfe halb erleichtert, halb enttäuscht, dabei doch beides nicht, aber irgendwie doch.

Wenn keine völlig unvorhergesehen Komplikationen auftreten … nein. Nein, wohl kaum. Wir legen ihn in mein Bett. Mehr ist nicht zu tun. Er soll in meinem Bett schlafen. Wer hätte das gedacht? Der große Puccini schläft in meinem Bett! Das Leben, ach, schreibt doch verrückte Geschichten. Oje. Jetzt soll man den Chauffeur holen.

Elvira ist immer noch hysterisch. Wedelt mit den Armen, schreit, sie lasse ihren geliebten Topico auf keinen Fall allein, jetzt nicht und niemals.

Sbragia findet, auch die Signora habe eine Spritze nötig. Es sehe schwer danach aus, als habe sie einen Schock. Dagegen helfe Schlaf. Tiefer Schlaf. Sie solle einen Arm freimachen.

Das Heroin-Laudanum-Derivat wirkt sehr rasch. Binnen einer Viertelstunde ist sie kaum wiederzuerkennen.

12

Am nächsten Morgen wird der noch benebelte Giacomo kilometerweit über brache Felder in einer Sänfte getragen, dann, in einem motorbetriebenen Fährboot, über den Massaciuccoli-See zu seiner Villa geschippert. Etliche Reporter sind anwesend, manche brechen in Tränen aus, als Puccini ihnen vom Boot aus lasch, mit sonderbar verklärtem Gesichtsausdruck zuwinkt, als gelte es Abschied zu nehmen für immer. Elvira gewährt den Kameras ein eigentlich unpassendes Grinsen. Tonio nimmt den kürzeren Landweg per Pferdekutsche. Zeitungen in ganz Europa heben den mirakulösen Umstand hervor, daß ein in der Nähe wohnender Wundarzt das Leben des Maestro gerade so noch einmal retten konnte. Sbragia schildert den Reportern mehrfach, wie er den Patienten nach langem Kampf zurück ins Leben geholt habe.

Guido Barsuglia verbringt die nächsten drei Wochen im Krankenhaus, fühlt sich danach geheilt, aber, wenn auch sublim und unausgesprochen, verachtet. Er wird nie mehr recht Fuß fassen in Torre und beschließt, in Amerika ein neues Leben zu beginnen.

Elvira läuft den Sänftenträgern voran, fühlt sich gebraucht, agiert wie in Trance, befiehlt dem Personal, die Villa zu schmücken für die Ankunft des maladen Hausherrn. Der Postbote tritt mittags durch die offenstehende Tür und bringt Dutzende Telegramme mit Genesungswünschen; sogar eines von der Königin ist dabei. Plötzlich, während er jedes einzelne der Telegramme schamlos vorliest, bevor er sie aushändigt, verfinstert sich das Gesicht des Beamten.

Was ist denn? Nun lesen Sie doch!

Hier ist auch eines an Signora Bonturi-Gemigniani.

Herr Jesus, an mich?

Er reicht ihr das Telegramm, ein schlichtes Blatt ohne Kuvert.

Ja? Lesen Sie schon vor! Um Himmels willen!

Das ist eine schlimme Nachricht, stammelt der Postbote.

Was? Lesen Sie vor! Lesen Sie schon!

Ihr Mann ist soeben gestorben.

Elvira öffnet weit den Mund zu einem Schrei. Wie kann das sein?

Heute morgen. Das Herz.

Elvira schließt ihren Mund. Heute morgen? Wieso? Was?

Narciso Gemignani. Ihr Gatte, wohnhaft in Lucca. Verstorben heute morgen, im sechsundvierzigsten Lebensjahr, an einem Herzschlag. So steht es hier.

Wie bitte? Narciso? Narciso ist tot? Heute? Sie denkt nach, ihr schwirrt der Kopf, sie möchte anmutig in Ohnmacht fallen, es gelingt ihr nur nicht. Sie ist noch nie in Ohnmacht gefallen, anscheinend können das nur feine Damen, die solcherlei von früh an üben.

Der Postbote hofft umsonst auf Trinkgeld, bevor er sich mit einer genuschelten Beileidsbekundung fortschleicht.

Elvira muß sich setzen.

Ein Wink Gottes. Ein Zeichen, ein *großes* Zeichen, wie es kräftiger gar nicht hätte ausfallen können. Das wird selbst Topico einsehen müssen, der wenig religiöse Mensch.

Gott hat ihm noch einmal das Leben geschenkt. Und heiraten können wir jetzt auch.

13

Das Krankenzimmer, mit Blick auf den See, strahlt hell, erfüllt von Licht und Blumen. Hier ist, anders als im Erdgeschoß, nichts bunt ausgemalt. Decke, Wände und sogar der große Kleiderschrank sind in Weiß gehalten, was zur trauertragenden Elvira den stärkstmöglichen Kontrast ergibt.

Giacomo beschwert sich über all den duftenden Pflanzenkram. Das Zeug nehme ihm die Luft!

Elvira meint zwinkernd, daß *sie* nichts dafür könne. Bukette und Gestecke stammten ja nicht von ihr.

Hauptsächlich von deinen Verehrerinnen. Beklag dich bei denen! Briefe kommen, aus aller Welt. Da sieht man, wo du überall gewesen bist. Und wohin du mich nicht mitgenommen hast! Sie sagt es mit spitzem Humor, gleichsam tänzelnd, ohne Bitter- oder Boshaftigkeit. Seit dem Unfall wirkt sie komplett verwandelt.

Du genießt es, daß ich hier liegen muß!

Unsinn. Bei dir zu sein. Ja. Das genieße ich. Ich dachte, die Blumen heitern dich auf. Wenn du willst, laß ich sie gleich nach unten bringen. Hör zu, ich muß für zwei Tage weg, nach Lucca, auf Narcisos Begräbnis. Ich werde mich kaum unter die Trauergesellschaft mischen können, das nicht, das würde man mir nicht erlauben, die Bagage hasst mich, aber hinterher will ich eine Blume auf sein Grab legen, das erfordert der pure Anstand. Fosca will natürlich auch ihrem Vater die letzte Ehre geben. Oder hast du etwas dagegen?

Was soll ich denn dagegen haben?

Das dachte ich mir. Nitteti kommt, freundlicherweise, wird sich einige Tage lang um dich kümmern. Aber vielleicht werden wir noch jemanden einstellen müssen. Angiolina hat gekündigt, um zu heiraten.

Angiolina?

Unser Küchenmädchen.

Ach die. Seltsam. Wer heiratet denn so etwas?

Du mußt dich ausruhen.

Ich muß arbeiten.

Strengstens verboten. Du brauchst Ruhe. Viel Ruhe! Der Arzt sagt, daß du das Bein auf keinen Fall bewegen darfst.

Nitteti, die verwitwete Schwester Giacomos, erklärt sich zur Krankenbetreuung bereit und zieht in die Villa. Auch Elviras Schwester Ida bietet ihre Hilfe an, will den Streit von neulich beilegen.

GP an Illica, 18. März 1903

(…) Sor Giulio hat mir telegrafiert, aber noch nicht geschrieben – von Giacosa habe ich auch nur ein Telegramm erhalten. (…)

GP an Illica, 19. März 1903

Signor Giulio hat mir immer noch nicht geschrieben!!!!!! Und ich habe ihm mehrmals geschrieben, zuletzt sogar in Versen – was soll ich dazu sagen? Soviel Zeit hätte er doch finden können. (…) Aber erwähne Sor Giulio gegenüber nichts von meinem Lamento, ich möchte wissen, wie weit er dieses Schweigen noch treibt. (…) Elvira überwacht mich, wie üblich, ich halte diesen Kerker kaum aus, ich kann keinen Blick tun, keine Zeitung lesen, ohne daß sie mich eines Verrats verdächtigt. (…) Wenn du mir schreibst, dann nicht über dieses Thema.

Brief von Giulio Ricordi an Illica, 23. März 1903

Teurer Illica,

ich habe Ihre Briefe gelesen, wie immer anschaulich und interessant!

Jedoch, wir Armen – mit diesem Kranken! Erinnern Sie sich, wie oft ich Ihnen sagte, daß ich für Puccini ein Ende à la Donizetti befürchtet habe, nämlich Gehirnerweichung? Donizetti schrieb die inspirierte *Maria de Rohan* fast ohne Rückenmark! Und danach! Und danach!! Genug.

(…) Puccini ist ein wirklich widerspenstiger, sich selbst schadender Junge! Ich erfahre geradewegs haarsträubende Dinge, die mich aus der Fassung bringen … (ANM. 5)

14

Als Elvira zum Bahnhof nach Viareggio fährt, mit einer Pferdekutsche, wie früher, ›zu Verdis Zeiten‹, wie die verflossene Ära nun immer öfter benannt wird, trifft sie dort Giulio Ricordi, eben aus Mailand eingetroffen. Er ist incognito da und kondoliert der Witwe, betont, daß sie sich in allen Lebenslagen stets an ihn wenden könne. (ANM. 6)

Elvira, die mit ihrem verstorbenen Gatten Narciso keineswegs eine gütliche Einigung erzielt hatte (Fosca durfte sie nur mitnehmen, weil er auf die Tochter keinen Wert legte), redet nun versöhnlich, beinahe zärtlich über ihn.

Eigenartig, nicht? Beinahe hätte ich in ein und derselben Nacht gleich meine *beiden* Männer verloren. Mein Schicksal wäre anekdotisch geworden. Der Tod hatte die Wahl und gab sich vorerst mit Narciso zufrieden. Aber Giacomo hat er eine deutliche Warnung verpaßt … Sagen Sie selbst, Signor Giulio! Wie verhält man sich in einer solchen Lage? Es wäre gewiß eine Sünde vor Gott, sich über den Tod des kirchlich angetrauten Ehemannes zu freuen. Ich freue mich auch gar nicht. Narciso war kein so schlechter Mensch. Ich bin ihm in Ewigkeit dankbar, daß er sich damals so uneigennützig in die Trennung gefügt hat. Großherzig hat er mich geliebt, er starb leider verbittert und möge seinen Frieden finden vor Gott. Aber nun können Giacomo und ich endlich heiraten. Mann und Frau werden vor dem Gesetz. Wenn die zehn Trauermonate erst vorüber sind. Was geschehen ist, ist ein Wunder. Der Weg ist frei, und Giacomo kann mir nicht mehr davonlaufen.

Man müsse sich das mal überlegen. Als habe die heilige Jungfrau eine *doppietta* geschossen, wenn man es so ausdrücken dürfe, was man sicher nicht darf, aber es trifft, nicht wahr?

Signor Giulio nickt. Das sei gut, sei ein enormer Fortschritt. Möglicherweise die Rettung. Man müsse in allem das Gute entdecken und es nutzbringend in die richtigen Bahnen lenken. Er werde, fügt er halblaut an, das nächste halbe Jahr eine Auszeit nehmen, sechs Monate in Paris verbringen, er fühle sich alt und eines Urlaubs bedürftig. Wenn sie etwas brauche, solle sie sich an Tito wenden.

Ach, eine wundervolle Stadt, Paris. Giacomo liebt dieses Kaff hier, aber ich, ich liebe die großen Städte …

Ja. Mir geht es ebenso. Ich muß mich jetzt leider verabschieden.

Wollen Sie nicht zu ihm?

Nein, ich habe ein Telegramm geschickt, das genügt. Es ist besser, wir schweigen eine Weile. Zu Zeiten, nach einem Sturm, ist es wichtig, die Stille hernach nicht zu stören. Stille heilt manche Wunde. Ich bitte Sie darum, lieber nicht zu erwähnen, daß ich hier war.

Sie können sich auf mich verlassen, Signor Giulio.

Ich weiß das sehr zu schätzen, Signora Elvira. Behüten Sie ihn. Er bedarf Ihrer Güte.

15

Liebste Cori,

du wirst das Wichtigste den Zeitungen entnommen haben, die alle übertreiben, es geht mir ganz gut, relativ zu dem, was alles hätte passieren *können*. Ich schreibe diesen Brief und weiß noch nicht, wie du ihn erhalten sollst, denn meinen Verwandten kann ich leider nicht trauen, sie haben nur das Beste mit mir vor, allerdings definieren sie mein Bestes auf ihre höchst eigene und subjektive Weise. Glaubte ich seit jeher an eine Verschwörung, glaube ich nun nur noch stärker daran, mit dem Unterschied, daß ich hilflos darniederliege. Elvira ist nach Lucca gefahren, zum Begräbnis ihres Gatten. Wenigstens hat sie mir versprochen, daß ihre Verwandten nicht wieder in mein Haus einbrechen werden. Eben kam ein Telegramm Ricordis, er selbst scheint mich zu meiden. Es ist schrecklich, zurückgeworfen zu werden auf eine fragile Körperlichkeit, die sich in einem eklatanten Mißverhältnis befindet zu den Ausflügen unsres Geistes. Man wird sich der Erbärmlichkeit des Daseins auf peinliche Weise bewußt. Es wird angeblich ein halbes Jahr vergehen, bevor ich wieder schmerzfrei laufen kann, ein halbes Jahr, in dem wir uns nicht sehen können. Das bricht mir erneut mein so oft schon zerbrochenes Herz. Wie sehr ich dich hier und jetzt nötig hätte! Aber wir müssen uns abfinden mit dem, was uns die schlechtgelaunte Vorsehung auferlegt hat. Ich erhalte Genesungswünsche aus aller Welt, sogar von Königen und Königinnen, dreihundert Telegramme trafen ein. Sogar von Mascagni aus San Francisco! Doch mehr als all das wünschte ich mir, du würdest mir schreiben. Leider steht zu befürchten, daß die Umgebung, die mich derzeit umgibt, dir nicht sonderlich gesonnen sein dürfte. Schreibe drum an Tonio, unter einem erfundenen Namen, erklär ihm mit wenigen Worten, warum, ich bin gespannt, ob er sich auf meine Seite stellen wird. Sei nicht zu freizügig dabei. Es wird sich bestimmt bald eine geeignetere Möglichkeit finden, wie wir unbeobachtet in Verbindung bleiben. Sähest du mich jetzt, gewiß schössen Tränen aus deinen lieblichen Augen, ich bin nur mehr ein Schatten meiner selbst, auf Hilfe angewiesen, wie sehr verachte ich diese Existenz und meinen anfälligen Körper, der sich nach dir sehnt, meine Süße.

Elvira hat sich in den Kopf gesetzt, mich zu heiraten, wenn die Trauerzeit erst vorbei sein wird, ich glaube, sie lebt in einer ganz eigenen, einzig auf sie und ihre Wünsche zugeschnittenen Welt, gewissermaßen ist sie geisteskrank, auf bedrückende Weise, will mir einreden, Gott habe ein Zeichen gesetzt. Seltsam ist die Sache an sich schon, vielmehr recht kurios. Alle hier sind tief abergläubisch, meine gutmeinenden Schwestern vor allem, und jene, die im Kloster gelandet ist, Iginia, schickt mir Briefe, in denen sie dauernd mein Seelenheil erwähnt, und daß ich wieder auf die rechte Bahn gelangen möge. Ich werde nicht wie ein Kranker, nein, wie ein gestrafter Sünder behandelt, aber all das stärkt nur meinen Entschluß.

Bald, wenn der Heilungsprozeß gut verläuft, werden wir zusammen sein, habe einstweilen Geduld, ich bitte Dich. Empfange tausend Vorschuß-Küsse von deinem Dich in Ewigkeit liebenden Giacomo.

Lieber Gigi,

du wirst das Wichtigste den Zeitungen entnommen haben, die alle übertreiben, es geht mir gut, relativ zu dem, was hätte passieren können. Elvira ist nach Lucca gefahren, zum Begräbnis ihres

Gatten. Wenigstens hat sie mir versprochen, daß ihre Verwandten nicht wieder in mein Haus einbrechen werden. Eben kam ein Telegramm Ricordis, er selbst scheint mich zu meiden. Es ist schrecklich, zurückgeworfen zu werden auf eine fragile Körperlichkeit, die sich in einem eklatanten Mißverhältnis befindet zu den Ausflügen unsres Geistes. Man wird sich der Erbärmlichkeit des Daseins auf peinliche Weise bewußt. Es wird ein halbes Jahr vergehen, bevor ich wieder laufen kann. Aber wir müssen uns abfinden mit dem, was uns die schlechtgelaunte Vorsehung auferlegt hat. Ich erhalte Genesungswünsche aus aller Welt, sogar von Königen und Königinnen, doch bin ich nur mehr ein Schatten meiner selbst, auf Hilfe angewiesen. Wie sehr verachte ich diese Existenz und meinen anfälligen Körper. Elvira hat sich in den Kopf gesetzt, mich zu heiraten, wenn die Trauerzeit erst vorbei sein wird, ich glaube, sie lebt in einer ganz eigenen, einzig auf sie und ihre Wünsche zugeschnittenen Welt. Alle hier sind tief abergläubisch, meine gutmeinenden Schwestern vor allem, selbst jene, die im Kloster gelandet ist, Iginia, schickt mir Briefe, in denen sie dauernd mein Seelenheil erwähnt, und daß ich wieder auf die rechte Bahn gelangen möge. Ich werde nicht wie ein Kranker, nein, wie ein gestrafter Sünder behandelt. Saluti, Giacomo.

Liebe Iginia, Schwester, Braut Christi, die du mich quasi zum Schwager unsres Heilands machst,

du wirst das Wichtigste den Zeitungen entnommen haben, die alle übertreiben, es geht mir gut, relativ zu dem, was hätte passieren können. Elvira ist nach Lucca gefahren, zum Begräbnis ihres Gatten. Es ist schrecklich, zurückgeworfen zu werden auf eine fragile Körperlichkeit, die sich in einem eklatanten Mißverhältnis befindet zu den Ausflügen unsres Geistes. Es wird ein halbes Jahr vergehen, bevor ich wieder laufen kann. Aber wir müssen uns abfinden mit dem, was uns Gott auferlegt hat. Ich erhalte Genesungswünsche aus aller Welt, sogar von Königen und Königinnen, aber über nichts freue ich mich so sehr wie über Deine Zeilen, Dein Mitgefühl und Deine Gebete um mein Seelenheil, sie geben mir Kraft in trostloser Zeit, es grüßt Dich Dein Bruder G.

P.S. Ihr lest im Kloster doch Zeitungen, oder? (ANM. 7)

Nimm diese Briefe, leite sie bitte weiter, ja?

Dr. Giacchi nickt und tastet das gebrochene Bein ab. Irgendetwas scheint ihm damit nicht in Ordnung zu sein. Schief sieht es aus.

16

Liebster!

Daß ich Dich ein halbes Jahr nicht sehen soll, nicht trösten und küssen kann, ist fürchterlich. Ich ahne, was Du derzeit erleidest, mein eigenes Leiden will ich deswegen tapfer ertragen. Nur müßte es doch eine Möglichkeit geben, Dich, und wenn auch nur von ferne, einmal kurz sehen zu dürfen. Oder würde Elvira Dich danach mit einem Kissen ersticken? Es bereitet mir die allergrößte Sorge, Dich in ihrer Obhut zu wissen. Ich bin in Mailand, langweile mich, du kannst mir unter der bekannten Adresse schreiben, ich warte auf den Ruf an Dein Bett. Oder, wenn das nicht geht, erlaube mir bitte, in einem Nachen auf dem See wie zufällig an Deinem Haus vorüberzutreiben, damit ich zumindest einen Blick auf Dein Haus werfen, Dir verstohlen zuwinken kann. Oder, wenn dein Zustand die Reise erlaubt, laß Dich hier von mir gesundpflegen, welchen geeigneteren Zeitpunkt könnte es geben, der Welt unsre Liebe zu offenbaren, als jetzt, da alle voller Mitgefühl mit ihren Gedanken bei dir sind. Sicher ist so ein gebrochenes Bein eine schmerzhafte und böse Sache, aber den Transport müßtest du doch irgendwie überstehen können, verzeih mir, aber ein *halbes Jahr*! Wie soll ich das ertragen? Dich in den Fängen dieser Furie zu wissen. Ich habe Angst. Um Dich, um uns. Es soll nicht hysterisch oder wehleidig klingen, nur will ich von tief innen aus sprechen, aus meinem Herzen heraus.

Ein schreckliches Gefühl plagt mich, ich weiß, daß es keine Basis besitzt, du darfst mich ruhig verspotten deswegen.

Ich habe auch vollstes Verständnis, daß Dein Brief nicht von der üblichen Leidenschaft geprägt war, die wir untereinander gewohnt sind. Du mußtest sicher befürchten, der Brief könne abgefangen oder von den falschen Augen gelesen werden. All das verstehe ich, Liebster, und berücksichtige es, weshalb auch diese Antwort weniger leidenschaftlich ausfällt, als Du es Dir sicher wünschen würdest. Werden wir zwei wirklich heiraten im nächsten Jahr? Dein Versprechen hat mich sehr gerührt und mir über manch dunkle Stunde hinweggeholfen, darf ich darum bitten, daß wir uns verloben? Es muß nicht offiziell sein, nur unter uns, uns beiden, es würde mir helfen, diese lange Zeit des Wartens besser zu überstehen. Trüge ich einen Ring von Dir an meinem Finger, den ich drehen könnte, statt nur meine Däumchen, wenn ich an Dich denke, ach, es klingt eigensüchtig, was ich schreibe. Sei lange geküßt, überallhin, mir ist jetzt nach Weinen zumute.

Denkst Du denn, ich käme nicht auf die Idee, Gott habe ein Zeichen gesetzt? War Elviras Mann nicht sogar im selben Alter wie du? Sicher gibt dir das zu denken, ich weiß es doch. Wie kann ich damit leben? Und vor allem, wie kann ich mit dem Wissen leben, daß Du andauernd darüber grübelst? Du bist nicht sehr religiös, Jack, Du ehemaliger Leichtfuß, aber Du liegst jetzt still und hast viel Zeit, um nachzudenken, das ist das schreckliche Gefühl, nun, indem ich darüber schreibe, kann ich es benennen. Verlass mich nicht.

Ewig Dein, mein irdischer Gebieter, Geliebter, Cori.

Giacomo hat den Brief nun ein drittes Mal gelesen. Für sein Empfinden redet sie darin ein bißchen viel von *sich*, auch wenn er für ihre Lage Verständnis zeigt. Narciso im selben Alter wie er? Quatsch. Zwei Jahre älter war Narciso, aber für Cori scheint alles über vierzig in ein und dieselbe Schublade zu gehören. Wie stellt sie sich das bloß vor, mit der Verlobung? So ist sie nie gewesen. Sonst. Hat er ihr etwa nicht die Ehe in Aussicht gestellt, gleichsam versprochen? Kann sie sich damit nicht zufriedengeben? Will sie ihm das Leben hier zur Hölle machen, indem sie auf dem See in einem Kahn (schlimmer: in einem *Nachen*) herumgondelt und winkt? Und was zum Teufel soll der Hinweis auf die fehlende Leidenschaft? Das so pragmatische, vor allem duldsame Mädchen scheint ihm nicht mehr zu vertrauen, aber muß sie dem ausgerechnet in so einem Moment Ausdruck verleihen? Als hätte er hier nicht schon genug Prekäres zu jonglieren, im wahrsten Sinne des Wortes auf einem Bein, am Ende seiner Kraft. *Leichtfuß!* Hätte sie sich dieses Wort nicht ersparen können? Es wirkt ein wenig takt- und geschmacklos. Doch.

Schnell verbirgt er Coris Brief unter dem Kopfkissen.

Elvira betritt den Raum, wie üblich ohne zu klopfen, glücklicherweise sind ihre Schritte auf der Treppe gut zu hören, und wenigstens benimmt sie sich seit neuestem einigermaßen zivilisiert, manchmal trägt ihre Zuwendung sogar Züge früherer, längst verloren geglaubter Innigkeit. Etliche verschüttgegangene Erinnerungen an eine bessere Zeit kehren zurück, wie abgemagerte Verbannte aus dem Asyl.

Elvira schüttelt Giacomos Kissen auf. Er verbirgt Coris Brief, indem er seine Wange darauf preßt und ihn im geeigneten Moment unterm Bett verschwinden läßt.

Elvira, das muß er bald zugeben, kümmert sich warmherzig um ihn. Schlimm war die Diät aus Gemüse, Obst, Strychnin und Karlsbader Wasser gewesen. Was hat denn der Bauch mit dem Schienbein zu tun? Jetzt ist damit Schluß, jetzt ist es besser, auch wenn er sich furchtbar langweilt. Nur die vorzüglichen, sehr toskanischfleischhaltigen Mahlzeiten können über die Ödnis viertelstundenlang hinweghelfen. Er raucht dreißig, für seine Verhältnisse *nur* dreißig Zigaretten am Tag und liest viel. Ida Razzi kommt ins Haus, löst

Nitteti ab, was zu Spannungen führt. Er möchte lieber von seiner Lieblingsschwester Ramelde gepflegt werden, die sich – leider – ihrer drei Kinder wegen für unabkömmlich erklärt.

Die Aussicht auf eine baldige Heirat scheint Elviras Wesen verändert zu haben, stellt Giacomo fest, sie spinnt sich da wohl enorm was zusammen. Natürlich hat sie zwanzig Jahre darunter gelitten, illegitim an meiner Seite zu verbringen, jetzt erblüht sie plötzlich. Er weiß nicht so recht. Soll ich ihr die Illusion rauben? Nein, wozu? Sie hat mich so schlecht behandelt, dafür kann sie mir jetzt ein wenig Behaglichkeit gönnen. In unser beider Interesse.

Elvira überrascht ihn mit einer ziemlichen klugen Entscheidung.

Wir müssen unser Personal erweitern, Giacomo. Alice (*die Kammerzofe*) kann nicht alles alleine erledigen. Ich weiß, daß du sicher nichts dagegen hast, wenn du nicht dauernd nur mein Gesicht sehen mußt.

Wie kommst du darauf? Schatz.

Der Ersatz für Angiolina ist da. Zu deiner individuellen Bedienung. Es ist Alices Cousine, die Tochter von Emilia Manfredi Cinti. Sie hat ernsthaft geweint vor Glück, weil sie von nun an hier arbeiten darf. Für den Maestro! Rührt dich das? Ich kenn dich doch. Doria! Komm rein!

Ein junges Mädchen tritt durch die Tür. Verpickelt, hager, mit hochgesteckten, ungepflegten Haaren, gekleidet in eine Art Vorhangstoff, den jemand mit löblichsten Absichten umgenäht haben muß.

Stell dich vor!

Das Mädchen schweigt, steht da, den Kopf gesenkt.

Sag dem Maestro, wie du heißt!

Doria flüstert ihren Namen. Doria Manfredi. Es tue ihr so leid.

Puccini sieht sie an, und mit all seinem Charme, über den er bei Personen minderen Standes jederzeit verfügt, lacht er. Ach, *du* bist das gewesen? Ich dachte, ein *Reh.* Behauptet wenigstens Guido. Warst du als Reh unterwegs?

Damit verunsichert er das Mädchen nur, das keine Ahnung hat, wovon er spricht.

Die entstandene peinliche Pause unterbricht Puccini mit der Frage, wie alt sie sei.

Siebzehn. Das Mädchen bewegt seine Finger, als müsse sie heimlich die Jahre ihres Lebens abzählen, um eine korrekte Antwort zu geben. Elvira legt ihr die Hand auf die Schulter.

Es ist gut, Doria. Der Maestro ist noch sehr müde.

Doria nickt, knickst ungelenk und verläßt, sichtlich erleichtert, das Zimmer.

Gefällt sie dir? Elvira klingt schelmisch, beinahe sarkastisch, als sie das fragt.

Ottima scelta! applaudiert Giacomo, kaum weniger sarkastisch. Von all den jungen Mädchen hier am See hätte Elvira wohl keines auswählen können, das reizloser auf ihn gewirkt haben würde.

Ich dachte, vielleicht erinnert sie dich ein bißchen an deine Cio-Cio-San und kann dich inspirieren.

Elvira gibt ihm einen Kuß.

Ich bitte dich. *So* stellst du dir Cio-Cio-San vor? Als Bauerntrampel? Giacomo gibt sich halb entrüstet, halb amüsiert. Immerhin, jene flüchtige, unbewußte Geste des Mädchens, das ihre Finger dazu benutzen mußte, um bis siebzehn zu zählen, diese Geste hat ihm gefallen, hat ihn berührt. Ob man so etwas in die Regieanweisungen einer Oper einflechten kann?

17

Liebe Cori

Vor Tagen stand Tonio an meinem Krankenbett, sehr bedrückt, und hat mir Deinen Brief gebracht. Allerdings, wie er deutlich sagte, zum ersten und letzten Mal, er möchte nicht mein Bote, mein Merkur sein. Er benutzte noch ein anderes Wort. Das ist von seiner Warte aus verständlich. Der arme Junge zwischen den Fronten! Nie hätte ich ihn damit belasten dürfen. Jetzt will er aufs Internat, nach St. Gallen, und ich denke, ich werde ihm den Wunsch erfüllen. Glücklicherweise hat sich eine neue Möglichkeit ergeben, wie ich Dir meine Zeilen, meine Küsse, meine Verbundenheit zeigen und senden kann. Was fällt Dir ein, an mir zu zweifeln? Furchtsame Cori, es wird am Ende alles so werden, wie wir uns das von jeher erträumt haben. Zeige Dich bitte geduldig, so wie ich mich geduldig in meine Prüfung füge. Du willst einen Ring? Kauf einen, der Dir gefällt, und küss ihn, solange Du willst, ich bezahle ihn auch. Wozu hängt dein Herz an solchen Äußerlichkeiten?

Wie ich hier kämpfe, davon machst Du Dir kaum eine Vorstellung, sonst könntest Du nicht schreiben, als wäre ich ein verwundeter Held in einem von Scotts Romanen, den nur sein treues Pferd in die Heimaterde bringen muß, damit er gesundet. Das kaputte Bein ist lästig, aber es schmerzt nicht mehr stark und ist nur eine Randerscheinung jenes Chaos, das um mich her tobt. Der alte Ricordi ist nach Paris abgehauen, läßt es sich dort gutgehen, schweigt sich aus, alle dringenden Angelegenheiten, die den

Verlag betreffen, muß ich nun mit Prinz Tito abstimmen, der meine Oper in Szene zu setzen gedenkt. Er ist mir ein ganz guter Freund und, wenn es ums Feiern geht, ein tapferer, früher hätte man gesagt, *Haudegen.*

Bei allem anderen, leider – und die Vorbereitung einer Premiere besteht aus tausend delikaten Finessen, die erledigt sein wollen – scheint mir seine Erfahrung nicht halb so groß wie sein Ehrgeiz. Er setzt mir quasi ein Ultimatum, will die Butterfly nächsten Februar auf der Bühne der Scala sehen, redet mir ein, der Zeitpunkt sei ideal, das Neue an meiner Oper bleibe sicher nicht immer neu, er habe Angst, daß meine Epigonen an mir vorbeiziehen könnten. Wohl wahr, mag sein, aber unter welchen Druck er mich setzt, weiß er das? Wenigstens kann ich inzwischen ein wenig arbeiten, die Instrumentierung des ersten Aktes macht Fortschritte, für den zweiten habe ich neue Ideen. Was ich nicht brauchen kann, ist noch mehr Druck oder das Gerede von Leuten, die nichts lieber täten, als sich über mich, über uns, das Maul zu zerreißen. Signor Giulio hat schon recht – die gegenwärtige, von der Zukunft noch ungefilterte Welt ist einfach gestrickt und bösartig. Wir heiraten, wenn die Butterfly triumphiert hat, vorher käme es einem Selbstmord gleich, und wenn Du jetzt einwendest, daß das Schicksal meiner Oper mir mehr am Herzen liegt als unseres, antworte ich: Ein Künstler ist seinem Werk verpflichtet. Er muß deswegen sein Wesen nicht verleugnen, sein persönliches Glück nicht hintanstellen. Aber es gibt immer einen Weg, um beidem Gerechtigkeit widerfahren zu lassen. Ein dorniger, schmaler Pfad, gewiß, doch er existiert und muß mit Voraussicht betreten werden, nicht planlos erstürmt. Wie sehr Du leidest unter dieser Situation, ist mir bewußt, aber ich bitte Dich auf Knien, bleibe gelassen und mach mir mein Leben nicht noch schwerer. Alles wird sich weisen, von selbst und bald.

Die siebzehntausend zärtlichsten Küsse sende ich Dir aus meinem Gefängnis, mögen sie Deine Angst vertreiben helfen, in tiefer Liebe, Giacomo.

P.S. Warum nicht die Zeit nutzen? Beschäftige dich! Hast Du nicht mit dem Gedanken gespielt, irgendwann das Lehrerinnendiplom abzulegen? Bereite dich drauf vor, lies viel, das wird Dich ablenken, und was man hat, das hat man. Geh nicht jeden Abend aus, nichts ist so schnell mit Nichtigkeiten verschwendet wie die Jugend. Sende Deine Briefe künftig – ohne Absenderangabe bitte – an meinen Hausverwalter, Giulio Giovannoni, Torre del Lago, setze hinter seinen Namen ein kleines c, damit er Bescheid weiß und die Briefe ungeöffnet an mich weiterleitet.

Pagni, dem traue ich nicht mehr, und Giacchi behauptet, daß seine Frau, eine gute Freundin Elviras, ihm Schwierigkeiten machen wird. Du siehst, auf welche Verstrickungen man in so einem Dorf achtgeben muß. Das Geld für Deinen Unterhalt bekommst Du bar ausgehändigt vom Maestro Carignani. Du kennst ihn noch nicht, er ist in alles eingeweiht, wohnt in Mailand und wird in den nächsten Tagen bei Dir vorbeikommen. Ein Mensch mit gewissen Schnurren, aber einigermaßen verläßlich.

Carlo Carignani, der für Puccini die Klavierauszüge seiner Opern herstellt, ein Komponist, der hauptsächlich davon lebt, Unterricht zu geben, ist an die fünfzig Jahre alt, ein schmaler Mensch mit grauem Bart, überdimensioniertem Kinn und infantilen Neigungen. (Zum Beispiel, sich mit einem weißen Laken als Gespenst zu verkleiden und nachts Nachbarn zu erschrecken.) Wie angekündigt, überbringt er Coris Taschengeld, bekommt die junge Frau dabei zum ersten Mal zu Gesicht und macht ihr spontan Komplimente, von ihrer Schönheit tief bewegt. Seiner Gattin, Maria Carlotta del Chiaro, vom Typ her eine stolze Walküre, gesteht er am selben Abend, bis zur Unzurechnungsfähigkeit verliebt zu sein und neidisch auf Puccini. Sie solle ihm dreimal gegen den Kopf treten und ihm verbieten, jemals wieder diese süchtigmachende Person zu besuchen. Maria Carlotta befolgt seine Anweisungen aufs Wort.

Im Jahr darauf legt sich Giacomo ein geheimes Postfach in Viareggio zu, gründlich geläutert nach all den Problemen, die sich durch postalische Zwischenhändler ergeben haben. (ANM. 8)

Dr. Giacchi beugt sich über den Patienten, schneidet mit schwerer Gerätschaft, das einer monströsen Geflügelschere gleicht, den Gips durch, betrachtet das malade Bein, befühlt es mit zwei Fingern. Danach stellt er seine Begleitung vor. Einen ganz in Schwarz gekleideten, noch jungen Mann, kaum dreißig, mit strengen, wie in Stein gemeißelten Zügen, der neben der Tür wartet, bis er hinzugebeten wird.

Das sei Dr. Colzi, ein Experte aus Florenz. Eine Koryphäe, was komplizierte Brüche betrifft. Er habe den Sonntag genutzt, um herzukommen. Puccini reicht dem blassen, angespannt wirkenden Mann seine Hand.

Es ist mir eine Ehre, Sie untersuchen zu dürfen. Selbstverständlich werde ich nichts dafür berechnen.

Giacomo lächelt und meint zu Rodolfo, daran solle er sich gefälligst mal ein Beispiel nehmen.

Giacchi lächelt auch, doch etwas gequält. Weißt du, mein Freund, ich habe nämlich einen Verdacht. Ich wollte nicht allein darüber befinden, Dr. Colzi war sofort bereit, sich zur Verfügung zu stellen.

Puccini zieht die Brauen hoch. Was für ein Verdacht?

Dr. Colzi betastet das gebrochene Bein, drückt darauf herum, dreht es leicht, hebt es an, danach schnalzt er skeptisch mit der Zunge und meint zu Giacchi, er habe leider recht mit seiner Vermutung.

Verdacht? Vermutung? Von was die Rede sei, will Giacomo wissen. Sein Freund und Jagdgenosse Giacchi windet sich ein wenig.

Licht und Schatten, Jack, Licht und Schatten ... Kollege Sbragia ist sicher kein schlechter Arzt, ganz gewiß nicht. Leider hatte er wenig Zeit, wenig Licht, mußte aus dem Stegreif ... Was willst du mir sagen, Rodolfo?

Nun – das Bein, falsch geschient, wächst falsch zusammen. Wie gesagt, nichts gegen den Kollegen Sbragia ...

Was willst du mir sagen, verfluchte Kacke?

Giacchi schweigt. Dr. Colzi formuliert es knapp und trocken. Das Bein müsse noch mal gebrochen werden.

Nein.

Leider.

Nein!

Giacchi packt seinen Freund beschwichtigend an den Schultern. Es hilft nichts, Giacomo! Mit Morphium ist das gar nicht so schlimm, wie es sich anhört. Wir dürfen dir leider wegen deines Diabetes nur sehr wenig davon geben, also beiß bitte ins Kissen!

Colzi zieht eine Spritze auf. Aus seiner riesigen schwarzen Ledertasche lugte schon die ganze Zeit über der hölzern-martialische Griff eines Werkzeugs. Puccini perlt der Schweiß in kleinen Bächen von der Stirn. Colzi greift nach dem Hammer. Im Wohnzimmer beten Elvira und Nitteti Rosenkränze und halten sich die Ohren zu.

(*Es hat mit Puccini nichts zu tun, sei aber doch erwähnt: Dr. Colzi stirbt zwei Wochen später, am 4. April, an den Folgen eines Unfalls beim Tontaubenschießen.*)

18

Doria Manfredi, deren Vater Riccardo, ein Bahnhofswärter, acht Jahre zuvor, am 15.11.1895, gestorben ist, zeigt sich überglücklich, ihrer Familie materiell unter die Arme greifen zu können, wiewohl dieser Aspekt zwar eine Rolle spielt, doch hinter der Ehre verblasst, im Haus des großen Puccini beschäftigt zu sein. Ihre Mutter, Emilia, die zuvor schon ab und an für Elvira Puccini Näharbeiten besorgt hat, reagiert zwiespältig. Einerseits ist sie dankbar für das Geld, das so ins Haus kommen wird, andererseits leidet sie unter verletztem Stolz. Obschon es der Familie selten besonders gut ging, hatte es kein Mitglied je nötig gehabt, in *Dienst* zu gehen. Nun hat Emilia aus Geldnot in eine kleine Wohnung umziehen und alle drei Töchter in fremde Haushalte vermitteln müssen. Adorna, die Älteste, ist beim Signore Salvatore Orlando untergekommen, Vittoria beim Conte Lieber, dem schweizerischen Botschafter, und Doria, die mittlere, bei Giacomo Puccini.

Der Ruhm des Maestro kaschiert den sozialen Abstieg zwar, ganz vergessen läßt er ihn nicht.

Der vier Jahre jüngere Bruder Dorias, Rodolfo, gerufen Dolfino, gibt sich offen skeptisch, vielmehr eifersüchtig, er grollt, weil ihm die geliebte Spielkameradin entzogen werden soll.

Puccini kann er darüber hinaus nicht leiden, sieht nicht ein, wie jemand so reich sein darf, wenn zur gleichen Zeit die schwer arbeitende Mutter so arm ist. Nur wegen etwas, das sich Musik nennt. Gedudel. Und als knickrig gilt der Mensch ja auch.

Ich hab' gleich mein erstes Gehalt bekommen. Zwanzig Lire, für den nächsten Monat im voraus! Dorias Wangen röten sich vor Begeisterung. Sie zählt die Münzen und Scheine auf den Tisch.

Und? Wie ist es dort?

Das vorwitzige Brüderchen verlangt nach Details. Er ist überzeugt, Doria die Sache noch ausreden zu können, und kommt nur schwer damit zurecht, daß seine Schwester bei der Beschreibung ihres neuen Arbeitsplatzes ins Schwärmen gerät.

Eigenartig ist es dort. Er scheint gar nicht so geizig zu sein. Das Haus ist voller Menschen, die Karten spielen und rauchen, auch wenn der Maestro jetzt nicht mehr dabeisein darf. Sie kommen, einfach, weil sie es so gewohnt sind. Sie kommen, richten Grüße aus, Genesungswünsche und, als seis damit getan, setzen sie sich hin, und die Köchin bringt Kuchen und Wein.

Sie kommen einfach? Essen und trinken? Emilia schüttelt den Kopf. Dergleichen ist ihr unbegreiflich. Wo sie ihren Kindern nur sonntags mal einen Fisch vorsetzen kann, Fleisch nur an Feiertagen, es sei denn, der Schwager hätte gewildert.

Niemand muß nach etwas fragen. Die Maler kommen, wenn sie Lust haben, und immer muß irgendein Kuchen gebacken werden, und fast alle Lebensmittel, bis auf das Brot, werden aus Viareggio geliefert. Alle halbe Stunde wird auf den Maestro Giacomo Salut getrunken und laut gerufen, dann antwortet er manchmal. Mit schlimmen Worten, aber das ist nicht ernst gemeint. Manche Gäste sind Jäger und bringen geschossene Vögel mit, die werden dann gebraten, und den fettesten Vogel bringt einer hinauf zu ihm, als Liebesgabe. Sie singen auch viel. Signora Elvira gehen sie auf die Nerven, aber das scheinen sie zu genießen. Die Signora ist sehr nett und geduldig. Nur dem Signor Pagni hat sie das Haus verboten, das scheint ein recht Schlimmer zu sein, er hat dem Maestro geraten, sich von Elvira zu trennen, und die hat ihn dabei belauscht.

Halt dich von diesem Malervolk fern, rät die Mutter. Und wenn einer von denen verlangt, dich zu malen, sagst du höflich nein und läßt ihn stehn, verstanden?

Ja.

Im übrigen, fügt Emilia hinzu, wäre es ihr lieber, sie würde weiter unter diesem Dach übernachten.

Doria setzt ein erschrockenes Gesicht auf und widerspricht.

Ich habe doch eine eigene Kammer. Ganz für mich. Außerdem sind die Tageszeiten dort andere, manchmal gibt es noch um Mitternacht etwas zu tun.

Um Mitternacht? Wieso?

Der Maestro schreibt oft bis zum Morgengrauen Briefe. Um Mitternacht braucht er Kaffee.

Echten Kaffee?

Ich glaube nicht, daß er überhaupt weiß, daß es noch anderen gibt.

Wie ist er? Wie behandelt er dich?

Er ist ganz freundlich. Und traurig. Es schmerzt ihn sehr, daß er nicht aufstehen kann. Er sieht so oft zum Fenster hinaus.

Was sieht er denn da? Ja, was sieht er denn da? Dolfino vollführt einen Purzelbaum und klatscht in die Hände, würgt ein Tischbein. Der aufgekratzte Dreizehnjährige lacht. Sein Kichern wird zum wilden Kreischen. Leerst du ihm auch die Bettpfanne?

Doria sieht verschämt zu Boden. Die Mutter gibt dem Sohn eine Ohrfeige. Was für ekelhafte Fragen ihm einfallen würden! Darüber zu sprechen gehöre sich nicht.

Doria hebt beide Hände vor ihre Augen. Dolfino sieht ein, er ist zu weit gegangen, sieht zu Boden, entschuldigt sich, er habe es gewiß nicht bös gemeint. Und schlingt die Arme um die Schwester, die ihm gleich vergibt, den Kopf tätschelt. Emilia schiebt fünf Lire über den Tisch, die dürfe Doria behalten. Es ist weit mehr, als sie erwartet hat.

19

Tito genießt seine Herrschaft. Giulios Abwesenheit kommt einer temporären Machtübergabe gleich, die der Sohn sofort dazu benutzt, einige seiner Meinung nach vielsprechende junge Talente mit großzügig dotierten Verträgen ans Haus zu binden. Heute aber hocken auf der Besucherbank drei etwas schmierige Gestalten, die um Einlaß ins Chefzimmer bitten.

Was das, wundert er sich, für Typen seien?

Der Sekretär unterrichtet ihn im Flüsterton, es handele sich um die drei Führer der Mailänder Claques, die, einer langen Tradition folgend, um Donationen für die nächste Spielzeit bäten.

Tito zeigt sich unbeeindruckt. Ob das ein Witz sein solle? Man lebe im zwanzigsten Jahrhundert.

Der Sekretär wendet vorsichtig ein, daß Signor Giulio hiesigen Bräuchen immer, wenn auch seufzend, entsprochen habe. Es handele sich ja doch um eingesessene und überaus stimmenstarke Claques. Eine Handvoll Lire pro Kopf – und sie würden Bravi brüllen bis zur Erschöpfung. Man könne auch Buhrufe kaufen.

Wie bitte? Warum sollte man Buhrufe kaufen wollen?

Zum Beispiel bei der Premiere eines Sonzogno-Komponisten. Nicht, daß Signor Giulio je von dieser Möglichkeit Gebrauch gemacht habe, jedoch …

Sie wollen mir also erzählen, daß diese Ganoven *dreifach* abkassieren? Sonzogno, uns und die Scala?

Schon. Damit sich sozusagen ein Gleichgewicht der Kräfte einstellt.

Und für wen brüllen die, wenn alle gleichermaßen bezahlt haben?

Das könne man nicht sicher voraussagen, sicher sei dann nur, daß sie nicht vor Enttäuschung brüllen.

Tito lacht laut, zeigt sich entsetzt über derlei korrupte Atavismen. Damit müsse es ein für allemal ein Ende haben. Mit eiserner Hand müsse da gekehrt werden. Vor die Tür mit dem Geschmeiß!

Der Sekretär, obwohl Vater von vier Kindern, beweist Mut. Nun, fünfzig Lire, für die gesamte Saison, das ist doch kein Betrag – Ihr Vater pflegt in dieser Frage immer …

Seien Sie still!

Sehr wohl.

20

Liebster,

ich fühle, wie Du mir entschwindest. Es peinigt mich. Gedenkst Du hin und wieder der Zeit, da wir zwei den Göttern glichen, keinem irdischen Recht verpflichtet? Und jetzt? Alle Brücken abgebrochen habe ich für Dich, um mich auf Trümmern wiederzufinden. Sei bitte ehrlich zu mir. Soll ich meinen Unterhalt fortan von eigenem Geld bezahlen? Du schickst mir ja nichts. Ich kann arbeiten, aber willst du wirklich, daß ich mir eine Anstellung suche? In dem Beruf, den Du mir ausgeredet, ja schlechtgeredet hast, als meiner nicht würdig. Nie wieder müsse ich arbeiten, hast Du gesagt. Dieser Carignani hat mich alle Nerven gekostet. Eine vom Wahnsinn gezeichnete Person, wenn Du klare Worte erlaubst. Er hat mich am Handgelenk gepackt und mir ins Ohr geflüstert, ich sei eine Art verjüngter *Cundri.* Was bedeutet das denn? Es steht nicht mal im Wörterbuch. Mailand gefällt mir immer weniger. In Deinem letzten sehr sehr kurzen Brief hast Du erwähnt, daß Dich der Padre Michelucci besucht hat. Warum setzt Du mich davon in Kenntnis? Hat er Dir in Dein Gewissen hineingeredet? Jedenfalls wird es Dir etwas bedeutet haben, oder geschieht in Deinem Leben plötzlich so wenig, daß Du gar vom Besuch des Dorfpfarrers berichten mußt? Selbst wenn Du so was nur aufschreibst, um die Seite, die Du mir ab und an gönnst, mit irgend etwas vollzukritzeln – ist Dir nicht bewußt, was Du damit in mir auslöst? Lauter kleine Signale, die mir angst machen, und wenn ich Dich um klare Worte bitte, weichst Du auf klangvolle Phrasen aus, daß Du mich immer lieben würdest. Hättest Du wenigstens geschrieben, wie sehr Dir der Pfarrer auf die Nerven gegangen sei. Das hast Du nicht. Überall im Land sind die Zeitungen voll von Deinen Hochzeitsplänen mit Elvira, und ich tröste mich, sage mir, es ist nur sie, die diesen elenden Klatsch in die Welt setzt, um sich damit zu brüsten. Von Dir würde ich ein kleines Wort erwarten, einen Widerspruch, irgend etwas. Ist Dir klar, Giacomo, daß ich mein Leben damit verbringe, auf Dich zu warten? Im Niemandsland, ohne Verständnis und Rückhalt. Wenn Du mir also eine verletzende Wahrheit sagen mußt, sag sie bald, dann gebe ich dieses Leben auf, vielmehr, ich würde dann ins Leben zurückkehren, denn jetzt lebe ich nicht, ich existiere, vegetiere vor mich hin.

Wie kannst Du mich so leiden lassen? Schreibe mir bald, Geliebter.

Puccini liest den Brief unter Schmerzen und findet, Cori habe keine Ahnung, wann das Wort *Leiden* angebracht ist. Wenigstens kann er, das haben die neuen Ärzte, Ceci und Guarneri, angekündigt, das ist die *gute* Nachricht, schon bald pro Tag ein, zwei Stunden am Flügel arbeiten, den erneut eingegipsten Unterschenkel auf einem Schemel ausgestreckt. Wie wird das schön. Aber in Sachen Cori muß etwas geschehen, das sieht er ein. Nur – was genau? Er weiß es nicht. Aber man kann nicht so tun, als habe sich nichts verändert.

Der Freund aus Mailand, Luigi Pieri, bietet ihm an, als Vermittler tätig zu sein. Puccini geht, wenn auch mit gemischten Gefühlen, auf das Angebot ein, allerdings solle größte Rücksicht auf die Sensibilität bzw. leichte Reizbarkeit des Mädchens genommen werden.

Luigi Pieri, ein immer etwas verschwitzt wirkender, schnurrbarttragender Mittvierziger, besucht Cori in ihrer kleinen Mailänder Einzimmerwohnung, weist sich als Giacomos *Herold* aus, der beauftragt sei, ihre Einsamkeit ein wenig zu *mildern*. Cori reagiert, um es vorsichtig auszudrücken, erstaunt. Was das solle? Nun, meint Pieri, gewisse Dinge stünden zur Entscheidung an, wie sie sich denken könne. Diese verlangten nach einer Regelung, nach einer durchdachten, ausgewogenen Regelung, die schlußendlich von allen Parteien mit Zufriedenheit akzeptiert würde.

Schlußendlich? *Parteien*? Die junge, immer noch nicht volljährige Frau ist derlei Wortschatz nicht gewohnt. Was für Parteien? Was er überhaupt für einer sei, fragt sie den angeblichen Herold. Luigi Pieri lächelt. Nun, er sei studierter Anwalt, zur Zeit verbeamtet als Stadtbeauftragter für das Telegrafenwesen und in Giacomos Auftrag unterwegs. Er sei, Gott bewahre, kein Mailänder, hierhin habe es ihn nur aus beruflichen Gründen verschlagen, er stamme aus Lucca, habe mit Giacomo gemeinsam die Schulbank gedrückt und genieße dessen uneingeschränktes Vertrauen. Sie könne zu ihm reden wie mit Giacomo selbst.

Er sei also Anwalt? Und verschlagen?

Pieri betont, daß er vor allem als Giacomos *Freund* zu ihr komme, als sein *verlängerter Arm*, der ihr in *aller Loyalität* gereicht werde, sie möge da bitte nichts falsch verstehen.

Sein verlängerter Arm? In aller Loyalität gereicht? Ihr schwant Böses. Was für gewisse Dinge das denn seien, die zur Entscheidung anstünden?

Nun, meint Pieri, wenn sie ihn so direkt darauf anspreche, könne er nicht umhin, gewisse Entwicklungen zu erwähnen, die sowohl auf formaler, sozusagen öffentlicher – wie auch auf persönlicher Ebene geregelt werden müssten, heikle Entwicklungen, von deren komplexer Dynamik sie sicher eine Vorstellung habe. Die treibende Kraft hinter alldem sei nicht Giacomo, dessen Aktionsradius zur Zeit – leider – beschränkt genannt werden müsse.

Er solle sich lieber mal klar ausdrücken, fordert Cori. Oder ihre Wohnung verlassen.

Nun, im Grunde gehöre ihr diese Wohnung nicht, das nebenbei.

Wie bitte?

Die Wohnung sei unter seinem, Pieris, Namen gemietet, nicht gekauft, um genau zu sein, er habe quasi als Strohmann gedient. Wenn sie indes an der Wohnung sehr hänge, solle sie das ruhig sagen, die Immobilie wäre als Teil einer etwaigen Verhandlungsmasse eine konkrete Größe.

Wie bitte?

Pieri erkennt, etwas zu spät, seine Befugnisse überstrapaziert zu haben. Ihm wird mulmig, und er schützt vor, die Unterredung zu einem späteren Zeitpunkt fortführen zu wollen. Giacomo ist in seinen Direktiven auch allzu schwammig gewesen. Da herrscht Erklärungsbedarf.

Immerhin hat Cori begriffen, was die Stunde geschlagen hat.

Giacomo, mein Liebster,

gestern war ein seltsames Subjekt bei mir zu Gast, namens Pieri, eine Art Schwammpilz, der auf Deinem Mist gewachsen scheint. Was willst Du mir sagen? Nichts? Was willst Du mir über den Schwammpilz sagen? Erst dieser verrückte Carignani, jetzt das! Rede endlich! Rede zu mir, ich bitte Dich!

Liebe Cori,

Du hast recht, die Dinge laufen aus dem Ruder, ich kann nichts dagegen tun. Es stimmt, ich will Dich nicht belügen, Elvira bereitet schnurstracks die Hochzeit vor, sie soll stattfinden, sobald die Trauerzeit vorüber ist, im kommenden Januar. All das ging von ihr aus, sie hat mich nicht gefragt, hat mein Einverständnis frech vorausgesetzt, hat es den Reportern diktiert. Was hätte ich tun sollen, hier ans Bett gefesselt? Ihr wäre sonst etwas zuzutrauen gewesen! Nenn mich einen Feigling, nenn mich schwach, Du hast recht. Wie anders wäre mein Leben verlaufen, würde nicht einem Reh eingefallen sein, vor uns die nächtliche Straße zu kreuzen. Das alles ist so lächerlich und demütigend, niederschmetternd. Eine böse Sache, aus der man etwas Gutes machen muß, wenn man nicht verzweifeln will. Ich habe Dir zweihundert Lire angewiesen, fürs Erste. Natürlich sollst Du nicht arbeiten müssen. Einmal waren wir Götter, geliebte Cori, aber als Menschen sind wir aufgewacht. Das Schicksal kümmert sich nicht um die Beweggründe unsrer Herzen.

Die Entscheidung ist mir sehr schwergefallen. Aber im Grunde muß sich zwischen uns gar nichts ändern. Ich werde Elvira heiraten, um sie zufriedenzustellen, sie und ihre und meine Entourage und die Zeitungen und Ricordi und die gesamte bigotte Nation. Meine Liebe gehört weiterhin Dir, sofern Dir an ihr noch etwas liegt. Es geht nicht anders. Versteh mich bitte, denk schlecht von mir, eine Weile lang verfluche mich, wenn Du willst, aber gedenke gelegentlich der schönen Jahre, die wir zusammen hatten. Wir können uns wiederfinden, wenn wir wollen und Geduld beweisen, ich küsse traurig Deine Stirn, Dein Scheusal.

Ramelde an Illica, Anfang April 1903

(…) meine Schwester Iginia meint, der richtige Weg für meinen Bruder sei, ihn in die Gemeinde Jesu zurückzubringen, ich bin viel eher der Ansicht, daß eine schnelle Heirat mit Elvira das Beste ist. Nun schreibt das Gesetz für Witwen eine zehnmonatige Wartefrist bis zur Wiederverheiratung vor. Ich bitte Sie, nein, ich frage höflich, ob es nicht über gewisse Kanäle möglich wäre, eine königliche Ausnahmegenehmigung zu erlangen. (….)

Illica an Ramelde, Mitte April 1903

Liebe Signora, sicher wird weder der König noch irgendein Minister in dieser Sache einen Dispens gewähren, denn dies würde einen klaren Fall von Machtmißbrauch bedeuten. (…)

An Giacomo habe ich geschrieben und ihm zu bedenken gegeben, daß eine Rückkehr zu der Piemontesin für ihn sehr gefährlich werden kann, denn es ist klar, daß sie, wenn die Affäre von neuem beginnt, jetzt, wo sie weiß, wie leicht das Fischlein entschlüpfen kann, darüber nachdenken wird, ein Netz auszulegen, das den Fisch einfängt, ob er will oder nicht.

Diese meine ›piemontesischen‹ Betrachtungen sollen aber die letzten sein, denn im Moment ist Giacomo außer Gefahr, und was er am wenigsten braucht, sind Freunde, die ihm Moralpredigten halten.

Darüber hinaus kann ich Ihnen nicht verschweigen, daß Elvira mir auf die Nerven geht. Ich glaube, wenn sich Puccini so benimmt, wie ers tut, dann bedeutet das eben, daß Elvira unfähig war, sich seine Liebe und Achtung zu erringen. Die Leute haben immer die Regierung, die sie verdienen; und so ist es auch bei Elvira. (…)

Antwortbrief Rameldes, 21. April 1903

(…) In der Tat ist Pieri an einem guten Punkt: Er bietet Giacomo an, mit Piemont zu verhandeln, und Giacomo gibt ihm freie Hand, jedoch unter der Auflage, die Empfindlichkeit der Signorina zu respektieren. Giacomo kündigt die Hochzeit an – und die Signorina lehnt sich dagegen nicht auf, verlangt aber ein Treffen, dem Elvira wahrscheinlich nicht zustimmen wird. Jedenfalls gehen die Ausflüchte weiter, was beweist, daß Giacomo lieber auf das Objekt verzichtet als auf das Vergnügen, das es ihm bereitet. Wie Sie sehen, war das genau Ihre Rede, die ich prophetisch nennen würde, wäre sie nicht die Frucht allgemeiner Lebenserfahrung und der besonderen Kenntnis des Wesens meines Bruders. (…) Aber wie alles einen Anfang hat, hat alles ein Ende, und so wird sich der Ärger mit Ricordi lösen lassen, danach der mit Corinna, dann die Heirat, dann das Bein.

Doria klopft, betritt das Zimmer, nimmt verwelkte Blumen vom Fensterbrett.

Der Frühling, dieser herrliche, durchs Fenster sehnsuchtsvoll beobachtete, ungenutzt verstrichene Frühling, geht vorbei. Bald wird es heiß werden, im Sommer ist gar nicht dran zu denken, tagsüber zu arbeiten. Puccinis Bein läßt sich inzwischen wieder so weit belasten, daß er auf Krücken gehen und aus eigener Kraft den Topf benutzen kann. Mit Hilfe eines Rollstuhls und auf der Treppe angebrachter Schienen hat er während des gesamten Frühlings nur zweimal das Zimmer verlassen, hat im Garten gesessen, davon einmal, um für Reporter und Fotografen zu posieren, neben aufgestellten Pappfiguren, die Heroinen seiner Opern darstellen sollten, Manon, Mimi und Tosca. Inzwischen könnte er mit den Krücken die Treppe bezwingen, aber er fühlt sich noch schwach, verliert leicht das Gleichgewicht, ihm muß geholfen werden, von mindestens zwei starken Männern, die seine 95 Kilo im Notfall auffangen können. Das ist ihm peinlich. Runter ins Erdgeschoß ziehen wollte er auch nicht, wegen des unvermeidlichen Trubels im Haus.

In einer Woche werden die Librettisten zur Schlußbesprechung eintreffen. Er kleidet sich an, als wäre es schon soweit, wählt einen der blauen Sonntagsanzüge, nur auf die Fliege verzichtet er. Mit Doria ist er sehr zufrieden, sie spricht kein unnötiges Wort, lenkt ihn nicht ab, erfüllt akribisch ihre Pflichten, die aus Putzen und Hilfsdiensten in der Küche bestehen. Manchmal darf sie sogar den Nachtisch zubereiten. Sie scheint verschlossen und schüchtern. Ob sie tratscht? Wohl möglich, aber die Indizien sprechen dagegen.

Doria?

Ja?

Würdest du etwas für mich tun?

Gern, Sor Giacomo.

Es ist ein bißchen heikel. Kann ich dir einen Brief anvertrauen, ohne daß …?

Das Mädchen nickt. Puccini prüft sie mit einem langen Blick. Schreibt die Adresse auf ein Kuvert, steckt den Brief hinein.

Hier hast du Geld für die Briefmarke. Ich vertraue dir. Behalt den Rest.

Danke!

Sie sieht ihn glücklich an, überzogen glücklich, mit den flakkernden Augen einer Veschwörerin. Giacomo schmunzelt. Er hat nicht daran gedacht, was eine solche Geste für einen Bauerntrampel bedeuten muß. Aber ihre Freude, das stille Pathos, mit dem sie, ohne ein Wort zu verschwenden, nur mit Blicken verspricht, bestimmt nicht zu versagen, das rührt ihn.

Daß sie aber mit dem Brief in der einen, den verwelkten Blumen in der anderen Hand das Zimmer verlassen will, ernüchtert ihn wieder.

Warte! Du kannst den Brief doch nicht so offen herumtragen, hat dein Kleid keine Tasche?

Nein, Sor Giacomo! Sie wirkt entsetzt, wird sich ihrer Nachlässigkeit bewußt. Verzeihung!

Er muß lächeln, glaubt, Doria verfüge noch über zu wenig Brust, um einen ins Decolleté geschobenen Brief dort sicher aufzubewahren.

Das Mädchen errötet.

Ich gucke auch weg! Wirklich sieht er zu Boden, hört das Geräusch der sich schließenden Tür, fragt sich, wo an ihrem klapprigen Körper das Mädchen den Brief wohl verstaut haben mag. Das Bein schmerzt. Er fällt aufs Bett, verschwitzt von der Anstrengung.

21

Giacosa und Illica, das physisch ungleiche Librettistenpaar, der eine beleibt und vollbärtig, der andere klein, schlank, mit einem Schnurr- und Kinnbart, der ihm ein fuchshaftes, listiges Aussehen verleiht, sitzen am See und erwarten rauchend ihren Brotherrn. In all den Jahren hat sich zwischen beiden ein rüde-ironischer Ton entwikkelt, der nur oberflächliche Zuhörer zur Annahme verleiten könnte, sie würden einander nicht respektieren.

Ich bin froh, flötet Illica, dandyhaft auf seinen Stock gestützt, daß ich diese gehudelten Änderungen nicht verantworten muß. Wie konntest du dich dazu überreden lassen?

Giacosa seufzt laut und pafft an seinem Stumpen. Was solls, Luigi? Wenn er es partout so haben will... Es hat doch alles nichts genutzt. Nie hat etwas genutzt. Immer hat er seinen Kopf durchgesetzt. Innerlich gestorben bin ich deswegen ...

Luigi Illica rollt mit den Augen. Du läßt ihm nicht etwa seine Freiheit, du läßt ihn in sein Verderben laufen. Willst es nur hinterher besser gewußt haben. Das ist keine Freundschaft! Das ist bösartige, vorauseilende Selbstzufriedenheit!

Das wird schon alles, wie es soll.

Giacomo humpelt auf Krücken heran. Wie er sich in Schale geworfen hat! Er sieht aus wie ein Kapitän in Galauniform.

Der kleine Tisch am Wasser ist mit Wein und Früchten gefüllt.

Da seid ihr endlich! ruft Giacomo, als habe er auf die beiden warten müssen, nicht umgekehrt. Früher hätte man einander umarmt, nun gibt man sich die Hand, beklopft sich gerade mal ein wenig die Schultern. Vorsichtig.

Gott, wenn ihr ahnen könntet, wie ich mich fühle, auf meinem Freigang! Diese Luft. Ich liebe dieses Kaff! Gibst du mir eine Zigarre, Pin? Setzt euch doch. Also. Es bleibt dabei. Die Oper kommt in der nächsten Spielzeit. Wir haben viel zu tun. Der Schluß muß noch einmal bearbeitet werden. Nein, damit meine ich nicht gekürzt. Pin, ich brauche noch Text für eine Arie, eine große Arie, ungefähr, ein schöner Tag wird kommen, und alles wird gut sein, so oder so ähnlich, gestreckt auf zwölf trochäische Verse, dreihebig, kannst du das machen? Und möglichst bis gestern?

Was? Das ist nicht dein Ernst, oder? Wir waren uns doch endlich einig …

Ich mach es, murmelt Luigi, mit einem pseudo-boshaften Seitenblick auf den Kollegen.

Weiß Gott, murmelt Pin. Huren können immer. Machs ihm, Luigi!

Mach ich. Übrigens, Jack, ich hab hier einen Brief für dich. Von – du weißt schon. Sie bittet mich um Hilfe.

Giacomo reißt Illica den Brief aus der Hand, verstaut ihn in der Brusttasche.

Willst du ihn nicht lesen? Ich hab ihn zwei Tage lang angewärmt.

Später! Das Wichtige zuerst.

Pin und Gigi wechseln bedeutungsvolle Blicke. Es hat den Anschein, als finde ihr Jack zurück zu alter Form.

Weil das Bein zu langsam heilt, merkwürdig langsam, wie bei einem alten Mann, wird ein neuer Spezialist zu Rate gezogen, Professor Novaro aus Genua, der den Komponisten einlädt, in seiner Praxis eine Kur, bestehend aus Massagen und Eiswasser, anzutreten. Die Behandlung wirkt, aber wegen der tausend Lire, die ihm der Professor in Rechnung stellt, ist Puccini erbost. An die Krücken hat er sich inzwischen leidlich gewöhnt. Er ahnt nicht, daß es noch fast zwei Jahre dauern wird, bis er sie zerbrechen und verbrennen kann.

Je mehr Zeit vergeht, desto verzweifelter wird Coris Tonfall. Vereinzelt klingen Drohungen durch, vorerst in der Maske naiver Fragen.

Wenn Jack es schaffe, nach Genua zu fahren, wieso nicht auch nach Mailand? Er hätte sie ja ebensogut nach Genua bestellen können, wie früher auch. Sein Argument, Elvira begleite ihn, und die neue Kammerzofe, von der er noch nicht wisse, ob man ihr trauen könne – klinge arg nach Ausflucht.

Verlorener Geliebter,

nie würde ich Dich daran hindern, Dich ganz der Butterfly hinzugeben, ich habe doch immer ebensoviel Verständnis wie Begeisterung für Deine Arbeit gezeigt. Du könntest an meiner Seite ein gutes Leben führen, Giacomo, ich würde mich als nützlich erweisen und für Dich da sein. Selbst diese Komödie der bevorstehenden Heirat könnte ich notfalls akzeptieren, selbst wenn Du dabei bist, auch noch mit dem gesunden Bein in eine Bärenfalle zu treten. Begriffe ich bloß, was dich bewegt, Dein Leben mit einer Frau zu verbringen, die für Dich so gar nicht erschaffen wurde. Deine Bequemlichkeit und Feigheit, was Konflikte betrifft, sind leider nichts Neues für mich, ich fände mich wohl ab damit. Womit ich mich keinesfalls abfinden werde, ist, daß unsere große, leidenschaftliche Liebe ein solch unwürdiges Ende nehmen soll. Du magst es vergessen haben, aber vor noch nicht allzulanger Zeit hast Du mir, sogar schriftlich, die Ehe versprochen. Ich könnte Dir, wäre es meine Art, etlichen Ärger bereiten. Du schuldest mir zumindest eine Aussprache, ein Treffen, sollst mir in die Augen sehen, darauf habe ich ein Recht. Ich glaube, daß Deine physische Krankheit sich in eine psychische verwandelt hat, und hoffe, daß mit der Gesundung Deines Leibes auch Deine Seele wieder aufblühen wird. Sonst, denk an meine Worte, werde ich sterben, und Dir dennoch begegnen, wie eine der rachsüchtigen Villi dem treulosen Tenor. Laß es soweit nicht kommen, um Deiner selbst willen, ich liebe Dich aufrichtig, Deine Cori.

Giacomo fühlt sich durch die Anspielung auf seinen Erstling, *Le Villi*, unangenehm berührt, um nicht zu sagen: getroffen. In jener Oper verläßt der Bräutigam, um eine Erbschaft anzutreten, die Braut, wie er verspricht, für nur einen einzigen Tag, vergisst sie prompt in den Armen einer anderen, feiert eine *obszöne Orgie*, die Braut stirbt an Sehnsucht, und als der Treulose zurückkehrt in die heimischen Wälder, empfangen ihn die *Villi*, Geister von Bräuten, die vor ihrer Hochzeit verstorben sind, rachsüchtige, grausame Wesen aus dem Zwischenreich, die mit ihren Opfern so lange tanzen, bis diese tot umfallen.

Derlei düster-bedrohliche, auf ihn zielende Gleichnisse kann Giacomo in dieser Phase der Arbeit partout nicht brauchen, also lenkt er halb ein und bittet Cori, Ruhe zu geben. Er verspricht ihr ein Treffen im Laufe des Herbstes, bei geeigneter Gelegenheit, möglicherweise vor seiner geplanten Reise nach Paris, zur dortigen Erstaufführung der *Tosca*. Aber in der Langeweile seiner Krankheit geschieht, wider seinen Willen, etwas Eigenartiges. Die schon fast abgestorbene Glut seiner Gefühle für Cori flackert wieder auf, sachte erst, doch mit jedem Brief, den er ihr nun schreibt, erinnert er sich an die schönen Jahre mit ihr als dem denkbar größten Gegensatz zu seiner jetzigen Lage. Sie schreiben sich bald wieder drei- bis viermal die Woche. Cori hofft, daß ihre Aktien, wenn der Geliebte erst wieder laufen kann, steigen werden, und vermeidet jeden bitteren oder vorwurfsvollen Ton, geht ihrem Giacomo um den Bart, schreibt ihm, was er hören will, pflanzt ihm auf angenehmste Art ein schlechtes Gewissen ein.

Puccinis Entourage bekommt davon bald Wind, zeigt sich über die neue Entwicklung erschüttert. Vor allem Illica fühlt sich in die Verantwortung genommen. Mehrmals beschwört er Giacomo, gemachte Fehler einzusehen, Konsequenzen zu ziehen und ein neues Leben zu beginnen. Was dieser auch jeweils verspricht. Illica geht noch einen Schritt weiter und bittet den gemeinsamen Freund Luigi Pieri darum, doch mal Corinnas Lebenswandel unter die Lupe zu nehmen, ihm seien da gewisse Gerüchte zu Ohren gekommen. Behauptet er ins Blaue hinein. Eine gesunde Zwanzigjährige, die die meiste Zeit des Jahres in Enthaltsamkeit verbringen muß, wird sicher irgend etwas zu verbergen haben.

Pieri hält entgegen, er selbst könne da nicht tätig werden, leider, Corinna kenne ihn bereits und schätze ihn nicht, so etwas müsse man von professioneller Seite erledigen lassen. Illica will jedoch nicht auf eigene Faust handeln, soviel Freiheit mag er sich dann doch nicht erlauben. Eine mögliche Observierung Corinnas erwähnt er gegenüber Giacomo als Idee, ohne näher zu begründen, warum diese nötig sei. Und prompt erinnert sich Giacomo daran, daß Corinna im vergangenen Jahr tatsächlich eine kleine Affäre gehabt hat, mit einem gewissen Signore Aimone, die Sache, zufällig ans Licht gekommen, hat ihn damals kurz verstimmt, aber nicht wirklich überrascht. Und nun? Er überlegt sich die Sache.

Anfang Juni trifft in Torre, nach Monaten der Grabesstille, ein recht sonderbares, endlos langes und gewundenes Schreiben Giulio Ricordis ein. Natürlich ist auch ihm nicht entgangen, daß die Affäre zwischen Giacomo und Corinna in eine neue Runde gegangen ist.

Giulio Ricordi an GP, 30. Mai 1903

Sie werden sich sicher über mein langes Schweigen gewundert haben: Wer weiß, was Sie von mir gedacht haben! Nun gut, mein langes Schweigen wird sich Ihnen jetzt durch das erklären, was letzten Sonntag geschehen ist, das erneute Eingipsen Ihres Beines und die von den behandelnden Ärzten verkündete Prognose, eine Prognose, die, wenn Sie Ihnen Anlaß zum Schmerz war, es nicht weniger für Ihre Freunde und insbesondere für mich war, der ich besorgt die einzelnen Abschnitte Ihres Leidensweges verfolgte. Die ständigen Fragen, mit denen ich mich an Personen der Wissenschaft gewandt hatte, die täglichen Nachforschungen, gaben mir immer Anlaß zu der Befürchtung, daß sich jene Reaktion der Vitalität, die einzig und allein zu einer einigermaßen schnellen Genesung führt, noch nicht gezeigt hatte! Sicher ist die undenkbare und verfluchte Katastrophe, die Sie getroffen hat, der Hauptgrund für Ihren jetzigen Zustand, aber das war schon durch die Vorgeschichte bestimmt, so wie die Umstände danach dazu beigetragen haben, daß der Zustand sich nicht verbesserte.

Teurer Puccini, Sie sollten sehr tief in das in Ihnen verborgene intimste Bewußtsein vordringen – und werden dann die schmerzlichen Worte sprechen müssen: Mea Culpa!! Und Sie werden sich auch an das erinnern, was ich Ihnen mehrere Male gesagt habe, auch an die mir gemachten, hochheiligen Versprechen und die wiederholten Beleidigungen, die an mich gerichtet waren, da Sie das mir gegebene Versprechen nicht einhielten.

Sie wissen nur zu genau, dass ich kein Schönredner, Pedant, predigender Franziskaner bin, sondern ein Mann von Welt und lebenserfahren genug, um schweigend zu betrachten, einzuschätzen und zu verzeihen. Jedoch gibt es im Leben eines Mannes, in den Pflichten sich selbst gegenüber, Grenzen, die man nicht übertreten sollte, da jenseits dieser der Verfall jedes Moralgefühls, der Untergang des Gedankens, die Verrücktheit oder der Kretinismus drohen!! …

Ja, mein lieber Giacomo, Sie mußten kämpfen, widrigen Umständen trotzen – und welcher Künstler hat dies nicht mehr oder weniger getan? – Doch Sie hatten auch das Glück, schnell an jenes Ziel zu gelangen, für das viele andere, die später zu den Großen gehörten, sich viel mehr abmühen mussten, um es zu erreichen. Ihre natürliche Güte, die Jovialität des Charakters, die offenen, angenehmen Gesichtszüge, beschieden Ihnen weiteres Glück, jenes, von treuen und wohlwollenden Freunden umgeben zu sein: eine sehr seltene Sache! Aber all dieses Glück, wenn es wirklich auf Ihr Verdienst zurückgeht, führte auch zu dem Vergehen, nach und nach einen launenhaften und wankelmütigen Jungen aus Ihnen zu machen! ... Aber leider waren sie nicht mehr angebracht, die Torheiten, die Schläge auf den Hintern! ... Puccini, der der moderne Rossini hätte sein können, das heißt wirklich *Imperator musicae*, war daran, ein unglücklicher Donizetti zu werden! (*Anm.: Donizetti starb an Syphilis*)

Erinnern Sie sich doch, in Gottes Namen, daran, wie viele Male ich es Ihnen sagte, als Sie hier waren, in meinem Büro, hier vor meinem Angesicht, im Sessel zusammengesunken, körperlich und moralisch erschöpft!!

Nein, das war nicht jener Puccini voller Lebendigkeit, in seine Kunst verliebt, vollkommen durchdrungen vom Schaffensdrang, dem Bedürfnis, Melodie an Melodie zu reihen und vor sich einen vor Licht strahlenden Himmel zu haben! ...

Oh! Ich weiß es genau ... Sie werden denken, sagen, daß ich ein Visionär war, ein Verrückter damals, so, wie ich heute ein gefühlskalter Plagegeist bin! Das sind die Überlegungen starrsinniger Knaben, sie denken und schreien: *der gemeine Papa!* ... Glück jedoch haben jene, die der gemeine Vater auf den rechten Weg führt.

Aber war ich denn verrückt? Doch warum hätte ich in Ihnen einen anderen Puccini sehen sollen! ... Ach! Nein, nein und nochmals nein!: – Dies war die hochheilige Wahrheit! – Ihrem starkem Organismus gelang es, von Zeit zu Zeit zu reagieren: aber nicht weniger wahr war es, daß Sie einem schrecklichen Abgrund entgegenstürzten.

Die äußerst schmerzliche Katastrophe ist geschehen! ... Und siehe da, meine Befürchtungen sind durch ihre grausame Offensichtlichkeit bestätigt! Ein Mann von so schöner und kräftiger Erscheinung, in den besten Jahren, gestützt von allen vorstellbaren Behandlungen, erweist sich bar jeder Lebenskraft, Reaktion: ist ein verbrauchtes, zerrissenes Wesen – und wir verbringen Tage und Stunden in der furchtbaren Angst vor dem sich ankündenden Übel, das einen gefährlichen körperlichen Verfall bedeutet, der oftmals nicht mehr rückgängig zu machen ist ... und die vergossenen Tränen sind echt! ... unterdessen gibt es noch andere schmerzhafte, unheilbare Wunden, die mir zugefügt werden, so sehr, daß es mich verwundert, immer noch dazu bereit zu sein, auf dem Feld der Kunst und der Freundschaft zu kämpfen.

Ja, teurer Giacomo, die Freundschaft, denn es sind Sie, gegen den ich hier ankämpfe, und ich frage mich ängstlich, ob ich einer solch großen Freundschaft nicht einen heftigen Schlag versetze! ... Und doch, mein Gewissen, die wahre Zuneigung, die ich für Sie fühle, die unbegrenzte Wertschätzung, die ich für den Künstler empfinde, die persönliche Sympathie, sie drängen mich dazu, zu sprechen, Ihnen das zu sagen, was mir schwer auf dem Herzen liegt, seit Monaten mir meine Seele betrübt! – Es ist eine unumstößliche Tatsache, daß Sie der Verräter Ihrer selbst sind, daß Sie Ihren Freunden, Ihrem Vaterland, der Kunst gegenüber undankbar sind! Mit Ihren eigenen Händen zerreißen Sie Ihre eigene Flagge und sind so blind, daß Sie es nicht merken, Ihre Freunde in Feinde verwandeln und unendliche Schmerzen und Unbehagen verursachen!

Das soll diejenigen, die Sie gern haben, nicht betrüben? ... Ihnen keine schmerzhaften Stiche versetzen ... und ich darf nicht den Mut haben, jeder Gefahr zu begegnen und laut zu sprechen?

Leider scheint es mir, daß Sie sich in den sehr langen Stunden und nicht enden wollenden Tagen, die Sie unglücklicherweise zur Regungslosigkeit verdammt verbringen mußten, kein richtiges Bild von Ihrem tatsächlichen, körperlichen Zustand gemacht haben. Das verstehe ich: Bis zu jenem Zeitpunkt mit einer guten Gesundheit ausgestattet, konnten Sie es immer ein wenig übertreiben, ohne daß daraus für Sie empfindliche Konsequenzen folgten – so kann man Ihre Hoffnung rechtfertigen, daß Sie auch dieses Mal, wenngleich langsam, die schwierige und gefährliche Krise sicher überwinden würden. Der Körper jedoch war in einem schlechteren Zustand als die Moral – und diese war ihrerseits, gleichgültig allem Widerwillen, überspannt durch kindliche und erregte Ausflüchte, dem anderen keine Hilfe! – Und jetzt erkennen Sie die sehr traurigen Folgen. Werden diese vielleicht die nötige Kraft haben, daß Sie in der Zukunft mit genauem Blick, mit Entschlossenheit des Geistes, mit Aufrichtigkeit des Herzens die Dinge betrachten?

Aber wie ist überhaupt möglich, daß ein Mann wie Puccini, daß ein Künstler, welcher Millionen von Menschen mit der Macht und dem Zauber seiner eigenen Schöpfungen berührte und zum Weinen brachte, ein lächerlicher und feiger Spielball in den dirnenhaften Händen eines vulgären und unwürdigen Weibes geworden ist? Ist diesem Mann kein Funken gesunden Menschenverstands geblieben? … Die Fähigkeit, richtig zu urteilen? … Hat die grausame Wollust größere Macht über ihn als der Stolz des Mannes und Künstlers, als die inständigen, dringlichen, ängstlichen Bitten der Freunde? Und versteht dieser Mann nicht, welche immense Distanz eine Liebe von der häßlichen Obszönität trennt, die die moralische Wahrnehmungsfähigkeit und die körperliche Stärke eines Mannes zerstört? … Und eine niedere Kreatur mit Hureninstinkten verleibt sich das Herz, den Geist, den Körper eines so erhabenen Künstlers ein, und mit obszöner Wollust, die ihn erst dem moralischen, dann dem physischen Tod zuführen würde, macht sie ihn zu einem Spielball, so sehr, daß sie vor seinen Augen als eine wohltätige, liebevolle, inspirierende Fee erscheint! Ich sage und bekräftige es laut, eine niederträchtige und verächtliche Kreatur! Eine verächtliche, niederträchtige Kreatur, die, obwohl sie ihr Ziel der wollüstigen Obszönität erreicht und die Person zu der ihren gemacht hat, keine Gewissensbisse hat, den genialsten italienischen Künstler, der Italien ehrte, so wie er von Italien geehrt wurde, umzubringen! – Und das ist nicht genug! – Vulgäre Schreiben, gesprochene Sätze, aus denen keinerlei Wahrheit verlautet, keinerlei Edelmut durchscheint, erscheinen vor den Augen eines Puccini als Verherrlichung einer unübertrefflichen Liebe!!

Ach! ... Welch schmerzliche Blindheit! ... welch Schmerz für uns alle, die wir in Ihnen den teuren Freund, den höflichen Freund, den sympathischen, großartigen Giacomo lieben, den erhabenen Künstler, ein wahrhaftiger Typ jener Italianità, die das Risorgimento ins Leben rief und von der es dann seine Lebenskraft bezog! ... Und diese so schöne Persönlichkeit, ein verderbtes Weib kriegt sie in ihre Fänge, und wie ein unflätiger Vampir saugt es ihr den Gedanken, das Blut, das Leben aus! ...

Ach! ... bei Jesus Christus! ... das ist zuviel! – Gehen wir, Puccini! ... Lassen Sie uns gehen, mein, oder besser unser teurer Giacomo – wie groß Ihnen die Wunde auch im Moment erscheinen mag, sprengen Sie die Kette der unzüchtigen Erregtheit, erheben Sie sich zu edleren, höheren Ideen empor!! – Selbst die intimsten, kläglichsten Handlungen können sich in dem Leben eines Mannes am Seelenadel inspirieren, und wie ungreifbare Teilchen schaffen sie trotz allem eine Atmosphäre von Heiterkeit und Genugtuung, die das Leben angenehm macht, sie macht einen stärker, um die menschlichen Missgeschicke zu überwinden, und im hohen Alter läßt sie einen mit glorreicher Genugtuung auf die Gipfel – die hohen und weniger hohen – die man erklommen hat, zurückschauen!

So und nicht anders muß ein Giacomo Puccini handeln! – und daß Sie mir nicht den Skeptiker geben und sagen, daß Sie die Kunst nehmen und sie auspressen und dann wegen einer nichtigen Ruhe wegwerfen werden. Nein – nein – es ist die Kunst, die Sie nicht läßt! – und es ist Puccini, der die Kunst nicht sein lassen kann! – und mag es auch Enttäuschungen, Kämpfe geben: Der erlangte Sieg wird den Weg, den es zu verfolgen gilt, großartiger machen! – Aber schauen Sie doch, ob Ihre Gedanken nun – wenn sie nicht von schlüpfrigen Erinnerungen, sondern von den Sinnen der Kunst inspiriert sind – mit lebendigem und intensivem Verlangen der Arbeit, die sehr unglücklich unterbrochen wurde, entgegengehen? … Und schauen Sie auch, ob sich solche Gedanken etwa nicht auf ein Nachher beziehen?

Hier – nur hier, liegt Ihre Rettung, Ihre Gesundheit!! …

Denken Sie von mir, was Sie wollen, verurteilen Sie meine Worte, seien sie von lebendiger Zuneigung inspiriert oder von finanziellen Interessen vorgegeben, das ist nicht wichtig! … Genau deshalb sind sie der Ausdruck der Wahrheit! … Ob Sie sie dankbar aufnehmen oder als undankbar empfinden, das kümmert mich nicht! … Ich habe dem Luft gemacht, was sich seit langem in meinem Herzen angehäuft hat, mich viele, viele Male weinen und mich schlaflose Nächte verbringen ließ!! … Man muß doch weinen bei dem Anblick des allmählichen Verlusts eines geliebten Künstlers, jenes Maestros, von welchem das Vaterland, die Welt, die Kunst mehr will, da er viel mehr geben kann und muß!! – Ist das nicht eine schreckliche Sache? … Ist das nicht eine Sache, die ihn aufwühlt und ihm den Geist für den richtigen Blick auf das öffnet, was seine hochheilige Pflicht ist zu tun? …

Weiter will ich nicht insistieren – wenn all das, was ich Ihnen heute zu schreiben gewagt habe, keinerlei Einfluß auf Ihre Gesinnung hat, bleibt mir nur auszurufen: Wir Armen!

Der ausgezeichnete, der freundliche Professor Guarnieri hat mich immer informiert, da er nur zu gut wußte, mit welcher Angst ich die Neuigkeiten erwartete. Wenn die letzte Untersuchung für uns alle schmerzlich entmutigend war, stelle ich mir vor, wie sie erst für Sie, Armer, gewesen sein wird! … Dies darf jedoch nicht Anlaß sein, den Mut zu verlieren: Im Gegenteil – man muß mit aller Kraft, mit Mut, physisch und moralisch zurückschlagen: Es ist eine Eroberung, die machbar ist, die man machen muß. – In dieser Angelegenheit gilt mehr als sonst: »Können und Wollen«.

Ich glaube, die behandelnden Ärzte haben Ihnen auch die Gründe genannt, die die Genesung verzögern: eine versiegte Quelle ist es – es fehlen jene Elemente, die die Knochen zusammenhalten und festigen! – (Soweit ist es gekommen!) – doch der eigentliche Organismus ist da, dazu bereit, daß es besser wird, bereit, die Lebenskräfte wieder pulsieren zu lassen. – Dieser Zustand ist sicherlich schmerzhaft, ziemlich schmerzhaft ! … Und doch, bezwingen Sie ihn, mit dem Willen, mit eisernem Willen. Daß Ihnen die moralischen Zerstreuungen zu Hilfe eilen mögen: Sind wir nicht alle da für unseren Giacomo? Möchte das arme Bein immer noch verbunden sein? … Ist immer noch eine regungslose Position erforderlich? … Gut, wir finden eine Möglichkeit, daß Sie sich das Klavier zunutze machen können: sich ablenken, Klänge finden, Melodien ersinnen, und nach und nach die Arbeit wiederaufnehmen: all das jedoch ohne Anstrengung, ohne Unruhe, ohne störende Nervosität – und dann wird dies ein großer Beitrag zu Ihrer Genesung sein.

Und wird es dann nicht möglich sein, sich in den heißen Monaten in die Berge zurückzuziehen? … Sauerstoffreiche, erholsame Luft zu atmen? … Es wird vielleicht ein Opfer bedeuten, doch ist die Wiedererlangung der Gesundheit dieses Opfer nicht wert? …

Tito ist gestern erst zurückgekehrt: In zwei oder drei Tagen treffen wir uns mit Giacosa, danach wird dieser mit Tito zu Ihnen kommen – und ich hoffe, daß unsere teure Butterfly Ihnen noch bald entgegenkommen wird – und Sie in ihre Arme schließen wird, in einer gesunden und ruhmvollen Umarmung.

Wer weiß, wie oft Sie ungeduldig und empört zusammengezuckt sein werden, wenn Sie meinen nicht enden wollenden Brief gelesen haben!! … Armer Junge! – Ich bereue nichts: Mein Herz schlägt ruhiger, mein Geist ist ruhiger, und ich spreche zu meinen Worten: Geht – und dringt in sein Herz und überzeugt ihn, im Namen Gottes, von der großen, echten, loyalen Zuneigung, die euch diktiert hat, wie ich ihn mit gleicher Zuneigung zärtlich umarme.

Ein abermaliger, unerhörter Eingriff in Puccinis Privatsphäre ist jener Brief, der ihn tief verletzt, den er mit keiner Zeile beantwortet. Wenigstens nicht direkt, sondern nur, sozusagen, über Bande. Gegenüber Illica versucht er die Sache sogar schönzureden:

GP an Illica, 4. Juni 1903

(…) Auch Signor Giulio hat sein Schweigen endlich gebrochen und mir einen langen Brief geschrieben – eine richtige Anklageschrift! – aber weder überzeugend noch der Wahrheit entsprechend – und … recht, recht wenig großmütig einer gewissen Person gegenüber … – ohne Beweise darf man niemanden in dieser Weise beschuldigen – aber alle möglichen Einflüsterungen und unwahre Behauptungen haben ihn wohl zu hart urteilen lassen. Auch was er von meiner Krankheit hält, entspricht nicht der Wahrheit. Ich möchte ihm gern antworten, aber jetzt, mit meinen Zahnschmerzen, kann ich nicht richtig denken. Könnte ich nur mit ihm sprechen! Aus seinem Brief leuchtet aber, wie die Sonne, seine große Zuneigung für mich, und das hat mich sehr getröstet – Du weißt, wie sehr ich unter seinem Schweigen gelitten habe! Es war ein wirkliches Kreuz! Wenn ich nur mit ihm sprechen könnte – ich kann so schlecht etwas widerlegen – besonders brieflich. Er ist doch ein Mann von Welt, und gewisse Meinungen, die er mit solcher Bestimmtheit ausgesprochen hat, würde er wohl ändern, wenn ich mit ihm sprechen könnte. Solche Meinungen schaden sehr, wenn sie nicht wirklich bewiesen oder durch Zeugen erhärtet werden können, und lassen die Seele ratlos oder störrisch werden. Ich wollte, ich könnte das schreiben, was mir die Seele diktiert zu einem Thema, von dem nicht einmal Du etwas hören willst. – Ach! Was mich wirklich traurig macht, ist, daß ich hier allein bin mit meinen Gedanken, ohne einen Menschen, dem ich all das sagen kann, was mir auf der Seele liegt! (...)

Ricordis Vorwürfe, es handle sich bei Corinna um eine liederliche, vulgäre Person mit Hureninstinkten, lassen GP nicht völlig unbeeindruckt. Vielleicht sollte man sie, denkt er jetzt, doch observieren lassen, und sei es nur, um die Welt und speziell Sor Giulio von ihrer Lauterkeit und Unschuld zu überzeugen. Warum nicht? Giacomo schreibt an Pieri, er möge ihm doch bitte einen Freundschaftsdienst erweisen, sich nach Turin begeben und dort nach geeigneten Leuten suchen, die zuverlässig und verschwiegen seien, möglichst preiswert dazu.

Pieri verspricht, alles Nötige in die Wege zu leiten. Illica erfährt von Pieri alle Neuigkeiten praktisch schon nach dem einen Tag, den die Post zur Zustellung eines Briefes benötigt. Elvira und Ricordi hinken dem neuesten Informationsstand demnach nur zwei Tage hinterher. Giacomo ahnt von alldem und täuscht vor, der Geliebten endgültig überdrüssig geworden zu sein. Was sich wie ein Lauffeuer verbreitet.

Brief von Illica an Elvira, ca. Mitte 1903:

> Liebste Signora Elvira
>
> (...) Ich habe keine Angst mehr!
>
> Aus meiner Sicht existiert die Piemontese nicht länger, und wenn Giacomo weitermacht, dann allein aufgrund einer »Hommage an die Langeweile«!
>
> Es ist auf jeden Fall besser abzuwarten. Signor Giulio ist bereit. (...)

Puccini kann sich inzwischen einigermaßen behende auf Krücken fortbewegen, ist nicht mehr auf den Rollstuhl angewiesen. Er könnte nach Turin fahren, wenn er wollte. Aber er zögert.

Statt dessen, Anfang August, um der größten Hitze zu entgehen, nimmt er ein Zimmer im Hotel Bellini, Abetone, in den Bergen, in 1300 Metern Höhe. Ihn erreichen dort, ohne lästige Zwischenadressaten, weitere Briefe Coris, die darum bittet, ihn vor Ort besuchen zu dürfen. Er schlägt ihr das ab, mit dem Hinweis, jede Sekunde seiner Zeit für die Komposition der *Butterfly* zu benötigen. Cori fügt sich und schreibt weiterhin charmant, leidenschaftlich – und traurig. Giacomo durchlebt eine Zerreißprobe, die ihn schwer mitnimmt. Es ist klar, daß er endlich über seine Zukunft entscheiden muß. Pieri meldet ihm, daß er seinen Sommerurlaub benutzt, sich in Turin umzutun, daß er geeignete Detektive gefunden habe, ein Ehepaar, das fortan für ihn, Pieri, arbeite und keine Ahnung habe, wer der eigentliche Auftraggeber sei. Auch meldet er bereits erste, wenn auch noch vage Ergebnisse, die dem zweifelhaften Ruf Corinnas in der Nachbarschaft gelten.

Cori ist Ende April schon nach Turin zurückgekehrt, in die gleich neben dem Bahnhof liegende Wohnung in der Via Gioberti, die GP ihr vor Jahren besorgt – geschenkt – hat, damit sie, die damals Siebzehnjährige, vom Elternhaus unabhängig und leichter verfügbar sein würde. Sie hatte sich zuletzt in Mailand einsam und verlassen gefühlt. Außerdem ist ihre Schwester Domenica krank. Und einen jungen Mann, der ihr gefällt, gibt es dort auch, einen gewissen Guido, Sohn eines Barbiers, der ihr den Hof macht. Und ziemlich amüsant ist.

Sie kehrt zu ihrer alten Näherinnen-Clique zurück. Geht fast jeden Abend aus. Beginnt zu erkennen, wieviel sie in den letzten Jahren verpaßt hat. Und wieviel sie vom Leben haben könnte, gesegnet mit einer Schönheit, die sie in kürzester Zeit gezielt einzusetzen lernt. Auf den Luxus, den sie während der letzten drei Jahre genossen hat, möchte sie nicht mehr verzichten. Jack ist selbst schuld, wenn er sich nicht um sie kümmert.

Brief Luigi Pieris an GP,
Turin, 23. August 1903
höchst privat!

Lieber Giacomo,

der Freund hat nicht geschlafen, wie man seinem Schweigen hätte entnehmen können. Ich bin dem Paar heute zufällig über den Weg gelaufen und fand ihn und seine Gattin höchst wachsam, aber immer bereit, sich beim geringsten Verdacht der Signorina zurückzuziehen, die, wie du ganz richtig gesagt hast, gewitzt ist, verletzlich und übervorsichtig, so sehr, daß sie auf der Straße die seltsame Gewohnheit pflegt, anzuhalten und sich umzudrehen, auch völlig überraschend.

Ich übermittle Dir den Tagesbericht, aus dem du ersehen wirst, daß über dessen Wahrheitsgehalt kein Hauch des Zweifels möglich ist. Ich selbst bin an Ort und Stelle, vielmehr habe ich ganz in der Nähe vorläufig Quartier bezogen, um mich wegen des Hauses schlau zu machen, das die beiden Straßen verbindet (Via Massena und Via Gioberti), wegen der Näherinnen, der Weinstube Mamàn, etc.

Am Ende wird dir eine ganze Palette zur Verfügung stehen, aus der Du Dir, zur richtigen Zeit, den passenden Beweis heraussuchen kannst, den Du brauchst. Brieflich solltest Du ihr gegenüber jeden fernliegenden Verdacht in der Angelegenheit vermeiden und der Form halber, wie bisher, mit großer Leidenschaft schreiben, solltest, was das alles betrifft, leichtgläubig tun. Ich werde gewissenhaft täglich Protokoll führen, auch wenn es, wie heute, regnet in den unsympathischen Straßen Turins und sie schwerlich das Haus verlassen dürfte.

Kuriere dich und richte es so ein, daß du dich spontan für einige Tage zu meiner Verfügung stellen kannst. Sei sicher: Alle ausstehenden Details werden gerade ermittelt.

Der Freund ist gewissenhaft, und ich, während ich mich beeile, dieses Werk wahrer Freundschaft zu beenden, kann nur zu Taktgefühl und Umsicht raten, um nicht fahrlässig die ganze Maschinerie auffliegen zu lassen.

Was, wenn ihre Fahrt nach Biella stattfindet? Hat sie dir gegenüber davon denn gar nichts erwähnt?

Halt mich auf dem laufenden, wie stets mit verschlossener Expreßpost. Bis morgen, herzlich, Luigi

Puccini macht sich auf der Rückseite jenes Briefes Notizen, für aktuelle Ratschläge an Pieri:

Schon E. hat versucht, eine Person in ihrem Umfeld zu plazieren, unter dem Vorwand, bei ihr Unterricht zu nehmen. Deshalb: Vorsicht!

Erforderlich wäre, daß die Dame auch tatsächlich Unterricht nimmt.

Was Giacomo meint: Die Detektivin soll sich in Corinnas Clique einschleichen, dabei jedoch alle Fehler vermeiden, die, in vergleichbarer Mission, Elvira unterlaufen waren.

Cori genießt ihre Freiheit, läßt sich von einem gutaussehenden Adligen umwerben, dem Conte Ferraris, ein noch junger Mann in der Uniform eines Capitano, der sie zu einem Ausflug in sein Schlößchen bei Biella einlädt. Sie schläft ab und an mit Guido, der sie abgöttisch liebt. Vereinbart ist zwischen den beiden, daß er nur als Platzhalter fungiert und sich zurückziehen muß, sobald der Mann ihres Herzens von seiner *ausgedehnten Reise* zurückkommt. Guido, ein junger Lithograph, hat keine Ahnung, wessen Stelle er einnimmt. Er fügt sich, wenn auch widerwillig, in die Verabredung. Was bleibt ihm übrig?

Währenddessen nimmt die *Butterfly* Gestalt an.

Puccini komponiert bis zum ersten September weite Teile des zweiten Aktes. Es gefällt ihm im abgeschiedenen Weiler Boscolungo, der zur Gemeinde Abetone gehört, einem beliebten Ferienort und Wintersportziel. Es gefällt ihm so gut, daß er sich gleich ein Haus kauft. Doria reist an, um ihn darin zu bedienen. Der alternde Künstler genießt ihre Fürsorge, ihre diskrete Verehrung, aber intellektuell bietet sie nichts, sexuell wirkt sie auf ihn, der sonst nie arg wählerisch ist, wenig anziehend.

Sie hätte wahrscheinlich kaum ernsthaften Widerstand geboten, und seinem Wesen gemäß erwägt er selbstverständlich, fast automatisch, wie es wohl wäre, wie Doria sich dabei anstellen würde etc.

Aber er arbeitet, steht unter Zeitdruck, und die Arbeit füllt ihn aus. Zwischendurch denkt er oft an Cori. Und erhöht ihr Taschengeld, nachdem er sie zwischendurch weiß Gott nicht verwöhnt hatte. Ihre Dankbarkeit rührt ihn. Jeden zweiten Tag trifft ein noch süßerer Brief von ihr ein. Ihm wird klar, daß er der jungen Frau einiges schuldet, auf jeden Fall muß er sie noch einmal sehen. Inzwischen hat sich Puccini gegen alle Widerstände seiner Entourage dazu durchgerungen, notfalls stur zu bleiben und das bisherige Arrangement beizubehalten. Also Elvira zu heiraten, aber Corinna eine Position in seiner Nähe anzubieten, vielleicht eine Art Sekretärinnenposten in Livorno oder Genua oder Mailand, wo er sie jederzeit ohne viel Aufwand besuchen kann. Cori wäre inzwischen damit einverstanden, bestimmt. Warum sollte sie es auch nicht sein?

Gegenüber Illica, der ihm wie gewöhnlich ins Gewissen redet, konstatiert Puccini, was unausgesprochen immer schon klar gewesen war – daß ihm die Situation beim Komponieren helfe, er werde so zum Pinkerton und Cori zur Cio-Cio-San, er könne sich in die Konstellation der Protagonisten hineindenken und deren Partien mit noch mehr Leben erfüllen. Die *Butterfly* werde seine beste Oper werden. Davon hätten am Ende alle etwas.

Illica, in seiner trocken-sarkastischen Art, antwortet, Cori müsse sich nur noch umbringen, dann sei alles perfekt und große Oper.

Cori denkt nicht an Selbstmord. Vom Conte Ferraris läßt sie sich verwöhnen, wobei ihr in jedem Moment klar ist, daß sie für den jungen Adligen nicht mehr als eine Spielerei darstellen kann, der Standesunterschied würde ernsthafte Liebeserklärungen so lächerlich wie verlogen klingen lassen. Sie gibt ihm schließlich, was er haben will. Was ist schon dabei? Der Conte wird keine bleibende Spur in ihr hinterlassen, an der sich Giacomo stören könnte.

Ihres viel zu devoten Guido bald überdrüssig, in permanenter Angst, vergessen zu werden, wendet sie sich im Kampf um die Rückgewinnung des Geliebten auch an Jacks besten Freund in Torre del Lago. Schreibt an Ferruccio Pagni, er möge bitte Partei für sie ergreifen und auf Giacomo in ihrem Sinne einwirken. Pagni, ein sentimentaler, romantischer Mensch, immer auf der Seite der Liebe, legt sich folgsam ins Zeug und besucht den Maestro in Abetone, am 24. August, beschwört ihn, sich für die richtige Seite zu entscheiden. Gegen alle Konventionen. Giacomo verbittet sich die Einmischung.

Ihm gehe es längst über die Hutschnur, wie viele Menschen über seinen Kopf hinweg in seinem Leben herumfingerten. Pagni, der einen pathologischen Haß auf Elvira entwickelt hat, weil die ihm weiterhin das Haus verbietet, ist fast der einzige, der Giacomo davon überzeugen will, bei der Geliebten zu bleiben. Es kommt unter den engen Freunden zum Streit. Zum Eklat. Giacomo nennt Pagni einen Verräter, Pagni nennt ihn einen Pantoffelhelden. Eine Postkarte gibt Zeugnis von den drastischen Konsequenzen.

GP (aus Boscolungo) an Cesare Riccioni – 27. August 1903

Hast Du noch mal dieses Schwein von Pagni gesehen? Setz bitte auch Du ihn auf die schwarze Liste, dieses Individuum verdient nichts anderes.

Pagni pflegte ein individuelles, wenn auch harmloses Verhältnis zu Cori. Im Dezember 1900 hatte er GP gefragt, ob er ihr schreiben dürfe, und ohne Bedenken hatte Giacomo ihm die Bitte gewährt: *Schreib an Cori, das wird ihr Freude machen.* So zu lesen in jenem Brief, in dem er auch die verhängnisvolle Zahl *7!* erwähnt. (6. Dezember 1900)

Pieris Detektive sind tüchtig und effektiv. Die Frau schafft es sehr schnell, Corinnas Bekanntschaft zu machen. Die Informationen fließen. Ja, Corinna hat diesen guten Freund namens Guido, den Sohn eines Barbiers von der Via Arsenale. Aber es sei noch schlimmer. Sie sei vielleicht, so das Gerücht, die heimliche Geliebte des Conte Ferraris aus Biella.

Währenddessen ist Cori tatsächlich nach Biella abgereist, wo sie sich fünf Tage aufhält. Und wie von Pieri vorhergesehen, erwähnt sie ihre Reise gegenüber Puccini mit keinem Wort. Die fälligen

Briefe schreibt sie im voraus und läßt sie durch ihre kränkelnde Schwester Domenica besorgen, so daß diese den Poststempel Turins tragen.

Als Puccini die Nerven verliert und ihr Vorhaltungen macht (angeblich habe, welch grandioser Zufall, ein Bekannter sie in Biella gesehen), redet sich Corinna damit heraus, ihre ehemaligen Zunftschwestern, die Näherinnen, hätten einen Tagesausflug dorthin gemacht, hätten sie eingeladen, sie habe zugesagt, habe jedoch Angst gehabt, ihn um Erlaubnis zu bitten, da sie von seiner Abneigung gegen die niederen Stände und den damit verbundenen trivialen Umgang wisse. Es tue ihr sehr leid. Sie fügt dem Brief einige hübsche Fotos bei, die Puccinis Leibfotograf Oreste Bertieri von ihr gemacht hat, auf dessen eigene Kosten.

Auf dessen eigene Kosten? Die Fotos haben einen Wert von mindestens 40 Lire. Woraufhin Puccini die Detektive auch bei Bertieri nach dem Rechten sehen läßt. Das Detektivpaar erfährt – binnen weniger Tage – von einem Angestellten Bertieris, daß der berühmte Fotograf der Liebhaber der jungen Dame sei. Angeblich. Mehr oder weniger. Sagt man. Puccini weiß bald nicht mehr, was er noch glauben soll. Zudem Corinna einen schweren Fehler begeht. Darauf angesprochen, daß man sie häufig mit einem jungen Mann gesehen habe, von dem sie umarmt worden sei und dem sie Geld zugesteckt habe, behauptet sie, das sei ihr Bruder gewesen, der manchmal aus Andorno zu Besuch komme. Einmal habe er sie dabei überrascht, wie sie an Puccini geschrieben habe, jetzt drohe er die Sache auszuplaudern, wenn sie ihm nicht hin und wieder etwas Geld zuschöbe.

GP zieht Erkundigungen ein, ob Corinna wirklich einen Bruder hat. Nie zuvor hat sie einen erwähnt. Ihr Vater bestätigt es. Wider besseres Wissen. Und auch ihre Schwester Domenica deckt den

Schwindel. Nur die Mutter, Margherita, will von einem Sohn nichts wissen. Und was wäre das auch für ein Brüderchen, das die eigene Schwester um Geld erpreßt?

Die Detektive halten Guido Gargagnese nicht nur für Coris festen Freund, sie behaupten sogar, er sei ihr Beschützer bei nächtlichen Geschäften. Zum ersten Mal fällt das Wort *Prostitution.* Wenngleich Giacomo auf die geballte Wucht all dieser Vorwürfe nach dem ersten Zornesausbruch mit Mißtrauen reagiert und sie einem gewissen Übereifer zuschreibt, sitzt der Stachel tief. Er bricht die Korrespondenz mit Cori ab, ohne ihr einen Grund dafür mitzuteilen.

22

18. September 1903: Giacomo kündigt, in einem Brief an Alfredo Vandini (den Bruder von Guido in Rom) an, er werde heute in Genua Carlo Nasi (»Cencio«) treffen, seinen Turiner Anwalt, die »Affäre« sei noch nicht beendet, aber sie (*Plural: er meint sich und Nasi*) seien kurz davor.

Der 18. September ist Coris Geburtstag, sie wird 21, somit volljährig. Statt aber, wie früher oft, *sie* in Genua zu treffen, bespricht GP mit seinem juristischen Beistand die Trennung von ihr. Sendet nur ein knappes Glückwunschtelegramm und entschuldigt sich damit, auf Reisen zu sein, was ja sogar stimmt.

Am 19. September fährt Puccini weiter nach Mailand und von dort am nächsten Tag nach Paris. Sein Bein ist immer noch eingegipst, und er verflucht seinen behandelnden Arzt Dr. Guarneri, allerdings zu Unrecht. Der verzögerte Heilungsprozeß hat seinen Grund in Puccinis Diabetes.

Giacomo leidet aber auch, vielleicht zum ersten Mal in seinem Leben, unter rasender Eifersucht. Dies teilt er sogar Elvira mit, was zu einer Annäherung der beiden führt. Elvira begreift, daß sie dabei ist, die Oberhand zu gewinnen. Giacomo braucht jemanden, bei dem er sich aussprechen kann. Diesmal begeht Elvira nicht den Fehler, ihm Vorhaltungen zu machen, sondern agiert als seine Verbündete.

Immer neue und konkretere Ergebnisse, die die Detektive aus Turin nach Paris ins *Hotel D'Orient* senden, lassen Giacomo vor Wut schäumen. Es scheint nun, daß der alte Ricordi, und das ist das eigentlich Unverzeihliche, recht gehabt haben könnte mit all seinen scheinbar grundlos geäußerten Beschuldigungen.

Cori wundert sich über Giacomos Schweigen, kann sich aber bald erklären, woran es liegt – anscheinend ist ihr Schwindel mit dem erfundenen Bruder aufgeflogen. Jemand muß ihre Mutter ausgehorcht haben. Cori geht in die Offensive und schreibt einen Entschuldigungsbrief. Sie gesteht die Sünde reumütig, gesteht auch, daß sie zuviel Geld ausgebe und deshalb behauptet habe, der Bruder zwicke sich davon einiges ab. Explizit zuzugeben, daß gar kein Bruder existiert, so weit reicht ihr Geständnis dann doch nicht, das kann sie auf Nachfrage immer noch machen.

Ansonsten ist sie sich keiner Schuld bewußt, die Sache mit Guido ist nichts Ernstes und die mit dem Conte fast schon Geschichte. Noch immer glaubt Cori daran, daß ihr Giacomo, sobald körperlich gesundet, mit wiedererwachtem Trieb zu ihr, seiner wahren Liebe, zurückfinden wird. Sie schreibt ihm einen weiteren sehnsüchtigen Brief, den er wiederum nicht beantwortet.

23

Am 24. September 1903, einem sonnigen Donnerstag, läuft die zwölfjährige Maddalena Bocchino über die *Piazza d'Armi* in Turin, einen (heute nicht mehr existierenden) weitläufigen Exerzierplatz südwestlich des Bahnhofs *Porta Nuova.* Sie soll ihrem Bruder das Mittagessen bringen und ist in Eile, als sie von einem männlichen Individuum angesprochen wird, das auf einer Bank hockt und ihr ein paar Lire verspricht, wenn sie sich »*um ihn kümmern*« würde. Neugierig geworden, weil sie sich nicht vorstellen kann, wie sie sich um den schon älteren Mann »*kümmern*« könnte, bleibt sie stehen. Was dann geschieht, darüber gibt es zwei unterschiedliche Versionen. Maddalena rennt nach einigen Minuten weg, erzählt ihrem sechzehnjährigen Bruder die erste jener beiden Versionen. Der Bruder wendet sich an zwei Gendarmen, welche das immer noch auf der Bank hockende ältere männliche Individuum ohne große Diskussion verhaften.

Im Prozeß, der schon am nächsten Tag stattfindet, behauptet die Zwölfjährige, der Angeklagte, Domenico C., 48, von Beruf Bäkker, wohnhaft in Turin, Via Rivara 8, habe ihr obszöne Vorschläge gemacht und ihr sein *membro virile* gezeigt. (Dem kleinen Mädchen fehlt allerdings noch das Wort für das männliche Glied, sie spricht von seinem *culo.*)

Der Angeklagte bestreitet alle Vorwürfe vehement und verteidigt sich damit, daß an seiner Hose ein Knopf gefehlt habe und die

Kleine wohl einen Zipfel seines hervorstehenden Hemdes gesehen habe, darüber hinaus über entschieden zuviel Phantasie verfüge. Maddalena wird in einem Nebenzimmer gebeten, ihrer Mutter zu demonstrieren, was der Angeklagte mit diesem Zipfel, ob nun Hemd oder nicht, denn angestellt habe. Die nachgestellten Masturbationsgesten überzeugen das Gericht. Eine Zwölfjährige, heißt es, könne sich so etwas nicht ausdenken.

Die Strategie des Verteidigers, Cavaliere Daviso, wirkt wenig überzeugend und gipfelt in dem merkwürdigen Versuch einer existentialphilosophischen Debatte, nämlich zu behaupten, daß nicht existiere, was keinen Namen habe. Das Mädchen habe ein *Gesäß* wahrgenommen, also sei der Angeklagte nur so zu bestrafen, als ob er ihr sein *Gesäß* gezeigt habe, denn sie habe nun einmal *Gesäß* gesagt, und man könne diese Angabe nicht leichtfertig außer Kraft setzen.

In der Urteilsbegründung heißt es, sich ernsthaft darauf hinausreden zu wollen, die Zeugin habe statt des korrekten Begriffes für das männliche Geschlechtsorgan das Wort *Culo* – Gesäß – benutzt, sei absurd und lächerlich; einem noch ganz unschuldigen Mädchen stehe der Wortschatz eben nur begrenzt zur Verfügung.

Der Vizebrigadiere der örtlichen Zollbehörde, Pancrazio Savarino, stellt dem Angeklagten ein hervorragendes Leumundszeugnis aus – vergeblich. Domenico C. wird aber, weil er nie zuvor straffällig geworden war und er das Gericht mit seinem höflichen Betragen beeindrucken kann, nur zur Mindeststrafe von 75 Tagen Gefängnis plus Übernahme der Prozeßkosten verurteilt. Er geht sofort in Berufung. Der Termin für den Appellationsprozeß wird auf den 27. November 1903 festgelegt. Bis dahin bleibt Signore C. auf freiem Fuß.

24

Am 1. Oktober 1903 schreibt Giacomo, wieder an Alfredo Vandini, darüber nachzudenken, die Beziehung zu Cori zu beenden. Seine Unentschlossenheit ärgere ihn.

Am 4. Oktober 1903 schreibt er von Paris aus an Riccioni, daß ihm aus Turin häßliche Dinge gemeldet worden seien und er in Kürze Beweise, schwarz auf weiß, erwarte.

Prompt trifft das abschließende Überwachungsprotokoll der Detektive ein. Puccini liest es und verzweifelt. Er ist, schenkt man dem Glauben, was da steht, offenbar beinahe vier Jahre seines Lebens mit einer Nutte verbandelt gewesen. Wenn auch nur die Hälfte dessen stimmt, was da steht, ist eine Rückkehr zu ihr unmöglich. Falls die Öffentlichkeit davon Wind bekäme, in welchen Kreisen er sich, wenn auch unbewußt, aufgehalten hat, wäre der Skandal perfekt.

Daß er auf Fälschungen hereingefallen sein könne, hält er in seiner Paranoia zwar am Rande für denkbar, dennoch beginnt er, Cori zu verurteilen. Entschuldigt sie dann wieder. Verurteilt sie erneut. Es muß ein Schlußstrich gezogen werden. Aber wie?

Vorerst überwacht er die Proben zur *Tosca* an der Opéra Comique. Wie so oft, hält er sein Eingreifen vor Ort für unabdingbar, meistens hat er damit recht. Die Primadonna des Hauses nimmt er beiseite und kündigt ihr *harte Zeiten* an.

Freuen Sie sich nicht über meine Anwesenheit. Ich werde Sie *quä-*

len, denn ich quäle nur *gute* Sängerinnen, bei denen sich das *lohnt*. (Sagt er zu jeder Sängerin. Die meisten finden es erregend.)

Am 13. Oktober wird die *Tosca* dem französischen Publikum vorgestellt, gerät zum dort fast schon gewohnten Triumph. Paris befindet sich im Puccini-Fieber, jeder Abend an der Opéra Comique ist ausverkauft. Elvira erhält in den Geschäften der großen Boulevards großzügige Rabatte, genießt so den Ruhm an der Seite ihres Lebensgefährten, griffig veranschaulicht in barer Münze.

Giulio Ricordi, aus Paris nach Mailand zurückgekehrt, just zu dem Zeitpunkt, als GP dorthin unterwegs war, ist mit der neuen Musik zur *Butterfly* recht zufrieden, und selbst Tito zeigt sich bereit, seine Kritik in Teilen zurückzunehmen, wenngleich er der neuen Oper, natürlich nur inoffiziell, einen steinigen Weg verheißt. Sie sei für Italien einfach zu gesellschaftskritisch, in den Details wieder, wie schon die *Tosca*, zu derb und brutal. Worum gehe es im Grunde?

Um einen kläglich-ignoranten Imperialisten, der ein temporäres Sex-Spielzeug sucht und eine Liebende findet, die an der Diskrepanz beider Kulturen zugrunde geht. Ein nichtexistierender Held und eine fremd-exotische, masochistisch-hysterische Edelnutte, die sich das Messer ins Herz stößt, statt diese banale Pfeife einfach zum Teufel zu schicken: Wen solle das ernsthaft kümmern und bewegen? Man müsse, meint er, dem Tenor etwas Edles verleihen, müsse ihm eine Rechtfertigung an die Hand geben. Auch das Thema Prostitution müsse raus, unbedingt. Er habe da seine Vorstellungen – wenn man nur auf ihn hören würde. Immerhin ist ihm vom Vater die Regie der Uraufführung übertragen worden, und er kümmert sich in seinem Volleifer bald auch – leider hauptsächlich – um eher nachrangige Details der Inszenierung.

Elvira wird Ende Oktober nach Torre del Lago zurückgeschickt. Puccini fährt offiziell nach St. Gallen, um Tonio in seinem Internat zu besuchen – und tut es wirklich. Statt, wie er es ursprünglich vorgehabt hatte, über Turin zu fahren und Cori zur Rede zu stellen, die nicht im mindesten ahnt, was ihr blüht.

Anstelle von Giacomo selbst trifft nur ein Brief von ihm ein. Und was für einer!

Er hat ihn sich in den Nächten im *Hotel D'Orient* mühsam abgerungen, es handelt sich um eine Art Destillat aus den Detektivprotokollen, er hat einige Stellen abgeschrieben und mit (*kursiv gesetzten*) Anmerkungen versehen. Ein Abschiedsbrief, in dem er Cori sogar das vertrauliche »Du« entzieht und die förmliche Anrede benutzt.

GP an Cori, Ende Oktober 1903
(*Brief nur als Konzeptpapier erhalten*)

Ich habe mich dazu entschlossen, Ihnen einige Auszüge der »Tagesberichte« zu schicken.

La Corinna führt weiterhin das übliche galante Leben, sie geht jeden Abend mit Guido aus –
Die Nachbarschaft hält sie für eine Kokotte –

Der sogenannte Giovannino ist ein gewisser Guido, der etc. etc. wohnt. Bartloser Liebhaber der Signorina, auf deren Kosten er lebt, vielmehr noch, er ist ihr Beschützer, ist der Sohn eines Barbiere aus der Via dell'Arsenale (*so was!*), er trägt Trauer wegen des kürzlichen Todes seiner Schwester Giovannina – Derselbe verbringt, da bin ich sicher, die Nächte im Haus der Schönen.

Ich konnte mich einer befreundeten Person des Fot. Bertieri nähern, und von ihr habe ich erfahren, daß die Signorina auch die Geliebte desselben ist. Sie sind aneinandergeraten und der Fot. hat sie verlassen. Jetzt scheint es, daß sie sich wieder geeinigt haben –

Die Fotografien von vor zwei Monaten wurden ihr von Bertieri geschenkt.

Sie haben einen Wert von 40 Lire.

19. August: Sie war fast den ganzen Tag bei der erkrankten Schwester – um 20 Uhr war sie wieder zu Hause, um 22.30 ist sie mit einer geschlossenen Kutsche weggefahren, Richtung Corso V.E. und Via Madama Cristina. Dann aus den Augen verloren, bis sie später wieder erschien: mit einem hohen Tier aus der Präfektur Conte Gropello.

Den vergangenen Abend ist sie nicht ausgegangen, da sie sich mit einem Herrn vergnügt hat, der bis jetzt noch nicht gesehen wurde, sie hat sich lange mit ihm am Fenster gezeigt – es wurde beobachtet, daß er ihr den Arm streichelte etc. etc.

Bis 23 Uhr sah man ihn das Haus nicht verlassen.

Konnte nicht identifiziert werden, da er allen unbekannt ist –

ohne Datum:

16 Uhr: Sie geht aus dem Haus. An der Piazza Stazione steigt sie in eine Kutsche = Fahrt: Via Roma Piazza Castello, Via Po (in der Nähe der Kirche S. Tommaso wird sie von einem *älteren* Herrn gegrüßt –) über die Piazza V.E. Brücke – entlang des Po von Ponte Isabella bis Ristorante Olimpo, wo sie die Kutsche halten läßt – An der Tür macht sich ein eleganter Herr vorstellig – sie gehen in den ersten Stock hinauf – während er den Kutscher bezahlt, lächelt sie einer sehr bekannten *Kokotte* zu und grüßt sie.

26. August

Sie hat um 16 Uhr das Haus verlassen etc.

Nachdem sie das Ende der Via Goberti erreicht und in den Vittorio-Emanuele-Arkaden angekommen ist, geht sie zur Via Magenta zurück, wo eine geschlossene Kutsche stand – Sie, ohne ein Wort zu sagen, steigt in die Kutsche, die nimmt die Richtung Via S. Secondo Corso V.E. Via Arsenale etc., konnte nicht folgen, Spur verloren – 19 Uhr nach Hause gekommen – 19.40 verläßt sie es wieder, um (*Sie waren gegangen, um mir nach Abetone zu schreiben*) Post einzuwerfen. Guido getroffen – etc. etc. – danach wieder ausgegangen um 21.45, zu den V.E.-Arkaden.

Hat sich einem Mann angeschlossen, der in Via S. Quintino 5 wohnt – etc. der der Conte Fer[raris] ist.

anderer Tag im August (Ende des Monats)

Um 16.10 zum Bahnhof gegangen, trifft den üblichen Gargagnese. Wagen gemietet – große Kutschenrundfahrt durch die Stadt – haben sich in einer Bierschenke (Rovinghero) aufgehalten – um 20 Uhr haben sie zusammen das Haus betreten, und er hatte es um 1.30 nachts immer noch nicht verlassen!

Gestern abend ist C. mit den bekannten kleinen Näherinnen und Guido zur Porta Palazzo gegangen, um das Fest zu sehen – etc.

13.9.1903

Die erwähnten Näherinnen haben sich nie aus Turin wegbewegt und leisten weiterhin Beihilfe zu den Amouren der C. – die letzten Montag aus der Bielleser Gegend zurückgekommen ist, wo sie sich 5 Tage aufgehalten hat (*Also bereiteten Sie die Briefe vor und beauftragten jemanden, um sie zu schicken!*). 2 Tage in Biella und 3 in Andorno (*Aber Gott weiß, wo Sie gewesen sind*). Der Conte F. hat Druck gemacht und ihre Rückkehr ist sofort erfolgt, da der Conte auf dem Land war und seine Ankunft angekündigt hat etc.

Gegen 22 Uhr verlassen sie und der Capitano das Olimpo und überqueren mit der Tram Piazza Carlo Felice und steigen dort aus –

Er geht den Corso Vittorio entlang und sie nach Hause. Sie kleidet sich mit einem hellen Tuch und einem großen aschgrauen Hut –

Das reservierte Separée ist von 20 bis 22 Uhr immer verschlossen gewesen, außer die Kellner traten ein.

25. September: Sie war am Fenster mit einem unbekannten jungen Mann! Um 20.10 geht sie allein ins Café Nazionale, *Via Po.* Sie wartet auf jemanden, aber niemand kommt und sie geht zurück nach Hause –

Ihr Vater wegen Erregung öffentlichen Ärgernisses verurteilt.

29. September: Sie verläßt das Haus um 20 Uhr. Wirft Post ein im Hauptbriefkasten und in anderen der Stadt – trifft Guido, und sie gehen ins Café an der Ecke Via Sacchi und Corso Duca di Genova. Bleiben eine Stunde zusammen und gehen dann beide zu ihr.

Montag, 5. Oktober

18 Uhr – eine sehr junge Blondine kommt, um einen Besuch zu machen – beide verlassen das Haus um 19.30, Spaziergang in Via Sacchi – um 20.15 Treffen mit Guido Gargagnese – um 20.30 trennt sie sich von der Blonden, spaziert bis zum Bahnhof mit Guido – um 20.40 kehrt sie zum Haus zurück, das sie mit dem Lithographen betritt –

11. Oktober: 15.15 Uhr steht sie unter der Bahnhofsuhr, erwartet jemanden, verweilt 25 Minuten, dann geht sie allein ins Café Ligure.

Um 16.20 trifft sie sich mit dem Cap. Conte Ferr. in besagtem Café (*Tages- und Nachttreff der Kokotten etc. etc.*)

Sie haben zwei Eisbecher zu sich genommen, und einige Minuten vor 17 Uhr gingen sie zu ihr nach Hause, von wo aus der Capitano genau um 19.30 wegging – Es ist ganz sicher, daß sie zu Hause einander gut waren – um 20.30 ging sie mit Guido aus, um Post einzuwerfen, und mit Guido ging sie ins Haus – er ging wieder um 22 Uhr.

Wie interessant, dieser Nachmittag! Zwei, einer nach dem anderen wie bei Mme Adele. (ANM. 9)
Widerliche!

Niederträchtig – Du hast einen Meineid geleistet, mehr als abstoßend

Welch Ekel!

Es gibt noch andere Tagesberichte, aber ich habe keine Lust mehr, mir die Hände schmutzig zu machen und lasse sie aus –

Aus alldem versteht man das liederliche Leben, das Sie immer geführt haben – immer!

4 Jahre der Täuschung –

Schlimmer als Mme Humbert. (ANM. 10) *Zuerst die Komplizenschaften der D.C.s ,* (ANM. 11) *dann der Aimone,* (ANM. 12) *dann die Schneiderinnen und die Kassiererin, von deren Leben und Betragen ich alle Details kenne!*

Dann – dann – aber es reicht. Ich bin voller Ekel bis zum Hals!

Die Geschichte Ihres angeblichen Bruders (der Sie ertappt haben soll, während Sie mir schrieben) ist eine reizende Erfindung, aber nicht mit mir!

Es war eine große Überwindung, mich zu entschließen, ~~Dir~~ *Ihnen eine Stelle zu geben, um* ~~Dich~~ *Sie näher bei mir zu haben. Wie die Jäger aus Torre sagen: Ihr habt großen Mist gebaut. Auch Ihr sogenannter Bruder wird Ihr Komplize sein, oder zumindest kümmert er sich nicht um Sie oder Ihre würdige Mutter – welch Abgrund von Niedertracht und Prostitution! Ihr seid ein Stück Scheiße! Und mit diesem Aufschrei überlasse ich Euch für immer Eurem Leben! –*

25

Der Brief trifft Cori hart. Ihr war zwar spätestens seit September, seit der Aufdeckung ihrer Schwindelei klar, daß Giacomos Ehe mit Elvira nicht mehr zu verhindern sein würde, aber die Hoffnung, ihn wenigstens als gelegentlichen Liebhaber wieder an sich binden zu können, schien ihr bis vor kurzem noch einigermaßen realistisch.

Das alles, denkt sie jetzt, muß von langer Hand geplant gewesen sein. Schon seit Ende Juli hat Giacomo sie überwachen lassen. Sie hätte es früher begreifen müssen.

Im April war Luigi Pieri gekommen, um im Namen Giacomos mit ihr zu verhandeln. Sie hatte das nicht als Verhandlung begriffen, nur als Vertröstung.

Was hatte Pieri ausrichten lassen?

Säße ihm, also nicht ihm, sondern dem Maestro, hatte dieser Tropf Pieri gesagt, nicht die dringend zu beendende Oper im Nakken, würde er es vielleicht vorziehen, Zeit zu schinden, um die Lage besser zu überdenken, so aber dränge er auf *klare Verhältnisse*. Wenn Cori nicht kooperieren wolle, so möge sie mitteilen, wie sie sich eine Entschädigung vorstelle. Er, also nicht er, sondern der Maestro, könne das Band ja einfach so zerschneiden, statt dessen strebe er ein *Gentleman's Agreement* an, um ihre nähere Zukunft finanziell zu sichern.

Er hat mir die Ehe versprochen!

Nein, meinte Pieri, eine *Position in seiner Nähe*, das sei etwas anderes, aber gut, selbst wenn man das als Eheversprechen auslege, theoretisch, so sei in diesem Fall ein gewisses Kranzgeld üblich, obzwar es ja nie zu einer offiziellen Verlobung gekommen sei. Was man im Liebesrausch so ab und an auf ein Papier kritzle, sei nun einmal kein Dokument vom Amt. Sie könne dem Maestro natürlich Scherereien machen, gewiß, aber der Maestro könne sich beim besten Willen nicht vorstellen, daß eine Frau, die behaupte, ihn zu lieben, dazu imstande sei. Im schlimmsten Fall würde es nur Verlierer geben, zwei kompromittierte Existenzen, welchen Nutzen habe davon irgendwer?

Cori hatte den Boden unter den Füßen verloren, und Pieri redete vor sich hin wie ein alberner Bürokrat. Sie hatte ihre Niederlage begriffen. Beinahe vier Jahre ihres Lebens, verschwendet an einen gewissenlosen Egomanen. Wie Cio-Cio-San auf Pinkerton hat sie gewartet, vergeblich. Hat als Inspiration gedient. Gut, das war eine Niederlage gewesen, aber noch keine Kapitulation. Die Möglichkeit zu *kooperieren* hatte Pieri doch erwähnt, wie war das gemeint gewesen? Weiter die heimliche Konkubine sein, stillzuhalten, natürlich.

Und jetzt steht nicht einmal diese Option mehr offen?

Es stimmt schon, leider, sie hat sich im Spätsommer mit ein paar Verehrern getroffen, darunter ein schneidiger Capitano mit dem Adelstitel eines Conte, ja, der habe sie ein wenig beeindruckt, kleine Techtelmechtel, und keiner von jenen Verehrern sei *häßlich* oder *alt* gewesen und bei keinem sei es in erster oder zweiter Linie um *Geld* gegangen und zum sexuell Äußersten sei es auch (so gut wie) nie gekommen.

Geld hatte ich zwar kaum noch … aber ich bin vor allem einsam gewesen, Jack, begreifst Du das nicht?

Sie schreibt einen langen Antwortbrief, der für alle Beobachtungen der Detektive Erklärungen bietet, einige klingen glaubhaft, andere weniger.

Giacomo bereut indes, nicht doch ein letztes Treffen gewagt zu haben, die körperliche Attraktion existiert unvermindert weiter, trotz aller Eifersucht. Im Gegenteil, seine Eifersucht schärft ihr Bild nur noch.

Und ihre Männergeschichten – nun, eine aufgeblühte schöne Frau, durch ihn an die körperliche Liebe gewöhnt – kann man es ihr vorwerfen, wenn sie während seiner langen Unpäßlichkeit auch einmal etwas Jüngeres ausprobiert? Jetzt, da er seiner Wut Luft gemacht hat, beschwichtigt er sich selbst, so gut es geht.

Die Wahrheit ist zweischneidig, wo man sie anfaßt, blutet man. Er bereut inzwischen auch den Brief, vielmehr den harten Ton des Briefes. Um so mehr, als sich so viele Personen in seinem Umfeld so demonstrativ für seinen Entschluß freuen. Er wird mißtrauisch. War es denn nicht so, daß er Pieri geradezu darum gebeten hat, man möge etwas Verwerfliches finden? Haben nicht vielleicht sogar andere Leute Pieri um dasselbe gebeten?

26

Lieber Gigi,

gestern war ein schlimmer Tag. Du ahnst, weshalb – es brach mir das Herz, dieses Mädchen von mir zu stoßen – und selbst wenn es sein mußte, wenn es nach allen vernünftigen Maßstäben notwendig war, kam es einem Martyrium gleich. Dennoch, sie ist jetzt seit einem Monat einundzwanzig und hat, wenn die Sache geheim bleibt, noch ihr ganzes Leben vor sich. Ich kaum noch ein halbes.

Ich hätte mich nie auf eine Siebzehnjährige einlassen dürfen, aber, Gott ist mein Zeuge, ich habe sie nie ausnutzen wollen, hatte eine gemeinsame Zukunft für uns im Auge. Ob sie mich betrogen hat oder nicht, ist aus einem gewissen Blickwinkel marginal. Der Mensch lebt und liebt und betrügt. So verliebt war ich nie und werde es wohl nie mehr sein.

Ich habe ihr einen bösen, wirklich bösen Brief geschrieben, was war, kommt nicht wieder, und man muß die Türen hinter sich schließen. Sie wäre ruiniert, sollte die Angelegenheit je ans Licht kommen. Ich habe alle Mitwisser demütig drum gebeten, Stillschweigen zu bewahren, gebe Gott, daß niemand plaudert, das hätte die Arme nicht verdient, sie ist auf gewisse Weise unschuldig, es war meine Leichtfertigkeit, die dieses Fiasko verursacht hat. Ich hoffe so sehr, daß C. jetzt einsichtig reagiert und nichts tut, mit dem sie sich am Ende mehr schadet als mir. Dank meiner Talente würde diese krämerisch-bigotte Welt mir irgendwann verzeihen. Ihr würde man nie verzeihen. Du hast mir gegenüber stets behauptet, ich würde nie ernsthaft erwogen haben, sie zu heiraten, vielleicht hast Du recht gehabt, so genau weiß ich es selbst nicht.

Hätte es den Unfall nicht gegeben, hätt ich es vielleicht doch getan, wer weiß? Aber so bin ich ein Krüppel, vierundvierzig, bald fünfundvierzig Jahre alt. Das scheint mir das letzte, was eine junge Frau brauchen kann. Aber ich will nicht so tun, als ob mein Handeln uneigennützig wäre. Umgekehrt könnte man sagen, daß eine blühende Einundzwanzigjährige das letzte wäre, was ein hart arbeitender, depressiver Krüppel wie ich an seiner Seite brauchen könnte. Der Bruch wäre vorprogrammiert. Zwei, drei Jahre lang mag das gutgehen, länger nicht, *wir* wissen das, weil wir erfahrene Männer sind. Cori weiß es nicht und hält mich für streng und brutal. Unfähig zu verzeihen. Es ist tragisch.

Du kannst, wenn Du willst, unserem wirklich gestrengen Herrn Giulio darüber Meldung machen, daß zu Ende gegangen ist, was ihn so geplagt hat, wir müssen jetzt alle wieder zusammenfinden und irgendwie weitermachen. Herzlich,

G.

Luigi Illica ist derjenige, der vom Bruch als erster erfährt. Von dem es dann die anderen erfahren. Während der erhabene Vers-Dichter Giacosa mit den Ricordis ebenso sinnlos wie erbittert darum streitet, ob denn auch die *nicht* komponierten Zeilen, die ja zweifellos *Teil des Kunstwerks* seien, im Libretto gedruckt würden, begreift sich der Prosaist Illica, obwohl gefeierter Theaterautor, in Operndingen als Puccinis ergebener Textlieferant und, vor allem, als sein *Freund.* Freundschaftlich ist es gemeint, wenn er, aus tiefster Sorge um Giacomo, das Haus Ricordi über die jüngsten Entwicklungen in der »Affäre Corinna« auf dem laufenden hält.

27

Torre del Lago, Anfang November. Puccini, neben sich die Krükken, sitzt am von zwei Kerzen beleuchteten Klavier im großen Salon der Villa, ein Bein hochgelegt, spielt die Anfangstakte von *Un bel di vedremo*. Unterbricht, korrigiert die Partitur. Wie so oft, und kein Mensch weiß, warum, trägt er einen Hut beim Komponieren. Um Mitternacht wird an die offenstehende Tür geklopft.

Ja?

Sor Giacomo? Entschuldigung. Ich bringe den Kaffee. Er ist frisch gebrüht.

Setz dich. Hör zu, wenn du magst. Es stört mich nicht.

Warum haben Sie beim Komponieren immer diesen Hut auf?

Solange man keine Fragen stellt.

Doria bittet erneut um Entschuldigung, setzt sich auf ein Kanapee neben der Tür, legt ihre Hände auf die Knie, sitzt stangengerade und wagt sich kaum zu rühren.

Puccini spielt eine Melodie an. Die sei auch frisch gebrüht. Magst du das?

Klingt sehr schön.

Ist auch ganz schön. Und das?

Ich finde alles schön, was Sie komponieren.

Ah! Gut. Sehr gut! Ein Standpunkt, mit dem sich nicht viel falsch machen läßt!

Doria preßt die ohnehin schmalen Lippen zusammen. Glaubt sich verspottet. Entschuldigt sich erneut, diesmal ohne jeden Anlaß.

Puccini fällt das gar nicht auf. Während er auf dem Klavier improvisiert, führt er die Unterhaltung weiter.

Elvira ist sehr zufrieden mit dir, nennt dich eine Perle. Elvira ist nicht leicht zu erobern …

Ich gebe mir Mühe.

Ich weiß das. Geht es dir gut hier? Wirst du anständig behandelt?

Gewiß, Sor Giacomo.

Hör auf mit diesem Sor Giacomo! Ich nenne dich Doria, oder? Nenn du mich Giacomo.

Das geht nicht.

Nein? Puccini schmunzelt. Sagt Giacosa auch immer. Es gehe nicht. Wegen dem und dem und dem und dem. Und geht dann doch. So vieles geht. Das meiste an einem vorüber. Ungenutzt. Man müßte mehrere Leben zur Probe führen, um dann das eine für gültig erachtete zu leben.

Doria nickt, aber was der Maestro eben gesagt hat anders als wörtlich wiederzugeben, fiele ihr schwer.

Puccini komponiert die ganze Nacht hindurch, im Schein der Kerzen, ausgestattet mit Kaffee und Zigaretten – *Un bel di vedremo.* Die große Arie der Cio-Cio-San erlangt ihre Letztgestalt.

Als der Morgen im Fenster steht, klappt Puccini den Flügel zu. Und bemerkt, daß Doria auf dem Kanapee eingeschlafen ist. Ihre Anwesenheit hat er zwischendurch völlig vergessen. Er beugt sich über die Schlafende, schnippt mit zwei Fingern vor ihrem Gesicht.

Hallo?

Doria erwacht, schreckt hoch, streicht ihr Kleid über die Knie.

O Gott, ich bin eingeschlafen. Sor Giacomo! Es ist ja schon fast hell!

Ja. Naja. Genug für heute. Ich möchte so gerne auf die Jagd gehen. Willst du mit mir auf die Jagd gehen? Mein Gewehr tragen? Hilf mir!

Ich weiß nicht. Sie blinzelt verschüchtert, reibt sich den Schlaf aus den Augen, draußen zwitschern die Vögel, sie kann nicht klar denken, es ist noch ziemlich dunkel im Salon. Sonderbare Lichtverhältnisse, die etwas Ungewöhnliches haben, um nicht zu sagen etwas Verbotenes.

Was soll denn dabei sein? Komm! Ganz leise!

Puccini besitzt Übung im Umgang mit den Krücken, er verursacht kaum ein Geräusch.

Im Jagdzimmer wird eines der doppelläufigen Gewehre aus dem Waffenschrank geholt, Doria ist sichtlich erstaunt über das Gewicht der Waffe, sie hat noch nie im Leben eine in der Hand gehalten.

Das alte Ding sei ein Geschenk der Stadt Turin gewesen, anläßlich der Premiere von *Manon Lescaut*.

Schön, antwortet Doria und betrachtet das Geschenk der Stadt Turin. Obgleich es noch dämmert, sind auf der Straße bereits etliche Gestalten unterwegs. Giacomo und Doria nehmen den Schleichweg durch den Garten, er humpelt voran, Doria trägt das Gewehr auf den Armbeugen quer zum Körper, stakst steif hinter ihm her, ein wenig sieht das aus, als würde sie ihre Hände zeigen, mit frischen Wundmalen darin. Der Weg führt am Haus Nomellinis und an dem der Tommasis vorbei, vorbei am alten, stillgelegten Wachturm, über einen schmalen Trampelpfad, durch Gestrüpp und Brombeerranken.

Als sie das Schilf erreichen, hockt sich Giacomo ans Ufer. Es ist jetzt fast sieben Uhr, und niemand wundert sich, wenn um diese Zeit Schüsse fallen, es ist die bevorzugte Stunde der Jäger und Wilderer. Vom Marchese Ginori, dem der Massaciuccoli-See und die umliegenden Ländereien gehören, hat GP eine beinahe exklusive Lizenz zum ganzjährigen Abschuß von Wasservögeln erhalten. Als Gegenleistung, erzählt Puccini, habe er dem Marchese eine Komposition gewidmet.

Wie seltsam es im Grunde doch sei, und wunderbar, sinniert Puccini, er stamme aus ärmlichen Verhältnissen, aber die Noten, Musiknoten stehen doch jedermann frei, man müsse sie nur in einer gewissen Reihenfolge aufs Papier schreiben und sie verwandelten sich prompt in Zauberformeln. Und was das allerbeste sei, der Marchese Ginori denke, er habe das bessere Geschäft gemacht, sein Name sei durch jene Widmung unsterblich geworden. Wie sie das finde?

Stimmt es denn nicht? Doria kann sich so schnell zum Thema keine Meinung bilden.

Ach Gott, nein, naja, vielleicht. Vorläufig vielleicht.

Was es denn für eine Komposition gewesen sei, die er dem Marchese gewidmet habe?

Die Bohème.

Dann hat der Marchese wohl schon recht. Flüstert Doria. In diesem Moment stellt sie sich vor, wie es wäre, würde der Maestro ihr einmal Musik widmen, und sei es nur ein kurzes Liedchen.

Viel besser wärs, vom Boot aus zu jagen, die aufgescheuchten Enten flögen meist in Richtung des Seemittelpunktes, man habe dann mehr Zeit für einen exakten Treffer, erläutert Giacomo dem Mädchen, nimmt ihm das Gewehr ab und lädt es mit zwei Patronen Kaliber 12.

Warum nehmen wir nicht das Boot?

Och. Hier können wir nicht gesehen werden.

Den triftigeren Grund, daß er mit seinem Bein ein schwankendes Boot noch nicht ohne Schmerzen oder Hilfe betreten kann, behält er für sich. Plötzlich flattert ein Erpel auf aus dem Röhricht. Giacomo hebt das Gewehr, zielt und trifft. Doria hält sich die Ohren zu. Der sterbende Vogel fällt aufs Wasser, aber nicht weit, höchstens fünf Meter vom Ufer entfernt.

Was für ein Schuß! Mein allererster seit Februar! Gut, nicht? Ja? Jetzt haben wir ein Problem. Wie holen wir die Beute ein? Kannst du sie erreichen, Doria?

Doria schweigt.

Versuchs doch mal. Der See ist hier nicht tief.

Doria schüttelt den Kopf. Es ist kühl, das Wasser bestimmt unter fünfzehn Grad kalt, und selbst wenn sie, was sich unmöglich schicken würde, ihr Kleid bis zu den Knien anhöbe, käme sie ja kaum zwei Meter weit, bevor ihr Rocksaum naß würde. Giacomo begreift das Dilemma, steckt sich eine Zigarette an und winkt ab.

Na gut, dann warten wir! Das Tier wird schon herangetrieben, siehst du?

Dorias Augen füllen sich mit Tränen.

Weshalb weinst du denn?

Ich weine immer, wenn ein Geschöpf Gottes stirbt, ohne daß es sein muß.

Er stutzt, schmunzelt, wie über einen sehr eigenartigen, originellen Aspekt.

Dann ... hättest du ja den ganzen Tag über zu weinen!

Verzeihen Sie mir!

Gibt nichts zu verzeihen. Genießen wir den Morgen, die frische Luft, die Natur ... Willst du auch eine Zigarette? Nein?

Beide schließen die Augen und lauschen dem Schwappen der leichten Wellen auf dem Kies. Warten ungefähr zehn Minuten, während derer das tote Tier, wie vorhergesagt, dem Ufer zutreibt. Schließlich kürzt Puccini die Sache ab, indem er selbst, wiewohl auf Krücken, einen Meter weit in den See steigt. Das Wasser reicht ihm bis über die Knie, fließt in die hohen Lederstiefel. Ein mutiges, waghalsiges, auch ein recht angeberisches Unterfangen, er muß im richtigen Moment mit der linken Hand beide Krücken halten, das Gleichgewicht wahren und den toten Erpel irgendwie an sich nehmen. Es gelingt ihm, gerade so, und bemüht lächelnd, dabei vor Anstrengung keuchend, kehrt er samt Beute ans Ufer zurück. Wo sich Doria ihrer Tränen und ihrer Nutzlosigkeit schämt. Sie scheint soeben für ihn gebetet zu haben, ihre Handflächen sind fest aufeinandergepreßt.

Ihr Anblick rührt ihn. Was war das nur für eine Schnapsidee gewesen, mit dem Mädchen auf die Jagd zu gehen. Er hat sie, das Dorfkind, für abgebrühter gehalten. Eine peinliche Angelegenheit, die ihn nach Worten suchen läßt.

Du hast ein reines Herz. Schäm dich dessen nie. Es ist spät. Ich werde schlafen gehen. Bring den Vogel deiner Mutter, mit einem Gruß von mir. Zier dich nicht. Na los!

Doria ziert sich gar nicht, ihre Mutter würde sich über den Braten sicher freuen. Aber das Tier anfassen ... Giacomo versteht beim besten Willen nicht, warum sie zögert.

Na, geh schon. Es ist gut!

Er winkt gnädig, wie man Dienern den als Erlaubnis getarnten Befehl gibt, sich zurückzuziehen.

Doria nimmt die tote Ente erst widerstrebend, dann wie ein Kind auf den Arm, Tränen schießen ihr aus den Augen, sie rennt fort, am Ufer entlang.

28

Mitte November schreibt Cori einen Brief, der an keinen Mittelsmann mehr gerichtet ist, sondern direkt an Giacomo Puccini, wohnhaft Torre del Lago. Den also Elvira als erste liest, wie sich auch Cori denken kann, er hat es ihr ja oft genug gesagt, oder angedeutet. Vielleicht eher angedeutet. Ganz hilflos hat er vor ihr ja auch nie dastehen wollen.

Cori schreibt, sie werde die Trennung unter diesen Umständen, die schmachvoll und entwürdigend seien, nicht hinnehmen und notfalls geeignete Maßnahmen ergreifen, falls Giacomo nicht sofort umdenke. Man könne eine liebende Frau *so* nicht behandeln. Sie wolle ihm keineswegs *Scherereien* machen, oder nur, falls unbedingt nötig, mehr gehe es um den ehrenhaften Rahmen einer wunderbaren, glücklichen Liebe, die nicht derart in den Schmutz gezogen werden dürfe. Sie sei beleidigt und verleumdet worden, Fremde hätten in ihrem Privatleben gekramt und sich widerrechtlich Zutritt zu *etlichen Bereichen* verschafft.

Giacomo ist erbost über das provokante, indiskrete Schreiben. Sie läßt sich gehen, droht ihm mit *geeigneten Maßnahmen* – welche sollten das sein? Cori ist offenbar verrückt geworden. Sie hat sich als halbes Kind mit einem viel älteren Mann eingelassen, glaubt sie, das würde ihr jemals verziehen werden, sollte die Sache an die Öffentlichkeit dringen? Es wissen eh schon sehr viele Menschen davon, viel zu viele, einem Wunder kommt es gleich, daß alle dichthalten.

Impulsiv schreibt Giacomo am selben Tag zurück – Elvira zeigt sich über seinen Tonfall zufrieden –, daß sie offenkundig den Verstand verloren habe und, wenn nicht an ihn, so an sich selbst denken solle. Er habe darüber hinaus alles Wesentliche gesagt, sie möge den Status quo akzeptieren und sich weder lächerlich machen noch in ihr Unglück rennen. Er würde sie gern als kluge junge Frau in Erinnerung behalten, nicht als dumme, würdelose Ziege. Ihr sentimentaler, selbstgerechter Ton gehe ihm auf die Nerven. Wenn irgend jemand in den Schmutz gezogen habe, was gewesen sei, dann sei doch vor allem *sie* das gewesen, mit ihrem unverzeihlichen Treiben. Sie habe keinen Grund, sich zu beklagen, habe in vielerlei Hinsicht von ihm profitiert, er hoffe, ihr werde das später einmal bewußt – und damit basta.

Der Brief, in frischem Zorn verfaßt, soll ihr über die Fiebermarke getretenes Temperamentchen kühlen. Puccini kann sich nicht vorstellen, daß eine andere Wirkung davon ausgehen könne, zumal Cori stets – wenigstens auf erotischer Ebene – eine gewisse devote Neigung gezeigt hat.

Ihre Antwort wirkt auf Giacomo und alle, die davon erfahren, zutiefst schockierend. Diese Antwort schreibt nämlich nicht sie selbst, sondern der Anwalt, zu dessen Händen sie alle, buchstäblich alle auch noch so intim gehaltenen Briefe Puccinis gegeben hat.

Am 24. November trifft dessen Schreiben in Torre del Lago ein und verursacht massiven Aufruhr. Giacomo bekommt es mit der Angst. Sollte jener Briefwechsel je an die Öffentlichkeit gelangen, wäre er erledigt, Cori zwar auch, aber der kommt es darauf anscheinend nicht mehr an. Im ersten Schreck erwägt er sogar eine Flucht in die Schweiz.

GP an Illica, 24. November 1903

Lieber Gigi

(…) Schreib mir bald. Ich bin allein hier und traurig! Wenn du wüßtest, wie ich leide! Ich brauche so nötig einen Freund, aber ich habe keinen, und auch niemanden, der mich liebt und versteht. Mein Wesen ist so verschieden von dem der andern. Nur ich verstehe mich selbst und ich leide – aber mein Leiden hört nicht auf – läßt mich nicht in Frieden – auch meine Arbeit verschafft mir keinen Trost, ich arbeite, weil ich muß – mein Leben ist ein Meer von Traurigkeit, und ich versinke darin! Ich habe das Gefühl, von niemandem geliebt, von niemandem verstanden zu werden, und da sagen so viele, ich sei zu beneiden! Ich bin schon als Unglücklicher geboren! Aber auch Du kennst meine Seele nicht so, wie ich möchte – und vielleicht tue ich Dir nicht einmal leid! Ich möchte mit Dir sprechen und Dir mein Herz ausschütten! Aber Du bist so weit weg, und ständigen Klagen zuzuhören ist ja auch kein Vergnügen. Ach, wenn du einmal auf einen Sprung herkommen könntest – wir sind allein – komm mit Deiner Frau – bleib ein paar Tage hier – Eure Gesellschaft würde mir so gut tun und könnte unsere Freundschaft von neuem festigen! Du sagst, ich soll lesen? Ich kann nicht – ich schreibe ein paar Noten hin, weil ich muß – und verbringe meine Zeit in einer Atmosphäre schwärzester Dunkelheit. (…)

Elvira an Illica, 24. November 1903

Lieber Illica,

ich habe geahnt, in welchem Ton Giacomo Ihnen schreiben würde, und seinen Brief deshalb gelesen, bevor ich ihn abschickte, nur um mich von der Richtigkeit meiner Vermutung zu überzeugen. Ich bitte Sie, mich nicht zu verraten, da dies zu einem völlig unnötigen Konflikt zwischen Giacomo und mir führen würde.

Er macht im Augenblick eine sehr harte Zeit durch, wegen dieser Piemontesin, die ihm große Schwierigkeiten bereiten wird, denn sie hat (was vorauszusehen war) begonnen, ihn zu erpressen. Obwohl nun mehrfach erwiesen ist, wie sich dieses hinterhältige Frauenzimmer benimmt, hofft er im Grunde immer noch, daß alles, was man ihm berichtet hat, nur dem übertriebenen Eifer jener Personen zuzuschreiben ist, die beauftragt waren, sie zu entlarven. Heute morgen jedoch sind ihm die Augen aufgegangen, als er den Brief eines Advokaten aus Turin erhielt, der eine Unterredung verlangte und ihn wissen ließ, daß er im Besitz der gesamten Korrespondenz sei, auch jenes beleidigenden Briefes, worin er dem Fräulein den Abschied gab! Das hat ihn doch tief getroffen, zum Teil, weil er Unannehmlichkeiten befürchtet, in der Hauptsache aber, weil sein Idol von dem Sockel gestürzt ist, auf den er es gestellt hatte! Ich schließe mich Giacomos Wunsch an, doch unsere Einladung anzunehmen und hierherzukommen, um ihm zu helfen, einzusehen, daß es sinnlos ist, sich wegen solch einer Person zu grämen. Wenn *ich* versuchen würde, ihn zu trösten, so würde ihn das, fürchte ich, nur reizen, ein Freund aber ist etwas anderes. Finden Sie nicht auch? Wenn wir wollen, daß er seine Oper fertigschreibt, müssen wir versuchen, ihm die Ruhe zu verschaffen, die er dazu braucht. Wenn Sie es für richtig halten, sprechen Sie auch mit Sig. Giulio darüber, er weiß über alles Bescheid. Antworten Sie mir postlagernd mit einem eingeschriebenen Brief. Ich werde dem Briefträger Anweisung geben, den Brief nur mir auszuhändigen …

Puccinis Anwalt, Carlo Nasi, seßhaft in Turin, beruhigt den Maestro einigermaßen.

Der Vorwurf des Anwaltskollegen, er, Giacomo, habe sich der Beleidung sowie der Verleumdung schuldig gemacht, nun ja, der sei so leicht nicht zu entkräften, eine junge Dame als Scheiße wie als Hure zu bezeichnen, das ginge allerhöchstens, wenn sie von beidem ein bißchen was wäre. Die Protokolle seiner Detektive seien vor Gericht nicht ausreichend. Es stünde immer Aussage gegen Aussage. Aber wenn morgen das Urteil gegen ihren Vater, Domenico C., in der Appellationsverhandlung bestätigt werde, dann sähe es gut aus, dann nämlich entstamme *Corinna* fortan einem vorbestraften Elternhaus mit verlorengegangenem Leumund. Kein Gericht würde ihr dann noch glauben. Die Herausgabe der anderen, intimen Briefe sei zu erreichen, es koste zwar ein bißchen Geld, aber er solle ihn mal machen lassen.

Tatsächlich wird das Urteil gegen Domenico C. bestätigt, am 27. November 1903.

GP an Illica, Torre del Lago, 28. November 1903

> Ich bin jetzt ruhiger und vernünftiger, die Krise ist vorüber, aber es war fürchterlich –
>
> Ich würde Dir gern alles sagen, aber wir werden uns sehen und dann sprechen …

Schlimm genug, und überaus demütigend für Giacomo, daß ein wildfremder Mensch, irgendein windiger Advokat, schmierig genug, um so einen Fall auch nur mit den Fingerspitzen anzufassen, Einblick in sein Privatestes erhalten hat. Puccini ist verbittert und macht sich Vorwürfe, alle haben es ihm ja prophezeit – und alle haben nun recht bekommen. Als schon älterer Mann sich mit einem so jungen Ding einzulassen endet immer schmerzhaft. Warum nur? Wie konnte Cori diese schönen, leidenschaftlichen Briefe voller obszöner Details aus der Hand geben?

Ein solcher Vertrauensbruch kommt einer Kriegserklärung gleich. Schmiedet einige Personen, die zuvor miteinander nicht mehr allzuviel zu tun haben wollten, zusammen, ihn mit den Ricordis, ihn mit Elvira, Elvira mit den Ricordis, und natürlich Illica, den immer gutmeinenden Freund und Doppelagenten, mit allen.

Gegenanwälte werden engagiert, als wäre der berühmte Carlo Nasi alleine nicht ausreichend, große Kaliber, die ihren leichtfertigen kleinen Kollegen erst einmal beeindrucken, ihm das Prekäre an der Sache klarmachen sollen.

Was will Cori überhaupt? Zwei Punkte werden genannt. Ein Treffen Coris oder wenigstens ihres Anwalts mit Elvira oder Giacomo, am besten mit beiden, in Mailand. Sowie eine Ehrenerklärung, derzufolge öffentlich kundgetan werden solle, daß eine Heirat Puccinis mit Elvira Bonturi-Gemignani zwar stattfinden werde, diese aber keine Verletzung der Person Coris darstelle. Das Ganze hört sich um so sinnloser an, als von finanziellen Entschädigungen vorerst nicht die Rede ist, vielleicht, um sich keine Klage wegen versuchter Erpressung einzufangen.

Cori an Giacomo, 4. Dezember 1903

Du bittest mich, vernünftig zu sein? Du meinst doch nur, ich solle schweigen. Dein Lämmchen soll nicht weiter blöken, ja? Daß Du mich immer noch liebst, wieso denn auch nicht, willst Du Dir nicht eingestehen, es würde Dir ja lästige Umstände machen. Wie hast Du es soweit kommen lassen? Mich wirst du jedenfalls nicht so einfach aus der Welt drängen, Du machst einen Fehler, Jack, sieh es ein! Deine Vorwürfe sind ganz und gar erlogen und ohne jeden Hintergrund. Ich mag jung sein und unerfahren, aber aus mir spricht die Wahrheit eines liebenden Herzens und ich reiche Dir noch immer meine Hand, nimm sie, erhebe Dich bitte aus dem Sumpf, in dem Du lebst, C.

Elvira an Giulio Ricordi, 6. Dezember 1903

Ich weiß, daß Giacomo an Nasi geschrieben hat und ihn um Rat gebeten hat, ob er der Forderung der Turinerin nach einem Treffen nachgeben soll. Ich denke, daß Nasi klug genug ist, ihm davon abzuraten, aber in jedem Fall fände ich es eine gute Idee, wenn Sie sich an Nasi wenden würden, damit der ihm rate, sich nicht länger selbst mit der Sache zu beschäftigen, sondern dies dem Anwalt zu überlassen. Meinen Sie nicht, daß das eine gute Idee ist? Denn manchmal könnte Nasi, der den Charakter jener Frau nicht kennt, es zulassen, daß Giacomo sich einwickeln läßt, um so mehr, als Giacomo sagt, daß der einzige Zweck des Treffens wäre, das Ganze auf freundschaftliche Art zu regeln, ohne Geld zahlen zu müssen. Denn in seiner Naivität glaubt er, dieses Weib könne sich von seinen Worten anrühren lassen. Ihr Telegramm von gestern beruhigte ihn ein bißchen, aber es hat lange gebraucht, ihn zu überzeugen, nicht mehr zu schreiben.

GP an Giulio Ricordi, Torre del Lago, 7. Dezember 1903

(...) So war ich vom Brief des Turiner Anwalts sehr erschrocken und und habe ein letztes Mal in einem Brief an sie appelliert, indem ich ihr sagte, daß ich nicht mit juristischen Mittelsmännern verhandle, warf ihr bitter vor, so tief gesunken zu sein, meine Briefe an Dritte weitergegeben zu haben, und daß ich gegebenenfalls direkt mit ihr verhandelt hätte – und so kam ihre Antwort, die ich Ihnen vorgestern weitergeleitet habe – aber, glauben Sie mir, bei meiner Ehre, das war kein irgendwie gearteter Versuch einer Versöhnung – *das niemals*!

Carlo Carignani ist in Torre zu Besuch, um mit dem Klavierauszug zum dritten Akt der *Butterfly* zu beginnen, und, en passant, Giacomo mit guten Ratschlägen beizustehen, was allerdings Elviras Mißfallen hervorruft.

Elvira an Giulio Ricordi,
13. Dezember 1903

Liebster Signor Giulio

Eben habe ich erfahren, daß er (*Giacomo*), während ich in Mailand war, der Turinerin geschrieben und von ihr verlangt hat, sie solle den Rechtsweg beenden und zu einer direkten Übereinkunft mit ihm kommen. Jetzt ist mir auch der Grund klar, warum diese Frau diesen Brief schrieb. (*Vorher hatte sie von der deftigen Beleidigung höchstens geahnt.*) Ich habe zu Giacomo noch nichts gesagt, weil ich der Person, die mir das erzählte, keinen Ärger bereiten will, und es scheint, als sei es ein Rat Carignanis gewesen (*diesen Brief an Cori zu schreiben*). Das Beste wäre, Sie würden ihn (*Carignani*) nach Mailand befehlen, so schnell als möglich, denn hier tut er nichts, als ihm (*Giacomo*) den Kopf zu verdrehen. Und Sie hatten Vertrauen in all die Vorschläge, die er (*Carignani*) am Bahnhof gemacht hat! Glauben Sie mir, Signor Giulio, um sich Giacomos sicher zu sein, ist es nötig, diesen perfiden *bazzone* (*Carignani*) von ihm fernzuhalten. Von neuem Entschuldigung und danke für alles, was Sie in dieser traurigen Angelegenheit unternehmen. Haben Sie meine herzlichsten Grüße und die ewige Dankbarkeit Ihrer ergebenen Elvira (ANM. 13)

Puccini erklärt sich für überfordert und unfähig, in der Sache weiterhin selbst tätig zu werden, er muß die Oper vollenden, spätestens bis Neujahr. Damit legt er sein Schicksal in die Hände anderer, blendet die Gefahr, so gut es irgendwie geht, aus und arbeitet wie ein Besessener, gleichsam unter dem Damoklesschwert. Sobald die Oper fertig ist, kann er im schlimmsten Fall wenigstens Selbstmord begehen, vorher nicht, ganz ausgeschlossen.

Das Duell der Anwälte zieht sich hin. Puccinis (und Ricordis) Vertreter machen ihrem Kollegen bald die relative Aussichtslosigkeit seines Standpunktes klar, was diesen veranlaßt, seiner Mandantin kleinlaut zu einem Vergleich zu raten. Cori will zuerst nicht nachgeben, stellt sich stur. Immerhin ist dann doch bald von einer finanziellen Entschädigung die Rede.

Es gehe ihr, betont die junge Frau, nicht um Geld. Allerdings sieht sie ein, daß eine gewisse Summe wohl die einzige Form eines Schuldeingeständnisses sein dürfte, die sie von Giacomo erhalten wird, ansonsten sie rein gar nichts erhalten wird. Und Geld braucht sie allein schon, um die Anwaltskosten zu bezahlen. Ihre Mutter Margherita setzt Cori unter Druck, man müsse nun den Schweigemantel über das Vorgefallene breiten, alles andere sei unerträglich. Der Vater, der Bäckermeister, gibt, aus dem Gefängnis heraus, denselben Rat. Daß er unschuldig verurteilt worden sei, zeige, wie sehr man dem Rechtssystem vertrauen könne, am Ende gewännen immer die Reichen und Mächtigen, man müsse froh sein um jeden Kompromiß.

Bald wird über nichts anderes mehr verhandelt als die Höhe der Abfindung. Jene fällt zuletzt viel üppiger aus als von Cori erwartet. Immerhin muß es sich aus der Perspektive Giacomos um einen Betrag handeln, hoch genug, um ihr und den Mitwissern ein für allemal die Hände zu binden. Es geht das Gerücht von 20.000 Lire, was zwanzig Jahreseinkommen eines mittleren Angestellten entspricht. Vertraglich wird festgelegt, daß der Betrag zurückgezahlt werden müsse, falls Cori jemals in der Öffentlichkeit über ein Verhältnis erotischer Natur mit dem Maestro plaudern sollte. Damit ist sie geknebelt. In ihrer Familie wird das Thema Puccini fortan zum Tabu erklärt.

Mitte Dezember nimmt Tito Ricordi aus den Händen der erfolgreichen Anwälte das Briefkonvolut in Empfang. Und gibt es Illica, mit der Bitte, es Puccini auszuhändigen. Offiziell wollen die Ricordis nichts getan oder gewußt haben. Illica schließt sich diesem Beispiel an und reicht die Briefe an Elvira weiter.

29

Kurz vor Weihnachten, drei Tage vor seinem fünfundvierzigsten Geburtstag, sitzt Puccini, in Decken gehüllt, am Seeufer, bei spärlichem Schneefall. Sein Freund Nomellini hat eben die hübsche Karikatur gezeichnet, die auf die Einladung zur Hochzeit gedruckt werden soll. Ein nackter Giacomo, seine Blöße von einem Notenblatt verdeckt, umarmt eine idealisierte Elvira.

Du mußt mich nicht heiraten, wenn du nicht willst. Überleg es dir noch mal.

Elvira hat sich zu ihm gesetzt, legt einen Arm um ihn, beide betrachten das Wasser. Beide rauchen.

Unsinn, meint Puccini, es ist logisch.

Was meinst du damit?

Wir heiraten. Es ist logisch. Welchen Sinn hätte sonst alles gehabt? Wir heiraten. Dann ist Tonio auch kein Bastard mehr.

Ist es nur wegen Tonio?

Nein. Ich bin eben auch ein Gewohnheitstier.

Warum löchert sie mich mit diesen Fragen, denkt er sich, warum kann sie nicht einfach ihren Sieg genießen?

Sag, daß du mich liebst.

Ich habe dich immer geliebt.

Warum sagst dus in der Vergangenheit?

Ich liebe dich. Welchen Sinn hätte sonst alles gehabt?

Ich dich auch.

Und sie küßt ihn sanft auf die Wange.

Das wird eine frohe Weihnacht werden, Topico. Ein neuer Anfang. Bei den alten Römern, hast du mal gesagt, wurde man erst mit fünfundvierzig zu einem reifen, ernstzunehmenden Mann. Ich hab vorab schon ein Geschenk für dich. Zum Compleanno.

Betont beiläufig legen ihre ungewöhnlich großen, fast männerhaften Hände ein mit einer roten Schleife zusammengebundenes Paket Briefe in seinen Schoß. Topico sieht sie pikiert, doch auch beeindruckt an. Dann erst zieht sich sein Gesicht zusammen. Elvira wird die Briefe wohl alle gelesen haben.

Danke, stammelt er tonlos und stiert auf den See hinaus, um Elviras Blicken auszuweichen.

Er ist wirklich dankbar, weil sie es ihm in diesem Moment so leicht macht und ins Haus geht, ohne Vorwürfe, ohne Triumphgeheul. Als es Abend wird, verbrennt er die Briefe und weint. Aber am 27. Dezember, kurz vor Mitternacht, erklärt er *Madame Butterfly* für beendet.

Die Oper sei *ganz gut* geworden, schreibt er einem Freund am nächsten Morgen, *man werde sehen.*

Wenige Tage darauf beginnen die ersten Proben, unter strengster Geheimhaltung, die Sänger dürfen nicht einmal ihre eigenen Noten mit nach Hause nehmen. Allen, die mit der Aufführung nicht primär verbunden sind, insbesondere Journalisten, wird der Zutritt zur Scala strikt untersagt. Solche Restriktionen sind die üblichen Zaungäste nicht gewohnt, und viel Verständnis dafür aufbringen wollen sie auch nicht. Die Atmosphäre ist gereizt.

30

1904

Am 3. Januar findet, zuerst in der Amtsstube in Viareggio, danach im Garten der Villa die Hochzeit statt, eine verhältnismäßig intime Veranstaltung mit nicht mehr als vierzig Gästen.

Auf einem meterhohen Marmorsockel liegt, in einem prachtledernen Einband, die fertige Partitur der *Butterfly*, wie eine Monstranz. Gleich daneben steht, aus Blöcken von weißem Pappmaché gefertigt, etwas, das wohl einen Traualtar darstellen soll. Puccini will von der Zeremonie nicht viel Aufhebens machen, sein Freund Cesare Riccioni, Bürgermeister von Viareggio, wird die Ziviltrauung vornehmen, die kirchliche ist für den späten Abend in der kleinen Kapelle von Torre del Lage angesetzt. (ANM. 14)

Die Partitur erregt die Neugier einiger Gäste, darunter Giacosa, Illica, Giulio und Tito Ricordi sowie der noch junge Toscanini, der leider die Uraufführung nicht übernehmen kann, weil er sich mit der Leitung der Scala im Jahr zuvor überworfen hat. Was ihm von Giulio als Arroganz ausgelegt wurde und immer noch übelgenommen wird. Zwischen den beiden herrscht nicht gerade Festtagsstimmung.

Tito öffnet die Partitur und macht sich lustig, indem er die chaotischsten Passagen unter allgemeinem Gelächter herumzeigt.

Kaum einer der Kopisten kann Puccinis Sauklaue entziffern! Das allein kostet uns mindestens eine Woche. Wir müssen die Premiere verschieben! Bis Februar ist einfach nicht genug Probenzeit.

Toscanini meint selbstbewußt, unter seiner Leitung wäre das Zeit genug.

Giulio Ricordi reagiert mit dem Hinweis, daß schon vor Toscanini ein Opernbetrieb existiert habe und möglicherweise auch fürderhin existieren werde. Toscanini wendet sich beleidigt ab. Tito zieht den Vater beiseite, redet auf ihn ein, Arturo sei ein großer Dirigent, man dürfe ihn so nicht behandeln.

Ich habe meine Meinung und basta.

Nur eine weitere Fehlentscheidung für unser Haus.

Es reicht! Mach, wenn ich tot bin, was du willst. Und vorher, was ich will!

Es ist Tonio, der zwischen die beiden tritt. Es ist gleich soweit! Streiten Sie doch bitte nicht! Seine Aufgeregtheit amüsiert die Ricordis. Daß ihm die Heirat seiner Eltern etwas bedeutet, finden sie bei näherer Betrachtung verständlich, ja eigentlich rührend.

Bürgermeister Riccioni will seine Ansprache eben beginnen, als es zu einem – leider befürchteten – Zwischenfall kommt.

Der *Club La Bohème*, oder was von ihm übrig ist, singt in besonders wehmütiger Weise den Summchor aus *Butterfly*. Jemand spielt Querflöte dazu. Nomellini, der Kunstmaler, tritt vor und hält eine Rede, deren Stichpunkte er auf einer Hutschnur notiert hat. Puccini lächelt leicht gequält.

Lieber Giacomo, am heutigen Tag verabschieden wir, der Club La Bohème, dich aus der Gesellschaft der Junggesellen, verstoßen dich, tief hinab in die Hölle der gewöhnlichen Ehemännchen. Immer warst du uns ein leuchtendes Vorbild, von nun an wirst du uns eine leuchtende Warnung sein, und immer werden wir dein Angedenken vor der Nachwelt niedrig halten, werden auf deinen vermaledeiten Namen spucken, mit einer Traurigkeit, die du mit Respekt niemals verwechseln solltest. Elvira Bonturi! Schande und üblen Klatsch über dich, weil du einen unsrer liebsten Jünglinge aus unsrer Mitte reißt!

Der Club, im Chor: *Dreimal pfui und draufgekackt!*

Geschmacklos. Flüstert Elvira ihren Schwestern Ida und Livia ins Ohr.

Padre Michelucci, ein großer, finster dreinblickender Mensch, gibt ihr recht. Allerdings. Ganz und gar geschmacklos.

Giacomo berührt seine Braut sanft an der Schulter. Elvira! Es ist ein Spaß.

Ja, auf meine Kosten!

Nomellini, irritiert über die ausbleibende Heiterkeit, bringt seine Rede rasch zu Ende.

Weil aber alles ist, wie es ist, und alles wird, wie es muß, verzichtet der Club La Bohème großherzig auf die Züchtigung seines Abtrünnigen und gelobt, sich zur Feier des Ereignisses hemmungslos der Trunksucht und billigen Witzeleien hinzugeben, so wie es nur einstmals großen Mitgliedern zusteht. Dreimal Hurra für das Brautpaar!

In die Hurra-Rufe stimmen schließlich alle ein, was die Situation halbwegs rettet.

Bürgermeister Riccioni stützt sich würdevoll auf den Traualtar aus Pappmaché.

Liebes Brautpaar. Ich bin sehr glücklich heute. Etwas wurde in Ordnung gebracht, wurde im nachhinein gutgeheißen, wurde zu guter Letzt feierlich. Nie zuvor habe ich diese Rede lieber gehalten als am heutigen Tag.

Elvira lächelt befriedigt. Giacomo, auf Krücken gestützt, ganz tapfer.

Lange lag über eurer Verbindung der Schatten der Namensungleichheit, nun hingegen strahlt die Sonne hell, von keiner Wolke getrübt, und es ordnet sich die Leidenschaft … äh … dem Gesetz unter.

Riccioni zeigt sich verunsichert ob des Getuschels rundherum. Jemand muß einen sehr guten Scherz gemacht haben, und der Bürgermeister ärgert sich, ihn nicht mitbekommen zu haben. Es ist kühl und der Himmel dicht bewölkt.

So frage ich, als offizieller Vertreter der italienischen Nation, nun dich, Elvira Bonturi, verwitwete Gemignani, willst du diesem Manne die Treue bewahren, ihn als deinen Gatten lieben und ehren, zu ihm halten in guten wie in schlechten Tagen, bis daß der Tod euch scheidet?

Ich will.

Und willst du, Giacomo Antonio Domenico Michele Secondo Maria Puccini, Ehrenbürger von Viareggio, diesem Weibe als deiner Gattin die Treue bewahren, sie lieben und ehren, zu ihr halten in guten wie in schlechten Tagen, bis daß der Tod euch scheidet?

Ja.

Leises, grummelndes Gelächter vom Club La Bohème.

So erkläre ich euch, kraft meines Amtes, zu Mann und Weib vor dem Gesetz. Tauscht die Ringe. Ihr dürft euch nun küssen!

Applaus. Als habe man entschieden, es sei an der Zeit dafür, Applaus.

Die Trauzeugen, Doktor Rodolfo Giacchi für Giacomo Puccini, sowie Giuseppe Razzi für Elvira Bonturi, mögen bitte hier unterzeichnen. Die Trauung ist somit vollzogen.

Laßt uns trinken, fordert Nominelli, bis auf den Grund aller Krüge hinunter!

Die restlichen Mitglieder des Clubs schreien wieder dreimal Hurra, wollen Puccini auf ihren Schultern davontragen, verzichten nach ersten Ansätzen darauf, angesichts seiner Krücken. Die Atmosphäre sträubt sich dagegen, so zwanglos zu werden wie von einigen gewünscht.

(Ferruccio Pagni kann die Zeremonie nur per Fernglas verfolgen, aus seinem keine fünfzig Meter entfernt liegenden Haus. Nachdem Giacomo ihm heftige Vorwürfe gemacht hat, wegen so vieler fahrlässiger Indiskretionen, ist die Freundschaft zerbrochen. Der dadurch tief getroffene, von allen geschnittene Pagni wird dem Beispiel Barsuglias folgen und nach Argentinien auswandern. Erst 1917 kehrt er zurück.)

Das Brautpaar nimmt die Parade der Gratulanten ab, Giulio Ricordi umarmt Giacomo demonstrativ. Große Versöhnung. Zuletzt ist die Reihe an der Dienerschaft. Auch Doria gibt ihrer Herrin die Hand.

Herzlichen Glückwunsch, Signora!

Danke, Kind.

Herzlichen Glückwunsch, Sor Giacomo!

Danke, Dori.

Über Elviras Gesicht huscht ein Schatten, aber sie hat keine Zeit, sich deswegen Gedanken zu machen, heute ist der schönste Tag ihres Lebens, das hat sie fest beschlossen, und nichts soll daran etwas ändern.

Giacomo scheint, spät, aber doch, von der Zeremonie bewegt zu sein. Er deutet auf die Partitur und ruft: Wißt ihr was? Ihr kommt alle mit zur Premiere!

Ich liebe dich, ruft Elvira, ebenso laut. Ihr *Gatte*, endlich, endlich darf sie dieses Wort, Gatte, verwenden, hat seine Verwandtschaft bisher stets von Premieren ausgeschlossen.

Diesmal kann nichts schiefgehen. Ich will euch alle dabeihaben! Das wird ein unvergeßlicher Abend werden, und wir werden feiern, feiern, weil wir den Göttern eine neue Oper geschenkt haben!

Dreimal pfui und draufgekackt!

Trinkt, Freunde, trinkt!

Padre Michelucci, der um zehn Uhr abends die kirchliche Trauung vollziehen wird, redet auf den Club mäßigend ein. Zu befürchtende Ausschweifungen verbitte er sich. In seinem Gotteshaus werde er Betrunkene nicht dulden, sie mögen gewarnt sein. Und sich gefälligst zügeln. Giacomo wird ihm nach der Trauung erstaunlich viel Trinkgeld geben, aber am nächsten Tag an Ramelde schreiben: *Bist du jetzt ruhig?* Gegen Ende des kurzen Briefes erwähnt er, daß auch Iginia jetzt froh sein müsse. Es klingt verbittert.

31

Wie fast jede Zeit vor einer professionellen Uraufführung ist auch diese eine erfüllte. Rausch und Erregung dominieren alle Widrigkeiten. Die Rahmenbedingungen scheinen vielversprechend, die Sängerriege läßt an Wünschen wenig übrig. Tito, der Regisseur, ist bemüht, gewisse Härten des Librettos szenisch zu verharmlosen, quasi zu überspielen, der Komponist redet ihm da nicht rein. Szenisches hält er für sekundär, der Musik nachrangig. Hauptsache, der Dirigent, Cleofonte Campanini, hält sich an die ihm vorgeschriebenen Metronom-Angaben und kitzelt aus dem Orchester all die feinen Schattierungen heraus, die vor allem dem Einfluß Debussys entsprungen sind.

Giacomo hat, wider den eigenen Aberglauben, sein Versprechen wahrgemacht und etlichen Verwandten Premierenkarten besorgt, darunter auch Ida und Beppe Razzi. Alle Streitigkeiten scheinen vergessen, man hat gewaltsam einen Schlußstrich gezogen. Will feiern auf der Tabula rasa, will tanzen auf dem leergefegten Tisch.

Der 17. Februar 1904. Uraufführungsabend der *Madama Butterfly* an der Scala in Mailand. Selten ist eine neue Oper mit solcher Spannung erwartet worden. Die Aufführung ist trotz erhöhter Eintrittspreise seit mehreren Wochen ausverkauft.

Bevor man sich ins Opernhaus begibt, wird Sekt getrunken in Puccinis Mailänder Wohnung, praktischerweise direkt neben der Scala gelegen. Puccini, Giacosa und Illica schreiben der Sängerin der Butterfly, Rosina Storchio, noch schnell, wie vor Premieren üblich, ein euphorisch-anfeuerndes Billett. Zwar seien sie, die Künstler, gezwungen gewesen, die Butterfly auf der Bühne sterben zu lassen, Rosina Storchio hingegen werde der Oper ewiges Leben einhauchen. Es herrscht genau jene ausgelassene Stimmung, die man bei der Hochzeit so schmerzlich vermißt hat.

Elvira posiert in einem prunkvollen Abendkleid. Giulio Ricordi kümmert sich derweil um die Prominenz. GPs namhafteste Kollegen, Mascagni und Giordano, haben sich die Ehre gegeben, winken freundlich, als der Troß der Familie Puccini das erste und ehrwürdigste Haus Italiens betritt. Tonio fragt seinen Vater, warum die beiden nicht kämen und ihm die Hand gäben.

Das werden sie nachher tun, keine Angst. Die kommen gekrochen.

Seine Paranoia sieht in den beiden Konkurrenten Feinde, die diese keineswegs sind. Besonders Mascagni, mit dem Giacomo in der Jugendzeit ein sehr freundschaftliches, fast brüderliches Verhältnis pflegte, kann sich die Reserviertheit des Kollegen nicht erklären, schreibt sie aber der üblichen Nervosität vor der Uraufführung zu und unternimmt nichts, um eine Aussprache herbeizuführen. Einer der Gründe, warum das Verhältnis der beiden vor Jahren erkaltete, war Puccinis heftige Antipathie gegen Mascagnis Gattin, die berüchtigt dafür war, ihrem Mann in aller Öffentlichkeit schreckliche Szenen zu liefern.

Man nimmt Platz. Pünktlich um viertel vor neun hebt sich der Vorhang. Ramelde, die in Begleitung ihrer Tochter Albina gekommen ist, Puccinis Lieblingsnichte, wird noch in derselben Nacht an ihren zu Hause in Pescia gebliebenen Gatten schreiben, es habe von Anfang an eine Aura der Feindseligkeit geherrscht. Der Korrespondent der *Musica e Musicisti* drückt sich deutlicher aus: Die Vorstellung im Zuschauerraum sei genausogut vorbereitet gewesen wie die auf der Bühne.

Tatsächlich jedoch – entgegen den meist allzu dramatischen Überlieferungen – läßt der erste Akt noch hoffen. Es gibt im Publikum zwar vereinzelt Gelächter und spöttische Zwischenrufe, daneben immerhin Applaus, wenn auch schwachen, für die Arien. Am Ende wird Puccini zweimal auf die Bühne gerufen, was ihm wegen seiner Krücken schwerfällt. Üblich wären mindestens sechs bis sieben Hervorrufungen. In der Pause kann sich Giacomo einreden, das Publikum habe Rücksicht auf seinen Gesundheitszustand genommen. Mascagni und Giordano vergnügen sich an der Bar, heben ihre Gläser auf Puccini. Die Komponisten begrüßen einander nun, allem Anschein nach mit Respekt, die üblichen Komplimente werden getauscht. Der Schlachtenbummler Alfredo Caselli ist während der Pause auf der Post und schickt an seinen Bruder Carlo in Lucca ein Telegramm: 17.02.1904. – 22:10 – *Terminato primo atto religiosamente ascoltato stile talmente nuovo sorprendente ritardando giudizi fine atto tre chiamate due autore teatro imponente lievissime contestazioni.* (Erster akt beendet andachtsvoll gelauscht stil dermaßen neu überraschend warte mit urteil bis ende akt drei. zwei hervorrufungen autor und theater beeindruckend ganz geringfügige proteste.)

Schlangenbrut, murmelt Puccini, zurück in seiner Loge.

Erst nach der Pause beginnt das Debakel.

Für *Un bel di vedremo* und das Blumenduett gibt es noch lauen Beifall, danach wird die Aufführung durch Miauen, Grunzen und Gekicher gestört. Als sich der Kimono der Storchio etwas bläht, schreit jemand: *Sie ist schwanger! Von Toscanini!* Und das Publikum, das von der Liaison zwischen den beiden weiß, bricht in johlendes Gelächter aus. Puccini sitzt in seiner Loge, mit offenem Mund, will nicht begreifen, was vorgeht. Giulio Ricordi ahnt das Desaster und verläßt das Haus, kehrt aber bald wieder zurück, um seiner Pflicht Genüge zu tun.

Immer neue Zwischenrufe. *Das ist altes Zeug!* oder: *Haben wir alles schon gehört!* oder: *Das ist aus der Bohème!*

Dazwischen ertönen provokante Da-Capo-Forderungen, um die Situation noch weiter eskalieren zu lassen. Von der Musik, alles andere als altes Zeug, im Gegenteil, ist kaum etwas zu hören. Beim Summchor fangen ganze Zuschauerreihen an, übertrieben mitzusummen. Ein Gewitter aus Pfiffen, obszönen Flüchen und Gelächter ergießt sich über die Bühne. Ramelde und Albina verlassen die Loge und fliehen auf die Straße. Besonders schlimm kommt es beim Intermezzo der Nachtwache. Tito Ricordi hat an dieser Stelle, die ihm etwas langweilig vorkam, für besonders realistische Effekte gesorgt. Um die Morgendämmerung zu illustrieren, hat er ein ganzes Konzert zwitschernder Vogelstimmen aufgeboten. Das Publikum beginnt, diese Oper als ungeheuren Spaß zu betrachten, beteiligt sich mit mehr oder minder kunstvollen Lauten; jemand ahmt, eigentlich ganz witzig und gekonnt, einen aufflatternden Albatros nach, besonderen Erfolg erlangt die Imitation eines brünftigen Pelikans. Rosina Storchio weint, während sie singt, bringt die Partie aber irgendwie zu Ende. Cio-Cio-Sans Selbstmord – und der brutale Schock eines vom Orchester in dreifachem Forte herausgeschrienen unaufgelösten Sextakkordes über der Tonika von h-moll – verdirbt den Leuten auch noch die gute Laune. Als der Vorhang fällt, herrscht eisiges Schweigen. Kaum eine Hand will sich zum Beifall heben. Nicht einmal den Sängern wird Respekt erwiesen. Die wenigen Zuschauer, denen das Stück gefallen hat, sind zu entsetzt und eingeschüchtert, um sich gegen die Stille aufzulehnen.

Die größte Hinrichtung in der Geschichte der italienischen Oper ist Wirklichkeit geworden. Tonio hat Tränen in den Augen. Elvira wirkt bizarr gleichgültig, weiß einfach nicht, wie sie sich in der ungewohnten Situation verhalten soll. Puccini verliert seine guten Manieren, brüllt ins Publikum: *Es ist meine beste Oper! Ihr Schweine!*

Auf Krücken wankt er in den Gang hinaus, ringt nach Luft und humpelt in seine Wohnung.

Mascagni und Giordano hätten, so schreibt die schlaflose Ramelde um vier Uhr nachts an ihren Mann, mopsfidel gewirkt. Über ihren Bruder sagt sie, er versuche sich tapfer einzureden, daß es doch *ganz gut gelaufen sei*. Noch am selben Abend ziehen der Komponist und seine Librettisten das Werk zurück. Zu Lebzeiten des Maestros wird es nie wieder an der Scala aufgeführt.

Noch während am frühen Morgen die Zeitungsjungen auf den Straßen die beispiellose Vernichtung der Oper vermelden, sitzen Giacosa, Illica, die Ricordis und Puccini zusammen. Alle reden auf den Komponisten ein, jeder will nun den Mißerfolg vorausgeahnt haben, sie erwischen Puccini in seinem schwächsten Moment, denn in der Tat hat er etliche ihrer Bedenken in den Wind geschlagen, was sich nun rächen soll. Tief verwundet, stimmt er einer Überarbeitung zu. Die folgenden, leicht verwässerten Fassungen der *Butterfly* werden nie mehr jene Qualität der Uraufführung erreichen.

Gut, ruft gegen sechs Uhr morgens Giacomo angetrunken und verbittert in die Runde, wir machen die Änderungen! Nicht, weil sie richtig sind, sondern weil die Welt sie partout haben will!

Natürlich, antwortet Giacosa, die Welt ist schlecht und blöd. Ist nur leider unser einziger Kunde.

Die Welt ändert sich, murmelt Giacomo. Und fällt in sein Weinglas zurück.

Illica rät dazu, in jedem Fall zu feiern. Aus purem Trotz. Immerhin werde der Abend lange in Erinnerung bleiben. Das habe Mascagni schon lange nicht mehr geschafft mit seinen Opern.

Tito sieht seine große Stunde gekommen. Er, teilt er dem Vater am nächsten Tag mit, habe begriffen, wie die Oper gerettet werden könne. Giulio Ricordi, über den Eklat immer noch entgeistert, wehrt sich nicht.

Elvira an Giacomos Schwester Otilia, 19. Februar 1904

Mailand ist die Hölle, und ich wäre längst verschwunden, wenn es nicht Egoismus wäre, Giacomo in seinem Unglück allein zu lassen. Im ersten Moment zeigte er noch Haltung. Heute ist er zu Tode betrübt und erweckt mein tiefstes Mitleid. Wie bösartig das Publikum gewesen ist! Schon vor der Aufführung haben einige gesagt, daß ein sicheres Fiasko bevorstehe.

32

Am 25. Februar 1904, auf den Tag genau ein Jahr nach dem Unfall, fährt Puccini mit dem Zug nach Turin – wie er behauptet, zur Zerstreuung, und um sich dort ein neues Fiat-Automobil anzusehen. Außerdem, so lautet die wichtigste Begründung, zieht er Turin als möglichen Zweitaufführungsort der *Butterfly* in Betracht, er möchte die dortige Stimmung ausloten.

Seine eigene Stimmung ist katastrophal, sein Rang als meistgespielter lebender Komponist droht verlorenzugehen, ausgerechnet aufgrund seines ihm liebsten Werkes, des einzigen, an dem er nie das Interesse verlieren wird.

Das Leben, schreibt er an Illica, halte die sonderbarsten Überraschungen bereit, und wenn er auch überzeugt sei, am Ende recht zu behalten, schaudere ihm vor den Möglichkeiten, die gut organisierte Schweine zu Lebzeiten besäßen. Es seien einfach zu viele Möglichkeiten, weiß Gott. Wie viele sensible Künstler gäben angesichts dessen für immer auf und seien verloren. Bei dem Gedanken werde ihm kotzübel.

Diesmal logiert er nicht wie sonst im *Hotel d'Europe*, sondern im etwas billigeren *Bonne Femme et Métropole*. Im ersten Haus am Platz mietet er sich jeweils nur ein, wenn der Verlag es bezahlt, er ist stets sparsam, aufgrund seiner Erziehung und harten Jugend, vielleicht will er auch nur allzu leidenschaftliche Erinnerungen an Cori vermeiden.

Hinter ihm liegt das bislang schlimmste Jahr seiner Karriere, und er weiß, daß es für die *Butterfly* nur noch eine einzige Chance der Wiederauferstehung geben kann. Im Fall eines erneuten Mißerfolgs wird die Oper – zumindest für etliche Jahre – tot sein.

Bemerkenswerterweise zeigt sich niemand, weder Freunde, Mitarbeiter oder Verwandte, darüber erstaunt, daß ausgerechnet Turin für die große Revanche in Erwägung gezogen wird, die Stadt der Corinna-Affäre, der Ausgangspunkt für soviel eben erst ausgestandenen Ärger. Immerhin war Turin auch der erfolgreiche Uraufführungsort der *Manon Lescaut* und der *Bohème* gewesen. Es hat den Anschein, als sei für alle nur indirekt Beteiligten jenes Mädchen, jene leidige Episode, endgültig ad acta gelegt, jedenfalls erhebt nicht einmal Elvira Einwände gegen die Reise, obwohl diese am Jahrestag des Unglücks stattfindet und somit eine Art obsessiv-spirituellen Aspekt gewinnt. Vor einem Jahr um diese Zeit war sein Leben noch voller Glanz, ganz ohne Tragik gewesen. Wie könnte ein Mensch wie Giacomo daran nicht in Wehmut zurückdenken?

Er ist im üblichen Maß der Zeit empfänglich für Symbole, Omen, Kalendermagie und scheinbare Kohärenzen. Selbst wenn er nicht vorhat, Cori zu treffen, in Kauf nimmt er es zweifellos. Und läßt ihr über den Fotografen Bertieri sogar einen Hinweis zukommen, wo er anzutreffen sei. Cori muß den Hinweis als Notruf verstehen oder wenigstens als Bitte, sich abseits der finanziellen Übereinkünfte auch menschlich zu versöhnen. Giacomo verhält sich, als ob er sein künstlerisches Unglück in persönlicher Schuld verwurzelt sähe, als habe ihn ein Fluch getroffen, über den er nun nachverhandeln möchte. Vielleicht hat Elvira dafür sogar Verständnis und akzeptiert es stillschweigend. Trotz aller Eifersucht ist ihr angesichts des drohenden Karriereknicks des Gatten ein solches Verhalten zuzutrauen.

Und wirklich trifft Giacomo, als er abends die Hotellobby verläßt und die Ponte Vittorio Emanuele betritt, den bekannten Treffpunkt verliebter Pärchen, scheinbar höchst zufällig auf eine über das Geländer lehnende Cori. Beide sehen einander kaum an, starren in den Fluß und finden lange kein passendes Wort der Begrüßung. Man kann so tun, als beobachte man Fledermäuse.

Es tut mir sehr leid, stammelt Giacomo schließlich, wie alles gekommen ist.

Danke. Die Krücken stehen dir nicht. Lassen dich alt aussehen.

Ich sehe leider nicht nur so aus. Geht es dir gut?

Mir nicht und dir nicht. Hör auf! Ich hätte das Geld nicht angenommen, wenn es dein Budget überstiegen hätte. Aber ich brauche es jetzt. Und du hast weiß Gott genug davon. Ich mußte den Anwalt bezahlen. Und ein paar andere Leute, die sonst reden würden.

Ich habe genug davon, stimmt. Denkt er und schweigt.

Es anzunehmen macht mich zu einer Hure. Die Hure, als die du mich beschimpft hast. Aber etwas anderes kann ich von dir nicht bekommen. Leider. *Das* nehm ich dir übel. Hättest du mir einen Brief geschrieben, nur *einen*, der unserer Liebe würdig gewesen wäre, Jack! Statt dessen glaubt sich dein Verleger auch noch im Recht, mit alldem Schmutz, den er über mir ausgeschüttet hat. Das tut weh, sehr weh, und es ist nur zu ertragen, indem ich verschwinde. Ich hätte dir nie glauben dürfen. Es ist viel verlangt zu verschwinden. So einfach zu verschwinden, für alle Zukunft ...

Sie sieht ihn jetzt an, sieht ihm direkt in die Augen, mit einem bitteren Lächeln. Er schweigt. Leidet.

Ich hatte viel Zeit nachzudenken, Jack. Im nachhinein scheint alles so folgerichtig, als wäre es anders niemals möglich gewesen. Täusche ich mich?

Giacomo weiß nicht, was er antworten soll. Hat sie recht?

Rede mit mir! Hättest du mich geheiratet, wenn das Unglück nicht passiert wäre? Ich möchte eine ehrliche Antwort. Nur dieses eine Mal.

Ich glaube schon.

Sicher bist du dir nicht?

Nein. Beinahe. Einigermaßen. Ich weiß es nicht.

Danke. Damit kann ich leben. Irgendwie. Es ist, als könnte ich den Schatten eines zweiten Lebens führen, so wie im Traum. Und immer werde ich mich fragen, wie das jetzt wäre, mit uns beiden. Bis ich sterbe. Hoffentlich demnächst.

Giacomo registriert, wie alte, verlorengeglaubte Gefühle zurückkehren, von Coris heller Stimme herbeigelockt, auf der Haut zu prickeln beginnen. Nein, denkt er, ich darf mich nicht darauf einlassen. Sie hat recht, ich bin alt.

Verzeihst du mir? Er flüstert es; die Frage kostet ihn Überwindung.

Ist dir das wichtig? Spielt das irgendeine Rolle für dich?

Ja. Mir ist das wichtig. Sehr.

Eine Pause entsteht. Für beinahe zehn Minuten starren beide in den Fluß, als sähen sie unten, auf einem Schleppkahn, den großen Konjunktiv vorübertreiben, das Leben, wie es hätte verlaufen können. Dann könnte man ja noch aufspringen.

Ich muß jetzt gehen, Jack. Und ja, bitte sehr, ich verzeihe dir, was bleibt mir schon übrig? Mir unerfahrenem jungen Ding. Das bin ich doch für dich? Sag nichts. Ich bin nicht zornig, nur traurig. Mehr noch: Du tust mir leid. So leid. Du könntest frei sein, viel freier als sonst irgendein Mensch.

Cori sagt es, geht und dreht sich nicht noch einmal um. Ihre Knie zittern, aber davon bekommt Giacomo nichts mit.

Sie flaniert in Richtung der Arkaden der hell illuminierten Via Po, biegt ein ins Gewühl der abendlichen Spaziergänger. Ihr engtailliertes, fast bis zum Boden reichendes beigefarbenes Kleid wippt, ein aufreizender Anblick, dieses Wippen und Schwingen unter dem schwarzen Gürtel.

Er kann noch eine Weile ihren aschgrauen Hut erkennen, dann nichts mehr. Er stützt sich auf das Brückengeländer, stiert ins Wasser. Ein Mann auf Krücken, seiner Würde, viel schlimmer: seiner Jugend beraubt.

Warum? Warum geschieht so viel? Wozu drängt sich uns, selbst wo wir uns ganz still verhalten, immer ein Geschehen auf, so frech?

Er spuckt ins Wasser. Das Wasser spuckt nie zurück, ist gleichgültig und taub. Das ist die größte Frechheit von allen. Das Wasser schluckt einfach alles und schweigt. Es möge, was so lange gut ging, noch ein wenig weitergehen. Bitte.

Um das Jahr 1950 herum erreicht *Madama Butterfly* den Rang der weltweit meistgespielten Oper.

Cori, »La Corinna« – alias Maria Anna Coriasco (geb. 18.9.1882 in Turin) – und Giacomo Puccini pflegten nie wieder Kontakt. Maria Anna wurde von GP vor Freunden – aus Scham über ihre niedere Herkunft – als angehende Grundschullehrerin ausgegeben. Vielleicht hatte sie auch vor, die dazu nötige Ausbildung zu machen. Und hat es nie getan. Tatsächlich war sie eine Näherin – eine *Grisette* par excellence. Ihr Spitzname *Corinna* entstand als eine für Puccini typische anagrammatische Spielerei aus den ersten vier Buchstaben ihres Nach- und den letzten drei ihres zweiten Vornamens. Ihre Familie stammte ursprünglich aus Saluzzo. 1906 heiratete Maria Anna jenen Zollbeamten, Pancrazio Savarino, der im Prozeß gegen ihren Vater als Leumundszeuge zu dessen Gunsten ausgesagt hatte. Sie bekam (1913 und 1917) zwei Söhne und starb, nach einem ruhigen, fortan unspektakulären Leben, in Turin am 8.12.1961. Pancrazio folgte ihr nur fünf Wochen später ins Grab.

Zweites Buch – Sybil

1

Im Oktober 1904 verbringt Puccini zwei Wochen in London, wo am 19. seine *Tosca* gegeben wird. Es ist eine der wenigen großen Städte, die er gut leiden kann. Sein Freund Paolo Tosti, der Komponist seinerzeit beliebter Kunstlieder im sentimentalen Stil, lädt am Abend von Puccinis Abreise zu einem kleinen Cocktailempfang in sein Haus am Manderly Place. Eingeladen wurden nicht mehr als dreißig erlesene Gäste, hergefunden haben fast dreimal so viele. Es ist eng, stickig, es wird bald auch außerhalb des Herrenzimmers geraucht, sogar von vereinzelten jungen Damen, die sich kühn und fortschrittlich geben wollen. Schließlich greift auch Elvira (ansonsten tut sie es nur heimlich oder bei sich zu Hause) in der Öffentlichkeit zur Zigarette, angestiftet von der schon dreißigjährigen, doch sehr viel jünger wirkenden, noch unverheirateten Violet Beddington, einer von Tostis Schülerinnen. Der Vorrat an Champagner und anderen gekühlten Getränken geht zur Neige, man beginnt bereits, sich mit Sherry, Brandy und Härterem zu behelfen.

Es ist ein kleines Fest im Glanz der Belle Époque. Die Möbel im Haus Tosti sind sämtlich weiß oder in mattem Rosa gehalten, die holzgetäfelten Wände zieren Morris-Tapeten. Sogar Tostis Klavier (der Flügel, an dem er komponiert und unterrichtet, den niemand benutzen darf als er selbst, steht einen Stock tiefer, im verschlossenen Atelier) strahlt von weißem Lack. Manche der Gäste stellen ihre Talente (in den meisten Fällen eher ihre gutbürgerliche Erziehung) zur Schau, singen, von sich selbst an jenem Klavier begleitet, dies und jenes, englische Volkslieder, Meyerbeer, Schubert und

Schumann, bis hin sogar zu leicht frivolen Shantys – daneben aber auch Puccini-Arien, was für den Ehrengast manchmal etwas bedrückend wirkt. Violet Beddington und ihre ältere Schwester Sybil, zwei der besten Gesangseleven Tostis, entscheiden sich, weniger anbiedernd, für Arietten von Mozart bzw. Donizetti. Ihre Sopranstimmen sind solche engagierter Amateure, weit davon entfernt, groß oder beglückend zu klingen, aber im gegebenen Rahmen läßt sich kaum daran mäkeln, zudem sind beide Damen attraktiv und tragen schulterfreie Kleider.

Schließlich setzt sich Tosti, ein graubärtiger, humorvoller Neapolitaner und bewunderter Pianist, selbst vor die Tasten, trägt zwei seiner populärsten Lieder vor: ›Forever and Ever‹ und ›Addio!‹ Erntet angemessenen Applaus, den er sogleich beiseite winkt, indem er sich abrupt erhebt, das Monokel einzwickt, die lebhaften blauen Augen im Halbkreis wandern läßt und mit der rechten Handfläche erst den Lärmpegel, danach die entstandene Stille zärtlich tätschelt wie den Hinterkopf eines Kindes. Weil sein Englisch niemandem zugemutet werden kann, wendet er sich auf französisch an die Gäste.

Mesdames et Messieurs – ich bedanke mich für den Beifall, den Sie meinen kleinen Schöpfungen zukommen lassen, die am heutigen Abend um so kleiner und dürftiger ausfallen, als ich die Ehre habe, in meinem Haus den größten lebenden Komponisten Italiens willkommen zu heißen, Maestro Giacomo Puccini aus Mailand!

So gut wie alle Anwesenden scheinen seit Stunden auf diese oder eine ähnliche Ansprache gewartet zu haben wie auf ein erlösendes Stichwort. Das Klatschen schwillt an, mischt sich mit begeisterten Bravo!- und Vivat!-Rufen.

Puccini nimmt es gleichgültig hin; seit Jahren ist er nichts anderes gewohnt. Fast jeden Abend dasselbe. So oft ist er aufgestanden, hat sich demütig verbeugt, bedankt. In den ersten Jahren des Ruhms war ihm dergleichen peinlich gewesen, eine kurze Zeit über verfiel er ins strikte Gegenteil, wurde fast süchtig danach, nun jedoch leidet er unter den bohrenden Blicken, dem, wie man es hier nennt, *Smalltalk*, sehnt sich nach Ruhe, sitzt, das kranke Bein abgespreizt, auf einem Kanapee, raucht und wirkt müde. Derlei Empfänge sind nichts für ihn. Zuviel nichtssagendes Geschwätz. Er fühlt sich gequält, herumgezeigt. Belästigt. Außerdem ist er als Pianist ja keine Sensation. Seine Körperhaltung indes wirkt auf wohlmeinende, oberflächliche Betrachter noch immer sympathisch bescheiden.

Tosti, an einer seiner bevorzugten langen Zigarren paffend, mimt den Conferencier, streckt den rechten Arm aus, als könne der Ehrengast über jede Entfernung hin die ihm so dargereichte Hand ergreifen.

Giacomo, cher ami, ich würde gerne Gelegenheit und Ehre haben, etwas aus deinem jüngsten Werk vorzutragen, auf das wir hier alle so gespannt sind. Würdest du mich bitte am Klavier begleiten?

Tosti trägt seine Bitte in einem Ton vor, der nicht ernsthaft Widerspruch erwartet. Um so heftiger, geradezu skandalös, wirkt die Zurückweisung.

Bitte, ich kann nicht. Entschuldige, Paolo.

Stille, betroffenes Schweigen im Raum, Getuschel. Droht ein Eklat? Elvira erbleicht. Manche Gäste zischen leise.

Der bloßgestellte, von Natur aus schon zierlich und klein gewachsene Tosti versucht, abzuwiegeln. Nun, sagt er laut, in dem leicht zynischen Tonfall, für den er bekannt ist, den Korb, den er soeben bekommen habe, werde er mit Stolz als Kopfbedeckung tragen, er habe sich diese Eselsmütze verdient, mit seinem unsensiblen Vorschlag. Der Genius sei von den vielen Terminen erschöpft, man hätte Verständnis dafür zeigen müssen ... Er nennt sich ein Nashorn, weil er darauf keine Rücksicht genommen habe. Und setzt sich zum Genius aufs Kanapee, mit besorgter Miene.

Entschuldige, Giacomo! Ich wußte nicht ... ich dachte ...

Niemand weiß. Alle denken. *Ich* bin das Nashorn. Verzeih! Jetzt hab ich Grobian deine Soirée verdorben.

Ach was, Unsinn! Mach dir mal keine Gedanken! Tout savoir – c'est tout pardonner!

Berthe, Tostis Gattin, eilt herbei und nimmt, in der ihr typischen, frisch von Herzen kommenden, nie böse gemeinten Art kein Blatt vor den Mund, meint, anders als ihr großmütiger Paolo, der liebe Genius könne sich sehr wohl Gedanken machen, das sei doch keine Art, Freunde, zumal Gastgeber, so zu brüskieren. Wegen einer oder zwei Arien. Es sei schlicht *déplacé*. Um nicht zu sagen: *altezzoso*!

Puccini schließt die Augen. Er würde auch gerne die Ohren schließen können, ohne sich etwas hineinstopfen zu müssen. Um das Thema zu wechseln, gratuliert er Berthe nachträglich zum fünfzigsten Geburtstag. Wobei er sich auf einmal nicht sicher ist, ob der nicht erst noch bevorsteht.

Unter den Gästen macht sich Enttäuschung breit, alle hatten darauf gehofft, der illustre Maestro würde für sie spielen, würde ihnen einen Hauch von Exklusivität verleihen, mit der anderntags zu prahlen wäre. Einige lassen sich von den livrierten Dienern in die Mäntel helfen, verlassen das Haus, um so, deutlich zwar, doch distinguiert, gegen die Arroganz des Ehrengastes zu protestieren.

Puccini vergräbt den Kopf in seinen Händen. Die Depression ist nicht mehr aufzuhalten.

Plötzlich setzt sich, auf den freien Platz zu seiner Rechten, eine Dame mit spitzer Nase und hochgestecktem Haar, die, wollte man dem ersten Eindruck Ausdruck geben, ein Energiebündel voller Anmut genannt werden müsste. Er sieht sie an. Sie lächelt. Zwinkert. Augenblicklich fällt ihm eine Melodie ein, die später zum Hauptmotiv im Vorspiel seiner nächsten Oper werden wird. Ein Blitz an Melodie. Blitz und Donner zugleich. Er notiert sie sich im Kopf, schmunzelt, wie aufgewacht aus einem Traum. Dann, um lieber sicherzugehen, kritzelt er die Noten mit Bleistift auf einen Zettel.

Sie haben ganz und gar richtig gehandelt, Maestro! Ein Unding ist das, wenn Künstler auf Gesellschaften ungefragt aufgefordert werden, etwas von sich zum Besten zu geben! Eine Zumutung! Eine Unverschämtheit!

Sybil, das sind sehr harte Vorwürfe! meint Tosti, halb entgeistert, halb auch amüsiert.

Puccini nickt. Zu beiden Aussagen.

Die du verdient hast, Paolo! Schau, Dr. Fowler dort ist ein berühmter Chirurg. Würdest du auf die Idee kommen, ihn aus dem Stegreif um eine kleine Operation zu bitten? Also!

Giacomo läßt seine Hände sinken, schiebt den Notenzettel in seine Hosentasche.

Paolo, bitte, sag mir sofort: Wer ist dieses entzückende Wesen?

Tosti hebt die Brauen und grinst. Wechselt von Französisch zu Italienisch. Wenn ich vorstellen darf …

Ich heiße Sybil Seligman, sagt die elegant gekleidete Frau, kommt Tosti dreist zuvor und reicht Puccini die Hand zum Kuß. Sie muß also verheiratet sein. Er küßt. Auf ziemlich unziemliche Weise, seine Lippen berühren, für weit mehr als einen Sekundenbruchteil, ihre Finger. Auch noch hörbar! Das sei, würde er etwaigen Protesten oder sanften Hinweisen entgegenhalten, in Italien durchaus noch üblich. Dort küsse man gelegentlich sogar die *Innenfläche* einer Hand, würde man seiner Begeisterung Ausdruck geben wollen.

Puccini mußte deswegen nie diskutieren, nie hat sich eine Frau deswegen beschwert. Er taxiert seine schmucke Sofamitbesetzerin auf Anfang Dreißig, das beste Alter – im Bett –, und ihre Willigkeit schätzt er, ausgehend von einer Skala von null bis zehn, relativ hoch ein, achtkommafünf etwa. Schon überlegt er, wie sie zu genießen wäre und wo. Die schwarzäugige Frau mit der fast milchweißen Haut und den krausen dunkelblonden Haaren scheint ihm ein willkommenes Geschenk der Götter für die Nacht. Ihr schlanker, mädchenhafter Hals bildet einen willkommenen Kontrast zur drallen, kurvenreichen Figur.

Sybil ist bereits sechsunddreißig, aber mit die attraktivste Weiblichkeit, die Giacomo je erblickt zu haben glaubt, er starrt sie an, mit offenem Mund, flüstert, sehr anzüglich *Donna non vidi mai* – und Sybil, die mit ihrem mädchenhaften, leicht affektiert wirkenden Gebaren darauf beharrt, noch immer jung zu sein, sitzt einem fleischgewordenen Idol gegenüber, dessen Musik sie bereits vor vielen Jahren, im Elternhaus, gesungen hat. Dessen begehrlicher Blick ihr unter die Haut geht. Ein wenig zittert sie jetzt, kaschiert ihre Erregung und bemüht sich um einen spritzig-spaßhaften Ton. Sybil spricht ein schlichtes, dabei relativ korrektes Italienisch, was Giacomo so sehr für sie einnimmt, als habe er in der Fremde eine Verwandte entdeckt, eine Blume inmitten der Wüste.

Ich kenne alle Ihre Werke, sofern sie hier erhältlich sind. Spiele beinahe jeden Tag daraus. Woher wissen Sie, daß *Donna non vidi mai* meine Lieblingsarie ist? Können Sie hellsehen? Übrigens: Sogar die *Butterfly* hab ich mir schon kommen lassen. Direkt aus Mailand!

Ach nein, ja? Puccini bringt keinen geordneten Satz zustande.

Tout se sait, tout se fait. Tout s'arrange. Ich glaube, euch zwei kann man alleine lassen. Meint Tosti seufzend, erhebt und verzieht sich, was unkommentiert bleibt und gar nicht recht wahrgenommen wird.

Ja! Endlich sitzen wir uns gegenüber. Verehrter Maestro! Ich habe mir schon oft Gedanken gemacht über einen Stoff, der Ihrer Musik wirklich würdig wäre.

Wirklich? Meiner Musik – würdig? Ähmm. Naja. Ich habe gerade *La Femme et le Pantin* gelesen, von Louys. Gefällt mir.

Aha. Nein. Nicht doch! Unmöglich, nein. Viel zu pervers.

Wie bitte? Pervers? Das ist doch nicht die Möglichkeit! Sie kennen *La Conchita*? So würde die Oper dann nämlich heißen.

Halten Sie mich für sonderbar! Halten Sie mich für aus der Art geschlagen! Obwohl es pervers ist, kenne ich das Buch. Da staunen Sie? Kein schlechtes Buch, ganz im Gegenteil, nur eben nicht operngeeignet. Wie eine Oper entwerfen, mit nur zwei Figuren?

Puccini stülpt die Unter- über die Oberlippe, als fühle er sich über seine Kräfte konfrontiert mit einem so simplen Einwand, der ihm, derart konzis und drastisch ausgedrückt, noch nicht untergekommen ist.

Ja. Da ist was dran. Sie teilen meine Bedenken. Im Grunde. Es fehlt an einer Bariton-Partie. Erstaunlich! Was halten Sie von *Marie Antoinette*? Ein großer, historischer Stoff. Ricordi, mein Verleger, findet die Idee gut. Mehr als gut. Er will sie mir beinahe aufdrängen. Er findet nämlich, ich müsse erwachsen werden. Müsse mich den großen Stoffen stellen …

Nein. Definitiv. Das ist ebensowenig was für Sie.

Nein?

Nein, das wäre mehr was für einen jungen Radikalen.

Ah. Ja?

Ganz klar. Die Antoinette müßte mindestens zwei schöne Arien zu singen haben.

Sicher.

Na eben. Voilà. Frauen, die zwei schöne Arien singen, kann man nicht mehr unters Fallbeil schicken. Man kann sie sich erdolchen lassen. Sie dürfen auch an Lungenentzündung sterben oder von der Engelsburg springen, aber nicht das Fallbeil, dergleichen deprimiert die Menschen, und keine noch so gute Musik nimmt ihnen den bitteren Nachgeschmack von den Lippen. Ein Kopf, der vom Körper getrennt ist, heißt es bei Wilde, ist ein widerlicher Anblick, ich zitiere nicht ganz wortgetreu. Kennen Sie Oscar Wilde?

Nein …

Er war ein guter Freund meiner Schwester Ada. Egal. Sagen Sie, lieber Maestro, darf ich etwas fragen?

Bitte sehr, Signora … Verzeihung, Ihr Name war, ich habe ihn akustisch nicht verstanden in dem Trubel hier …

Seligman. Sybil.

Ah. Sibilla. Sibillina! Ein wunder- und klangvoller Name, er paßt zu Ihnen. Ja. Sie wollten etwas fragen?

Sybil lächelt und nimmt eins der auf einem Tablett gereichten Sherrygläser.

Wie war das, auf den 28. Mai hinzuleben? Ich stelle es mir vor, als wartete man auf einen Gerichtstermin, an dem einem vom Freispruch bis zum Todesurteil alles blühen kann. War es so?

Naja. Sie sagen es. Sie drücken es sogar ganz vorzüglich aus, Lady Seligman.

Mrs. Seligman, bitte. Ich bin nicht adlig. *Lady* ist ein Titel.

Oh, ich spreche fast gar kein Englisch, nur die Zahlen, eins bis zehn, verzeihen Sie mir. Wo haben Sie so gut Italienisch zu sprechen gelernt?

Aus Romanen. Erzählen Sie mir doch bitte, wie das lief, in Brescia, am 28. Mai. Ab wann waren Sie sicher, daß die Revanche gelingen würde?

Sobald ich sie beschlossen habe.

Oh, Sie Aufschneider!

Puccini muß lachen. So ein Titel wurde ihm kaum jemals verliehen, schon gar nicht aus dem Mund einer anmutigen Dame, die er erst seit fünf Minuten kennt. Und recht hat sie auch noch.

Seine Schüchternheit im Umgang mit Fremden ist diesmal kaum zu spüren, eigentlich gar nicht. Fast ein wenig weniger als gar nicht.

Um die Wahrheit zu sagen, sagt er, ich habe den Kopf aufs Schafott gelegt, dann regnete es Blumen darauf.

Welch hübsche Metapher! So ein Triumph wie in Brescia, wird der nicht noch viel intensiver gelebt als ein Erfolg bei der Uraufführung?

Ganz genau. Letzteres ist das bloße Leben, da können wir nichts für und probieren es eben einmal aus, das andere ist eine Wiederauferstehung, die Rückkehr in eine geliebte Existenz.

Unvergleichliches Gefühl. Ich hatte meinen Anzug naßgeschwitzt. Zenatello war groß an diesem Abend. Und erst die Kruscinicki! Das Publikum hat oft mitten in die Musik hineingeklatscht. Auch Maestro Campanini erhielt Ovationen. Meine ganze Familie war da. Allein im zweiten Akt mußten vier Stücke wiederholt werden! Ja, das war erhebend. Aber auch die bemitleidenswerte, große Madame Storchio, der so viel Böses angetan wurde, bekam ihre persönliche Genugtuung, in Buenos Aires, unter Toscanini, auch diese Aufführung war ein Triumph, das hat mich am meisten gefreut ... Die Liebe des Publikums, wissen Sie, viele Künstler sagen, das bedeute ihnen nichts, aber mir ... ich kann mir nichts Größeres denken ...

Die vorgespielte Selbstsicherheit aufgeben zu können findet er erfrischend, es ist etwas Merkwürdiges im Gange mit dieser drahtig-eleganten Bankiersgattin. Giacomo hat von Anfang an das Gefühl, ihr vertrauen zu können, ihr vertraut zu sein wie aus einem früheren Leben. Das irritiert und bezaubert ihn; derlei Offenheit hat es manchmal, in früheren Jahren, mit der Schwester Ramelde, zeitweise auch mit Cori gegeben, aber anders, in beiden Fällen anders ...

Warum, Maestro, fiel Ihre Wahl auf Brescia? Warten Sie, antworten Sie nicht! Es liegt nicht weit von Mailand entfernt, nicht wahr?

Das stimmt ...

Und das so oft im Schatten stehende Brescia war Ihnen höchst dankbar dafür, die Ehre der Zweitaufführung zu bekommen, das Zünglein an der Waage spielen zu dürfen, richtig?

Ähmm, ja, richtig, auch das ...

Man würde Ihnen dort Satisfaktion zukommen lassen, schon um sich gegenüber den Mailändern wichtig zu machen, Sie haben das von vornherein gewußt! Stimmts?

Nun ... Wenn man das so sehen will, ja, das liegt nahe. Sie sind sehr scharfsinnig, wirklich ...

Giacomo gibt freimütig zu, er sei ja eher für Turin gewesen, Giulio Ricordi schließlich habe auf Brescia bestanden.

Meine Mutmaßungen sollen die wunderbaren Qualitäten Ihrer *Butterfly* nicht schmälern, bin ich zu *kess*?

Zu kess? Iwo. Dank Ihnen wird mir selbst so manches erst bewußt ...

Es liegt in meiner Natur, kess zu sein, Maestro, das müssen Sie schon in Kauf nehmen, so bin ich.

Ich sehe ...

Sie müssen uns unbedingt einmal besuchen, Maestro. Sie haben also kein neues Libretto?

Das stimmt. Leider.

Ich hätte da vielleicht ein paar Vorschläge.

Sie haben – aha? Gerne. Sehr gerne.

Er ist sich nicht ganz sicher, wie das gemeint ist. Ernst? Oder als Vorwand für eine intimere Begegnung? Begehrt sie ihn? Sie ist so vorwitzig, so dreist, auf eine bezwingende Art, daß er sich jetzt schon völlig verschossen glaubt.

Madama Sibilla, ich wohne im Savoy, wenn wir uns einmal ungestört unterhalten wollen. Leider muß ich morgen bereits abreisen ... (*Sie könnte heute nacht noch Logis nehmen im Savoy, unter welchem Vorwand nur? Ich könnte, denkt er, mich irgendwann zu ihr schleichen, wenn Elvira schläft ...*)

Jetzt müssen Sie aber noch meinen Mann kennenlernen, er steht da drüben, auch er ist ein großer Freund Ihrer Musik ... Sie lacht. Aus irgendeinem Grund lacht sie. Giacomo lacht auch, als müsse er einen Witz verstanden haben. Sybil greift nach seiner Hand.

Nein, um ehrlich zu sein – wir wollen doch künftig ehrlich sein zueinander, versprochen? Er versteht nicht allzuviel davon. Von Musik. Weder allgemein noch im Detail.

Oh … äh, ja. Gut. Schade! Elvira, meine Frau, ist hier auch irgendwo. Die beiden könnten ja vielleicht über *Hüte* reden …

Sybil lacht laut, entzieht ihm ihre Hand, als wäre ihr eben erst bewußt geworden, welche Intimität damit verbunden ist.

2

Am nächsten Morgen reisen die Puccinis mit dem Pullman-Zug die sieben Stunden nach Paris weiter, um sich dort noch einmal die *Tosca* anzusehen. Seinem neuesten Freund, dem Banker David Seligman, schreibt Giacomo anderntags, er und dessen entzückende, seiner Inspiration Flügel verleihende Gattin möchten doch bitte kommen, einen Ausflug nach Frankreich machen, man könne *zu viert eine schöne Zeit haben.*

Aber fast genau ein Jahr wird vergehen, bevor Sybil und Giacomo sich wiedersehen, bis dahin korrespondieren sie, zwar nicht fieberhaft, doch regelmäßig. Da Sybil fast alle seine Briefe im Kreis der Familie vorliest (sie hat zwei Söhne, zu diesem Zeitpunkt neun und zwölf Jahre alt), bleiben beide bis zum Ende beim formellen *Sie,* obgleich er sonst mit dem *Du* sehr freigiebig ist. Seine stets wachsende Zuneigung drückt Giacomo in versteckten oder doppeldeutigen Wendungen und Koseformeln aus, die sich zur Not als *beherzte Galanterien* auslegen lassen.

Elvira hat, in ein einseitig erregtes Gespräch mit der zu radikalen politischen Auffassungen neigenden Violet Beddington verwickelt (einer Demokratin!), von der neuen Bekanntschaft ihres Gatten wenig mitbekommen. Im Unterschied zu früher jedoch verschweigt Giacomo diesmal fast nichts, er schwelgt in Begeisterung für die Londoner Freundin, was Elvira zu Anfang merkwürdig unaufgeregt hinnimmt, beinahe so, als hätte sie bei vergangenen Abenteuern einfach nur einbezogen statt belogen werden müssen.

Von Paris aus reist das Ehepaaar Puccini weiter nach Genua, zur dortigen Produktion der *Butterfly*, die zum Riesenerfolg in einem völlig überfüllten Theater gerät. Die neue Oper ist endgültig rehabilitiert.

Giacomo sieht sich so viele Produktionen seiner Opern nicht etwa nur aus Eitelkeit an, meist trifft er ein paar Tage früher ein, um die Endphase der Proben zu überwachen und Sängern und Dirigenten Hinweise zu geben, eine oft harte und desillusionierende Arbeit. Wie bei sonst kaum einem großen Komponisten werden Puccinis sehr detaillierte Partituranweisungen über Jahrzehnte hinweg fahrlässig bis respektlos behandelt, oft einfach ignoriert.

Anfang Dezember, in Rom, fast ein Jahr nach der Hochzeit, legitimiert er endlich Tonio als seinen Sohn, was diesem mehr bedeutet, als der Vater ahnen würde – würde er sich darüber Gedanken machen.

Elvira zeigt sich dann, was Sybil betrifft, zwar doch ein wenig, aber nur sehr kurz mißtrauisch; Giacomo kann sie überzeugen, daß es sich um eine rein geistige Beziehung handelt, eine Art Seelenverwandtschaft. Außerdem sind die beiden Tausende Kilometer voneinander entfernt, und sie können sexuell nichts miteinander gehabt haben, für Elvira ein wichtiger Gesichtspunkt. Wieviel Giacomo von seiner Brieffreundschaft erzählt! Nein, er macht wirklich nicht den Eindruck, etwas zu verschweigen. Und wie die Dame aus London das Werk Puccinis mit tiefem Verständnis kommentiert, mit außerordentlichem ästhetischem Einfühlungsvermögen den Finger auch mal auf wunde Punkte legt, ohne je, wie so viele andere, ihn gleich manipulieren zu wollen!

Elviras tiefsitzender Minderwertigkeitskomplex läßt sie einsehen, daß Sybil Seligman eine notwendige Stelle in Giacomos Leben besetzt, die sie selbst, eine zufällig per Heirat in die große Gesellschaft gespülte Provinzlerin, nicht ausfüllen kann. Hinzu kommt, daß Sybil ihr stets Respekt erweist, Briefe und Geschenke sendet. Eine überaus einnehmende Frau, deren Charme und Warmherzigkeit jeden beeindrucken, auch Elvira.

Sybil empfiehlt Giacomo einige neue Sujets für ein Libretto, darunter Merimée, Tolstois *Anna Karenina*, Bulwer-Lyttons *Letzte Tage von Pompeji* und Kiplings *The Light that failed*, was ihm aber alles nicht gefällt. Trotz ihrer Einwände verfolgt er nun doch wieder den Plan, eine große Oper über Marie Antoinette zu schreiben. Illica arbeitet mit viel Lust daran, während Giacosa, krank geworden, dahinsiecht.

Nach und nach erfährt Giacomo Details über die eher unkonventionelle Ehe, welche die Seligmans führen. David, in San Francisco geboren und vom Großvater nach London geschickt, um die dortige Zweigstelle der Seligman-Bank zu betreuen, zeigte an seiner Frau, sobald die Fortpflanzung mit zwei männlichen Erben erst einmal gesichert war, keinerlei sexuelles Interesse mehr. Im Moment unterhält er etliche feste Freundinnen und noch mehr Affären, ist voll damit beschäftigt, das beträchtliche Vermögen der Familie über die Welt zu verteilen.

Das alles ist Sybil nur recht, weil es hilft, ihre Unabhängigkeit zu stärken.

Als eines von acht Kindern (vier Brüder und vier Schwestern) entstammt Sybil Rachel der jüdischen Familie Beddington, wohnhaft 21 (heute 20) Hyde Park Place in London. Geboren wurde sie am 23. Februar 1868. Ihr Vater, der Kaufmann Samuel Beddington, ein Mann von größtenteils deutschen Wurzeln, hatte es zu sagenhaftem Reichtum gebracht, in seinem Haus fanden wichtige Bälle der Londoner Society statt. Samuel erwartete nicht, daß eines seiner Kinder jemals würde arbeiten müssen, alle ließ er nach streng bildungsbürgerlichen Normen ausbilden, dazu gehörte Klavier- und Gesangsunterricht, Griechisch und Latein, Französisch und Deutsch. Sybil lernte dazu noch Italienisch. Im Haus wurde viel gesungen, am liebsten deutsche Kunstlieder und – früh schon – Arien Puccinis. Das Haus der Beddingtons war riesig, möbliert in der dunklen Opulenz des mittleren Viktorianismus, massive Möbel aus Eiche, Treppen in hellem Beige, die Bodenmuster dunkelrot und blau. Im Morgenzimmer schwere Ledersessel und ein kleiner Flügel, dahinter das lange Speisezimmer mit vielen Ölgemälden, bevorzugt Landschaften von Benjamin Leader. Im ersten Stock lag der große Salon, von dem aus man auf den Hyde Park sah, dort befand sich auch Zillah Beddingtons Steinway-Flügel, der von ihrem Lehrer Paderewski ausgesucht worden war. Im gleichen Zimmer gab es einen Marmorkamin, an dem sich die Familie an Winterabenden versammelte. Nach einer langen Gemäldegalerie trat man ins Billardzimmer ein. Im zweiten Stock gab es einen kleinen Farngarten mit Wasserfall, der durch das rote Milchglas in der Decke vom Tages- und vom Sternenlicht illuminiert wurde.

Es kursieren viele Anekdoten um die Familie. Der jüngsten Schwester Sybils, Violet, machte der Komponist Arthur Sullivan, der schon sehr alt war und darauf humorig als ein gutes Argument verwies (Violet bekomme einen Titel, viel Geld und einen Gatten nur für kurze Zeit), einen Antrag, den die Zwanzigjährige ablehnte, um später, im Alter von schon vierzig Jahren, Sydney Schiff zu heiraten, der unter dem Pseudonym Stephen Hudson Romane schrieb. Literarisch zweifellos erfolgreicher als er war Sybils ältere Schwester Ada, verheiratete Leverson, deren Romane sogar heute noch Neuauflagen erfahren. Sie wurde zur engsten Vertrauten Oscar Wildes, der sie verehrte und seine »Sphinx« nannte. Bei ihr kam er während des Prozesses unter, nach dessen Ende er zwei Jahre Gefängnis wegen ausgeübter Homosexualität absitzen mußte.

Sybil benutzt Davids Geld, um nach Lust und Laune durch Europa zu reisen, meist von einem ihrer Söhne und/oder ihrem Mann begleitet. Die Winter werden in Nizza, Monte-Carlo oder St. Moritz verbracht. Es ist ein unbeschwertes und kultiviertes Dasein, intelligent genutzt. Liebhaber hat sie nicht, wie sie beiläufig erklärt. Sex, was Giacomo zu diesem Zeitpunkt allerdings noch nicht weiß, bedeutet ihr fast nichts. Ihre Briefe, obgleich zwanglos und voller Sympathie und Verehrung, sind frei von schlüpfrigen Stellen. Selbstverständlich nimmt sich Giacomo vor, irgendwann mit ihr zu schlafen, er findet es nur natürlich, mit jeder Frau schlafen zu wollen, die er mag – und diese liebt er sogar –, andererseits reizt ihn genau jene Distanz, die Sybil beschwört, indem sie ihn vorrangig als *Künstler* behandelt, dann erst als *Menschen*, an allerletzter Stelle als *Mann*.

Vom ersten Moment an wird sie seine Vertraute, mit der er offen alle Probleme, zuerst die beruflichen, anspricht. Ihr Trost und Rat scheinen ihm bald unverzichtbar. Ihr schüttet er sein Herz aus, die Briefe an sie bilden das Ventil für alle Tristesse und Paranoia.

Vom Modell der Seligmanschen Ehe, die trotz allem irgendwie *glücklich* genannt werden kann, ist er höchst beeindruckt, findet es zukunftsweisend und lobenswert. Ein ähnliches Arrangement könnte er sich auch für Elvira und sich selbst vorstellen.

Nein, kann er nicht. Als er ihr gegenüber einige sanfte Andeutungen macht, weiß diese nicht, was um Himmels willen er ihr mitteilen möchte. Nein, mit Elvira scheint so etwas nicht vorstellbar. Wünschenswert ja, vorstellbar nein.

3

1905

ist ein Jahr der intensiven Stoffsuche. *La Conchita* ist noch nicht gestorben, auch verfolgt Puccini den originellen Plan, drei Erzählungen Gorkis zu einem *Triptychon* zusammenzufassen, was auf heftige Mißbilligung seitens des alten Ricordi stößt. Das wäre doch *zu* unkonventionell.

Am 14. Januar schreibt Giacomo ein Requiem zum Anlaß von Verdis viertem Todestag, ein kurzes, schlichtes, doch enorm berührendes Werk, das er nach der Uraufführung vor fünfzig Zuhörern im *Casa del Riposo* (dem von Verdi gegründeten Altersheim für Musiker) geheimhält, quasi aus der Welt schweigt. Als sei das etwas gewesen, was er nur mit sich selbst habe abhandeln müssen. Wenngleich er Verdi (zwar lange nicht so wie Wagner, aber doch) verehrt hat, litt er unter dem Schatten des Altmeisters. Es existiert keine authentisch positive Äußerung Puccinis über den Ahnherrn, das Requiem indes sagt genug, er hat es komponiert, seine Schuldigkeit getan, damit gut.

Im März, über zwei Jahre nach dem Autounfall, wird Giacomo seine Krücken los und fühlt sich wieder als vollwertiger Mensch. Er beschließt, jene dreieinhalb Jahre, die ihm bis zu seinem fünfzigsten Geburtstag bleiben, zu genießen, gegen welchen Widerstand auch immer. Damit er sich hinterher keine Vorwürfe machen kann, mit seiner Zeit leichtfertig umgegangen zu sein.

Ereignis des Jahres ist die Schiffsreise Giacomos und Elviras nach Südamerika vom 1. Juni bis zum 5. September.

Elvira verträgt den Seegang nicht, ständig ist ihr übel, sie liegt im Bett und kann nichts essen. Auf den Kanarischen Inseln angekommen, bricht sie die Reise beinahe ab. Nur die Aussicht, ihren Gatten allein und unbeaufsichtigt auf die Neue Welt loszulassen, zwingt sie zur nötigen Selbstüberwindung.

Am 23. Juni treffen beide in Buenos Aires ein, sie werden mit großem Luxus empfangen, zu Ehren des Maestros wird eine große Jagd abgehalten, auf der er sich zum Erstaunen der Gastgeber als eher mäßiger Schütze erweist. Er begegnet seinem alten Freund Ferruccio Pagni wieder, jenen indiskreten Empfänger so manch intimen Briefes. Vor mehr als einem Jahr, am 18. Februar 1904, einen Tag nach dem *Butterfly*-Fiasko, ist Pagni nach Argentinien ausgewandert; bei Puccinis Ankunft stand er am Hafen in der Menschenmenge, einer unter Tausenden, traute sich nicht zu ihm, jetzt, beim Bankett in der Stadthalle, gibt er sich einen Ruck, tritt mit gebeugtem Haupt an den Tisch des Ehrengastes und bittet Giacomo, ihm nicht mehr böse zu sein. Giacomo verzeiht ihm prompt, behauptet sogar, daß es von seiner Seite nie ernsthaften Groll gegeben habe.

Mehr schlecht als recht erträgt er die vielen ausufernden Empfänge, die zu seinen Ehren veranstaltet werden. Hier kann er sich nicht, wie im Hause Tostis, renitent zeigen, muß den eleganten, weltgewandten Komponisten geben, mit der dazugehörigen Grandezza. Inzwischen beherrscht er dieses Maskenspiel zufriedenstellend, hat manchmal sogar Spaß daran – und fürchtet prompt, eine Marionette der Gesellschaft geworden zu sein. Er muß oft an seinen jüngeren Bruder Michele denken, der in die Neue Welt geflohen und am Gelbfieber gestorben war. Aus dessen hinterlassenen, sehr talentierten Kompositionen Giacomo einige wenige Takte in seine *Tosca* eingefügt hat, was er – zwanzig Jahre später, in einem Nebensatz – eingestehen wird.

Im *Teatro Colon* führt man, mit den besten italienischen Kräften, die *Butterfly* und fast sämtliche früheren Opern auf, auch die Neubearbeitung des *Edgar*. Selbstkritisch wie stets stellt Puccini fest, daß seine Verbesserungen nichts genutzt hätten, daß diese Oper allerhöchstens aufgewärmte Suppe sei und nicht zu retten. Einige Tage verbringen er und Elvira noch in Montevideo. Der ursprüngliche Plan, das Grab des Bruders in Rio de Janeiro aufzusuchen, erweist sich als den Dimensionen des Kontinents und dem Stand der dortigen Technik gegenüber naiv, die Zugfahrt nach Rio würde fast eine Woche dauern.

Giacomo sehnt sich nach heimischem Boden, nach dem Gefühl, endlich wieder unbeobachtet er selbst sein zu dürfen. Nur – wer bin ich? Bin ich noch etwas anderes, als die Welt in mir sehen will? Bin ich schon so geworden, wie mich die Welt haben wollte?

Am 5. September treffen die Puccinis in Genua ein und fahren sofort nach Torre del Lago weiter. Elvira schreibt begeistert über das Gesehene, Giacomo ist still über das Abgeleistete froh.

Beide haben auf ihre Weise ein Gefühl dafür bekommen, was Weltläufigkeit im 20. Jahrhundert bedeutet. Quasi am Ende der bewohnten Erde wurde ihnen gehuldigt; wie ein Königspaar wurden sie empfangen. Elvira legt sich ein aufgerüstetes Bewußtsein für die Bedeutung ihres Gatten zu, Giacomo sieht sich als Künstler bestätigt. Ihn verlangt nach Ruhe und Abgeschiedenheit. Untätig, ohne neues Libretto, kann er mit der Ruhe aber wenig anfangen.

Doria hat es inzwischen, nach zweieinhalb Jahren, zur Hilfsköchin gebracht, sie zeigt Talent für alles, was mit dem Haushalt zu tun hat, ist fleißig, gehorsam und pflegeleicht. Mit offenem Mund lauscht sie den Erzählungen aus der Neuen Welt, und Giacomo erzählt gern vor versammelter Dienerschaft, hat Freude an der Dankbarkeit, mit der dort jedes Detail aufgenommen wird. Der ländlichen Bevölkerung gilt stets sein Mitgefühl; insgeheim betrauert er all jene, die ein um so viel langweiligeres Leben führen müssen als er selbst, beneidet sie nur, wenn ihm der Trubel mal wieder zuviel wird.

Am 6. September 1905 feiert Doria ihren zwanzigsten Geburtstag, und der Hausherr schenkt ihr nebst dem obligaten Blumenstrauß aus zwanzig Nelken ein Extragehalt von zwanzig Lire, einen Monatslohn, als Bonus für ihre guten Dienste. Elvira, an den Geiz ihres Mannes gewöhnt, wundert sich, schweigt aber. An dem Mädchen ist schließlich nichts auszusetzen, die Gratifikation hat es sich verdient.

Doria ist weiblicher geworden, wenn auch nicht hübsch. Sie ist zweifellos auf dem Weg zur Frau, mit den dazugehörigen Formen und Kurven. Falls es über sie jemals etwas Negatives zu berichten gegeben hat, war es ihre Mimosenhaftigkeit, für Elvira ein ›hysterischer Charakterzug‹. Auf den geringsten Tadel, und wenn er auch noch so selten nötig ist, reagiert das Mädchen mit Tränen und völlig überzogenen Selbstvorwürfen.

Einmal zur Rede gestellt wegen einer auf dem Herdfeuer vergessenen, dadurch unbrauchbar gewordenen Pfanne, soll Doria einen Nervenzusammenbruch gehabt oder zumindest vorgetäuscht und gegen die Schmerzen der Schande eine Flasche leicht arsenhaltiger Medizin ausgetrunken haben. Die gesundheitlichen Komplikationen seien zwar überschaubar geblieben, auf heftiges Erbrechen und einen Tag Bettruhe beschränkt, die verstörte Elvira jedoch sei danach im Umgang mit ihr vorsichtig geworden, habe sie fortan wie ein rohes Ei behandelt.

Puccini wird später gegenüber Sybil behaupten, dieser Vorfall sei frei erfunden, er müsse sich sonst daran ja wohl erinnern können.

Doria wünscht sich nichts so sehr, als daß ihr Brotherr wieder zu komponieren beginnt. Sie denkt sehnsuchtsvoll an das Jahr zurück, als sie ihm dabei zuhören durfte. Jene Nächte sind die Glanzlichter ihres Lebens gewesen, sie kann nicht verstehen, weshalb ein begnadeter Künstler so lange Pause macht und sein Klavier nicht einmal der Übung halber benutzt.

Mitunter wagt sie ihn zu fragen, ob denn ein neues Libretto in Sicht sei, dann hebt Puccini, gerührt lächelnd, die Hände, bittet um Verzeihung, er könne ja am wenigsten dafür. Aber bald, bestimmt schon bald, sei es soweit.

Doria errötet ob ihrer Kühnheit und nickt.

Sie hat einen wunden Punkt berührt. Puccini fühlt, daß er sich endlich für irgendwas entscheiden muß, seine besten Jahre als kreativer Geist gehen mit Belanglosigkeiten vorbei, er beneidet seinen Hausgott Wagner (»Neben ihm sind wir alle nur *mandolinisti*!«) und alle anderen Komponisten, die sich ihre Textbücher selbst schreiben konnten. Und dennoch wartet er weiterhin auf den Stoff, der ihn spontan so sehr überzeugt, daß er ohne irgendeinen Zweifel mit der Arbeit beginnen kann. So viele Vorschläge hat es gegeben, alle hat er gelesen, nichts davon hat in ihm mehr als ein Strohfeuer ausgelöst.

Dem alten Ricordi geht es auf die Nerven, immer wieder bereits fixierte Verträge mit in Frage kommenden Autoren auflösen zu müssen, oft unter erheblichen finanziellen Einbußen.

So kann es nicht weitergehen, und Giacomo weiß es, glaubt sich von den Musen verflucht und wünscht nichts sehnlicher, als daß sich irgendeiner von Sybils Vorschlägen als brauchbar erweise. Das Libretto zu *Marie Antoinette* ist unterdes weit gediehen, Ricordi fragt an, was damit denn bitte nicht in Ordnung sei. Giacomo gibt keine Antwort, weicht aus, redet von einer komischen Oper, die ihm eher liegen würde, etwas Leichtes. Die Idee verläuft im Sand, wie vieles andere.

Während Sohn Antonio im Oktober zu seiner neuen Ausbildungsstätte fährt, dem Technikum in Mittweida bei Dresden, bricht sein Vater endlich nach London auf, um Sybil zu sehen, fast genau ein Jahr nach ihrer ersten Begegnung. Unklar ist ihm, was ihn erwartet, oder was er erwarten soll.

Warum hat sie, die schöne Frau, an der der Gatte kein Interesse mehr zeigt, keine Liebhaber? Wenigstens behauptet sie das, wenn sie es auch auf eine verklausulierte Anfrage hin in ebenso zurückhaltenden Worten ausdrückt. Nein, sie ahme den libertinen Lebensstil ihres Mannes in keiner Weise nach, schreibt sie einmal, niemand, den sie in ihr Herz geschlossen habe, müsse eifersüchtig werden.

Paolo Tosti, der Londoner Freund, von Giacomo diskret nach dem Umgang seiner Gesangsschülerin befragt, hat auch nichts läuten hören – und es wäre für ein noch so vages Gerücht unüblich, sich nicht irgendwann in seinen Salon zu verirren.

Sybil liegt offenbar brach. Aber weswegen?

Viele Möglichkeiten hat Puccini zwischendurch angedacht. Sybil könnte frigide, lesbisch oder treu sein. Oder an einer Unterleibskrankheit leiden. Oder könnte ganz normal sein, ihn aber körperlich nicht attraktiv finden, weshalb sie ihm nur vormacht, keine Liebhaber zu benötigen. Er rechnet mit allem, auch dem Schlimmsten, und schwört sich, auf keinen Fall etwas zu unternehmen, was die Freundschaft zu ihr gefährden könnte. Eine für ihn neue, ungewohnte Strategie, wie er selbstironisch feststellt; es müsse das Alter über ihn hereingebrochen sein und die Weisheit.

Um so überraschender gerät das Wiedersehen. Sybil kommt herbeigeeilt, umarmt ihn in seiner Suite im Hotel Savoy, sie küssen sich und schlafen miteinander. Womit er nicht gerechnet, was er kaum zu hoffen gewagt hat, wird ohne viele Worte Ereignis. Er ist außer sich vor Glück und Stolz. Bis ihm Sybil gegen Mitternacht eröffnet, dies alles habe nun einmal sein müssen, sie sei auch froh darum und erleichtert, man habe der eitlen und neugierigen Natur die Schuldigkeit erwiesen, erweisen müssen, das sei ihr klar gewesen, sie, die Frau, habe ihm, dem Mann, Respekt geschuldet, damit gut, sie gehe jetzt heim.

Tatsächlich habe Sybil, so wird es ihre Schwester Violet viele Jahre später kolportieren, befürchtet, sich an den *Mann* Puccini zu gewöhnen, und habe Angst um ihre Ehe, mehr noch um ihre Söhne gehabt, die bei einem Skandal nebst nachfolgender Trennung sicher bei David geblieben wären. Einer jener Söhne, Vincent, wird behaupten, seine Mutter habe nach der Zangengeburt des Erstgeborenen Esmond nie mehr Lust auf Sex gehabt, und sein eigenes Dasein sei nur einem zweiten Marienwunder, einer Art unbefleckten Empfängnis zu verdanken. Wobei es ihm mit dieser ungewöhnlich indiskreten Offenbarung vor allem darum gegangen sein dürfte, jeglichem Verdacht einer intimen Beziehung zwischen seiner Mutter und Puccini den Nährboden zu entziehen.

Puccini gesteht Sybil seine Liebe. Bei jeder Gelegenheit. Sie sei genau das, was sich jeder Mann, Mensch und Künstler an seine Seite wünsche. Sybil bittet ihn, um Gottes willen weniger pathetisch zu sein, sie seien beide erwachsen und müßten nicht krampfhaft die dummen Fehler begehen, die Zwanzigjährige nun mal nicht vermeiden könnten.

Daß sie noch nie einen Orgasmus gehabt hat, verschweigt sie, um ihn nicht zu kränken. Sie weiß zudem nicht genau, was ein Orgasmus ist, vielleicht hatte sie ja doch mal einen und die Welt macht nur viel zu viel Getue darum. Kann doch sein. Als der Arzt ihr den kleinen Esmond in die Arme gelegt hat, da, glaubt sie, über die große Erleichterung hinaus etwas, vielleicht eine Art Orgasmus, gespürt zu haben. Wobei sie genaugenommen jenes Wort noch nie gehört oder gelesen hat, zu jener Zeit ist allenfalls vom ›Höhepunkt der Ekstase‹, vom ›süßen höchsten Glück‹ die Rede – und das sind ja doch recht schwammige Umschreibungen, vielfältig auszudeuten.

Giacomo fragt leise, was er falsch gemacht habe? Gar nichts, gibt ihm Sybil verwundert zur Antwort, warum? Was sei denn da groß falsch zu machen?

Giacomo ist konsterniert. Eben noch, so hat *er* es empfunden, habe der Himmel auf Erden hofgehalten. Wenn auch bei gelöschtem Licht. Er kann nicht glauben, daß das nur ein Ritual gewesen sein soll, damit man etwas *hinter sich bringt*. Damit es nicht mehr *im Weg steht*. Dann denkt er nach. Inzwischen ist er zwar die Krükken losgeworden, im Tausch gegen einen schmucken Spazierstock mit Elfenbeingriff, aber ein Jüngling ist er nicht mehr. Nester grauer Haare haben, empfunden wie Geschwüre, seine Schläfen befallen, er ist nicht eben schlank, und wenn man von einem *Mann in seinen besten Jahren* spricht, meint man damit eher dessen Geisteskraft, nie die physische Verfassung. Gerne hätte Sybil ihm erklärt, daß dies alles völlig nachrangig sei, daß der Liebhaber einer leidenschaftlichen Frau durchaus graumeliert und fettleibig sein darf, insofern die Frau eben *leidenschaftlich* ist. Was sie nun mal nicht sei. Und was sie ihm deswegen nicht überzeugend erklären kann, weil sie es keine Sekunde als Manko empfindet. Sie teilt es ihm in unaufgeregten Worten mit. Immerhin zeigen sich beide insoweit zufrieden, als ihre geistige Übereinkunft durch den Beischlaf keinen bleibenden Schaden davongetragen hat, außer einigen Tagen der Verwirrung, in denen Giacomo Versuche macht, das Vorgefallene zu wiederholen, vielmehr zu verbessern. In den zwei Wochen, die er in London verbringt, werden sie sich beinahe täglich sehen, küssen und in den Armen halten, das Bett teilen werden sie nie wieder. David reagiert eifersüchtig und mißtrauisch, aber auch auf gewisse Weise großzügig, er läßt die beiden kommentarlos durch die abendliche Metropole ziehen und täuscht, wenn er aufgefordert wird, doch mitzukommen, ein nie genauer bestimmtes *Unwohlsein* vor. Auf zartere Art ist selten Mißbilligung ausgedrückt worden. Giacomo nimmt den Unterton erst gar nicht wahr,

Sybil hört ihn sehr wohl heraus, findet aber, daß David sich etwas kindisch benimmt. Sie beschließt, seine Empfindlichkeiten zu ignorieren. Schließlich hat sie in vollem Pflichtbewußtsein das Ihrige dazu getan, die Affäre zu bändigen, ist stolz auf ihre Disziplin und Willenskraft, David solle sich mal nicht so haben.

Giacomos Faszination für Sybil bekommt einen Beigeschmack von eigenem Versagen, hält aber unvermindert an, nicht zuletzt genau deswegen. In den Briefen und Billets, die er ihr zu jener Zeit sendet, findet sich all jene Zärtlichkeit, die Sybil auf sexueller Ebene wohl nötig gehabt hätte, um zu empfinden, was ihr bis dahin nicht gegönnt gewesen war. Durch seine Versuche, sie erneut ins Bett zu bekommen, das merkt er schnell, geht eine sonderbare Form der Intimität zwischen beiden verloren. Peinlichkeiten drohen durch die Vermischung zweier unvereinbarer Ebenen. Endlich wird der momentane Schwebezustand – Askese garniert mit zarten Küsschen – auch von Giacomo als hinnehmbar und tragfähig begriffen.

Für seine Bedürfnisse, meint Sybil, gebe es doch Frauen genug. Eigentlich besitze jede Frau dieser Welt das, worum es ihm gehe.

Er staunt sie an. Das stimme wohl, aber bei Huren könne man sich mit allen möglichen Krankheiten anstecken. Sybil antwortet, an Huren habe sie gar nicht gedacht, ihm liefen doch genügend vertrauenswürdige Frauen zu, Sängerinnen zum Beispiel. Obwohl man bei denen ja auch nicht sicher sein könne. Giacomo muß grinsen, es tut ihm gut, mit einem weiblichen Wesen so freizügig zu reden.

Einmal hat er die Geliebte besitzen dürfen. Jene Nacht wird ihm stets heilig sein und aufgrund ihrer Einzigartigkeit nahrhaft genug, um jahrzehntelang davon zu zehren. Sybil indes definiert sich als irgendwie sonderbar und weiß nicht, ob sie damit selbstbewußt oder schamhaft umgehen soll. Ihr wäre sehr geholfen, wenn sie begreifen könnte, was Männer im Allgemeinen und Giacomo im Besonderen so phantastisch daran finden, sich leiblich in eine Frau, manchmal sogar eine wildfremde, zu involvieren. Andererseits ist es ihr ziemlich egal. Es betrifft sie einfach nicht. David wollte Kinder von ihr. Gut, das war ein plausibler Grund, ein Postulat der Biologie, dem hat sie sich gefügt.

4

Puccini reist ab, mit sehr gemischten Gefühlen, sieht sich noch die von Toscanini dirigierte Produktion der *Butterfly* in Bologna an, bevor er nach Torre del Lago zurückkehrt.

Elvira erwähnt, es gebe (nach 1903, als er eine Gelegenheitsarbeit, den *Canto D'Anime* abgeliefert hat) eine erneute Anfrage für eine Schallplattenkomposition. Er hält wenig davon, die Qualität sei noch zu miserabel. Obzwar er sich jede technische Innovation sofort ins Haus holt, wurde das Grammophon mit dem riesigen Trichter, das ihm Thomas Alva Edison geschenkt hat, nur äußerst selten benutzt.

Andererseits, stell dir vor, sagt er, eines Tages wird diese Technik so ausgereift sein, daß Komponisten, wenn sie ihre Musik hören möchten, keine weiten Reisen mehr unternehmen müssen. Welche Kosten dadurch eingespart werden könnten! Und jene Komponisten, die nach der Uraufführung nie mehr nachgespielt werden, ob zu Recht oder Unrecht, die könnten dann trotzdem noch ihren Opern lauschen, die ansonsten für immer verstummt wären. Die Zukunft sei ein Versprechen, er wäre gerne drei, vier Jahrzehnte später zur Welt gekommen.

Doria fragt ihn am nächsten Morgen beim Frühstück, wie so ein Schallplattenspieler eigentlich funktioniere.

Im Grunde wie eine Spieldose oder Spieluhr, gibt er zur Antwort, der Unterschied sei, daß es nur eine einzige Stanze gebe und daß die Vertiefungen in der Rille unendlich klein seien.

Jetzt, sagt Doria, könne sie es sich noch weniger vorstellen. Wo käme bei so winzigen Vertiefungen denn die Lautstärke her?

Elektrizität! erklärt Giacomo. Wir leben nach der Stein- und Bronzezeit im elektrischen Zeitalter. Elektrizität sei der Schlüssel. Alles, was ist, könne in elektrische Impulse verwandelt werden.

Auch Musik?

Nein, Musik an sich selbstverständlich nicht, aber deren Vortrag. Das führe zu weit. Sie könne ja mal mit nach Mailand kommen über Weihnachten, dort eine Plattenaufnahme besuchen und es sich ganz genau erklären und demonstrieren lassen. Das könne er gewiß arrangieren. Wenn sie so daran interessiert sei.

Doria schweigt. Mailand. Dorthin wollte sie schon immer einmal. Viareggio ist ja auch, sozusagen, eine Stadt. Lucca kennt sie, war ein paarmal dort. Und in Pisa ist sie letztes Jahr gewesen. Aber Mailand ...

Das wäre ein Traum, Sor Giacomo.

Er, der Mailand, wie alle größeren Städte, ausgenommen vielleicht London und, mit Einschränkungen, Paris, langweilig und nervtötend findet (man könnne dort nicht jagen, weder Fisch noch Fleisch, könne nur Totes kaufen, werde ums Urerlebnis betrogen, mit noch lebender Beute Blickkontakt zu haben, sei der Natur entfremdet usw.), hat überhaupt kein Problem damit, seine Begeisterung für technischen Fortschritt und Komfort mit einem Bekenntnis zum rustikalen Leben in Einklang zu bringen. Wenn zum Beispiel seine Villa in Chiatri nur über einen Maultierpfad erreichbar ist und er beim zuständigen Gemeinderat den Bau einer Straße fordert, geschieht dies in der Hauptsache deshalb, weil er inzwischen vermeiden möchte, auf einem Maultier fotografiert zu werden.

Ist noch was? Er sieht auf. Doria lächelt schüchtern, wendet sich dann ab und beginnt mit einem wollenen Tuch die Möbel vom Staub zu befreien.

Er vertieft sich in ein neues Buch, *Ramuntcho,* von Pierre Loti. Es taugt nicht für seine Zwecke. Sybil hat ihm *Enoch Arden* von Tennyson mitgegeben. Zu harmlos. Daraus könne man vielleicht ein Melodram für Sprecher und Klavier basteln, mehr sicher nicht.

Vor Giacomo liegt ein ganzer Haufen abzuarbeitender Manuskripte. Das endlich fertig gewordene Libretto zur *Marie Antoinette* interessiert ihn nicht ernsthaft; ohne nähere Angabe von Gründen teilt er seinem Freund Illica mit, das Projekt sei für ihn endgültig gestorben. Dem Dichter Valentino Soldani, der zwischendurch voll heiligem Eifer am Textbuch für eine Oper namens *Margherita di Cortona* gearbeitet hat, schreibt er mit wenigen Sätzen, daraus werde nun doch nichts. Leider, schade, scusi.

Dem alten Ricordi, der ihm zwischenzeitlich noch den Vorschlag *Wilhelm Tell* gemacht hat, vergeblich, versteht sich, platzt nun der Kragen. Weil er aber wenig Hoffnung in eine Standpauke setzt, geht er einen subtileren Weg und vermittelt seinem schwierigen Genius den Kontakt zu Italiens berühmtestem und exaltiertestem Literaten, Gabriele D'Annunzio. Eine solche Zusammenarbeit wäre aufsehenerregend und von *höchstem* nationalem Interesse.

Giacosa hin, Illica her, und wie die anderen Namen alle lauteten, tapfere Handwerker, gewiß, aber nichts im Vergleich zu einem Fixstern wie D'Annunzio. Eine heilige Allianz der Künste würde das bedeuten. Zudem leide der luxusverliebte D'Annunzio gerade unter Geldknappheit und sei preiswert zu haben, Dutzende Schuldner säßen ihm enggedrängt im Nacken.

Die Idee ist nicht ganz neu. Schon im April 1900 war der begabte Poet, der mit einer Halbglatze herumläuft, damit man auch ja die bei einem Duell davongetragene Narbe sehen kann, als Librettist ins Gespräch gebracht worden. Puccini hatte Illica damals versichert, daß er mit D'Annunzio um alles Gold der Welt nichts im Sinn habe! Nun denkt er um.

Die beiden Künstler treffen sich in Florenz und zeigen sich voneinander beeindruckt. Giacomo stört es zwar, daß D'Annunzio mehr übers Finanzielle reden will als von irgendeinem konkreten Stoff, doch anderntags meldet er Giulio Ricordi, daß sie sich in den wesentlichen Fragen geeinigt hätten und eine *national hochinteressante* Zusammenarbeit bevorstehe. Im selben Brief erwähnt er aber, daß die *Conchita* nach dem Roman von Louys noch immer nicht vom Tisch sei. Die Geschichte, obwohl von Sybil mit wenigen Worten zu Recht als opernuntauglich abgefertigt, beschäftigt ihn weiterhin, zu sehr deckt sie sich mit eigenen Erfahrungen. Eine noch sehr junge Frau, eine Demi-Vièrge, die es faustdick hinter den Ohren hat, führt den in sie verliebten, um mehr als zwanzig Jahre älteren Mann an der Nase herum – zu diesem Thema würde ihm etliches einfallen. Er könnte seine Sicht der Affäre mit Cori als Inspirationsquelle nutzen. Nebenfiguren, selbst wo sie an den Haaren herbeigeschleift werden müßten, könnten ja hinzuerfunden werden – wozu seien Autoren schließlich da? Er bittet den entnervten Ricordi darum, doch bitte einmal die Rechtslage zu klären und mit Louys einen Vorvertrag zu fixieren.

Am 22. Dezember, seinem Geburtstag, um den er nie viel Aufhebens macht, fahren Giacomo und Elvira in die Mailänder Wohnung, um mit Antonio (er hat am 23. Dezember Geburtstag) und Fosca in familiärer Eintracht Wiegenfeste und Weihnachten zu feiern. Während der Fahrt erwähnt er en passant die Möglichkeit, daß Doria sie doch irgendwann einmal dorthin begleiten könne, als Haushilfe. Elvira findet, das sei bei so einer kleinen Wohnung weiß Gott nicht vonnöten, die hiesige Putzkraft sei ausreichend, und essen würde man meistens im Restaurant. Giacomo schmollt. Die Wohnung ist so klein nun auch wieder nicht. Fünf Zimmer, beste Lage, zweihundert Meter von der Scala entfernt.

5

1906

wird erst mal ein neues (das achte) Automobil gekauft, dem man sich nun schon auf weiteren Strecken anvertrauen kann. Es ist ein grüner La Buire (40 PS) für 15.000 Francs. Das Ehepaar Puccini (mit Chauffeur; GP setzt sich selten selbst ans Steuer, höchstens für kurze Strecken und tagsüber) fährt damit Anfang März an der Küste entlang bis nach Nizza, wo man die Seligmans trifft, das heißt: Sybil und ihren zehnjährigen Sohn Vincent, die dort Urlaub machen. (Der dreizehnjährige Esmond ist in London beim Vater geblieben.) Man wohnt in benachbarten Hotels. Elviras Bedenken werden zerstreut, sie war sich bislang nicht hundertprozentig sicher gewesen, ob das Verhältnis zwischen Sybil und ihrem Topico wirklich allein auf Freundschaft beruht. Die Natürlichkeit, mit der Sybil ihr begegnet, entwaffnet sie. Zudem weiß sie aus Erfahrung, daß Frauen mit Kindern nur selten Anziehungskraft auf Giacomo besitzen.

Tatsächlich bleibt die Form in jedem Augenblick gewahrt, es gibt auch keine heimlichen Treffen, man genießt drei Wochen lang den Frühling an der Riviera, geht ins Casino, in die Theater, in die Oper.

Cher Maître, beginnt Sybil während jener Jahre ihre Briefe, die sie bevorzugt auf französisch schreibt. Deren übertriebene Förmlichkeit jeden Verdacht im Keim ersticken soll.

Nachts, bevor Sybil schlafengeht, klopft regelmäßig ein Page an ihre Tür und bringt eines jener Billets, die Puccini in einem unbeobachteten Moment hingekritzelt hat, schwärmerische Petitessen, immer so abgefasst, daß sie, wenn sie in falsche Hände gerieten, gerade noch vertretbar wären. Ihre Vielzahl allein stellt bereits eine Liebeserklärung dar.

Der eigentliche Zweck der Reise wird erfüllt. Elvira sollte demonstriert werden, daß sie von der Britin nichts, aber auch gar nichts zu befürchten hat. Hat sie schließlich auch nicht. Elvira ist es relativ egal, wie tief Giacomos Empfindungen Sybil gegenüber gehen. Solange die beiden keine Körperflüssigkeiten vermengen, ist für sie alles in Ordnung.

Elvira schließt mit Sybil sogar Freundschaft, beide schreiben einander in den nächsten Jahren regelmäßig und in herzlichem Ton.

Giacomo zeigt sich sehr erleichtert, ist ausnahmsweise wochenlang bester Laune, aber der Lösung des großen Rätsels *Frau*, das er sein ganzes Leben lang zu ergründen versucht, kommt er nicht näher.

Antonio, der nicht anders als etwa Doria Manfredi die *scuola elementare* in Torre del Lago besucht hat, war danach Schüler in mehreren Internaten, bis er im schweizerischen St. Gallen, im »Institut Dr. Schmidt«, eine Art Mittelschulabschluß zustande brachte. Seine Begeisterung für Mechanik führt dazu, daß sein Vater ihm einen Ausbildungsplatz im Technikum Mittweida bei Dresden besorgt.

Am 14. Oktober 1905 kommt Antonio in Mittweida an. Seine Deutschkenntnisse machen nicht allzuviel her, erlauben ihm aber, dem Unterricht einigermaßen zu folgen.

Das Technikum, 1867 mit der bescheidenen Zahl von 17 Schülern und drei Lehrern gegründet, hat in den folgenden Jahren sehr schnell an Größe und Ansehen gewonnen. Es bildete zunächst nur zum »Maschinen-Ingenieur« aus, später auch zum »Elektro-Ingenieur«, also in den Bereichen Elektrotechnik und Maschinenbau. Von Anfang an ist der theoretische Unterricht mit praxisnaher Ausbildung verbunden (auch ist ein Praxisjahr vor oder während des

Studiums vorgeschrieben). Unter seinen Absolventen finden sich manche später bekannte Namen, so August Horch und Fritz Opel, Leiter der gleichnamigen Autofabriken, Walter Bruch, Erfinder des PAL-Farbfernsehens, der Keksfabrikant Hans Bahlsen, der Hamburger Kunstmäzen Kurt August Körber, der spätere Bundestagspräsident Richard Stücklen. Als sich Antonio einschreibt, hat das längst etablierte Institut etwa 1500 Studenten, fast die Hälfte davon aus dem Ausland. Am stärksten vertreten sind Rußland und Österreich-Ungarn, nur 17 Studenten stammen aus Italien. Dennoch gibt es unter den zahlreichen Studentenverbindungen auch eine italienische. Das Ausbildungsprogramm ist anspruchsvoll, nicht zuletzt zeitlich: Fünf Semester lang, die von Oktober bis März beziehungsweise von April bis September dauern, sind 40 bis 50 Wochenstunden zu absolvieren, nach zwei Semestern steht die erste Vorprüfung an, nach dem dritten und vierten Semester die zweigeteilte zweite Vorprüfung, nach dem fünften Semester die Hauptprüfung. Von Anfang an läßt sich Giacomo über die Fortschritte seines Sohnes penibel genau unterrichten.

GIACOMO PUCCINI, MAILAND, AN DEN DIREKTOR DES TECHNIKUMS MITTWEIDA, 4. April 1906

Sehr geehrter Herr Director!

Wollen Sie mir gütigst umgehend mitteilen, wie mein Sohn Anton die Jahresprüfungen bestanden hat und ob es zur Fortsetzung seines Studiums in Mittweida notwendig ist, daß er ein Jahr in einer Maschinenfabrik praktisch tätig ist. – Ich verhehle Ihnen nicht, daß mein Sohn mir die Unterbrechung des theoretischen Studiums durch ein Jahr praktischer Tätigkeit als notwendig darstellt, was ich, ohne *Ihre* Ansicht darüber zu kennen, einigermaßen bezweifle. Außerdem möchte ich überhaupt gerne wissen, ob Sie meinen Sohn für geeignet zur Fortsetzung des Studiums halten. Ich hoffe, daß er nicht ungeeignet ist – es würde das ein großer Schmerz für mich sein.

In Erwartung Ihrer geflissentlichen Erwiderung bin ich mit dem Ausdruck der vollsten Hochachtung

Ihr ergebener

Giacomo Puccini, Via Verdi 4, Milano

Antonio lebt in Untermiete bei deutschen Familien, wechselt in wenigen Jahren fünfmal die Wohnung, ohne seinen Eltern hierfür Gründe mitzuteilen. Dem Institut teilt er hingegen sofort Gründe mit, warum man auf ihn besondere Rücksicht nehmen müsse.

ATTEST EINES ARZTES FÜR DAS TECHNIKUM MITTWEIDA

Herr Stud. Puccini leidet seit dem Unfall mit Automobil vielfach an nervösen Kopfschmerzen und wird jetzt von mir behandelt.
Mittweida, den 11. Dez. 1905,
Dr. Hortschansky, prakt. Arzt.

TECHNIKUM MITTWEIDA AN GIACOMO PUCCINI, MAILAND
(Durchschrift),
6. April 1906

Herrn Giacomo Puccini
Mailand

Auf Ihr gefl. Schreiben vom 4. ds. Mts. teilen wir Ihnen mit, daß Ihr Sohn bei Zulassung zur Ingenieur-Hauptprüfung allerdings den Nachweis über eine mindestens einjährige Praxis erbringen muß. Er braucht dieselbe aber nicht jetzt zu erwerben, sondern es geschieht dies am zweckmäßigsten nach dem 2. Semester. Auf Wunsch kann die praktische Ausbildung Ihres Sohnes in den mit unserem Technikum verbundenen Lehrfabrikwerkstätten erfolgen. Die näheren Bedingungen fügen wir in der Anlage bei.

Über Fleiß und Leistungen im vergangenen Semester wird Ihnen die umstehende Zusammenstellung seiner Zensuren Auskunft geben, wir bemerken hierbei, daß in dem Fache »Deutsche Sprache« die Zensur noch aussteht.

Ihr Sohn hat den Unterricht sehr wenig besucht. Er versäumte 117 Doppelstunden, von denen nur 47 entschuldigt sind. Trotzdem kann er aufgrund der von ihm abgelegten Prüfungen in die nächsthöhere Abteilung aufrücken, was wohl der beste Beweis dafür ist, daß er eine gute Veranlagung besitzt und bei größerem Fleiße viel bessere Resultate hätte erzielen können. Im nächsten Semester wird er sich aber bedeutend mehr anstrengen müssen, wenn er das Ziel desselben erreichen und die bei Semesterschluß abzulegende I. Ingenieur-Vorprüfung bestehen will.

Hochachtungsvoll
Die Direktion
I.V.: Keßler

	Fleiß:	*Leistungen:*
Repet. der Algebra:	3,0	2,5
Stereometrie:	2,5	2,5
Trigonometrie:	2,5	2,5
Physik:	2,0	3,0
Allg. Elektrotechnik:	2,0	3,0
Elementar-Mechanik:	4,0	3,0
Festigkeitslehre:	2,0	*keine Prüfung abg.*
Maschinen-Elemente:	3,0	*keine Prüfung abg.*
Darstellende Geometrie:	2,0	3,0
Entwerfen v. Masch.-Elem.:	3,0	3,0
Rundschrift:	3,0	3,0

GIACOMO PUCCINI, MAILAND, AN DEN DIREKTOR
DES TECHNIKUMS MITTWEIDA,
Mailand 14. April 1906

Sehr geehrter Herr Director!

Ich danke Ihnen bestens für die mir zuteil gewordene Auskunft. Ich will Ihrem Rate folgen und meinen Sohn erst das 2. Semester in Ihrem Technikum absolvieren lassen, bevor er zur praktischen Arbeit in einer Maschinenfabrik übergeht. Ich bitte Sie dringend, mir in Zukunft *wöchentlich* eine kurze Mitteilung über Fleiß und Schulbesuch meines Sohnes zugehen zu lassen, da ich dort sonst niemanden zu seiner Überwachung habe, und ich glaube, daß nur auf diese Weise der von Ihnen mit Recht verlangte größere Eifer in ihm rege gehalten werden kann. In der Hoffnung, daß Sie diesem dringenden Wunsch eines Vaters Rechnung tragen werden, sehe ich Ihrer gefl. Antwort entgegen und bin mit der vorzüglichsten

Hochachtung
Ihr ergebener
Giacomo Puccini

TECHNIKUM MITTWEIDA AN GIACOMO PUCCINI, MAILAND
(Durchschrift),
18. April 1906

Herrn
Giacomo Puccini
Mailand

Wir bestätigen Ihnen den Empfang Ihres gefl. Schreibens vom 14. ds. Mts., bedauern aber sehr, Ihrem Wunsche nicht entsprechen zu können, da eine allwöchentliche Berichterstattung aus praktischen Gründen nicht durchführbar ist. Wir sind aber gern bereit, Ihnen immer nach Verlauf von je 4 Unterrichtswochen einen kurzen Bericht über den Stundenbesuch Ihres Sohnes, woraus Sie dann leicht einen Schluß auf seinen Fleiß ziehen können, zuzusenden.

Hochachtungsvoll
Die Direktion

6

Am 15. April treffen sich im Mailänder Hotel »Della Ferrata« Puccini, Giulio Ricordi, D'Annunzio und etliche Freunde und Verwandte, um den Vertrag zu feiern, demzufolge der Dichter bis zum 31. Mai einen Entwurf vorlegen soll, um danach in spätestens sechs Monaten ein mindestens dreiaktiges Libretto zu schreiben. Dafür soll er 20.000 Lire und 20 Prozent der Tantiemen erhalten, zudem 15 Prozent aus dem Textbuch-Verkauf. Für den gerade klammen Poeten eine mehr als lukrative Regelung. Puccini fährt Anfang Mai weiter nach Budapest, wo in einer Art Festwoche seine drei jüngsten Opern gegeben werden, mit riesigem Erfolg. Ein von ihm sehr geschätzter junger ungarischer Musiker und Komponist namens Ervin Lendvai, mit dem er seit Jahren Briefkontakt pflegt, zeigt ihm die Stadt und stellt ihm seine neunzehnjährige Schwester Blanka vor. Es kommt zu einer kurzen, heftigen Affäre, hinter dem Rücken Ervins, der später aus voller Überzeugung heraus behaupten wird, zwischen seiner Schwester und dem Maestro sei niemals etwas Unschickliches vorgefallen. Und wirklich handelt es sich ja nur um ein kurzes Intermezzo der üblichen Art, immerhin das erste (von der einen Nacht mit Sybil abgesehen) nennenswerte seit dem Autounfall. Giacomo gewinnt neues Selbstvertrauen in seine Männlichkeit.

Am 16. Mai wird in Graz, ein knappes halbes Jahr nach ihrer sensationell erfolgreichen Premiere in Dresden, die Oper *Salome* erstaufgeführt, von Richard Strauss persönlich dirigiert. Plötzlich hat

Puccini, der der Aufführung beiwohnt, einen Konkurrenten, einen ernsthaften Konkurrenten unter all den Eintagsfliegen und Halbtalenten. Im Publikum ist viel musikalische Prominenz versammelt. Der Wiener Hofoperndirektor Gustav Mahler, Max Reger, Max von Schillings – und ein paar angeblich begabte österreichische Jungkomponisten sind auch da: Schönberg, Zemlinsky und Alban Berg. Puccinis Urteil über die *Salome* schwankt, er findet es ein sehr *interessantes* Schauspiel mit den *herrlichsten kakophonischen Sensationen*, aber auch ein wenig *langweilig* gegen Ende. Dennoch begreift er sofort, daß hier etwas Großes, Bahnbrechendes vorgeht, und er wird zeit seines Lebens jede Gelegenheit nutzen, dieses Werk wieder und wieder zu hören.

Von Graz aus geht es weiter nach London, wo *La Bohème, Tosca* und *Madama Butterfly* auf dem Spielplan stehen, alle mit Enrico Caruso, dem frisch gekürten Star der Saison. Jede Vorstellung ist ausverkauft.

Ich bin hier das Idol, schreibt er an Elvira, sie könne sich nicht vorstellen, welchen Enthusiasmus es vor Ort für seine Musik gebe. Seine verletzte Seele gesunde langsam.

Natürlich ist die Musik nur der zweitbeste Grund für die Reise, hauptsächlich ist er hier, um wieder die Seligmans im allgemeinen – und Sybil im besonderen zu treffen. Sie turteln, soweit es einer Mutter ihre Zeit und die Konvention erlauben; sie gehen zusammen in Cafés und Theater, spazieren durch Kunstausstellungen. Zu ihm ins Hotel kommen will sie nicht.

Sie bietet ihm aber an, in ihrem Haus in 7, Grosvenor Street zu wohnen, will sogar einen Koch einstellen, der auf zuckerarme Speisen spezialisiert ist, wegen Giacomos Diabetes. (Das Insulin ist noch nicht erfunden.) Er lehnt ab, größtenteils aus Rücksicht auf David.

Dennoch ist die Beziehung zwischen Sybil und Giacomo unter der Oberfläche noch alles andere als zur Ruhe gebracht.

Er fragt sie, ob sie sich ein anderes Leben vorstellen könne, mit ihm, vorausgesetzt, daß ihre Kinder nicht wären.

Wozu denn? Es ist doch alles schön so, wie es ist. Und die Kinder sind nun mal da.

Ja, schon, aber – rein theoretisch ...

Ich weiß nicht, Giacomo, ob wir beide alltagstauglich wären. Glaubst du?

Er greift nach ihrer Hand, nickt heftig, er sei wandlungsfähig, Kinder hin oder her. Sybil weiß nicht recht, was das soll. Will er von ihr hören, daß sie ihn begehrt? Will er hören, daß sie am Ende unter der Situation *leidet*? Will er sie unter ihrer Situation erst leiden *machen*? Soll sie ihm etwas vorlügen? Was sagt er da, wenn er *Kinder hin oder her* sagt? Erwägt er allen Ernstes, er, ein verheirateter katholischer Mann, sich mit ihr, einer verheirateten jüdischen Mutter von zwei unmündigen Söhnen, zu verbinden? Nein, so verrückt kann er nicht sein. Ihm ist nur um verbale Nähe, um große Gefühle – und um den großen Konjunktiv zu tun. Es scheint ihr, als fühle sich Giacomo mit diesem einen Leben nicht ausgelastet und müsse sich parallele Leben herbeiphantasieren. Spät erkennt sie, für wie sehr unter seinen Möglichkeiten geblieben er sich hält. Und beginnt zu ahnen, daß seine ins Groteske mündende Jagd nach einem neuen Stoff einer tiefen Angst entspringt, musikalisch nichts Neues zu sagen zu haben. Spätestens, als er ihr von der *Salome* erzählt, dem ersten Werk, das seine eigenen an Modernität deutlich in den Schatten stellt, begreift sie Giacomos Krise, die Verunsicherung seiner künstlerischen Identität. Soll sie sich ihm deswegen hingeben? Eine Komödie spielen zur Aufheiterung des taumelnden Seelchens? Kurz denkt sie daran und bleibt sich doch treu. Statt dessen kommt sie ihm auf andere Art entgegen, indem sie ihren Gefühlen für ihn einen neuen

Rahmen verleiht. Fast mütterlich wird sie ihn fortan behandeln oder wie eine große Schwester, zärtlich, aber ohne jeden erotischen Impetus. Giacomo, der am verfrühten Tod seiner Mutter jahrzehntelang gelitten hat, fügt sich in die stillschweigend getroffene Vereinbarung.

Es gibt noch einen weiteren, sehr verfrühten Tod in seiner Biographie. Als er elf war, starb seine jüngste Schwester Macrina, mit nur sieben Jahren. Diese gewiß traumatische Erfahrung ist keinem Puccini-Biographen mehr als nur einen Satz wert gewesen. Das gruselig-sakrale Bild des im weißen Kleid aufgebahrten Nesthäkchens hat er vermutlich längst verdrängt, unterbewußt jedoch hat es ihn über lange Zeit verfolgt und bei der Wahl seiner Opernstoffe beeinflußt. Cori, was ihm nur einfällt, wenn er zuviel getrunken hat, sah der toten Schwester entfernt ähnlich.

Caruso, der von ihm so geschätzte Sänger, wird bald schon zu einem der besten, intimsten Freunde Sybils. Kurz reagiert der Komponist eifersüchtig, Sybil beschwichtigt ihn – da sei nichts, weswegen er sich Gedanken machen müsse, Enrico übe physische Anziehungskraft einzig über seine Stimme aus. Also akustisch, ausschließlich akustisch – visuell ganz und gar nicht. Das könne er doch sicher nachvollziehen?

Giacomo zieht aus der Botschaft den Schluß, er – im Gegensatz zu Caruso – sei keine rein akustische Attraktion. Das nachzuvollziehen fällt ihm dann eher leicht.

Für den Sommer lädt er die Seligmans zu sich in die Toskana ein. Bei seiner Abreise begleitet Sybil ihn bis zur Kanalfähre und schickt ihm reichlich Geschenke hinterher, darunter auch ein Kissen für Elvira. Sie weiß immer, was sich gehört, ist eine Meisterin der Kunst, heikle Konstellationen von vornherein zu entspannen. Auf Jahre hinaus versorgt sie Giacomo kistenweise mit Zigaretten der Marke *Abdulla*, die er fortan bevorzugt raucht (neben der alten Marke mit dem frechen Namen *Sanitas*). Sybils Großvater hat die Tabakfirma gegründet, die die Abdulla-Zigaretten produziert.

Aufgrund der Vielzahl seiner eigenen Affären nimmt David Seligman die Beziehung seiner Frau zu Puccini stillschweigend hin, was jedoch nicht bedeutet, daß er sie auch gutheißt. Anfangs kann er sich nicht dazu durchringen, den Komponisten zu mögen, auch wenn er es mit äußerster Höflichkeit vorgibt. Das Thema ist in der Familie tabu. Nur Sybils Mutter, Zillah Beddington, läßt ab und an ein spitzes Wort fallen, das Davids wahre Gefühle andeutet. Dies wird in der Familie aber diskret übergangen, schon um Sybils greisen Vater, den steinreichen wie streng religiösen Samuel Beddington, nicht zu irritieren.

David Seligman, der sich zwischendurch ernsthaft Sorgen um seine Gattin gemacht hatte, schließlich sei in der Weltgeschichte schon etliches Undenkbare Wirklichkeit geworden, erkundigt sich bei Sybil, ob alles derart geregelt sei, daß jeder beruhigt damit leben könne.

So sei es, antwortet sie ihm lächelnd. Jede Sorge sei unbegründet.

David, ein innerlich sensibler, äußerlich stämmiger Mensch mit fleischigem Gesicht und breitem blondem Schnauzbart – vertraut seiner Frau, entspannt sich und wird in den nächsten Monaten, peu à peu, tatsächlich zu Puccinis Freund. Seine englischen Übersetzungen von Giacomos gelegentlichen Reimgedichten kann man wenn nicht gerade kongenial, so doch kunstvoll nennen.

Zu Hause in Torre angekommen, sieht sich Puccini mit D'Annunzios Forderung nach einem Vorschuß konfrontiert. Der Großpoet möchte die 20.000 Lire ausbezahlt bekommen, noch bevor eine einzige Zeile des Librettos entstanden ist. Puccini zögert die Antwort hinaus, zugleich fragt er Soldani, den wegen seiner harschen Abfertigung immer noch betrübten Librettisten der längst verstorbenen *Margherita*, ob er eventuell als Textdichter für die *Conchita* zur Verfügung stehe. Ricordi hat inzwischen den Vertrag mit Louys unterzeichnet, zähneknirschend, weil er voraussieht, daß nie etwas daraus werden wird. Es geht im Grunde erst einmal darum, den Stoff anderen Komponisten zu entziehen. So gering die Wahrscheinlichkeit dafür auch ist, nie würde Giacomo es ihm und sich selbst verzeihen, gelänge es einem Konkurrenten, an seiner Stelle daraus eine erfolgreiche Oper zu machen. Um das zu verhindern, findet Giacomo, kann ein umsichtiger Verleger ruhig etwas Geld investieren.

Soldani, einer jener armen Menschen, die stets an das Gute glauben und nach jedem Fetzen Hoffnung haschen, läßt ausrichten, er stünde als Librettist für die *Conchita* selbstverständlich zur Verfügung, liebend gern sogar. Er denkt sich wohl, ein zweites Mal könne ihn Puccini so nicht behandeln; seine Bestallung sei als Wiedergutmachung für erlittenes Unrecht gedacht.

So weit denkt Giacomo aber gar nicht. Seine Pläne mischen sich selten in die Angelegenheiten anderer. Von Sybil erbittet er sich – unter strikter Geheimhaltung – eine Ausgabe von Oscar Wildes nachgelassenen Dramen *Eine florentinische Tragödie* und *Die Herzogin von Padua*. Nach dem Erlebnis der *Salome*, wo Oscar Wildes Stück ja unverfälscht, nur ein wenig gekürzt verwendet wurde, will er nicht noch einmal einen Stoff dieses Autors übersehen und verpassen. Sybil erwähnte schon bei der ersten Begegnung, daß ihre ältere Schwester, Ada, Oscar Wildes beste und treueste Freundin gewesen sei, bis zu dessen beklagenswertem Tod. Puccini greift das auf und schreibt, es freue ihn, mit einem vielleicht einmal berühmten Schriftsteller wenn auch nur über drei Ecken verbunden zu sein, sicher habe Ada mit Oscar, dem ›Finnochio‹ (dem Schwulen), wesentlich weniger Probleme gehabt als Sybil mit ihm, ihrem ungezogenen Jungen, ihrem *Noti Boi*. Falls der gute Oscar sich aber nur deshalb fürs andere Ufer entschieden habe, weil Ada ihn habe abblitzen lassen, solle sie, Sybil sich noch mal überlegen, welche Verantwortung die schönen Frauen dieser Welt trügen.

Es ist ein ziemlich geschmackloser Scherz, und Sybil entschließt sich, diesen Brief lieber zu verbrennen, was sie ihm auch in klaren Worten mitteilt. (ANM. 1)

Giacomo entschuldigt sich für die monierten Zeilen und gelobt Besserung. Und für die *Conchita* gibt er einem französischen Librettisten, Maurice Vaucaire, denselben Auftrag wie Soldani. Doppelt hält besser.

Die Herzogin von Padua, schreibt er an Sybil, sei ihm leider abhanden gekommen, das Manuskript lasse sich einfach nicht mehr auffinden, ob sie vielleicht eine Abschrift habe machen lassen? Sybil hat eine Abschrift machen lassen, zum Glück. Puccini hat tatsächlich die Urschrift des Dramas verschlampt, das Sybil von ihrer Schwester Ada ausgeliehen hat, um es, eigentlich unerlaubt (Wildes Nachlaß ist noch unveröffentlicht), ihrem Giacomo per Einschreiben zu schicken. Er schämt sich deswegen, ist zerknirscht, aber nur kurz, jenes Stück sei ja nicht besonders großartig. (Das Manuskript ist bis heute nicht wieder aufgetaucht.)

D'Annunzios ersten Vorschlag für einen Stoff, eine Oper namens *Parisina*, lehnt er ab, sie sei ihm zu weit, zu tief, zu innerlich, man einigt sich statt dessen auf *La Rosa di Cipro*, eine vertrackte Liebesgeschichte mit tragischem Ausgang.

Als aber der Dichter bei einem Treffen in einer begeisterten Suada die Musik schildert, die er im Geiste zu den eben entstandenen ersten Versen voraushört, reagiert Puccini skeptisch. Nennt den Stoff Ricordi gegenüber bald allzu romantisch, und vom ersten Poeten Italiens, einer nach eigener Ansicht irgendwo zwischen Nietzsches Übermenschen und gottähnlichem Wesen angesiedelten Existenz, behauptet er blasphemisch, daß dieser »immer etwas in den Wolken zu Haus ist«. Zwei Tage später schreibt er dem düpierten D'Annunzio, das Ganze sei zwar interessant, aber doch eher nichts für ihn, er hoffe dennoch inständig auf die Fortsetzung ihrer Freundschaft, man müsse eben weiterhin nach einem geeigneten Sujet für die gemeinsame Arbeit suchen. Den schwer beleidigten Poeten hält nur sein Geldmangel davon ab, endgültig das Handtuch zu werfen.

> D'Annunzio an Camillo Bondi, 31. August 1906
>
> Meine Kontakte zum Lucchesischen Meister sind unfruchtbar gewesen. Er fürchtet sich vor der Übermacht der Poesie. Zwei ausgezeichnete Stoffe – *Parisina* und *La Rosa di Cipro* – fand er zu großartig für sich. Schließlich gestand er mir, er brauche eher »eine kleine, leichte Sache, die er in ein paar Monaten, zwischen der einen Reise und der anderen, komponieren könnte.« Und dafür wendet er sich an den Dichter der *Francesca da Rimini*!

Puccini unterdes hat Ärger.

Elvira hat alle Briefe gelesen, die Blanka Lendvai ihrem Kurzzeitgeliebten geschrieben hat, heftiger Nachhall einer von seiten Giacomos fast schon vergessenen Episode. Deshalb tut er zwar verletzt, als Elvira die Briefe zerreißt und im Garten verbrennt – was würden denn Briefe beweisen, er bekomme täglich Briefe aus aller Herren Länder, von allen Sorten Frauen, Liebesbezeugungen bis hin zu offen obszönen Angeboten (mit beigelegten Fotografien!) – wenn er, argumentiert er drastisch, das alles gefickt hätte, was sich ihm da offeriere, käme das einem biblischen Wunder, einer Speisung der Tausend gleich. Andererseits ist ihm die Angelegenheit zu unwichtig, und gnädig verzeiht er Elvira den Bruch seiner Intimsphäre. Elvira tobt. Will nicht, daß ihr verziehen wird, das stehe umgekehrt ihr zu.

Bitte sehr, dann eben so. Giacomo entschuldigt sich dafür, daß er Briefe bekommt, sofern dann endlich Ruhe herrscht. Elvira weiß nicht mehr, was sie sagen soll, und sagt nichts mehr, was sie als Niederlage empfindet. Das sagt sie dann doch.

Sieg und Niederlage! Giacomo klagt, daß sie über ihre Ehe wie über ein Schlachtfeld voller Leichen rede. Furchtbar sei das. Er habe sich um wichtige Dinge zu kümmern. In Paris werde bald die *Butterfly* erstaufgeführt; Albert Carré, der Direktor der Opéra Comique, fordere aber erhebliche Kürzungen und Änderungen. Das seien so die Probleme, mit denen *er* sich herumschlage. Elvira gibt keine Ruhe. Dauernd rede er nur von *seinen* Problemen. Er sei berühmt, wenn er nicht wolle, daß eine gekürzte *Butterfly* aufgeführt wird, solle er schlicht *nein* sagen. Von solchen Dingen verstehe sie nichts, gibt er zur Antwort, fährt nach Paris und wird sich mit Carré, dessen Kürzungsvorschläge ganz vernünftig klingen, innerhalb eines Tages einig. Der Rest des kurzen Aufenthalts besteht in Freizeit. Mehrmals trifft er sich mit Louys und Vaucaire, und es scheint, als nehme *La Conchita* konkrete Züge an. Dann muß er zurück nach Torre del Lago, denn die Seligmans treffen in Kürze ein, diesmal die gesamte Familie. Für fast zwei Monate, den August und den September über, werden sie seine Gäste sein, und er will sich nicht nur um sie kümmern, er möchte gehörig Eindruck machen. Nicht nur Sybil, auch der reiche Bankier an ihrer Seite soll alle Besitztümer Puccinis kennenlernen. Eigentlich, leider, kann er die Gäste gerade nicht brauchen, denn Vaucaire schickt erste, vielversprechende Entwürfe, und nichts würde Giacomo lieber tun, als endlich wieder zu komponieren. Die Situation ist eigenartig. Davids Anwesenheit macht das meist harmlose, dann wieder delikate Spiel, das Giacomo und Sybil so gerne betreiben, unmöglich. Er kann ihr keine Billets senden, muß förmlich tun, das alles deprimiert ihn. Oft beruft er sich auf Augenschmerzen, um der Geliebten aus dem Weg zu gehen. Zu allem Trubel kommt auch noch Fosca zu Besuch. Sie, die Stieftochter, zieht er dem Sohn Antonio so offensichtlich vor, daß stets Gerüchte schwelen, sie sei in Wahrheit seine leibliche

Tochter gewesen. Was allerdings nicht stimmt. Er sieht in Fosca einfach nur eine verjüngte – und viel liebenswürdigere – Ausgabe ihrer Mutter, der sie in jungen Jahren wie aus dem Gesicht geschnitten ähnelt.

Am 1. September, als habe er es boshaft darauf angelegt, stirbt Giacosa.

Puccini ist schwer erschüttert und verfaßt für die Zeitschrift *La Lettura* einen sechs Zeilen langen, merkwürdig kühlen Nachruf. Darin heißt es, beider Zusammenarbeit sei die ruhigste und friedlichste gewesen, nie habe auch nur die kleinste Wolke das Verhältnis getrübt.

Den Seligmans zeigt er seine Anwesen in Boscolungo-Abetone, Chiatri und Torre del Lago.

Doria ist mit von der (Land-)Partie, bedient die Puccinis und deren Gäste wie immer vorbildlich. Puccini fühlt sich beengt, findet kaum Gelegenheit, mit Sybil all jenes zu besprechen, was ihm auf dem Herzen liegt, muß streng darauf achten, den Aufenthalt möglichst unverfänglich zu gestalten.

Giacosas Tod bietet ihm einen Vorwand, seine momentane Verfassung für nachvollziehbar zu erklären. Elvira ahnt von seinen Qualen nichts. Sybil macht sich Sorgen, erkennt ihn nicht wieder, fürchtet, er habe genug von ihr. Doch sobald die Seligmans erst einmal abgereist sind, sendet er Sybil intensive Liebesbezeugungen, für ihn ist die Situation jetzt wieder erträglich geworden.

Leider kommen nun, statt neuer Gäste, neue Zweifel an der Stoffwahl. Die *Conchita* überzeugt ihn nicht mehr, er bespricht sich mit Illica, der alles, was Vaucaire und Soldani an Vorarbeit geleistet haben, unmöglich und dilettantisch findet und vom Roman stark abweichende Vorschläge anbietet.

TECHNIKUM MITTWEIDA
AN GIACOMO PUCCINI, TORRE DEL LAGO
(maschinenschriftliche Durchschrift), 26. September 1906

Herrn
Giacomo Puccini,
Torre del Lago

Auf Ihr gefl. Schreiben vom 22. ds. Mts. teilen wir Ihnen mit, daß die Zensierung der Prüfungsarbeiten und die Eintragung der Zensuren in die betr. Listen noch mehrere Tage in Anspruch nehmen wird. Wir vermögen Ihnen deshalb heute noch nicht zu sagen, ob Ihr Sohn die Prüfung bestanden hat. Falls die Anfang Oktober zusammentretende Versetzungskonferenz seine Versetzung in die nächsthöhere Abteilung aussprechen sollte, so würde er bis zur Ablegung der Ingenieur-Hauptprüfung bei regelrechtem Verlaufe des Studiums noch 3 Semester benötigen; außerdem muß er die bei Zulassung zur Hauptprüfung nachzuweisende mindestens einjährige Praxis erwerben.

Die praktische Ausbildung erfolgt am zweckmäßigsten jetzt, nach dem 2. Semester. Auf Wunsch könnte Ihr Sohn als Volontär in die mit unserem Technikum verbundenen Lehrfabrikwerkstätten aufgenommen werden. Die Bedingungen fügen wir in der Anlage bei. Theoretischer Unterricht wird während der praktischen Ausbildung nicht erteilt.

Sollte Ihr Sohn jetzt die Prüfungen nicht bestanden haben, so würden wir ihm gestatten, dieselben nach Beendigung der einjährigen Praxis, im September 1907, nochmals abzulegen, so daß die Möglichkeit der Versetzung für ihn noch vorhanden wäre. Er müßte sich dann aber Anfang September schriftlich anmelden, damit ihm der Tag, an welchem die Prüfungen beginnen, bekanntgegeben werden kann.

Die an unserer Anstalt erworbenen Zeugnisse berechtigen, da das Technikum eine Privatanstalt ist, nicht zum Staatsdienste. Für die Privatpraxis werden dieselben aber in allen Ländern anerkannt.

Hochachtungsvoll
Die Direktion
Killmann
Stellvertr. Direktor

ZEUGNIS DES TECHNIKUMS MITTWEIDA FÜR DAS 2. SEMESTER ANTONIO PUCCINIS

	Fleiß:	*Leistung:*
Mathem. IV (Rep. d. nied. Mathem.)	2	4
Mathem. V (Analysis u. höh. Gleichungen)	4	4
Mathem. VI (Analyt. Geom. d. Ebene)	2	4
Physik III	3	3
Elektrotechnik II (Allgem. Elektrot.)	3	–
Elektrotechnik III (Elektrot. Meßkunde)	–	–
Chemie I	2	2,5
Mechanik III (Technische Mechanik)	2	2,5
Festigkeitslehre II	2	3
Maschinenbau II (Maschinenelemente)	3	3
Eisenhüttenkunde u. mech. Technologie	4	–
Darstellende Geometrie II	3	3
Maschinenbau II (Entw. v. Masch.-Elem.)	3	3
Deutsche Sprache	2	2,5

Versäumt 102 *Doppelstunden, davon entschuldigt* 52 *Doppelstunden.*

7

Mit Elvira, die darauf besteht, ihn zu begleiten, bricht GP am 20. Oktober nach Paris auf, wo drei Tage später die ersten Proben zur *Butterfly* beginnen. Er leidet unter Zahnschmerzen und fühlt sich deprimiert, weil Frau Carré, die die Hauptrolle singen soll, nach weiteren Kürzungen verlangt, um ihre Kräfte zu schonen. Er möchte lieber nach Spanien, um sich dort die fehlende Inspiration für die *Conchita* zu holen. Keine Zeit – bald steht ein Aufenthalt in New York an, der aus Publicitygründen unausweichlich scheint, zum Glück aber vom Dezember auf den Januar verschoben werden kann. Mit Louys arbeitet Puccini am Conchita-Libretto, verschweigt ihm dabei geflissentlich alle von Illica geplanten Änderungen. Soldani arbeitet weiterhin tapfer an seiner eigenen Fassung und ahnt dabei nicht, daß man ihn schon fast vergessen hat.

Puccini leidet nicht nur unter Diabetes. Seine Zahnschmerzen läßt er lange nicht behandeln, aus fast kindlicher Furcht. Und Madame Carré erweist sich als typische Intendantengattin – hübsch, doch zickig und von wenig Talent gesegnet.

Gegenüber Sybil schimpft er seitenweise über die verzärtelte Möchtegernsoubrette. Ramelde schreibt er, die Depressionen machten ihn ganz brav, er sei Elvira durchweg treu und genieße nicht eine der vielen aparten Huren, die es hier an jeder Ecke gebe.

Er sieht sich einige Opern an, Massenets *Ariane*, Erlangers *Aphrodite*, alles Käse, doch *Pelléas et Mélisande* von Debussy berührt ihn tief. Das Werk reiße das Publikum, schreibt er an Sybil, zwar nie zur Begeisterung hin, habe aber außerordentliche harmonische Qualitäten. Sofort läßt er sich die Partitur kommen und studiert sie sehr gründlich. Mehr noch als die *Salome* macht ihm der *Pelléas* deutlich, daß er sich künftig anstrengen muß, um instrumentatorisch auf der Höhe der Zeit zu bleiben. Um so mehr, als die Uraufführung von Debussys Oper bereits vier Jahre zurückliegt.

Elvira, die sich zunehmend entbehrlich fühlt, reist Anfang Dezember nach Italien ab, enerviert von ihrem schwermütigen Gatten, der so viel Aufmerksamkeit an einen aus ihrer Sicht letztlich doch relativ erfolglosen Komponisten verschwendet. (Nur eine Oper!)

Giacomo schreibt am 12. Dezember in höchst freundschaftlichem Ton an David Seligman, er möchte seiner Frau doch erlauben, nach Paris zu kommen, Freunde seien so wichtig, und manchmal wäre deren physische Präsenz ein Gottesgeschenk, vor allem inmitten der nervösen Atmosphäre einer riskanten Premiere. Erst am Ende des Briefes fragt er David, ob *er* nicht *auch* nach Paris kommen wolle, es würde ihm eine *große Freude* sein.

David, zähneknirschend, versteht.

Wie erbeten, trifft bald darauf Sybil, ohne Mann und Kinder, in Paris ein und wohnt in Puccinis Hotel, im *Hôtel de Londres.* Zwischen den beiden herrscht erhöhter Gesprächsbedarf. Wie hatte er sich während des Sommers bloß so kühl, so distanziert ihr gegenüber verhalten können? Habe sie einen Fehler begangen?

Du hast einen anderen geheiratet als mich, meint Giacomo vordergründig scherzhaft, dabei voller Verbitterung. Unmöglich findet er, wie wenig David Seligman, erotisch gesehen, an Sybil liegt. In Wahrheit will er natürlich sagen, daß er es unmöglich findet, wie wenig sie bereit ist, Davids Eskapaden in gleicher Münze zurückzuzahlen. Giacomo und Sybil, so stellt sich heraus, haben noch längst nicht zu einer Einigung gefunden. Zu allem Unglück hat sich Madame Carré eine schwere Erkältung eingefangen, und die Premiere der *Butterfly* muß auf nach Weihnachten verlegt werden.

Sybil zeigt sich standhaft gegenüber Giacomos Versuchen, die gemeinsame Beziehung wieder auf eine körperliche Ebene zu heben, widersteht seinen Angeboten, doch nach Mitternacht noch etwas auf seinem Zimmer zu trinken. Wenigstens essen sie zusammen gut, vom Restaurant *Maxim* schwärmt er in höchsten Tönen. Illica kommt nach Paris und versucht, das Libretto der *Conchita* exklusiv an sich zu reißen, berichtet an Ricordi, in welch schlechtem Gesundheitszustand der Maestro sich befinde, Giacomo leide an Schlaflosigkeit, sei nur mehr ein Schatten seiner selbst.

Puccini wird das alles zuviel, er erträgt es nicht, quasi Wand an Wand mit Sybil zu träumen, ohne ihre Haut spüren zu dürfen, er unternimmt einen Kurztrip nach Mailand, um an der Scala die Proben zur *Salome* zu besuchen. Sybil reist ab, nach London, fühlt sich unverstanden. Giacomo hat ihr das Gefühl gegeben, als sei sie an seiner schlechten Stimmung schuld, als lasse sie ihn am ausgestreckten Arm hormonell verhungern, das findet sie ungerecht, unsensibel ihrer Situation gegenüber, sie sei nun einmal nicht, schreibt sie ihm, das, was er zum *täglichen Bedarf* benötige. Zudem habe sie ihm einmal gegönnt, was er wolle, ein zweites Mal werde die Erinnerung daran wenn nicht zerstören, so doch verwässern. Man sei nicht mehr so jung, wie man mal war.

Am 28. Dezember findet endlich die französische Erstaufführung der *Butterfly* statt. Puccini tut es nun leid, daß Sybil nicht bei ihm ist, um den Erfolg zu feiern. Immerhin ist überraschend Tonio aus Dresden angereist, und Puccini hat Mühe, im ausverkauften Haus für den eigenen Sohn noch einen Platz zu finden. Dessen Anwesenheit ist ein nur mäßiger Ersatz für Sybils Fehlen.

Tonio spürt das und beschließt, nie wieder eine Premiere seines Vaters zu besuchen. Erst in letzter Sekunde wurde er in dessen Loge geholt, als er schon befürchten mußte, im wahrsten Sinne des Wortes *außen vor* zu bleiben. Dabei war das Haus wirklich hoffnungslos ausgebucht, und die Notlösung, einen kleinen Schemel zusätzlich in die Loge zu stellen, blieb für Giacomo die wirklich einzige, wenn auch unbequeme, fast klaustrophobische Möglichkeit, Tonio am Spektakel teilhaben zu lassen.

Tonio wirft dem Vater vor, sich zu spät um eine Karte für ihn gekümmert zu haben, aus seiner Sicht erscheint es nicht glaubhaft, daß der Komponist, der wichtigste Mann des Abends, nicht Macht genug besitzt, Reservekontingente loszutreten.

Wann hätte ich mich denn drum kümmern sollen, wenn du hier eintrudelst, ohne Ankündigung, fünf Stunden bevor sich der Vorhang hebt? Und wenn du glaubst, bei einer Premiere sei der Komponist der wichtigste Mann des Abends, dann hast du vom Betrieb keine Ahnung!

Es kommt zum Streit. Tonio, der mit seinem Besuch Verbundenheit zum Vater demonstrieren, Interesse an dessen Arbeit zeigen wollte, fühlt sich wie ein Störenfried behandelt. Er interessiere sich gar nicht mehr für ihn, wirft er dem Vater nun vor.

Wie kommst du denn darauf?

Du hast mich schon seit zwei Monaten nicht mehr gefragt, wie es um meine schulischen Leistungen steht!

Tonio kann nicht wissen, daß Puccini sich über den Leistungsstand seines Sohnes regelmäßig schriftlich unterrichten läßt. Und Puccini schafft es so gerade eben noch, sich nicht zu verplappern.

Andere Söhne, murmelt er, wären sehr sehr froh, wenn sie nicht dauernd nach ihren schulischen Leistungen gefragt würden. Nicht danach zu fragen beweise doch ein gewisses Urvertrauen in seinen Fleiß. Übrigens, wenn es gar nicht anders gegangen wäre, hätte er ihm den eigenen Sessel überlassen und von der Hinterbühne zugesehen. So sehr liebe er ihn. Jetzt aber Schluß mit dem Thema, er sei kein Platzanweiser, müsse sich weiß Gott um anderes kümmern, und Tonio sicher auch. Nebenbei, wie seien denn seine schulischen Leistungen?

Das genau ist der wunde Punkt, der, sobald angesprochen, Tonio kleinlaut reagieren und schon am nächsten Tag wieder abreisen läßt.

8

In den ersten acht Tagen des Jahres

1907

schreibt Giacomo an Sybil fünf Briefe, die darum bitten, für seine Lage Verständnis zu zeigen, er versichert sie seiner Liebe und beschwört ein künftiges Arrangement rein geistiger Natur, er habe aus dem Vorgefallenen gelernt und werde sich dementsprechend verhalten. Er hasse es, hier eine Einladung nach der anderen ableisten zu müssen, um nicht als arrogant zu gelten – und am meisten graue ihm vor der baldigen Amerikareise, jedoch sei ein erfolgreicher Künstler immer auch Geschäftsmann, und die Vereinigten Staaten bildeten einen, wenn er so sagen dürfe, riesigen, noch unentdeckten Absatzmarkt. Andere Komponisten, in ihrer europäischen Überheblichkeit, kapierten das nicht. Und doch hätten diese vielleicht recht, wenn sie sich einfach hinsetzten und komponierten, vielleicht sei *er* ja der Dumme, das könne schon sein.

Ich hätte, schreibt er, von Anfang an auf Ihr Urteil hören sollen, was die *Conchita* betrifft, mehr und mehr zerrinnt mir der Stoff unter den Händen, ich bin inzwischen schon soweit, ihn nur noch aus Trotz zu komponieren, aber Trotz ist kein guter Pate für die Kunst.

Er sendet Sybil ein neues Liebesgedicht und bittet sie um eine Portion jener ›Medizin, die die Seele stärkt‹.

Sie wisse schon, was gemeint sei.

Wieder vereint mit Elvira geht er am 9. Januar in Southampton an Bord der *Kaiserin Auguste Victoria.* Inzwischen braucht er keinen Stock mehr, und den verfaulten Zahn hat er sich auch endlich ziehen lassen. Gegen alle Erwartung genießt er die Reise auf dem Dampfer mit dessen 40.000-PS-Maschinen, überwältigt vom Luxus, der ihn empfängt. Die Kabine hat ein Bad, einen Salon und wird mit elektrischem Licht aus siebzig Glühbirnen beleuchtet. Das Schiff besitzt einen Wintergarten, in dem Palmen wachsen, es gibt zwei Restaurants und eine Bierstube. Ramelde gegenüber berichtet er brieflich von den Gymnastiksälen und den elektrisch bewegten Holzpferden, von denen die Amerikanerinnen an Bord sich den ganzen Tag die Gebärmutter durchrütteln lassen. Drei Orchester machen Musik, es gibt eine Bordzeitung – allerdings nur auf Deutsch und Englisch. (Puccinis Fremdsprachenkenntnis beschränkt sich auf mittelprächtiges Französisch.) Nachrichten erhalte man durch den Funktelegraphen, die elektrische Heizung liefere jederzeit warmes Wasser, sogar die Zigarettenanzünder würden elektrisch betrieben. Puccini schwärmt seitenweise für so viel Komfort, sein Glaube an die Allmacht der Elektrizität zeigt sich in vollem Glanz bewiesen, das Schiff, eine schwimmende Stadt, erscheint ihm als Prototyp der Zukunft.

Elvira leidet wie üblich unter dem Seegang, der zwar keineswegs heftig genannt werden kann, aber, schreibt Giacomo an Sybil, Wasser sei für sie, was die Erbse für die Prinzessin im Märchen sei.

Wegen dichten Nebels um einen Tag verspätet, legt die *Kaiserin Auguste Victoria* am 18. Januar um sechs Uhr abends im Hafen von New York an. Fast hunderttausend Menschen haben sich am Pier versammelt, und fünf konkurrierende Kapellen spielen Potpourris aus Puccini-Melodien. Den versammelten Journalisten erklärt der so Geehrte, er habe vor, eine, nein, *die* allererste amerikanische Oper zu schreiben und werde darüber mit Belasco reden. Das ist zu diesem Zeitpunkt zwar zu neunzig Prozent nur Geschwätz, um die hiesige Presse gewogen zu stimmen. Und doch nicht so völlig abseitig. Noch in Paris hatte ein Bekannter, der Marchese Antinori, ihn auf Belascos neue Stücke hingewiesen, *The Girl of the Golden West* und *The Rose of the Ranchos*. Puccini hatte zweideutig geantwortet, *das* wäre ja mal etwas ganz unerhört Neues. Aber war die *Butterfly*, immerhin auch nach einem Theaterstück Belascos, nicht auch etwas *unerhört Neues* gewesen?

Nach den Interviews hetzt er in seine Suite im zehnten Stock des *Hotel Astor* am Times Square und von dort in die bereits laufende Vorstellung der *Manon Lescaut*, erlebt einen unvergleichlichen Triumph, der in wahre Beifallsorgien mündet. Das amerikanische Publikum weiß es zu schätzen, wenn ihm ein europäischer Künstler die Ehre gibt. Der stets bescheidene Puccini, der gerne mit seiner provinziellen Herkunft kokettiert, äußert sich begeistert über New York. Autogrammanfragen bedient er bereitwillig mit den Worten Pinkertons aus der *Butterfly*: *America forever!* Der einzige englische ›Satz‹, den er fehlerfrei aussprechen kann.

An Sybil schreibt er, er habe heute die von ihr gesandte ›Medizin, die die Seele stärkt‹ ausprobiert (Kokain, dessen Konsum damals weit verbreitet war und ungeahndet blieb).

An Ramelde schreibt er, mit deutlich genossener Obszönität, wie sehr ihn die New Yorker Damenwelt aufgeilen würde. (*Wie viele Frauen! Wie viele suchen mich und wollen mich! Selbst ein Greis bekäme hier noch eine ab. Es würde genügen, den Finger zu heben. Welche ausladenden Hintern! Welches Selbstbewußtsein – und die Kleider, bei deren Anblick selbst der schiefe Turm von Pisa wieder gerade stünde! Elvira ist schon im Bett, sonst könnte ich Dir dies nicht schreiben. Sie überwacht mich ständig, aber ich entwische ihr.*)

Das Lob jener selbstbewußten ›New Yorker Frauen‹ täuscht darüber hinweg, daß seine Gedanken in jenen Tagen meist einer ganz bestimmten Frau gelten, der Sängerin Lina Cavalieri, die an der Seite Carusos die Manon singt und Giacomo schon vor zwei Monaten in Paris aufgefallen war. Sie, von den Zeitungen die *schönste Frau der Welt* genannt, wirft sich ihm hemmungslos an die Brust. In einem Reflex fängt er sie auf. Amerika gefällt ihm immer besser. Es werden hier die ausdrucksstärksten Filmaufnahmen von ihm gemacht, leider zeigt sein Lachen dabei den fürchterlichen Zustand seines Gebisses. Aber das ist den Frauen völlig egal. Während die stark schlafbedürftige Elvira ihrer Lieblingsbeschäftigung nachgeht, nämlich zehn Stunden am Stück ins Kopfkissen zu schnarchen, schleicht er sich aus dem Hotel und lebt mit Lina viel Unterdrücktes aus.

Um seinen oftmals erwähnten Geiz kann es so schlimm nicht stehen. Lina schenkt er als persönliche Erinnerung einen Ring, den ihm die eigene Mutter vererbt hat, zwar materiell nicht arg wertvoll, dennoch eine schwere Geste – und als die Cavalieri ihm dafür dankt, in einem relativ formell gehaltenen Brief, den Elvira wieder einmal abfängt, nein eigentlich nicht abfängt ...

Als Giacomo von seinen Eskapaden ins Hotelzimmer zurückkehrt, wartet Elvira, bis er schläft, dann steht sie auf und durchsucht seine Kleider, alles, Taschen, Hosenaufschläge, Futter – und schließlich findet sie in seinem Hut, innen, im Hutband versteckt, einen schmalen, länglich gefalteten Zettel.

Sie ist unglaublich! Sie kann Gedanken lesen! SIE IST EIN MEDIUM! Eine Hexe! Ich schwöre! So wird Giacomo die Geschichte später einem Freund erzählen und den Stern verfluchen, unter dem er geboren wurde. Oder Elvira.

Es kommt zum Krach. Giacomo beruft sich darauf, daß der Ring wenig wert gewesen und es für einen Komponisten üblich sei, seinen Sängern eine Kleinigkeit zu schenken, sie könne jeden fragen. Das sei, erwidert Elvira, vielleicht bei Uraufführungen üblich, sonst nicht, er wolle sie doch nur für blöd verkaufen.

Er wolle, flüstert er charmant, sie weder für blöd noch für teuer Geld je verkaufen, sie sei nun einmal die einzige Bewohnerin auf Lebenszeit in seinem Herzen, und er hoffe, sie habe es dort so gemütlich wie möglich. Er setzt auf eine neue Strategie, der Erfolg gibt ihm vorläufig recht, Elvira beruhigt sich wieder. Hier, in der Fremde, auf einer Arbeitsreise, möchte sie ihm – wenigstens in der Öffentlichkeit – keine Szenen machen, sie leidet schon genug darunter, die angemessene Gattin an seiner Seite spielen zu müssen, ständig in Angst, neben ihm plump zu wirken. Manchmal denkt sie an die Heirat wie an einen begangenen Fehler zurück, gesteht ein, daß es für Giacomo vielleicht besser gewesen wäre, man hätte sich beizeiten getrennt. Im nächsten Moment ist sie dann wieder überzeugt, aus ihrer Sicht das Richtige getan zu haben.

Keine Frau, kein menschliches Wesen könne, schreibt sie ihrem Schwager Beppe, einem Künstler zuliebe sich selbst auslöschen, das sei zuviel verlangt und würde im Endeffekt nur den Künstler herabwürdigen, der es offenbar über zwanzig Jahre mit der Falschen ausgehalten habe. Es würde bedeuten, den Künstler als Idioten zu deklarieren. Nein, Giacomo habe an ihr schon das, was er brauche, er müsse es nur stets neu begreifen und einsehen.

Jetzt, wo er langsam alt werde, schließt sie den Brief, sei es begreiflich, wenn er dem entschwindenden Leben nachjage, in Form von glatter Haut und frischem Fleisch, es sei an ihr, ihm begreiflich zu machen, daß er nur einer Illusion nachjage, in Wahrheit nicht jage – sondern fliehe, vor dem Tod – wie alles Sterbliche auf Erden.

Den Ring darf Lina Cavalieri natürlich nicht behalten. Puccini muß sie darum bitten, ihn zurückzugeben, es tue ihm furchtbar leid, aber höhere Gewalt – Lina versteht und macht kein Aufhebens deswegen. Giacomo jedoch leidet so sehr unter seiner gekränkten männlichen Eitelkeit, daß er die Geschichte erst ein Jahrzehnt später zugibt. Seine Abenteuer umweht fortan immer öfter der Impetus, Rache zu nehmen für die ehelichen Observierungen.

Nach der so geglückten *Manon Lescaut* kommt es am 22. Januar zu einer zweiten Sensation, diesmal einer grundnegativen.

Strauss' *Salome* wird gezeigt und zieht im prüden Amerika einen solchen Skandal nach sich, daß die Oper nach der ersten Vorstellung abgesetzt werden muß. Puccini kann keine Häme nachgesagt werden, im Gegenteil, er ist entsetzt und peinlich berührt. Auch für ihn hat der Skandal ja Konsequenzen. An jenem Abend stirbt ein für allemal die *Conchita*, denn ein solcher Stoff würde hier ebensowenig geduldet werden wie die *Salome*, und Puccini möchte auf die unbegrenzten Einnahmemöglichkeiten, die sich ihm in diesem Land aufgetan haben, nicht mehr ohne triftigen Grund verzichten.

In den folgenden Tagen sieht er das neue Stück Belascos, *The Girl of the Golden West*, das ihm vom Marchese Antinori empfohlen wurde. Ein großer Publikumserfolg im leichten Fach. Es geht um rührselige Goldgräber, einen verruchten Liebhaber, einen eifersüchtigen Sheriff, um Bibelstunden, um Pokerpartien und viel Pistolengeknalle samt Rettung des zwiespältigen Helden vom Galgen herab durch die charakterstarke Protagonistin Minnie, die die beraubten Goldgräber durch eine Predigt über die christliche Kernidee der Vergebung noch einmal beschwichtigen kann.

Entgegen der Legendenbildung steht Puccini dem Stoff erst einmal zweifelnd gegenüber, hält ihn aber für nicht völlig unmöglich, er muß das ›unerhört Neue‹ erst einmal verdauen. Von den dramatischen Grundzügen her, das begreift er sofort, ist das Stück wie für ihn gemacht, wenn auch von eher revuehaftem Niveau. An Sybil schreibt er, es sei ein geschmackloser Mischmasch, eine wüste Kolportage, enthalte aber etliche Szenen von Wirkung.

GP an Sybil, 3. Februar 1907

Wir sind mitten in den Einzelproben zur *Butterfly* (...) die nicht besonders gut laufen, halb wegen des schwachen Dirigenten (Vigna), halb weil es der Farrar an *Souplesse* mangelt. Ich bin halb tot. Ich bin dieses Lebens so müde: Ich mußte, was das Musikalische betrifft, die Hälfte der *Mise-en-Scène* selbst übernehmen, und meine Nerven liegen blank! Wie ich mich nach ein wenig Ruhe sehne. Glauben Sie mir, um dieses Leben ist man nicht zu beneiden. (...)

Elvira an Sybil, ca. 3. Februar 1907

(...) Mein Mann ist schlimm wie ein Ungeheuer, aber das liegt vor allem an der physischen Erschöpfung durch die Probenarbeit. Dieses verfluchte Amerika! (...)

Die Erstaufführung der *Butterfly* am 11. Februar wird, trotz der lächerlichen Anzahl von nur zwei Gesamtproben und eines diesmal eher dürftig singenden Caruso (GP nennt ihn faul und selbstverliebt), ein Erfolg.

Die äußeren Bedingungen seien zwar mäßig, in Sachen künstlerischer Sorgfalt sei das noch ein Entwicklungsland, dennoch erscheint New York dem Maestro als glückbringendes Pflaster; zum ersten Mal spielt er mit dem Gedanken, hier eine Oper uraufzuführen – was das musikalische Europa brüskieren würde, gewiß, aber wäre das so schlimm?

Am 21. Februar begeben sich Elvira und Giacomo in das Büro der Columbia-Schallplattengesellschaft, wo beider Stimmen für die Nachwelt aufgezeichnet werden, jeweils kaum dreißig Sekunden lang. Er schließt seine kurze Dankesrede an das gastgebende Land mit dem erneuten Ausruf: ›America forever!‹

Es folgen Ausflüge nach Philadelphia und zu den Niagara-Fällen, die, teilweise gefroren, einen märchenhaften Anblick bieten. (Dies schreibt er an Ramelde, deren neuester Kosename ›Melisande‹ lautet, eine für GP typische anagrammatische Assonanz.) Von den Niagara-Fällen aus schreibt er auch die erste Postkarte an Giulia Manfredi, wohnhaft Torre del Lago, eine jüngere Cousine Dorias, zu diesem Zeitpunkt kaum achtzehn Jahre alt.

In den Interviews vor der Rückreise nach Europa am 28. Februar manifestiert er seine Zweifel an der *Conchita*, erwähnt, mit Belasco in Verhandlungen zu stehen, erwähnt aber auch das Gorki-Triptychon und sogar Stücke von Gerhart Hauptmann (darunter *Hanneles Himmelfahrt*). An den *King Lear* habe er auch gedacht, fürchte sich aber vor Shakespeare und dem langen Schatten Verdis.

Am 7. März legt das Schiff (die »La Provence«) in Le Havre an. Elvira, die von einer Angina geplagt wird, ist überglücklich, wieder festen Boden unter sich zu haben. Puccini schreibt sofort an Belasco. *The Girl of the Golden West* tauge, mit einigen Veränderungen, vielleicht doch als Opernstoff.

Aus Paris meldet sich wütend Pierre Louys und verlangt Schadensersatz für die auf Eis gelegte *Conchita*. Puccini zuckt mit den Achseln, er habe der *Conchita* doch nichts angetan, was solle die Erregung? Statt sich mit derlei verletzten Eitelkeiten herumzuschlagen, kauft er lieber ein neues Auto und freut sich an den bunten Krawatten, die Sybil ihm aus London schickt. D'Annunzio meldet sich. Mit dem Frühling sei seine alte Nachtigall wiedererwacht und möchte für Puccini singen. Das sei doch schön, antwortet Puccini einsilbig.

Giulio Ricordi findet das Libretto Illicas zur *Conchita*, das inzwischen komplett vorliegt, gegen die eigenen zuvor geäußerten Bedenken ziemlich gut und schreibt seinem Starkomponisten zornig, er agiere wie ein neuer Hamlet, seine Zweifel und Skrupel gingen langsam allen auf die Nerven.

Nebenbei hat Fontana, der Librettist der ersten beiden Puccini-Opern, ohne Auftrag einen Text nach Wildes *Herzogin von Padua* vorgelegt, und der Dichter Colautti ist der Meinung, er habe einen zu bezahlenden Auftrag gehabt, aus der *Florentinischen Tragödie* einen Operntext zu machen. Ein bedauerliches Mißverständnis, meint Giacomo.

Sogar Soldani meldet sich und macht Ansprüche erstens wegen der *Margherita da Cortona*, zweitens wegen der *Conchita* geltend, beides Stoffe, die ihn Jahre harter Arbeit gekostet hätten. Puccini hält das alles für Mist und beklagt sich in Briefen, arbeitslos zu sein, bar jeder ernstzunehmenden Unterstützung. Nach einem Treffen mit den Ricordis in Mailand feiert sogar die Idee der *Maria Antonietta* eine Wiederauferstehung, als großer Monolog der eingekerkerten Königin. *L'Austriaca* – Die Österreicherin – soll das Stück nun heißen, drei relativ kurze Bilder: Gefängnis, Gerichtsverhandlung, Exekution. Illica wird mit dem Text beauftragt. Puccini ist von der Idee so angetan, daß er erstmals seit drei Jahren wieder komponiert, gleichsam ins Blaue hinein. All jene Noten, die nun noch der letzten französischen Königin gelten, verwendet er später in der *Fanciulla del West*, ein Umzug, der staunenswert problemlos verlaufen wird.

Doria fragt ihn in einem ruhigen Moment, ob er nun einen neuen Stoff habe, sie freue sich so sehr darauf, ihm wieder beim Arbeiten zuhören zu dürfen. Naja, antwortet Giacomo, er denke schon, aber sowie er das sagt, merkt er, daß dem nicht so ist. Sie solle ihn in Ruhe lassen, herrscht er Doria an, alle wollten ihn festnageln, er sei doch nicht Christus. Im nächsten Augenblick bittet er das Mädchen um Verzeihung, er sei nervös, habe es nicht so gemeint, man müsse ihn verstehen, aber niemand verstehe ihn. Illica arbeite im Schneckentempo, die Zeit, in der er zu leben verdammt sei, krieche dahin, unerträglich, er könne keine Ruhe haben, keine Ruhe genießen. Doria sieht ihn mit großen Augen an, sein emotionaler Ausbruch ist ihr unheimlich, sie kennt ihn nur als souveränen, lässig-eleganten Menschen. Andererseits begreift sie die Ehre, die ihr eben zuteil wurde: Der Maestro hat ihr sein Herz ausgeschüttet, Tränen haben ihm in den Augen gestanden. Ihr auch. Erschrocken und berührt zieht sie sich zurück.

Giacomo tut es leid, sich so gehen gelassen zu haben, und bricht zu einer kurzen Reise nach London auf. Wie er sagt, um ›Luft zu schöpfen‹. Sybil schickt neues *Elixier*. Elvira besteht darauf, ihn zu begleiten; es ist ihm in seiner Verzweiflung egal.

Tollkühn geworden, beschließt er, gleich zwei Opern zu schreiben, die *Österreicherin* und das *Girl of the Golden West*, basta. Irgend etwas muß geschehen. In ersten Zeitungsartikeln wird ihm eine *Schaffenskrise* nachgesagt.

Sybil weiß um seinen Zustand und wagt deshalb nicht, offen alle Kritik an dem ›Girl‹ zu äußern, die ihr auf dem Herzen liegt. Konsterniert stellt sie fest, bisher fast nichts für ihn getan haben zu können, im Gegenteil, jetzt hängt er sogar wieder bei dem Marie-Antoinette-Stoff, den sie bei ihrer allerersten Begegnung schon als für ihn unpassend empfand. Zugleich zu wissen, wieviel sie auf andere Weise für ihn tun könnte, stößt sie in eine Art Gewissenskonflikt, den sie aber ihm gegenüber nicht einmal andeutet, aus Furcht, ihre Beziehung zu belasten. Giacomo scheint ja auch sehr zufrieden damit, ab und an neben ihr im Theater zu sitzen, heimlich ihre Hand halten zu dürfen und ihr Liebesbezeugungen zu schreiben, allerdings in meist diskretem, zuchtvollem Ton, der selten über die Stränge schlägt.

Einmal, während eines Konzertes in der Aeolian Hall, schreibt er auf die Rückseite eines Programmzettels, den er ihr reicht: »*Wie gut verstehe ich Diebe! Wie glücklich müssen sie sein! Welch göttliches Gefühl muß es einem vermitteln, einen Safe aufzubrechen, ein Haus zu plündern, eine Frau zu überfallen, die mit Diamanten behängt ist!*«

Sybil reagiert mit dem ihr typischen Gestus, jemanden leicht mit dem Fächer gegen die Schulter zu tippen, wenn er frivol wird – und gefälligst weitermachen soll.

Es ist erneut eine Art Minneverhältnis entstanden, in welchem Giacomo den Troubadour spielt und Sybil die Rolle der angeschmachteten Hohen Dame genießt/erduldet. Das hat etwas Verdrucksteś, erzeugt aber – oder hält vielmehr aufrecht – eine erotische Spannung, mit allen Segnungen der Unverbindlichkeit und allen daraus entstehenden Vakuen der Begierde.

Am 15. Juni wird, während eines Kurzaufenthaltes in Paris, ein Vertrag über das ›*Girl*‹ unterzeichnet, wie die Oper nun in der Kurzform genannt wird. Tito Ricordi, dessen Interesse an Puccini längst nachgelassen hat, reist an, um gute Ratschläge loszuwerden. Er wittert neue unglückliche Entscheidungen des Komponisten, denn jener hat sich in den Kopf gesetzt, daß nicht etwa Illica das *Girl* machen soll, sondern ein unbekannter, unerfahrener Autor namens Carlo Zangarini, der außer ein paar erfolglosen Dramen nichts vorzuweisen hat als seine Jugend.

Doch genau darum geht es Puccini – möglichst wenig Widerstand gegen seine szenischen Vorstellungen erwarten zu müssen.

9

GIACOMO PUCCINI, TORRE DEL LAGO, AN DEN DIREKTOR DES TECHNIKUMS MITTWEIDA, 28. Juli 1907

Geehrter Herr!

Ich bitte Sie, mir zu sagen, wann mein Sohn sich zu seiner Nachprüfung einfinden soll. Mein Sohn hat fast sein praktisches Jahr in Straßburg beendet, und ich möchte so bald wie möglich das Datum seines Wiedereintrittes in Mittweida wissen.

Mit ergebenem Dank und Gruß

Giacomo Puccini.

TECHNIKUM MITTWEIDA
AN GIACOMO PUCCINI, BOSCOLUNGO ABETONE
(maschinenschriftliche Durchschrift)
8. August 1907

Herrn
Giacomo Puccini
Boscolungo Abelone [sic]

Auf Ihr wertes Schreiben vom 4. ds. Mts. teilen wir Ihnen mit, daß Ihr Sohn darum nachgesucht hat, die betr. Wiederholungsprüfung erst im Dezember ds. Js. ablegen zu dürfen. Es ist ihm dies gestattet worden. Er braucht also erst 2 bis 3 Tage vor dem 15. Oktober hier einzutreffen.

Da ihm das Aufrücken in die nächsthöhere Abteilung im Oktober 1906 genehmigt worden war, kann er nun das 3. Semester besuchen. In seiner freien Zeit muss er sich aber fleißig auf die zu wiederholende Vorprüfung vorbereiten.

Ihr Sohn wird, wenn er die vorhandenen Lücken ausfüllen und im 3. Semester mit fortkommen will, nun bedeutend fleißiger sein und den Unterricht regelmäßig besuchen müssen, da sonst ein gutes Resultat nicht erhofft werden kann.

Hochachtungsvoll
Die Direktion.
I.V.: Keßler

HANDSCHRIFTLICH ERGÄNZTES
MASCHINENSCHRIFTLICHES FORMULAR
DES TECHNIKUMS MITTWEIDA

Herr Puccini, *Anton hat die Vorprüfung nicht bestanden. Falls die spätere Erwerbung des Hauptprüfungszeugnisses beabsichtigt wird, ist nochmalige Ablegung der ganzen Vorprüfung im* Dezbr. 07 *Bedingung.*

Wird die Ablegung dieser Prüfung beabsichtigt?

Währenddessen fühlt sich Sybil endlich nützlich, sie soll Belascos Vorlage ins Italienische übersetzen und wurde darüber hinaus gebeten, dem Maestro neue und ältere amerikanische Musik zu besorgen. Mit Eifer widmet sie sich ihrer Aufgabe und schickt einige ›Indianerlieder‹, erst per Post, dann als Kurier in Person, die Seligmans kommen nämlich (im August) schon wieder zu Besuch. Nach außen hin freut sich Puccini, im Kopf hat er nichts anderes als das *Girl*, das ihm noch stark veränderungsbedürftig erscheint.

Erneut macht man einen Ausflug nach Abetone, um der *lavli hit*, wie Puccini Sybil zitiert, zu entgehen. Doria begleitet die Puccinis und die Seligmans, ein bestellter Fotograf macht einige Weitwinkelbilder, auf denen Doria wie selbstverständlich zwischen Fosca, deren Gatten Toto Leonardi und den Engländern sitzt und in die Kamera lächelt. Sie hat gelernt, sich etwas geschmackvoller zu kleiden, bevorzugt schwarz, und während ihr Gesicht ein wenig breit, nicht gerade hübsch wirkt, zeigt die Silhouette ihrer Gestalt eine schlanke, perfekt taillierte Figur.

Elvira kümmert sich rührend um die Gäste, während ihr Gatte mit Zangarini *verhandelt*. Es bedeutet, er diktiert ihm peinlich genau, was er schreiben soll. Diskussionen sind zwecklos. Der noch junge, an Illusionen reiche Zangarini wehrt sich, droht sogar mit Anwälten – und erfährt schmerzhaft, wo ihm das Leben einen Platz zugewiesen hat.

Das neue Automobil trifft aus Paris ein, hat aber noch keine amtliche Zulassung. Giacomo wagt es ausnahmsweise nachts zu benutzen, für ein paar lokale Ausflüge mit Sybil. Elvira sieht sich währenddessen in der Pflicht, den gelangweilten, leicht säuerlichen David unterhalten zu müssen. Erneut kommen ihr Zweifel, ob da nicht doch, wie in einer doppelbödigen venezianischen Komödie, hinter den Kulissen etwas vor sich geht, das sie nun auch noch aktiv unterstützt. Tatsächlich redet Giacomo in diffus gehaltenen Briefen an Freunde von der *Nacht, die für Geheimnisse und Verbrechen gemacht* sei. Er spielt, ohne Sybils Wissen, ihren verruchten Liebhaber, oder möchte wenigstens die Tür für Spekulationen offenhalten. Möchte als das verdächtigt werden, was er zu sein vergeblich ersehnt. In der Realität kommt es nur zu ein paar Umarmungen, scheuen Küssen.

Adorata mia! Meine Angebetete! lautet eine seiner brieflichen Grußformeln.

Der Dampf aus der Gerüchteküche weht bald, diverse Umwege benutzend, Elvira ums Haupt; die bis dahin herzliche Atmosphäre kühlt ab. Die Seligmans bekommen zwar nicht direkt etwas mit von dem sich zusammenbrauenden Gewitter, spüren aber, daß etwas nicht in Ordnung sein muß, und reisen nach London zurück, bevor ein böses Wort das scheinbare Idyll zerstört. Giacomo schwört beim Grab seiner Mutter, daß nichts passiert sei, und bestreitet sogar, daß Sybil eine erotische Anziehung auf ihn ausübe. Elvira gibt sich, auch sie will einmal etwas Neues ausprobieren, verständnisvoll und hofft besorgt, daß Sybil nicht schwanger von ihm werde. Giacomo lacht und meint, das sei absurd, sei in der Menschheitsgeschichte erst einmal vorgekommen, und wenn es Gott einfallen sollte, ein zweites Kind mit einer Sterblichen zu zeugen, würde selbst er sich mit Sybil schwertun.

Du leugnest es also nicht?

Was?

Daß du es probiert hast.

Lächerlich, entgegnet Giacomo. Sybil sei das Gegenteil eines sexuellen Wesens.

Woher weißt du das denn? Du scheinst es ja ziemlich sicher zu wissen.

Ihre brüchig blecherne, immer etwas heiser wirkende Stimme hebt sich mit jedem Wort um mehrere Dezibel. Giacomo erkennt noch nicht den Ernst der Lage, gießt Öl ins Feuer, indem er herumalbert.

Na gut, wenn du es partout wissen willst, wir machen es jede Nacht fünfmal, in jeder Stellung, sogar ihre Kinder sind in Wahrheit von mir. Zufrieden?

Am nächsten Tag trifft Illicas Libretto zur *Austriaca* ein. Puccini liest es übernächtigt, in denkbar schlechter Laune, und nennt alles irgendwie zu saftlos, zu lakonisch, was heißen soll, ohne Giacosa fielen Illica nicht genug glutvolle Verse ein, und in beleidigender Weise schlägt er ihm vor, doch einen Co-Autor zu beschäftigen, was Illica prompt zurückweist. Es sei wohl eher so, daß Puccini einen guten Musiker als Mitarbeiter benötige, einen, der komponiere, damit der Meister seine Zeit weiter damit ausfüllen könne, sinnvolle Beiträge schlechtzureden.

Der Bruch ist da und unheilbar. Binnen weniger Wochen ist die *Austriaca* tot und begraben und Giulio Ricordi wieder einmal entsetzt über Puccinis leichtfertigen Umgang *mit Hilfskräften, die sich in der Vergangenheit doch sehr bewährt* hätten.

Puccini ignoriert seinen Verleger und reist nach Wien, wo an der Hofoper die *Butterfly* gegeben wird, am 31. Oktober, mit glänzendem Erfolg. Gustav Mahler hat ein paar Wochen zuvor die Direktion aufgegeben und eine Konzertreise nach Rußland angetreten. Damit, endlich, so scheint es, ist für Puccini der Weg an Europas wichtigstes Opernhaus frei geworden. Und das Wiener Publikum bejubelt den zuvor dort mit Verachtung gestraften Komponisten, was einige Zeitungen als Demonstration gegen Mahlers Kunstauffassung werten.

Die Wahrheit sieht anders aus. Mahler hat natürlich noch selbst das Werk bestellt, von dessen Qualitäten durchaus überzeugt.

Das zu Ende gehende Jahr ist Puccinis finanziell erfolgreichstes, mit über fünfhundert Vorstellungen in aller Welt. Zangarinis Libretto läßt auf sich warten, immerhin gibt es ausgearbeitete Szenen zum ersten Akt, an denen Puccini arbeiten kann. Das aus der ersten Begegnung mit Sybil gewonnene Thema wird ins Vorspiel eingewebt, Giacomo ist bester Dinge. Das *Girl* könne eine zweite *Bohème* werden, findet er euphorisch. Die Ideen sprudeln, dieser erste Akt birst geradezu vor Esprit. Auch instrumentatorisch erreicht seine Musik, wenn auch mit knapper Not, die Höhe ihrer Zeit (von Webern wird später euphorisch an Schönberg schreiben, es sei kein Gramm Kitsch daran zu finden). Einem Freund schreibt Giacomo beschwichtigend, im Orchester würden sich die krassen Dissonanzen, die diesen im Klavierauszug so erschreckt hätten, abmildern. Zwar wagt Puccini nicht, den Weg zu gehen, den Strauss gewählt hat, den der stets respektvoll beobachtete Strawinsky bald wählen wird, aber immerhin geht er an die Grenzen seines eigenen tonalen Verständnisses. Er ist sich der Moderne bewußt, gliedert sie zaghaft ins eigene Werk ein, ohne den Bruch mit seinem Publikum wirklich zu riskieren.

Jetzt sei es soweit, teilt er Doria mit. Heißen Kaffee müsse sie ihm bringen zur Mitternacht, die lange Dürre gehe zu Ende. Er sei voll Feuer und schmiede ein Eisen, wie die Welt es noch nicht gesehen, vielmehr gehört habe. Doria bringt ihm heißen Kaffee und ist glücklich. Als er ihr am Klavier die Heimweh-Melodie des Goldgräbers vorspielt, bricht sie vor Rührung in Tränen aus, benutzt beide Hände, um ihr Gesicht darin zu verbergen.

Das ist gut, nicht?

Doria nickt.

Giacomo hat die junge Frau seit jeher gemocht, und wenn er auf ihr Urteil auch nichts gibt, vernünftigerweise nichts geben darf, dient es ihm doch als erster Gradmesser, der ihn selten enttäuscht.

Befreit von etlichen Dämonen der künstlerischen Impotenz, weint er eine Strecke mit Doria mit, doch so, daß sie davon nichts wahrnimmt. Still in sich hinein weint er, spielt mit viel Pedal das Vorspiel der Oper und denkt an Sybil.

Hast du schon einmal Champagner getrunken?

Doria schüttelt den Kopf.

Hol welchen im Keller. Öffne ihn, kredenz ihn mir!

Wirklich?

Bitte wann, wenn nicht jetzt? Geh! Na los!

Doria schleicht sich in den Keller, holt eine Flasche Champagner und zwei Gläser, muß dann noch in die Küche, es fehlt ein Korkenzieher. Als sie damit ins Arbeitszimmer eintritt, tänzelt Giacomo, greift sie um die Hüfte, sie tanzen, ein zauberhaft ungewohnter Moment, ungehörig, verwirrend, das Mädchen fragt sich, ob sie darf, was sie tut? Zugleich zerspringt sie vor Glück, den Mann, den sie anhimmelt, für den sie keinen anderen je angesehen hat, so unbeschwert vor sich zu sehen, nie hat sie getanzt, niemals – und nun mit *ihm.* Giacomo setzt sie auf dem Kanapee ab, eilt zum Klavier, improvisiert über ein eben erfundenes Thema.

Ist das gut? Sag die Wahrheit!

Das ist wunderschön.

Ach ja. Das ist die Wahrheit! Ich bin wieder am Leben!

Er nötigt Doria, ein Glas Champagner zu trinken, ihr erstes, sie ziert sich. Keine Widerrede.

Wenn der Champagner auch nicht die passende Temperatur hat, möchte Giacomo doch feiern. Es ist ihm so wichtig, er drückt Doria einen Kuß auf die Stirn und stürzt zum Klavier zurück, hat eine neue Idee, verwandelt sie in Töne, ist ein nimmer versiegender Geysir an Ideen, alles Warten hat sich – endlich – gelohnt, er schreit auf, hämmert auf die Tasten ein, da ist es endlich wieder, das Gefühl, mit den Göttern auf Augenhöhe etwas zu schaffen, mit deren Einverständnis etwas Heiliges zu zelebrieren, der Funke hat ihn nicht verlassen, ist zurückgekehrt, ekstatisch weidet er die so lange brachliegenden Felder ab, gierig, hungrig; nichts Niederes spielt nun noch eine Rolle, der Rest ist sakral und kaum einem glorreichen Feldzug vergleichbar, so was wird nur mit sich selbst und denen abgemacht, die den Auftrag gaben, den toten Vorkämpfern irgendwo weit weg, wo sie immer noch auf ihre Rückkehr hoffen in die Welt der Lebenden.

Soll ich die Kerzen wechseln?

Giacomo, mehr von seiner Auferstehung betrunken als vom Champagner, winkt sein Einverständnis. Er hat an sich selbst genug für den Moment. So muß das Leben sein. Müßte es. Immer.

Sein. Alles andere ist schnöde *Verwaltung*. So war es, als er *Le Villi* schrieb, und die *Manon*. Und die *Bohème*. Als er jung war und in vollem Saft.

Eingeflüstert von den Göttern, mußte er nichts weiter tun, als deren Stimmen zu hören und zu notieren.

So muß es sein, flüstert er, hat man das einmal gehabt, stirbt es sich leicht.

Er spielt die ganze Nacht. Doria wechselt nicht nur die beiden Kerzen über dem Klavier, sie reicht Giacomo auch jeweils eine neue Zigarette, wenn die alte heruntergebrannt ist. Aber gegen vier Uhr legt auch sie sich schlafen, was Giacomo erst bemerkt, als ihm keine neue Zigarette gereicht wird.

Doria ist schlafen gegangen, seltsam. Warum?

Eine Anekdote erzählt, daß Elvira ihn oft dazu angehalten hat, weniger zu rauchen. Einmal soll sie 83 Zigarettenstummel des vergangenen Tages akribisch in einer Reihe auf seinem Schreibtisch plaziert und mit roter Tinte auf einen Zettel *83!* geschrieben haben. Er habe nur geantwortet, ohne zu rauchen könne er nicht arbeiten, basta. Dasselbe wird er auch den Ärzten sagen, die ihm aufgrund seiner Halsschmerzen raten, den Nikotinkonsum einzuschränken.

Zangarini schickt den fehlenden dritten Akt, mit allen ihm befohlenen Verbesserungen, Puccini ist leidlich zufrieden, besteht aber auf einem weiteren Autor, der den Szenen den letzten Pfiff geben soll. Zangarini weigert sich lautstark, aber was kann er vorbringen außer sinnloser Lautstärke? Puccini setzt sich durch, indem er ihm Ricordis Anwälte vorbeischickt, munitioniert mit einigen sehr klaren Worten. Zangarini kapituliert, und der fünfunddreißig Jahre alte Guelfo Civinini wird beauftragt, den Text zu trimmen, kürzer und klarer zu gestalten, spritziger. Obgleich seine Arbeit kaum ein Zehntel dessen ausmacht, was Zangarini geleistet hat, wird die

Oper künftig als von beiden geschrieben gelten, wobei Civininis Name sogar, der alphabetischen Reihenfolge wegen, zuerst genannt wird. Zangarini schreibt in einem Brief, er fühle sich vom Schicksal verarscht, im nächsten Leben möchte er Aaron heißen, im Nach- wie im Vornamen. Giacomo macht sich über solch kleinliche Verletztheiten lustig, das sei typisch für junge Künstler, sie verschwendeten ihre Zeit mit Äußerlichem, wo sie doch jede Sekunde dafür nutzen sollten, dem Innersten der Kunst nahezukommen, nur dort warte der Thron. Zwar meint er es zur Hälfte selbstironisch, aber nicht jeder Adressat dürfte die passende Antenne besessen haben, die Ironie als solche wahrzunehmen.

Weihnachten feiert die Familie wieder in Mailand. Giacomo sendet diesmal allen Hausangestellten Postkarten mit Grüßen für ein glückliches Jahr

1908

nur Doria sendet er darüber hinaus einen Brief mit einem Fünfzig-Lire-Schein, sie solle sich bitte bald, sofern es die Arbeit erlaube, diese Stadt ansehen, solle den Zug zweiter Klasse nehmen und ein passables Hotel, es sei ihm ein Herzenswunsch. Schönes neues Jahr!

Keinen Moment denkt er daran, wie seine gütige Geste wirken muß. Alle Bediensteten bekommen eine Postkarte, nur Doria einen *Brief*. Sogar, wie sie schlecht verbergen kann, mit *Geld* darin. Und wenn sie es verbergen würde, wenn sie den Brief ihren Kollegen und Kolleginnen nicht vorläse, wäre es auch nicht besser, eher im Gegenteil. Fünfzig Lire. Wofür? Für heißen Kaffee in der Spätschicht? Dafür soll sie ihren Herrn in Mailand besuchen kommen? Doria ist nicht von so schlichtem Gemüt, daß ihr die Sache, trotz aller Freude, nicht ebenso peinlich wäre. Man tuschelt über sie. Die fünfzig Lire gibt sie an die Familie weiter, was wiederum ihren Bruder, den mittlerweile achtzehn Jahre alten und immer noch zu Hause herumlungernden Dolfino, mißtrauisch macht. Fünfzig Lire! Die zwanzig Lire zum zwanzigsten Geburtstag, gut, das ist normal, aber sei sie schon fünfzig geworden? Doria faucht den Bruder an, verbittet sich derlei Sprüche, solange er auf ihre Kosten lebt. Dolfino verschlägt es die Sprache. Er schmollt.

Puccini ahnt von alldem nichts. Mit Elvira und Freunden, Cesare Riccioni, dem Bürgermeister von Viareggio, der ihn getraut hat, und dessen Geliebter, der hübschen Sängerin Salomea Kruscinicki (die Butterfly von Brescia, später die erste italienische Elektra), bricht er Anfang Februar zu einer Ägypten-Reise auf, wie sie unter wohlhabenden Europäern gerade große Mode ist.

Erste Station wird Neapel, wo Strauss seine *Salome* dirigiert.

Zusammen feiern sie den großen Erfolg bis zwei Uhr morgens. Puccini macht Strauss Komplimente, seine Oper sei neu und grandios, ein Meilenstein. Strauss schweigt. Puccini erwartet ein Gegenkompliment und wiederholt sein Lob. Strauss schweigt. Die *Butterfly* kann er nun mal nicht leiden, und eine Geste der reinen Höflichkeit mag er sich nicht abringen. Für ihn, der bereits den Kanonenschlag *Elektra* im Visier hat, ist Puccini gelber gezuckerter Schnee von gestern, der zu Unrecht so viel mehr Geld bekommt und Popularität genießt als er selbst, der aus seiner Sicht erste und einzige ernstzunehmende Nachfolger Wagners. Salomea Kruscinicki indes kann sich vor galanten Anspielungen, die ihrem Vornamen ebenso wie ihrer attraktiven Erscheinung gelten, kaum retten. Man möchte anscheinend die grazile, etwas schüchterne Ukrainerin überreden, alsbald die Rolle der Salome zu übernehmen und den Tanz der sieben Schleier darzubieten.

Ihr Liebhaber, Cesare, reagiert eher unwirsch, und es kommt, spät am Abend, zu Rangeleien.

(Bevor Salomea vier Jahre später Cesare heiraten wird, soll sie von GP mehrmals heftig umworben worden sein. Sie habe, so sagt man, seinen Avancen standhaft getrotzt. Er hingegen habe alle Eroberungsversuche sofort nach ihrer Heirat eingestellt.)

Am nächsten Tag erscheint im *Giornale d'Italia* ein Interview Puccinis, in dem er Strauss Eintönigkeit durch den ständigen Gebrauch starker Gegensätze vorwirft, während Debussy ganz neue musikalische Farben gefunden habe. Zwar bewundere er beide, Strauss wie Debussy, als Italiener aber bleibe er überzeugter Parteigänger der Melodie.

Dem Tonfall ist ein gewisser Nationalismus anzuhören. Empfinden sich auch alle drei genannten Komponisten längst nicht mehr als Galionsfiguren irgendeiner nationalen Schule, werden sie doch als solche, Sportlern gleich, in der Presse gehandelt und sehen sich, um an der Heimatfront nicht anzuecken, zu einer Art vaterländischen Pflichterfüllung verdammt.

Für Elvira ist die Schiffsreise (auf dem Dampfer *Heliopolis*) erneut eine Tortur, Giacomo spottet darüber und rät ihr, mehr Champagner zu trinken, das äußere Schwanken durch ein inneres auszugleichen.

Elvira antwortet, er solle mit ihr nicht wie mit einer Dienstmagd reden. Giacomo versteht nicht, was sie ihm sagen will.

Wie bitte?

Es sei ihr zu Ohren gekommen, daß er nachts teuren Champagner auffahren lasse, wohl um das äußere Schwanken gewisser Personen durch ein inneres auszugleichen, sie wisse Bescheid.

Giacomo versteht immer noch nicht. Er besteht darauf, nicht zu verstehen. Ihm kommt es vor, als würde Elvira Spanisch mit ihm sprechen.

Ich weiß Bescheid, wiederholt Elvira, drohend, aber es kommt zu keiner Auseinandersetzung, weil sie sich in Halbstundenabständen übergeben muß. Giacomo grübelt.

Von Ägypten macht er sich abenteuerliche Vorstellungen. Morgen, schreibt er an Sybil, werde er in der Wüste eintreffen. Ihren Namen auf jedes Sandkorn zu schreiben sei ein würdiges Lebensziel. In Alexandria bleiben die Puccinis zwei Tage, fahren dann nach Kairo, wo sie das übliche Touristenprogramm absolvieren, mit Fahrt auf dem Nil, dem Besuch der Ruinenstadt Echnatons und der Pyramiden. GP reitet auf einem Kamel, Elvira, weil ihr das eine Etage zu hoch ist, auf einem Esel. Abends speisen sie im *Hotel Savoy*, auf höchstem europäischem Niveau. Elvira findet das alles wenig erquicklich, viel zu anstrengend und fremd. Giacomo schreibt an Fosca, ihre Mutter sei kaum zu ertragen, er habe gute Lust, sie auf dem Markt gegen ein Kamel einzutauschen, fürchte aber, für sie nur ein halbes zu bekommen, das er mühsam mitschleppen müsse, womit sich an seiner momentanen Lage nichts grundlegend ändern würde.

Ein Brief an Ramelde erschöpft sich in der assoziativen Aufzählung von sechzig Begriffen, die er von nun an mit Ägypten verbindet.

GP an die Schwester Ramelde, Kairo, 18. Februar 1908

Die Pyramiden, das Kamel, die Palmen, die Turbanträger, die Sonnenuntergänge, die Schreine, die Mumien, die Skarabäen, die Kolosse, die Säulen, die Gräber der Könige, die Fellachen auf dem Nil, der nichts anderes ist als die vergrößerte Freddana, die Fez, die Tarbuk, die Schwarzen, die Mischlinge, die verschleierten Frauen, die Sonne, der gelbe Sand, die Straußen, die Engländer, die Museen, die Tore aus der Aida-Kulisse, die Ramses I., II., III. usw., der fruchtbare Schlamm, die Katarakte, die Moscheen, die Hotels, das Niltal, die Ibis, die Büffel, die langweiligen Kleinhändler, der Gestank von Fett, die Minarette, die koptischen Kirchen, der Baum der Madonna, die Cookschen Dampfschiffchen, die Eselchen, das Zuckerrohr, die Baumwolle, die Akazien, die Maulbeerbäume, der türkische Kaffee, die Pfeifenspieler- und Trommlergruppen, die Prozessionen, die Bazare, der Bauchtanz, die Krähen, die schwarzen Falken, die Tänzerinnen, die Derwische, die Levantiner, die Beduinen, der Khedive, Theben, die Zigaretten, die Wasserpfeife, das Haschisch, Bakschisch, die Sphingen, der riesige Ftà, sowie Isis und Osiris – gehen mir auf die Eier, und übermorgen fahre ich ab, um mich zu erholen. Ciao, Dein Ägyptengeschädigter.

Am 20. Februar tritt die Reisegruppe die Rückfahrt an. Puccini verbringt in Mailand und Torre del Lago zwei Wochen mit der Niederschrift flüchtiger Notenskizzen. Doria bittet ihn bei erster Gelegenheit darum, ihr künftig keine so großen Geschenke mehr zu machen, aber das hält er für eine bloße Phrase der Bescheidenheit und nickt gerührt.

Das gehe nämlich nicht, insistiert das Mädchen.

Jaja, gibt Giacomo ihr recht und ignoriert den Unterton in ihrer Stimme, er habe auch nicht vor, dergleichen zur Gewohnheit werden zu lassen. Ob sie sich Mailand angesehen habe?

Ach, Sor Giacomo, nein, das gehe einfach nicht.

Sie besteht wieder auf der förmlichen Anrede. Das fällt ihm nun doch auf.

Warum denn nicht?

Das Mädchen zögert. Zuviel Arbeit, sagt sie.

Geht mir genauso.

Wirklich muß er gleich nach Rom, wo die *Butterfly* aufgeführt wird. Die *Internationale Künstlerische Gesellschaft* gibt ein Festbankett für Puccini, an dem zweihundert Personen von Rang teilnehmen. Er schreibt stolz an Sybil, nur der Papst habe gefehlt.

Er schreibt traurig an Sybil, nur der Papst habe gefehlt. So könnte sie es auch gelesen haben.

In Anwesenheit des Königspaars findet Ende März noch ein Gala-Abend statt, danach, endlich, ist wieder Muße für die Arbeit. Mit dem ersten Akt kommt Giacomo gut voran, es wird einer seiner besten werden. Die Ideen sprühen, sie haben sich in den bald vier Jahren des bitteren *far niente* angestaut. Im Mai beginnt die Reinkomposition des ersten Aktes, und der neue Co-Autor Guelfo Civinini kommt nach Torre del Lago, wo er alle Wünsche des Meisters gehorsam und mustergültig erledigt. Innerhalb weniger Tage liegt das endgültige Libretto der beiden nächsten Akte vor. Giacomo schwelgt enthusiasmiert, das Leben sei wunderbar, wäre da nicht sein Diabetes, aber gut, alles könne man nicht haben bzw. loswerden.

Guelfo Civinini ist ein Abenteurertyp, der später Kriegsberichterstatter für den *Corriere della Sera* werden und 1919 sogar D'Annunzios Freischärler-Abenteuer in Fiume mitmachen wird.

Die mit dem Impresario Salvatore Leonardi (immerhin Sohn einer Baronessa und eines Gerichtspräsidenten, aber für Puccini dennoch nicht gut genug) verheiratete Fosca, die eben die Villa Grottinelli gekauft hat und für ein paar Monate im Jahr dort auch lebt, nicht weit entfernt vom Anwesen ihres Stiefvaters, wird Guelfos Geliebte, unter der Bedingung, er solle den Mund halten. Die Affäre, die ohnehin nicht lange dauert, findet, metaphorisch gesprochen, unterm Teppich statt. Und findet doch irgendwie einen Schleichweg ans Licht. Danach wird Civinini nie mehr für Puccini arbeiten.

Die Episode hat eine Vorgeschichte. Fosca erklärte sich 1901 in einen schwachbezahlten Orchester-Cellisten verliebt, den sie sich als Gatten vorstellen könne. Puccini schäumte, das sei unter ihrer, vielmehr seiner Würde, er könne sich das absolut nicht vorstellen, da wäre ja Leonardi noch akzeptabler gewesen. Den Fosca dann auch, folgsam und kompromißbereit, am 16. Juli 1902 geheiratet hat. Als habe sie mit jenem Cellisten ihrem Stiefvater nur verdeutlichen wollen, daß es auch eine ihm noch viel unangenehmere Wahl gegeben hätte.

Für GP war Foscas Heirat ein schwerer Verlust. Ihr war die Mittlerrolle zwischen Giacomo und Elvira zugefallen, sie hatte ausgleichend zwischen den Eheleuten gewirkt; nach ihrem Auszug nahmen deren Konflikte deutlich zu.

Fosca empfand die Heirat mit Leonardi zuerst als Befreiung. Ihrem Stiefvater hatte sie die Affäre mit ›Corinna‹ oft und erfolglos vorgeworfen, eigentlich weniger die Affäre an sich als die während jener Zeit mehrmals in Erwägung gezogene Trennung von Elvira.

Im Grunde war Foscas Heirat eine Flucht gewesen, just zu dem Zeitpunkt, als ihr Stiefvater von der Piemontesin nicht mehr loszukommen – und sein Verhältnis zu Elvira dauerhaft zerrüttet schien.

Leider ist Fosca mit Toto Leonardi (dessen Verhältnis zu Puccini ein stets reserviertes bis feindliches genannt werden muß) bald nicht mehr glücklich, die Ehe verläuft krisenreich. Fosca wird dies ihrem Stiefvater stets zum stillen, wenn auch etwas irrationalen Vorwurf machen; die Affäre mit Civinini kann sogar Züge einer kleinen Rache getragen haben.

Ende September 1906 war es zu einem auf lange Sicht folgenreichen Eklat gekommen. Fosca, seit ihrer Heirat in Mailand seßhaft, verbrachte während des Sommers immer mehr Zeit in besagter Villa Grotinelli, um Abstand von ihrem Gatten zu gewinnen. Ihre erste Tochter, die 1903 geborene Franka, läßt sie in Mailand beim Vater zurück, und während sie die zweite Tochter, die gerade vier Monate alte Elvira jun., stillt, wohnt ein junger englischer Journalist bei ihr. Die beiden haben eine kurze, leidenschaftliche Affäre – und werden eines Abends – in flagranti – beobachtet von der am See flanierenden Doria Manfredi, die prompt, zutiefst irritiert, ihrem Sor Giacomo davon Meldung macht. Sie petzt. Kann man ihr das zum Vorwurf machen? Man könnte. Aber in Dorias schlichtem, moralisch engem Weltbild ist Foscas Verhalten völlig unmöglich. Eine zweifache Mutter, die erst vor kurzem entbunden habe, dürfe sich nicht so gehen lassen. An der einen Brust das Kind, an der anderen ein Mann, ein Ausländer dazu – Doria hat etwas ähnlich Verworfenes nie zu Gesicht bekommen. Bestimmt spielt in ihre Empörung auch hinein, sich vor ihrem umschwärmten Giacomo wichtig machen zu können. Der hört die Denunziation und schreitet sofort ein, stellt Fosca zur Rede. Was sie da treibe, Herrgott, an *seinem* See? Ob sie den Verstand verloren habe? Sich vor Dienstboten zu entblößen! Im Freien! Ihr Liebhaber solle Fersengeld geben, sonst werde er ihm Beine machen. Und auch noch ein Schreiberling! Das setze allem die Krone auf!

Fosca, konfrontiert mit handfesten Drohungen, schickt den englischen Journalisten zum Teufel, wehrt sich aber auch gegen die Einmischung und erhält Beistand und Zuspruch ausgerechnet von ihrem Gatten Toto. Der eilt aus Mailand herbei und spricht Giacomo das Recht ab, sich in ihre Ehe zu mischen, die gehe ihn nichts an. Nein, wirklich nicht. Diese Zeiten seien vorüber.

Giacomo und Toto sind kurz davor, sich zu prügeln. Elvira stemmt sich zwischen die beiden und verhindert das Schlimmste.

Zwei Jahre gehen hin, bevor Fosca ihren Schwur umsetzt, sich an Doria zu rächen. Sie ist es, die Elvira nach und nach einredet, das Dienstmädchen habe zuviel Einfluß auf Giacomo, oder sollte man *im physischen Sinne* besser sagen: umgekehrt? Offensichtlich sei Doria mit ihrem Brotherrn verbandelt, die Spatzen pfiffens von den Dächern, das sei sonnenklar. Elvira, die mit Doria sehr zufrieden, ja auf ihre Dienste inzwischen geradezu angewiesen ist, hält den maliziösen Einflüsterungen noch eine Zeitlang stand. Zuletzt fällt sie doch darauf herein – und agiert fortan als verlängerter Arm von Foscas Intrige.

Nach außen hin wird die Form halbwegs gewahrt. Über Jahrzehnte hinweg. Erst nach Leonardis gewaltsamem Tod am 21. Dezember 1938 – er wird Opfer eines nie ganz geklärten Raubüberfalls – heiratet Fosca ihren langjährigen Geliebten, Mario Crespi, den Herausgeber des *Corriere della Sera*. Sie stirbt am 23. Januar 1967. Ihre zweite Tochter, Elvira junior, genannt *Biki*, (1906–1999) macht als gefeierte Mailänder Modeschöpferin Karriere, berühmt vor allem als engste Beraterin der Callas, was deren Garderobe betrifft.

Drittes Buch: Doria

1

Kurz vor Ende des Semesters erhält Antonio am 12. März 1908 ein Telegramm seiner Mutter, er solle wegen einer schweren Erkrankung seines Cousins Carlo sofort nach Hause kommen.

ELVIRA PUCCINI, MAILAND,
AN ANTONIO PUCCINI, MITTWEIDA
Telegramm aus Milano o W[örter].
1908 den 12.3. um 3 Uhr 30 Min.

Puccini, 15 Albertstraße, *Mittweida.*

Carlo ammalato gravemente vieni subito [Carlo schwer erkrankt komm sofort] *Mamma*

Es handelt sich um einen Vorwand, um den Antonio seine Mutter gebeten hat, mit dem einzigen Ziel, der Semester-Abschlußprüfung zu entgehen. Elvira, viel weniger streng als Giacomo, hilft ihrem Sohn, bedingt sich aber das Versprechen aus, er möge künftig ernsthafter bei der Sache sein. Antonio wiederholt das Semester; sein Versprechen zu halten gelingt ihm jedoch nicht. Seine Leistungen fallen ständig ab. Seine nur mäßigen Kenntnisse der deutschen Sprache machen ihm den Unterricht zur Qual, hinzu kommen etliche unglückliche Liebschaften und der Hang, mit fragwürdigen Freunden die Nacht zum Tag zu machen. Sein Vater ist zu beschäftigt, um die Entwicklung richtig abzuschätzen, er komponiert. Immer im Zweifel, ob das gewählte unerhört neue Sujet ihn eher über- oder unterfordert.

Toscanini, der neue Chefdirigent, und Gatti-Casazza, der neue Intendant der Metropolitan Opera in New York, besuchen Giacomo Anfang Juni 1908 in Torre und wünschen sich nach der stark deutsch geprägten Ägide des Direktors Conried eine Puccini-Premiere als spektakulären Einstand, was sonst?

So schnell gehe das nicht, aussichtslos, leider. GP flucht auf die vertane Zeit, nennt sich einen Esel, all die Ehrungen mitgemacht zu haben, die einem Künstler nur hinderlich seien. Währenddessen fällt ihm auf, daß Doria nicht wie früher üblich eine Weile im Zimmer bleibt, nachdem sie den Mitternachtskaffee serviert hat. Kann sie mit der neuen Musik nichts anfangen?

Es dauert ein paar Wochen, bis er sie schüchtern, en passant, danach fragt. Sie weicht ihm aus, flüstert nur, es sei nun mal alles nicht mehr so wie früher.

Wie meinst du das?

Wie früher, als sie unbefangen gewesen sei und nicht nachgedacht habe, wie grundverschieden die Dinge seien von dem, was die Menschen darin sehen wollten.

Entschuldigung? Sie rede in Rätseln.

Aber Doria hat keine Lust, auf etwas näher einzugehen, das sich ja gar nicht in nachweisbaren Fakten manifestiert. Wie kühl die Hausherrin ihr gegenüber geworden ist – soll sie das erwähnen? Es steht ihr nicht zu, findet sie. Weil Giacomo aber auf eine Erklärung drängt, redet Doria davon, daß sie sich bald verheiraten müsse, wenn sie nicht als alte Jungfer enden wolle. Es sei aber kein Bräutigam in Sicht.

Du bist doch noch jung, das ist albernes Gerede, rät Giacomo, laß dir Zeit. Wenn er sich in manchen Liebesdingen soviel Zeit gelassen hätte wie bei seiner jüngsten Oper, so scherzt er – und verstummt prompt, der Scherz geht gegenüber einer Dienstbotin zu weit.

Doria seufzt und möchte gerne darüber reden, daß zwar manch ein Bräutigam in Sicht sei, aber keiner, der wenigstens Klavier spielen könne. Sie wagt es nicht, seufzt statt dessen noch einmal, in der Hoffnung, Giacomo könne ihr Seufzen deuten und verstehen. Für einen kurzen Augenblick versteht Giacomo tatsächlich und tätschelt ihre Wange. Das gebe sich schon alles, ein weiser Mann aus dem Morgenland habe dereinst gesagt –

Was denn?

Für jeden Topf gibt es einen Deckel.

Doria dankt leise für den klugen Ratschlag und will das Zimmer verlassen, als Giacomo sie noch einmal zurückruft.

Sag deiner Mutter, wenn es dir an einer anständigen Aussteuer fehlt, soll sie sich an mich wenden, hörst du? Wenn es nur *darum* geht, wirst du eine attraktive Braut sein, dafür sorge ich.

Danke, Sor Giacomo.

Mitte Juni begibt sich Puccini mehrere Wochen mit Elvira und Doria in die Abgeschiedenheit Chiatris. Erneut verlangt er von den Behörden, daß eine Straße gebaut werden müsse zu seinem Haus, aber erfolglos. Seine Komposition des *Girl* gerät ins Stokken. Nach den Erlebnissen der *Salome* und des *Pelleas* müsse er der Oper, schreibt er an Sybil, einen besonders charakteristischen Ausdruck verleihen, der über den der *Butterfly* noch weit hinausgehe. Während er moniert, daß in seinem Land nur Neid herrsche und Größe, vor allem künstlerische Größe, nicht anerkannt werde, nimmt er für das laufende Halbjahr 84.000 Lire ein, in heutiger Kaufkraft knapp anderthalb Millionen Euro. Doch läßt er die Familie am Geldregen großzügig teilhaben. Die Leibrente für seine verwitwete Schwester Nitteti erhöht er von 110 auf 150 Lire pro Monat.

Von D'Annunzio trifft unterdes per Brief der Vorschlag für einen grandiosen Opernstoff ein:

Sie wollen das Publikum zum Weinen bringen, Maestro, gut, also bitte: Was gibt es da Besseres als den Kinderkreuzzug! Schon alleine der Titel: *Kinderkreuzzug*. Großartig. Mythische Zeit. 12. Jahrhundert. Als es noch fliegende Drachen gab. Und Inbrunst. Und Wunder. Zu Tausenden von zu Hause ausgerissene Kinder, in einer fernen Wüste, zerlumpte, halb verhungerte Kinder, zwanzig oder dreißig sind übrig, die wenigen, die noch nicht gefangen und als Sklaven in arabische Länder verkauft wurden, die wenigen, mit ihren großen selbstgebastelten Holzkreuzen, die sie vor sich her tragen, immer noch religiös beseelt, unter starken, violetten Wolken, aus denen Lichtstrahlen brechen, und vorne, an der Spitze des Zuges, die beiden ältesten, er sechzehn, sie vierzehn, eine zarte, sich unbewußte Liebesgeschichte, die tragisch zu Ende geht in einem Sandsturm, der langsam den letzten Choral der Kinder überrrollt, übertönt, den Choral an die Mutter zu Hause, bis am Ende nur noch der Wind braust und die Gnade Gottes aus den dräuenden Wolken bricht, ein wuchtiges, dennoch samtiges Gleißen, ein lange strahlender, dann ersterbender Akkord. *Misterioso*. Und Schwarz. Alles Schwarz … Tiefes Schwarz!!

Überlegen Sie nicht zu lang! Das ist ein gewaltiger Stoff! Ein gewaltiger Stoff. Wir zwei schaffen das!

Puccini schreibt zurück, das klinge ganz, ja, er finde gar kein treffendes, angemessenes Wort dafür, man müsse das unbedingt einmal ins Auge fassen, wenn er mit seiner momentanen Arbeit fertig geworden sei, die sich allerdings über Jahrzehnte hinziehen könne. Erst 1912 wird das Sujet erneut diskutiert, allerdings eher, weil sich Puccini nicht entgehen lassen will, die Story noch einmal aus dem Munde des leidenschaftlich deklamierenden Poeten zu hören. (ANM. 1)

Danach wird D'Annunzio in einem boshaften Vers den Massaciuccoli-See preisen, der so reich an Wasservögeln wie arm an Inspiration sei.

Immerhin gelangt der verschuldete Poet auf anderen Wegen zu Reichtum. Seine Theaterstücke werden, dank seiner Geliebten, der Schauspielerin Eleonore Duse, zu kassenträchtigen Erfolgen. Wochenlang komponiert Puccini in Chiatri in völliger Ruhe und Einsamkeit, bis er im August vor der Hitze höher hinauf nach Boscolungo Abetone flieht, begleitet nur von seinem Chauffeur, Silvio Peluffo. Eine ältere Dame aus dem Ort wird als Köchin engagiert. Er nimmt stark ab.

Im Gebirge regnet es ununterbrochen, und er brütet über dem endgültigen Titel der Oper, schwankt zwischen *La Figlia del West* und *L'Occidente d'Oro*. Sybil, um Rat gebeten, rät zu *La Fanciulla del West*. Er nimmt den Rat an, obwohl *Ciulla* im Toskanischen soviel wie ›Strohkopf‹ bedeutet und er gehässige Wortspiele der Kritik fürchtet, die ihm, anders als das Publikum, nie sonderlich gewogen ist. Wenn es eine Rangliste der Künstler gäbe, deren Bedeutung in signifikanter Diskrepanz zur Rezeption der Kritik steht, fände man Puccini sicher auf den vordersten Rängen. Öffentlich hat er sich über diese Ablehnung selten geäußert, gegenüber Freunden jedoch ständig. Auch dies ist (neben seiner Überzeugung von der Melodie als krönendem Wesen der Musik) ein Grund, weshalb er den Bruch mit der Tonalität scheut – die Aussicht, von der Kritik *und* vom Publikum mißachtet zu werden, kann er nicht ertragen.

Nach Torre del Lago schreibt er, es wäre eine enorme Hilfe, wenn ihm hier jemand im Haushalt zur Hand ginge, Elvira möge doch Doria schicken, sofern sie sie entbehren könne.

Doria könne sie leider nicht entbehren, schreibt Elvira zurück. Falls es in der Einsamkeit von Boscolungo keine Straßenmädchen gebe, müsse er sich eben eines vorstellen, dazu sei er ja Künstler, dazu habe er Phantasie, der Rest sei Handwerk.

Giacomo kann sich diese Zeilen nicht recht zusammenreimen, rechnet sie einer von Elviras gelegentlichen Gemütsaufwallungen zu und dringt auf keine Erklärung. Ende August, deprimiert durch den Dauerregen, kehrt er nach Torre del Lago zurück, wo anscheinend alles ist, wie es sein soll. Doria putzt, kocht, erledigt den Haushalt inzwischen praktisch allein und, soweit zu sehen ist, vorbildlich. Ihre Cousine Alice hat man vor einiger Zeit entlassen, weil man unzufrieden mit ihr war, ansonsten sind für die Puccinis noch der Majordomus Giulio Giovannoni (genannt Nicché) tätig, der Chauffeur Silvio Peluffo sowie der Förster Arnaldo Gragnani. Aber alle drei übernachten nicht in der Villa.

Sobald sich eine Gelegenheit bietet, fragt er Elvira, ob es Grund zur Klage gebe. Ob Doria sich Extravaganzen geleistet habe. Oder was der Grund dafür sei, daß sie sie brieflich in die Nähe eines Straßenmädchens gerückt habe. Seiner Meinung nach muß etwas vorgefallen sein, er fragt, ob Doria einen Freund habe und deswegen ihre Pflichten vernachlässige.

Elvira sieht ihn an wie jemanden, an dem entweder ein großer Schauspieler oder ein eiskalter Lügner verloren gegangen ist.

Ob er sie noch liebe, fragt sie ihn.

Selbstverständlich, warum?

Ob er etwas mit ihr habe?

Habe? Er? Mit wem?

Das frage er noch?

Mit Doria?

Genau. Mit Doria.

Du spinnst.

Ich möchte, daß du beim Leben deines Kindes schwörst!

Was? Was soll ich schwören?

Du zögerst also?

Welcher Dämon dich da reitet, weiß ich nicht, aber …

Du weichst aus! Wie immer!

Nein, ich schwöre. Was du willst. Alles! Das ist doch verrückt!

Es ist dir also einerlei, du schwörst alles, Hauptsache, du hast deine Ruhe! Aber ich habe dir immer gesagt, treib deine Liederlichkeiten woanders, niemals in diesem Haus!

Elviras Stimme hat wieder diesen Ton bekommen, der ein vernünftiges Gespräch mit ihr als unwahrscheinlich erscheinen läßt. Weil es draußen wie aus Kübeln regnet, müssen sich alle Dienstboten im Haus befinden und, auch wenn sie es nicht wollen, dem Streit lauschen. Es ist Puccini peinlich.

Sie habe ihre Informationen, keift Elvira. Gefragt, um was für Informationen es sich handle, schreckt sie davor zurück, ihre Trümpfe auf den Tisch zu legen. Es ist ja auch nicht viel, im Grunde nur ein Indiz, kein Beweis. Man hat ihr von den fünfzig Lire berichtet, die Giacomo aus Mailand an Doria geschickt hat. Nur ein Indiz, an sich, aber für Elvira, den Geiz ihres Mannes gewohnt, Beweis genug, daß er dem Dienstmädchen mehr als nur wohlgesonnen sein muß.

Hat sie es dir wenigstens gut gemacht dafür?

Bitte, Elvira, nicht auf diesem Niveau …

Auf welchem Niveau hat sie's dir denn gemacht?

Schluß jetzt! Ich schwöre beim Leben meines Sohnes, daß zwischen mir und Doria nichts je geschehen ist, was deinen Zorn in irgendeiner Weise rechtfertigen würde.

Das ist eine sehr schwammige Formulierung, findest du nicht? Du bist ja liberal, nicht wahr? Schnell mal eine Dienstmagd flachlegen, das ist ja für dich nur eine natürliche Regung, wie der Harndrang, nicht wahr? Wirst du vielleicht auch leugnen, daß du sie Dori nennst, wie dieses andere Weibsstück, Cori, der Teufel hab sie ewig in seinen Klauen, willst du das leugnen?

Du bist hysterisch, Evira, du ängstigst mich …

Willst du leugnen, daß du mit ihr heimlich auf der Jagd gewesen bist, frühmorgens? Daß du mit ihr im Schilf warst?

Giacomo zuckt zusammen. Jemand hat sie also beobachtet.

Setz dich! Ja, sie hat einmal mein Gewehr getragen, als ich nach dem Unfall noch kaum laufen konnte, das ist bald fünf Jahre her, fünf Jahre! Und ich habe eine Ente geschossen und sie ihr geschenkt. Sie war so entsetzt über die tote Ente, sie hat mir leid getan, und danach hab ich sie nie wieder mit zur Jagd genommen.

Aber Champagner hast du mit ihr getrunken! Willst du das leugnen?

Giacomo fällt die Szene ein, die Elvira ihm auf der Überfahrt nach Ägypten gemacht hat. Das also hat sie gemeint. Er hatte es zwar in Erwägung gezogen, aber für zu abseitig gehalten.

Nein, das stimmt nicht. *Ich* habe Champagner getrunken, zur Feier meiner zurückgekehrten Inspiration. Doria hat mir die Flasche aus dem Keller geholt, das stimmt.

Zwei Gläser! Lüg nicht! Du hast mit ihr getrunken!

Falsch. Ich habe sie dazu gedrängt, ein Gläschen zu probieren, sie hatte noch nie Champagner getrunken, ich habe es ihr aufgedrängt, das ist alles. Und ich will tot umfallen, wenn ich nicht die Wahrheit sage!

Sehr geschickt, sehr geschickt! Natürlich sagst du die Wahrheit. Bestimmt ist alles so gewesen. Den Rest verschweigst du einfach, ich kenne deine Tricks! Deine schlüpfrigen Formulierungen, mit denen du da durchglitschen willst wie ein schleimiger Fisch!

Sie ist immer noch erbost, hat aber ihre Lautstärke reduziert, ein gutes Zeichen, Giacomo nimmt ihre Hand und überlegt derweil, woher sie das alles weiß. Es muß unter den Dienstboten Neid herrschen, vielleicht wegen – jetzt fällt auch ihm die Fünfzig-Lire-Note ein, die er in einer Laune Doria zum neuen Jahr gesandt hat.

Und als ob Elvira fähig wäre, in seinen Gedanken zu lesen, zerrt sie den ominösen Geldschein aus seiner wiedererweckten Erinnerung hervor, knallt nun doch den gewaltigsten Vorwurf, den sie ihm machen kann, auf den Tisch.

Fünfzig Lire hast du ihr geschenkt. Du Saukerl!

Ja, das stimmt. Eine Gratifikation, sie wollte einmal Mailand sehen, warum nicht?

Elvira beruhigt sich langsam. Immerhin, er leugnet es nicht.

Und das findest du *normal*? Selbst wenn es *stimmt*, wie kannst du eine Dienstbotin so vor allen anderen privilegieren? So ungerecht verhält sich kein Dienstherr.

Ja, gibt Giacomo zu, das sei vielleicht unbedacht gewesen, ein Fehler, eine Grille. Er sehe es ein. Aber Doria sei vollkommen unschuldig, das wolle er schwören, bei allen Heiligen.

Wer und was ist dir schon heilig?

Du zum Beispiel. Er küßt Elvira die Hand und bittet sie, ihm zu glauben.

Du findest sie hübsch?

Nein! Hübsch? Nein. Ich bitte dich! Sie ist ein gutes Mädchen, rührend auf ihre Art, aber hübsch? Nein.

Nein, hübsch sei sie ja wirklich nicht besonders. Elvira verfällt überraschend in einen Ton, in dem Weinkenner über den neuen Jahrgang debattieren.

Aber doch gut gewachsen. Willst du widersprechen?

Naja. Ich habe anderes im Kopf, weißt du.

Sie liebt dich. Du bist ihr Abgott. Wenn man ihr in die Augen sieht, weiß man es.

Wirklich? Giacomo zuckt mit den Schultern. Das könne schon sein. Aber das sei keine *Liebe*, das sei die Verehrung des Bauerntrampels für den Maestro, mehr nicht, sozusagen eine gewisse *servile Anhänglichkeit* …

Die du genießt! Elvira lacht jetzt. Das Schlimmste ist vorüber.

Genießen? Ich bitte dich, flüstert Giacomo, aber selbstverständlich sei jeder Künstler eitel und genieße Bewunderung, von wem auch immer, das sei doch ganz normal und unverfänglich.

Sie macht dir hübsche Augen!

Nein, keineswegs. Das weist Giacomo weit von sich. Nie habe sich Doria in irgendeiner Weise aufreizend benommen. Das einzige Mädchen, das ihm etwas bedeute, sei das *Girl*, an dem er arbeite. Sie müsse ihm glauben. Er legt seinen Kopf in Elviras Schoß. Sie schweigt, schweigt lange, dann spielen ihre Finger in seinen Locken.

Gut. Wir wollen das alles vergessen. Wehe dir, wenn du lügst. Oder wenn du weitermachst wie bisher. Ich werde das alles auf sich beruhen lassen. Sie ist ja wirklich tüchtig. Es wäre ein Jammer, ihr kündigen zu müssen. Du wirst dich künftig ihr gegenüber verhalten, wie es der guten Sitte entspricht. Hörst du?

Ja.

Und den Kaffee bringt dir ab sofort Silvio. Oder Nicché, die Nachteule. Ich will, daß Doria nach acht Uhr abends nicht mehr in diesem Haus verkehrt, sie soll bei ihrer Mutter schlafen.

Wenn du denkst.

Zweifle nicht, daß ich denken kann! Ich habe gelernt zu denken!

Kein Zweifel möglich.

Kleiner Scheißkerl!

Der Frieden ist vorläufig wiederhergestellt. Am nächsten Morgen (23. September 08) unterrichtet Elvira Doria davon, daß ihre Kammer ihr nur noch tagsüber zur Verfügung stehe, der Maestro komponiere nachts und wünsche keinerlei Ablenkung, welcher Art auch immer.

Doria nimmt es hin, ohne Protest. Da inzwischen, bis auf Dolfino und den jüngsten Bruder Salvatore, alle ihre Geschwister Arbeit samt eigener Unterkunft haben, kann sie in der kleinen Wohnung ihrer Mutter ein freies Zimmerchen benutzen, kaum größer als ein Abstellraum.

Und der Kaffee …?

Dafür wird gesorgt, keine Angst.

Ich habe Ihrem Gatten immer gerne zugehört, Signora, bei der Arbeit …

Willst du damit sagen, ich täte das nicht?

Das Mädchen ist verwirrt. Entschuldigung?

Du hast genug Unruhe in dieses Haus gebracht, findest du nicht auch?

Ich habe … Entschuldigung?

Ja, eine Entschuldigung ist weiß Gott nötig. Akzeptiert. Geh jetzt und mach deine Arbeit!

Sehr wohl, Signora.

Die ahnungslose junge Frau weiß nicht mehr weiter und wendet sich an Padre Michelucci, den hochgewachsenen Dorfgeistlichen mit dem finsteren Gesicht, der bei Puccini so oft angeklopft hat, bis der ihm drohte, Protestant zu werden. Michelucci fragt die herumdrucksende junge Frau, ob sie etwas zu beichten habe. Nein, habe sie nicht.

Dann sei ja alles in Ordnung. Sagt Padre Michelucci. Er muß es wissen.

Allerdings macht er sich Gedanken. Warum kommt Doria zu ihm, sichtlich aufgewühlt, und hat dann so gar nichts zu sagen? Das widerspricht seinem Erfahrungsschatz als Seelenschäfer. Er denkt sich seinen Teil.

Dolfino tut das auch. Warum Doria für die Nacht ins Elternhaus verbannt worden ist, fragt er sich. Und fragt alsbald auch sie.

Was denn da vorgefallen sei? Doria schweigt, sie muß auch gar nichts sagen, die Spekulationen gewinnen ihre eigene Dynamik, zumal in einem Dorf, in dem noch der winzigste Vorfall als Zeichen schwer wiegt und überzogener Deutung unterworfen wird.

Selbst die Mutter, Emilia, ist besorgt, redet der Tochter gut zu, sie solle mit all ihren Problemen doch bitte zuallererst zu ihr kommen.

Was für Probleme? Doria hat zwar ein Problem, kann es aber nicht exakt benennen. Oder will es nicht, um dem in der Luft liegenden Vorwurf nicht mit Worten mehr Kontur zu verleihen. Sie ahnt keine Sekunde lang, was ihr bevorsteht.

Auch Puccini ahnt nicht, daß seine Arbeit am *Girl* bald für über ein Jahr brachliegen wird.

2

Elvira, die später von Giacomo in Briefen an Sybil mehr als Opfer denn als Täterin bezeichnet werden wird, trinkt mit jedem Besuch ihrer Tochter Fosca mehr vom Gift deren lang geplanter Rache. Toto unterstützt seine Gattin dabei, weniger um der aus seiner Sicht unwichtigen Doria zu schaden als vielmehr dem verhaßten Schwiegervater. Beide gehen subtil vor, fallen nicht mit der Tür ins Haus. Nach und nach, in kontrollierter Dosierung, setzen die Leonardi Elvira den Floh ins Ohr, Giacomo sei in seinen Bedürfnissen maßlos und krankhaft obsessiv, er würde einer jungen Untergebenen wie Doria sicher bei erster Gelegenheit unter den Rock fassen, und sei es nur, um das Leporello seiner sexuellen Eroberungen um einen neuen Namen zu erweitern. Dabei spiele es keine Rolle, ob Doria hübsch sei, es genüge, daß ihr Körper als weiblich definiert werden könne.

Ob sie, Elvira, zu blauäugig sei, dies nicht zu bemerken?

Bevor jüngst, nach fast hundert Jahren, ihre tragende Rolle an den folgenden Geschehnissen durch neue Brieffunde deutlich wurde, war Fosca in der Puccini-Literatur stets von einer Art Gutmenschen-Aureole umgeben, abgesehen von ihren Seitensprüngen, die man jedoch weniger ihr, sondern dem unsympathischen Toto anzulasten pflegte. Puccini hat seine Stieftochter vergöttert. Und ausgerechnet sie, keine andere, wird von ihm bald eine *donna che tanto male ha fatto* genannt werden – eine Dame, die so viel Böses getan hat – bestürzend die Distanz, die er in jene Formulierung legt.

Elvira verliert die Nerven, beschuldigt Doria offen der Unzucht. GP, der bald ahnt, auf welchem Mist das gewachsen sein muß, stellt Fosca zur Rede, verlangt von ihr, zuzugeben, daß sie lüge oder phantasiere. Fosca, für die das alles nicht viel mehr ist als ein heiteres Gesellschaftsspiel, weigert sich. Sie, die durch die Liebschaft ihres Stiefvaters zu Corinna soviel zu leiden gehabt hatte, will es ihm nun heimzahlen. Für die Denunziantin Doria hat sie nur Haß übrig. Sie genießt den Eklat, emanzipiert sich auf ganz eigene Weise, schüttet neues Öl ins Feuer. Er sei ein Wüstling, schreit sie ihrem Stiefvater ins Gesicht, verantwortungslos und machtgeil, manipulativ und egozentrisch. Er habe ihr eine große Liebe madig gemacht, weil es sich ja nur um einen kleinen Cellisten gehandelt habe, er hingegen besteige jede Dienstmagd, egal, wie häßlich.

Bizarrerweise pflichtet, sobald er hinzukommt, Toto Leonardi allen Behauptungen Foscas bei, selbst der, daß sie mit dem Cellisten sicher glücklich geworden wäre.

Giacomo ist von Fosca so schwer enttäuscht, daß er jeden Kontakt zu ihr abbricht. Einige Jahre lang wird sie zur Unperson erklärt. Zwischendurch ist sie gezwungen, ihre Villa am Massaciuccoli-See zu verkaufen, weil dort, auf GPs Anweisung hin, niemand mehr etwas mit ihr zu tun haben will.

Verständlich, warum Giacomo gegenüber Sybil in dieser Angelegenheit nicht in Details gehen kann. Es ist ihm unmöglich, eigene Familienangehörige anzuschwärzen, der Verleumdung zu zeihen. Schon deshalb, weil er dann auch Foscas Untreue gegenüber ihrem Gatten erwähnen müßte. Solcherlei Schmutz darf er als gewissenhaftes Familienoberhaupt dem Briefpapier nicht anvertrauen. Kryptisch schreibt er später an Sybil von Elviras *Entourage*, die ihr die Seele vergiftet habe.

Elvira verdächtigt ihn dabei – ironischerweise – ganz zu Recht, vor Ort eine Affäre zu pflegen. Sie hat nur eben die falsche Person im Verdacht. Von Puccinis Beziehung zu der damals neunzehnjährigen Giulia Manfredi weiß außer den direkt daran Beteiligten zu diesem Zeitpunkt noch kaum jemand etwas, auch Giulias Cousine Doria nicht. Giacomo ist vorsichtig geworden, hintergeht Elvira quasi vor ihrer Haustür und darf nicht das Geringste riskieren.

Giulia – die wenigen Beschreibungen schildern sie als mit der Taille einer Amphore gesegnet, mit kunstvoll zu zwei Ringen geflochtenem, dunkelblondem Haar und warmen braunen Augen, sonst (die recht derbe Nase ist schuld) keine Schönheit, aber frech, von bodenständigem Witz, und Giacomo bis zur Ergebenheit willig, ohne daraus je ein Thema zu machen. Unter der Dorfjugend ist sie, aber keiner weiß genau, weswegen, als Luder verrufen, das gerne mal zu Schweinereien aufgelegt sei – dies wird nur hinter der Hand geäußert, zumeist von jungen Burschen, die es erfolglos bei ihr probiert haben. Ihr eilt ein Ruf als Schlampe voraus, allerdings *der* Sorte Schlampe, von der die Männer mit einem gewissen Respekt sprechen und in leicht sehnsuchtsvollem Ton.

Giulia, die ab und an als Schankwirtin in der Kneipe ihres Vaters Emilio aushilft, ist wenig gebildet, aber keineswegs dumm. Sie zeigt sich verläßlich, verschwiegen und bereit, sich mit einem Schattendasein ohne nennenswerte Privilegien abzufinden. Es handelt sich um eine vorrangig sexuell geprägte Beziehung, mit stetig wachsender Vertrautheit zwar, doch ganz ohne das blumige Vokabular einer romantischen Liebe. Im Gegensatz zur keuschen Cousine, der in sich verkrochenen Spätentwicklerin Doria, die sich insgeheim schon längst nicht mehr für einen der interessierten Verehrer aus dem Dorf verschwenden will, die, von sexuellen Beschmutzungsängsten geplagt, ihre Unschuld aus Idealismus bewahrt, dabei in stiller Andacht ihren vergöttlichten Maestro wie einen zweiten Christus verehrt, sucht man bei Giulia vergebens nach schwärmerischen oder melodramatischen Schüben. Ein schlichtes, kräftiges Gemüt, das erstens weiß, was es selber will, zweitens, was der Mann Giacomo will, drittens, was es von ihm haben kann, ohne von vornherein verlorene Kriege vom Zaun zu brechen. Und wenn ein Malheur passiert, wie neulich, als Giacomo sie in der Jagdhütte auf die Schnelle nahm, ohne rechtzeitig zurückzuziehen, hat sie, als ihre Periode ausbleibt, kein Problem damit, zur Adresse zu gehen, die Giacomo ihr auf einen Zettel schreibt. (ANM. 2)

3

Während sich in Torre del Lago der häusliche Himmel zusehends verdüstert, hat Antonio in Mittweida jegliches Selbstvertrauen verloren, läßt sich treiben, erscheint immer seltener zum Unterricht. Völlig überfordert, bleibt er wie gelähmt in seinem Bett liegen, wenn er zu einer Prüfung erscheinen soll. Schließlich sieht Antonio selbst ein, daß er in eine aussichtslose Lage geraten ist. Der Mutter gesteht er sein Versagen, ohne dafür Vorwände oder Entschuldigungen zu bemühen.

Elvira versucht das traurige Ergebnis des Technikstudiums ihres Sohnes gegenüber ihrem Mann geheimzuhalten, indem sie einen Brief des Technikums an die Mailänder Adresse ihrer Tochter erbittet.

ELVIRA PUCCINI, MAILAND,
AN DAS TECHNIKUM MITTWEIDA

Mailand, den 27. Sept. 08

Sehr geehrter Herr Kessler!

Mit großem Bedauern vernehme ich soeben, daß mein Sohn an meine Tochter folgenden Brief schrieb:

»Sage meinem Vater, daß ich mich entschlossen habe, meine Studien aufzugeben; die Ursache ist folgende. Ich kann nämlich das mir bevorstehende Examen gar nicht mitmachen, weil mir schon im voraus gesagt wurde, daß ich demselben nicht gewachsen bin. So weiterzumachen wäre ganz unnütz, da ich in der

Mathematik sehr schwach bin, was ja für unseren Beruf, den ich wählen sollte, die Hauptsache ist.

Es ist also sehr dumm, mich weiter studieren zu lassen, um damit nur Zeit u. Geld zu vergeuden. Also, wie schon gesagt, ist es mein fester Entschluß, nicht mehr weiterstudieren u. dagegen mich anderweitig beschäftigen zu wollen.« –

Sie werden verstehen, wie ich über diese Nachricht außer mir bin. Schon seit mehreren Jahren besucht mein Sohn Ihre Schule, und nie hat er derartige Dinge von sich hören lassen.

Als er das letzte Mal in den Ferien hier war, erzählte er sogar, daß er einige Prüfungen ganz gut bestanden habe. –

Worin besteht denn nun eigentlich die Wahrheit? Wollen Sie mir bitte diesbezüglich wahrheitsgetreu Aufschluß geben, bevor ich meinem Mann, der bis jetzt von der Sache nichts weiß, davon erzähle. –

Wollen Sie bitte meinem Sohn nichts von diesem Brief anmerken lassen. Nochmals bitte ich Sie um eine postwendende Rückantwort, womöglich in französischer Sprache. –

Ich hoffe, daß sich das Unglück noch verbessern läßt.
Mit den besten Grüßen
zeichnet Elvira Puccini

Bitte die Rückantwort an folgende Adresse zu senden:
Elvira Puccini, p. Adr. Sig. Salv. Leonardi, Via Moroni 3 – Milano.

TECHNIKUM MITTWEIDA AN ELVIRA PUCCINI, MAILAND
(Durchschrift), 2. Oktober 1908

Frau Elvira Puccini, *Mailand*

Ihr an Herrn Keßler gerichtetes gefl. Schreiben vom 27. September ist uns zur Beantwortung übergeben worden. Wir teilen Ihnen daraufhin mit, daß Ihr Sohn immer sehr unfleißig gewesen ist und die Vorlesungen sehr unregelmäßig besucht hat. Demzufolge dürfte es ihm schwer geworden sein, dem Unterricht zu folgen, und er wird nun überhaupt die Lust am Studium verloren haben. Dies halten wir für den Grund, weshalb er den betr. Brief an seine Schwester gerichtet hat.

Hochachtungsvoll
Die Direktion.
Prof. Killmann
Stellvertr. Direktor.

Kurz danach weiß aber auch der Vater Bescheid, als ihm das Zeugnis seines Sohnes zugeschickt wird.

TECHNIKUM MITTWEIDA AN GIACOMO PUCCINI, MAILAND
(maschinenschriftliche Durchschrift), 17.10.08

Herrn
Giacomo Puccini,
Milano (Italien)

Wie Sie aus dem beiliegenden Zeugnis Ihres Sohnes Antonio ersehen, hat er das Ziel der zuletzt besuchten Abteilung nicht erreicht, und wir raten Ihnen deshalb, ihn die nämliche Abteilung nochmals besuchen zu lassen.

Ihre Zustimmung hierzu wollen Sie uns baldigst mitteilen.

Sollten Sie mit unserem Rat nicht einverstanden sein, so wollen wir dem Aufrücken in die nächsthöhere Abteilung zwar kein Hindernis in den Weg legen, doch können wir dann eine Verantwortung für den evtl. Mißerfolg seines Studiums nicht übernehmen.

Hochachtungsvoll
Die Direktion.

Die Schule zeigt wenig Interesse daran, ihren namhaftesten Studenten zu verlieren, baut goldene Brücken, weit über die reine Kulanz hinaus. Es nutzt nichts. Antonios formell endgültiges Ausscheiden aus dem Technikum ist dort am 6. November 1908 festgehalten.

Giacomo hält die Sache für noch nicht ganz verloren, im Gegenteil, er meint, es habe wohl nur an der so schwierigen deutschen Sprache gelegen, noch hält er es für selbstverständlich, daß Antonio sein Studium bald fortsetzen wird, an einem geeigneteren Institut, vielleicht in Italien oder Frankreich.

Zu Hause in Torre del Lago gerät Tonio, martialisch gesprochen, zwischen die Fronten. Die Krise seiner Eltern wächst sich zu einem Kleinkrieg aus, beide Parteien wollen den Sohn auf ihre Seite ziehen. Tonio hält zur Mutter, schon weil die ihn stets nachsichtiger behandelt hat. Ob da etwas sein mag mit seinem Vater und Doria – das will er nicht beurteilen. Gut möglich. Tonio leidet unter Depressionen und fehlendem Selbstwertgefühl, er entschließt sich bald dazu, alleine, ohne Bedienung, in der Mailänder Wohnung zu leben. Ein gutes Sprungbrett für schnelle Ausflüge nach Deutschland, zu den Freunden, die er dort hat.

4

Im Herbst 1908 darf Giulia, sogar mit offizieller Erlaubnis Elviras, der kränklichen Doria zur Hand gehen, wird Aushilfskraft im Haus Puccini, wodurch ihre zuvor eher lose Verbindung zum Hausherrn erst gefestigt wird. Giacomo findet Giulia zwar nützlich, was die Regulierung seines Hormonhaushalts betrifft, zu einem nicht unterschätzbaren Teil schläft er mit ihr jedoch auch, um sich auf seine Art gegen die Hölle zur Wehr zu setzen, die Elviras Eifersucht ihm bereitet. Er ist sich seiner völligen Unschuld bewußt, jedenfalls was die Vorwürfe in Richtung Doria betreffen, und fühlt sich stark genug, seiner Frau zu sagen, er lasse sich nicht von ihr terrorisieren, möchte *Padrone* sein im eigenen Haus.

Immerhin respektiert er, auf gewisse Weise, Elviras Territorium. Mit Giulia trifft er sich in seiner Jagdhütte, in einem bebuschten Winkel des riesigen Gartens oder fährt mit ihr in einem der Motorboote auf den See hinaus.

Als stets verfügbare leibliche Tröstung wie Zuflucht, bei der sich Giacomo unverstellt rustikal geben, alle mondänen Zwänge beiseite legen kann, ist Giulia für ihn schnell unverzichtbar geworden. Ihr erzählt er von all seinen Problemen und Triumphen, auch von amourösen Eroberungen, er kann vor ihr angeben, seine Beute nachträglich wie mit einer Komplizin teilen. Den Preis, den Giulia für ihre Loyalität zahlen muß, nämlich von der Historie beinahe übersehen zu werden, zahlt sie, ohne darüber groß nachzudenken. Die Bedeutung ihrer Rolle in Puccinis Leben wird erst viereinhalb Jahrzehnte nach dessen Tod allmählich deutlich werden – und selbst dann zieht sie es vor, die Wahrheit allenfalls anzudeuten. In einem Interview (in OGGI 16. September 1969) gefragt, ob sie denn eine *tiefergehende* Beziehung zu GP gehabt habe, antwortet sie schmunzelnd nur: »Das will ich meinen.« Und weiter äußert sie sich nicht zum Thema, bis sie 1976 stirbt, im Alter von 87 Jahren.

Elvira hingegen erfährt – zu einem höchst ungünstigen Zeitpunkt – durch die Indiskretion eines Puccini-Intimus (sie erwähnt dessen Namen nicht, wahrscheinlich der übliche Verdächtige, Alfredo Caselli), daß die verhaßte Turinerin, genannt Corinna, acht Jahre zuvor heimlich zu Gast in ihrer Wohnung in Mailand und, viel schlimmer noch, in der Villa in Torre del Lago gewesen war. Es bringt sie auf die Palme, und obwohl die Eheleute einander versprochen hatten, diese doch längst bewältigte Episode nie mehr zu erwähnen, muß sie ihrer Wut Luft machen.

Es trifft Doria. Elvira jagt sie aber nicht, wie vielfach kolportiert wird, aus dem Haus. Sie läßt sie hart arbeiten, malträtiert die sensible Cameriere anfangs mit spitzen Bemerkungen, dann mit handfesten Vorwürfen. Dorias Gesundheitszustand verschlechtert sich mit jedem bösen Wort, und schließlich zieht sie es vor, das Haus zu verlassen, um sich bei ihrer Mutter auszukurieren. Elvira hält Dorias Krankheit für ein Symptom des schlechten Gewissens, und erst auf ihre Flucht hin nennt sie das Mädchen eine Hure, eine hinterhältige Person, eine Verbrecherin. Giacomo kann nicht recht fassen, was geschieht, und greift zum äußersten Mittel: Elvira mit Verachtung zu strafen.

Die wird dadurch noch wütender. Doria wiederum findet in ihrem Elternhaus wenig Solidarität. Der Respekt vor der Herrschaft dort ist so groß, daß Mutter Emilia die Partei Elviras ergreift und Doria befiehlt, die Wahrheit zu sagen. Das Mädchen schweigt und vergräbt sich in ihrem Zimmer. Sofort kommen wüste Gerüchte in Umlauf, fressen sich Nahrung an. Das Dorf nimmt Stellung, es bilden sich Parteien. Solche, die immer schon alles gewußt haben wollen, vielmehr nicht ertragen können, über etwas nicht Bescheid zu wissen, spotten über jene Ahnungslosen, die mit ihrer Meinungsbildung noch zögern.

Ein verarmter, schon betagter Adliger, der Conte Ottolini, der mit den Fischern am See lebt und dessen einzige erfüllende Beschäftigung zu sein scheint, Anekdoten, Legenden und Klatsch zu erzählen, kurz, sich wichtig zu machen, erzählt seinen Zuhörern beim abendlichen Kneipenwein mit der Detailfreude arabischer Märchenerzähler von Puccinis amourösen Tricks und Abenteuern. Undenkbar, so der Conte Ottolini, daß der Maestro irgendeinem Rock nicht nachjage, er schildert mit blühender Phantasie, wie sich GP vor Jahren mit der hübschen Schullehrerin aus Turin in einer entlegenen Waldhütte getroffen habe, während er offiziell auf der Jagd war und deswegen abends Elvira einen geschossenen Vogel mitbrachte, den ein befreundeter Jäger ihm jeweils bereitlegen mußte. Alles Käse, mehr oder minder. Aber man hört dem Conte gerne zu, er verpackt seine Geschichten mit hübschen Ornamenten und atemberaubenden Einzelheiten, erzählt sie süffig, wie eben erst geschehen, als Bericht eines halben Augenzeugen, er ist zudem ein Greis, und seine Stimme gerät schnell in jenen zahnarmen Singsang, der auf das Publikum gleichermaßen rührend wie vertrauenswürdig wirkt.

Elvira beschimpft ihren Gatten als Nichtsnutz, Ehebrecher, Schwein, und, viel schlimmer, sie redet, wen immer sie auf der Straße trifft, auf die Sache an, um ihr ehemaliges Hausmädchen als Hure, Drecksau und Miststück zu titulieren. Die Stimmung im Dorf ist lange gespalten, wendet sich dann gegen Doria. Irgendwas müsse an solch schweren Beschuldigungen doch dran sein.

Giacomo trifft sich zwei-, dreimal heimlich mit Doria, beschwört sie, souverän und gelassen zu reagieren und den ganzen *Schmutz* an sich abprallen zu lassen, Elvira werde sich wieder beruhigen. Er, von seiner weltmännischen Position aus, vermag sich nicht vorzustellen, welchen Repressalien Doria unterworfen ist. Deren eigene Familie hält sie für irgendwie schuldig.

Nach einem besonders schweren Streit mit Elvira, er schreibt an Sybil (Brief vom 6. Oktober 1908), er könne nur noch schlafen, wenn er Veronal nehme, habe oft zärtlich seinen Revolver gestreichelt, mit dem Selbstmord geliebäugelt, darüber hinaus habe Tonio angekündigt, daß er sein Studium hinschmeißen wolle – und so viele Menschen, darunter sie, Sybil, würden ihn den glücklichsten Menschen auf Erden nennen – wählt Giacomo den üblichen Ausweg, die Flucht nach Paris. Er wolle nur ein paar Tage bleiben, schreibt er, bevor er in »jene Hölle« zurückkehren müsse.

Doria läßt er schutzlos zurück, in der Hoffnung, alles würde sich durch seine bloße Abwesenheit beruhigen. Was es nicht tut.

Doria bleibt den Angriffen Elviras ausgesetzt. Bald beschuldigt Elvira die junge Frau gar, ein mit Giacomo gezeugtes Kind abgetrieben zu haben. Irgendwer, der noch mehr Unheil stiften wollte, hat ihr – angeblich – eine anonyme Postkarte geschickt, die ebenjene Behauptung enthält.

Doria weiß nicht weiter, auch ihr etwas dümmlicher Bruder Dolfino gibt ihr keinerlei Rückhalt, bestürmt sie, endlich mit der Wahrheit herauszurücken. Er, der zu diesem Zeitpunkt Achtzehnjährige, produziert sich, schwingt sich bigott zum Beschützer wie zum Ankläger seiner Schwester auf.

Erst Mitte Oktober scheinen sich die Gemüter wieder ein wenig abzukühlen.

Elvira, die die Metropole Paris so sehr liebt, telegrafiert am 12. Oktober an Giacomo, sie möchte gerne zu ihm stoßen. Es handelt sich um ein Versöhnungsangebot, quasi ein Tauschgeschäft. Er aber schreibt, tief gekränkt, zurück, sie solle es vergessen, er habe genug von ihr, wolle sie nicht sehen. Neues Öl wird ins Feuer gegossen. Derart schroff abgelehnt, fährt Elvira in ihrem Treiben fort, ihre Zurücksetzung mündet in neuen Attacken gegen Doria, die sie auf den wenigen Straßen Torre del Lagos gezielt abpaßt und beleidigt, zu diesem Zeitpunkt aber, wenn man so sagen darf, noch ›relativ moderat‹ mit geflüsterten, halb gezischten Schimpfworten. Was inzwischen schon fast manisch wirkt. So, als könne sich ein gelassener Charakter damit abfinden. Die empfindsame Doria kann es leider nicht.

Giacomo sieht sich veranlaßt, ihr mehrere Trostbriefe zu schreiben.

GP an Doria, 26. Oktober 1908

Ich schreibe Dir nach Hause. Es ist mir gleich, ob Deine Mutter davon erfährt. Ich weiß, daß mein Gewissen, soweit es Dich betrifft, rein ist, und ich bin verzweifelt darüber, daß man Dich so beschimpft und verleumdet. Ich erkläre öffentlich, daß ich Dich gern habe, weil du Dich in meinem Haus immer gut betragen hast. Niemand kann Dir etwas Böses nachsagen. Wer es aber tut, lügt und begeht die größte Ungerechtigkeit.

Er rät ihr, sie solle jede Auseinandersetzung vermeiden und so selten wie möglich das Haus verlassen. Was Giacomo nicht ahnt, ist, daß Doria es in ihrem Elternhaus längst ebensowenig aushält wie auf offener Straße. Durch den Wegfall ihres Lohnes geht es der Familie Manfredi finanziell schlecht, alle sind frustriert. Dolfino stößt Drohungen gegen den Maestro aus, weil dieser die Ehre seiner Schwester beschmutzt habe – verbunden mit Drohungen gegen Elvira. Entweder müsse der Maestro wegen der Verführung Dorias büßen oder Elvira wegen ihrer Verleumdungen. In jedem Fall sieht sich Dolfino als der Mann im Haus, als *Capo della famiglia*. Der einzige, der den jungen Hitzkopf zu beruhigen versucht, ist Emilio Manfredi, der Onkel Dorias, der Vater Giulias. Ein alter Jagdkumpan Giacomos, in dessen Haus sich der *Club La Bohème* oft getroffen hat.

Emilio schlägt Elvira eine Unterredung vor, die aber zu nichts führt. Erneut beschuldigt sie Doria, heimlich in Viareggio ein Kind abgetrieben zu haben, sie habe davon von einem Freund des Engelmachers erfahren, der habe gesagt, daß das Mädchen Manfredi hieß, jener Freund habe diesen Namen persönlich gehört und auch, daß Puccini dafür bezahlt habe.

Von Emilio nach anderen Namen gefragt, dem des Engelmachers, dem des Denunzianten, kann Elvira nur antworten, es sei eine *anonyme* Beschuldigung gewesen. Aber sie erzählt noch einmal von *wilden Champagnerorgien*, die Doria und Giacomo in ihrem Haus gefeiert hätten, und von fünfzig Lire *Deflorationshonorar*.

Emilio weiß danach nicht recht, was er noch glauben soll, er könne das alles der schlicht geratenen Doria so wenig zutrauen, obwohl – stille Wasser seien bekanntlich oft tief usw. Er rät seiner Familie zur Zurückhaltung, man könne sich blamieren, ja ruinieren, wenn man Elvira jetzt anzeigt und sich am Ende herausstellt, daß sie die Wahrheit sagt. Die Manfredis sind arm, was könnten sie in einem Rechtsstreit schon ausrichten? Doria fühlt sich von aller Welt verlassen, ißt kaum noch, magert stark ab.

Auch Giulia verläßt nun das Haus, solidarisiert sich mit der Cousine, und Elvira sieht sich plötzlich gezwungen, ihre Mahlzeiten selbst zuzubereiten.

Puccini zögert seinen Paris-Aufenthalt so lange wie irgend möglich hinaus. Gegenüber Sybil deutet er sogar vage ein paar erotische

Annehmlichkeiten an, die ihm in Paris verabreicht worden seien, und bevor er sich nach Hause wagt, verbringt er einige Tage in London, wo Sybil ihn trösten muß, danach noch fast zwei Wochen in Mailand, wo er an einem Ausschlag im Gesicht leidet (*ich sehe gesprenkelt aus wie der Kolben einer Winchester!*).

Als Elvira zu ihm stoßen will, gebraucht er alle möglichen Ausreden.

Brief Elviras an Ramelde, undatiert,
Anfang und Ende des Briefes fehlen.
Wahrscheinlichste Datierung: Ende Oktober 1908

(...) Davonjagen wollte er mich und ließ mir das auch über Ricordi ausrichten. Dann versprach er mir, mich gestern oder heute am späteren Abend zu treffen, heute dagegen schreibt er, daß er nicht weiß, wann er zurückkommt. Jetzt, hörst Du, habe ich alles getan, um diese Geschichte zu beenden, ich habe mich gedemütigt, ich habe gebettelt, aber angesichts dessen, daß nichts geholfen hat, habe ich beschlossen, mich von ihm zu trennen, und ich werde es tun, so vieles ist unnütz, ich werde für ihn nie mehr jene sein, die ich immer gewesen bin. Die Wunde ging zu tief und wird sich nie wieder schließen; daß er mich für so viele Tage allein gelassen hat, in dieser Weise leidend, hat mir den Schleier von den Augen gerissen und mich überzeugt, daß ich für ihn nichts bin. Wozu also weiter zusammenbleiben? Könnte ich wieder gemeinsam mit ihm in Ruhe leben? Nein. Also ist es besser, wenn jeder für sich bleibt. Ich will Dir nicht verhehlen, daß ich dabei großen Schmerz empfinden werde, denn, obwohl so getreten und gemartert, jenseits des Möglichen, bin ich ihm, ich schäme mich, es zu gestehen, immer noch gut. Aber den Mut, mit ihm zu leben, habe ich nicht mehr. Wer weiß, vielleicht läßt die Entfernung mich all das vergessen. Ich werde sicher nicht

> glücklich werden, aber hoffentlich ein wenig Frieden finden, und wenn ich ihn nicht finde – vom Leben, wie es ist, habe ich genug. Sicher gibt es Mittel und Wege, Ruhe zu erlangen. Sag mir nun Du, ob Du die Dinge verstehst wie ich, auch wenn mit jener Dienstmagd (…)

Elvira kommt dann doch für einen Tag nach Mailand (am 28.Oktober 1908), und die Ehegatten führen ein langes Gespräch, das eher einer Verhandlung gleicht.

Sofort wird Giacomo mit der anonymen Postkarte, die Abtreibung betreffend, konfrontiert. Er weist das Ganze weit von sich. Schwachsinn sei das. Ob sie allen Ernstes glaube, daß er, gesetzt den Fall, so eine Abtreibung in Viareggio habe machen lassen, um die Ecke?

Du durchtriebenes Schwein, ruft Elvira, willst dich verteidigen damit, daß du im Grunde noch durchtriebener zu sein behauptest, als ich dir vorwerfe?

Später wird Giacomo mutmaßen, Giulia sei indiskret gewesen, es kommt zu einem wenn auch kurzen Zerwürfnis zwischen den beiden, bis sich zuletzt Fosca als Schuldige (und Verfasserin der anonymen Postkarte) entpuppt.

Das Ganze ist derart kompliziert, daß Puccini Sybil gegenüber nicht einmal den Versuch unternimmt, die Vertracktheit der Lage mehr als nur anzudeuten. Was ihn schmerzen muß.

Am 30. Oktober abends trifft er den aus Deutschland zurückkommenden Tonio, der ihm, das fehlte noch, endgültig ankündigt, sein Studium der Technik aufgeben zu wollen, da nutze auch kein italienischsprachiges Institut, er habe einfach kein Talent. Der Vater macht ihm eine Riesenszene, verschafft ihm dann aber, dank seiner Beziehungen, eine Stelle beim Mailänder Autohändler Minetti, es ist das Beste, was er in der Kürze der Zeit für den Filius erreichen kann.

GP an Sybil, 3. November 1908 aus Mailand

Ich fahre Donnerstag nach Torre, weil am Donnerstag die L. (*die Leonardi*) abreisen, denen will ich nicht begegnen – ich bin jetzt ein wenig ruhiger.

Aber nehmen Sie bitte den Zorn und den Groll zur Kenntnis gegen all jene, die mir soviel Übles angetan haben. Ich bin jetzt und in Zukunft entschlossen, das zu ändern. Ich will nicht länger belästigt werden und Schmerzen leiden – es genügt. Jene wenigen Jahre, die ich noch lebe, möchte ich so wenig »italienisch« (*er meint matriarchalisch*) wie möglich verbringen. (…)

Später schreibt er ihr, in einem Brief vom 6. Februar 1909, eine grobe Zusammenfassung der Geschehnisse, darin findet sich der folgende Satz:

Elvira hat gegenüber Dorias Onkel behauptet, daß ein Mädchen, seine Tochter, Briefe überbracht habe. Daran ist nichts wahr, gar nichts.

Hier schwindelt Giacomo, denn Giulia – sie ist gemeint – hat definitiv Briefe an Doria überbracht, wenn auch ganz harmlose – und daß er sich ein, zwei Mal heimlich mit Doria getroffen habe, um sie zu trösten, gibt er in einem anderen Brief offen zu. Er vermeidet, das vertraute Verhältnis zu Giulia auch nur anzudeuten. Es ist eines der wenigen Geheimnisse, das er Sybil erst spät offenbart. Wozu soll er ihr jetzt, ohne Notwendigkeit, die Illusion rauben, seine einzige weibliche Vertraute zu sein?

Die Arbeit an der *Fanciulla* liegt schon wochenlang brach. Puccini kann sich begreiflicherweise nicht konzentrieren. Am 6. November, nachdem er seine Abwesenheit so lange wie irgend möglich ausgedehnt hat, kommt er nach Torre. Elvira hat ihn, trotz aller Beteuerungen, *nicht* verlassen. Alles geht genau so weiter wie zuvor. Er trifft sich alsbald, schon um *irgendwas* zu tun, still und heimlich mit Doria, bietet ihr Geld an, sie weist es zurück. Als könne *Geld* ihr helfen, was er sich dabei denke?

Nun, ich denke, antwortet er, du könntest mit dem Geld ein paar Wochen lang verreisen.

Sie sieht ihn ungläubig an. Verreisen? Ich? Wohin? Und dann? Wie das klingt! Unsereins *verreist* doch nicht. Meiner Familie sagen, ich sei *verreist* gewesen, wie eine Dame, und hätte das Geld dafür von Puccini bekommen und nicht zu Hause abgeliefert, nein, denn ich hätte ja verreisen müssen, ach, merkst du nichts? Wenn Mädchen wie ich schnell einmal *verreisen* müssen, dann um irgendwo abzutreiben, wo man sie nicht kennt. Es gibt kein Entkommen, und dein Geld hilft mir nichts, gar nichts.

Ihre Familie hingegen fände das Geschenk wohl ganz hilfreich. Doria weiß das und verschweigt gegenüber ihrer Mutter Giacomos Offerte. Es würde wie eine Bestechung aussehen, wie Schweigegeld. Doria findet niemanden, mit dem sie reden kann.

Giacomo indessen beschwört Fosca noch einmal, sie möge zugeben, alles erfunden zu haben.

Fosca lacht nur und zeigt ihm den Vogel. GP verbietet ihr und Toto daraufhin offiziell das Haus, was Elvira um so mehr in Rage bringt, als sie keinen Zweifel an den Aussagen ihrer Tochter hegt.

Zwei Briefe an Sybil reden Klartext: Am 18. November 1908 schreibt er: *Der Bruch mit den Leonardi ist komplett* – und am 27. November 1908: *Ich bin einigermaßen ruhig, das Verhältnis zu den Leonardi ist zerrüttet.*

Am 21. November schreibt Giacomo einen salbungsvollen Brief an Emilia Cinti, Dorias Mutter, in dem es heißt, daß an den Anschuldigungen kein Körnchen Wahrheit sei, daß er Doria gern habe und immer mit ihr zufrieden gewesen sei, daß es ihm jetzt sehr leid tue, wenn ihr so übel mitgespielt werde.

Bösartige Leute, die den Kopf meiner Frau verwirrt haben, haben jene Gerüchte in die Welt gesetzt. Ich habe Ihre Tochter immer als ein Familienmitglied betrachtet.

Auch Elvira leidet an der festgefahrenen Situation. Ihrer eigenen Tochter wurde das Haus verboten, und Doria verrammelt sich in ihrem Zimmer, sie kann das Mädchen nicht länger drangsalieren oder die Wahrheit aus ihr herausprügeln, Giacomo leugnet krampfhaft und markiert den wilden Mann, die Villa verwildert zusehends – etwas muß geschehen. Von daher ist Elviras plötzliches Einlenken gar nicht so überraschend, wie es auf den ersten Blick vielleicht wirkt.

Die in einem Roman vielleicht für untragbar gehaltene, im Leben ungleich öfter auftretende Unwahrscheinlichkeit – wird Realität. Elvira bietet ihrem Mann folgendes Arrangement an: Doria darf, wenn auch unter strengen Auflagen (nach acht Uhr abends soll sie das Haus verlassen und vorher Elvira möglichst nicht unter die Augen kommen), wieder in der Villa arbeiten. Dafür bekommt sie ein Gehalt von 18 Lire im Monat.

Doria, die an eine glückliche Wendung glaubt, an den Sieg der Vernunft, willigt sofort ein und kehrt am 22. November in den Dienst zurück. Körperlich geschwächt, gibt sie sich dennoch doppelt Mühe. Das Ganze geht gerade mal zwei Tage lang gut. Elvira hofft einzig und allein, Dorias Aufenthalt im Haus werde es ihr erleichtern, die beiden Turteltäubchen in flagranti zu erwischen, nur so läßt sich ihr Einlenken begründen. Daß Doria sofort wie eine Besessene arbeitet, bei erheblich reduziertem Körpergewicht, empfindet Elvira als den Gipfel der Heuchelei. (ANM. 3)

Brief Elviras an Ramelde (nicht datiert, evtl. 23. November 1908)

Liebste Ramelde,
kaum daß diese unheilvolle Person wieder im Haus ist, ist Giacomos gute Laune verschwunden, am Abend hat er es geschafft, einen Streit anzuzetteln und hat mir dabei sogar einen Fausthieb versetzt. Ich kann Dir das Gefühl des wahren moralischen Schmerzes, das stärker war als der physische Schmerz, den ich empfand, nicht beschreiben. Nie hat er sich zu so einer Brutalität hinreißen lassen.

Caselli war da und wollte mit Giacomo reden, aber der war auf der Jagd. Statt dessen unterhielt er sich lange mit mir und meinte, daß solche Dinge Zeit brauchen.

Ich schreibe in Eile, denn es sind alle im Haus, und ich habe Angst, entdeckt zu werden. Gestern waren Nitteti und Tomaide hier und haben mir den halben Tag lang Gesellschaft geleistet. Also Ciao, bis bald, und danke für Deine schönen Worte, die mir so gut tun. In der Lage, in der ich mich befinde, erheitert es mein trauriges Gemüt ein wenig, zu wissen, daß eine Person voller Zuneigung an mich denkt und mit mir fühlt! Küß mir die Mädchen (*Ramelde hat drei Töchter*) und für Dich einen dicken Kuß von Deiner Elvira.

Am 24. November verläßt Doria die Villa Puccini erneut, und diesmal für immer. Elvira hat sie und Giacomo zusammen nach acht Uhr abends im Garten gesehen, was Grund genug für eine stundenlange hysterische Szene bietet, obwohl Giacomo dem Dienstmädchen nur ein paar aufmunternde Worte gesagt hat.

Sie halte es hier nicht mehr aus, brüllt Elvira, sie werde gehen, werde ihn verlassen, gleich morgen.

Doch statt sich von ihrem Gatten zu trennen, sucht sie Monsignore Michelucci auf, den Dorfpriester, der, nebenbei gesagt, dem

Schauspieler Boris Karloff ähnelt. Sie beschuldigt Doria erneut und bittet ihn, der Sache nachzugehen, mit Dorias Mutter zu reden, oder mit der Hure selbst, bis diese geständig werde.

Er tuts! In *meinem* Haus, Padre. Mit dieser kleinen Schlampe! Dem Stubenmädchen!

Ob sie denn Beweise dafür habe? fragt der Padre, aus reinem Interesse.

Sie ahnen ja nicht, sagt Elvira, wie abgefeimt mein Mann ist! Er kann mit einer Frau Verkehr haben auf dem Klavier – und dabei weiterspielen, so daß niemand an was Böses denkt.

Hören Sie auf! Das ist abscheulich. Obszön! Woher wissen Sie das?

Ich weiß es eben. Ganz sicher sogar. Sie werden sicher nicht hören wollen, aus der wievielten Erfahrung ich das weiß.

Nein, sagt der Pfarrer, das möchte er wirklich nicht genauer wissen. Sie solle ihrem Gatten sagen, er möge ihn aufsuchen, zur Beichte kommen. Lieber heute als morgen.

Elvira verspricht, es auszurichten. Aber ob der Padre sich nicht erst einmal an das Mädchen wenden könne? Giacomo arbeite zur Zeit, immerhin, wenn auch wenig, er habe seit fünf Jahren kaum gearbeitet. Er müsse ja auch die Familie ernähren, das gelte es zu bedenken.

Michelucci geht direkt ins Haus der Manfredis und unterzieht Doria einer unverschämten, beinahe inquisitorischen Befragung.

Das Dorf schwappt über von Gerüchten. Immer mehr Einwohner schlagen sich nun auf Elviras Seite; es wird sich schon irgendwie so abgespielt haben, wie sie es darstellt. Elvira genießt den von Giacomo selbst kolportierten Ruf eines *Mediums*.

Am 20. Dezember 1908 fährt Elvira nach Lucca, zu ihrer erkrankten Mutter. GP kann an Sybil »etwas freier« schreiben. Seine Arbeit gehe voran, teilt er ihr mit, aber so langsam, daß er sich frage, ob er je damit fertig werde. Elviras Verfolgungen ließen nicht nach, sie habe den Pfarrer gebeten, mit Dorias Mutter zu reden, und tue alles, um das Mädchen aus dem Dorf zu jagen. Es sei ein schreckliches Leben, genug, um an Selbstmord zu denken. Er habe das arme Ding ein-, zweimal heimlich getroffen, und ihr Anblick habe ausgereicht, ihn zum Weinen zu bringen. Doria befinde sich in einem sehr schlechten gesundheitlichen Zustand. Meine Seele, schreibt er, lehnt sich auf gegen all diese Brutalität, aber ich bin gezwungen, hierzubleiben, inmitten von alledem …

Sybil tut, was sie kann, um ihren Freund aus der Ferne aufzumuntern, aber spätestens, als sie ihm Ratschläge gibt, wie man *Frauen* verstehen, besänftigen und, ohne daß die es gleich bemerken, lenken kann, merkt Giacomo, daß die elegante Städterin leider nicht die geringste Vorstellung besitzt, womit er es hier zu tun hat. Noch drastischer will er sein oder Dorias Leiden aber nicht beschreiben, Sybil würde das vielleicht als Illoyalität gegenüber Elvira begreifen und abstoßend finden. Zudem muß er bedenken, daß seine Briefe Wertgegenstände darstellen, die ihn überleben werden, und er gibt nicht gern Privates preis, solange es ihm nicht zum Ruhm gereicht. Sybil kennt Elvira so ja auch gar nicht, geht von hochentwickelten Regeln der Zivilisation aus, kann sich nicht ausmalen, in welche Kreatur die Eifersucht Elvira verwandelt. Nachts steht jene manchmal auf, öffnet die Tür zu Puccinis Zimmer im oberen Stock und leuchtet hinein, ob er auch im Bett liegt – und das ist noch verhältnismäßig harmlos. Wenn er morgens aufsteht, findet er seine Kleidung durchwühlt, ebenso seine Korrespondenz, sogar die geschäftliche. Sie intrigiert seine Freunde, horcht sie aus, und wer sich mit ihr über Puccinis Privatangelegenheiten nicht austauschen will, den nennt sie einen Verschwörer, gar einen Kuppler, verbietet demjenigen das Haus, in dem sie nun die strenge und ungeteilte Herrschaft führt. Manchmal sperrt sie nachts das Schlafzimmer zu, und der gedemütigte Giacomo muß am Morgen klopfen, bis ihm geöffnet wird. Wenn sie durchdreht, greift sie zum Regenschirm, ihrer bevorzugten Waffe. Am schlimmsten aber ist ihre Stimme, diese grelle, metallisch krächzende Stimme, die, einer Maschine gleich, einmal angeworfen, nicht endet, bevor ihr die Energie ausgeht oder die Stimmbänder versagen (letzteres geschieht nur äußerst selten). Daß sie alles, was sie zu sagen hat, etwa dreihundertmal wiederholt, fällt ihr selbst gar nicht auf, sie keift es jedesmal wie eine große Neuigkeit hinaus. Und es bedarf schon eines so gewichtigen Anlasses wie der Sterbenskrankheit ihrer Mutter, daß sie jetzt, und seis auch nur für ein paar Tage, ihren Posten, ihre Bastion aufgibt. Wie sie aussieht! Finster, verhärmt, verbittert, schwarz um die Augen, bleistiftschmale Lippen, ungepflegte Haare. Man könnte jemandem erzählen, daß sie eine hübsche Frau gewesen sei, gar nicht lange her. Derjenige würde aus Höflichkeit antworten: Gewiß. Und betreten das Thema wechseln.

Puccini verbringt seinen fünfzigsten Geburtstag (am 22. Dezember) ohne offizielles Dekor, ohne Verwandte, nur mit ein paar Kumpanen. Er versucht diesen verhaßten Geburtstag eher zu vergessen als zu feiern. Jagt ansonsten viel. Trifft sich mit Doria, natürlich. Und nicht nur ein-, zweimal, wie er gegenüber Sybil behauptet.

Er findet Dorias Anblick nicht nur zum Weinen, er findet sie plötzlich sogar, wenn er darüber nachdenkt, einigermaßen reizvoll, ihr Gesicht ist um vieles schmaler geworden, als auf dem einzigen erhaltenen Porträtfoto zu sehen ist. Sein Mitgefühl, sein Beschützerinstinkt äußert sich immer auch in einer erotischen Komponente. Sobald ihm das bewußt wird, fährt er sein Engagement zurück, erschrickt, bekommt Angst vor sich selbst, hält sich strikt unter Kontrolle. Schon wegen der nicht ganz uneifersüchtigen Giulia, die begreiflicherweise darauf besteht, seine einzige Geliebte in Torre zu sein.

Doria hustet viel, vermeidet das leidige Thema, schämt sich, es anzusprechen, redet unverfänglich.

Heute haben Sie aber wieder viele Enten erschossen. Wer soll die alle essen?

Fragen die Enten, wenn sie brüten, wer das alles essen soll? Du trägst dein Haar ja offen. Hast du einen Geliebten?

Was Sie immer denken. Nein!

Solltest du. In deinem Alter. Wenn die Liebe Religion ist. Ich beneide dich um dein Alter!

In meinem Alter hatten Sie noch kaum was Bedeutendes komponiert.

Stimmt auch. Es ist ein Kreuz, daß dieses elende Leben so viele Jahre benötigt, um aus uns irgend etwas Bemerkenswertes zu machen.

Müssen Menschen unbedingt bemerkenswert sein?

Ich weiß nicht. Man müßte sie zwingen, es wenigstens zu versuchen.

Wird die neue Oper in Amerika uraufgeführt?

Ja. Wahrscheinlich.

Da werde ich nicht kommen können zur Premiere.

Schade. Tut mir leid. Da läßt sich wohl nichts machen.

Ich wollte, Elvira hätte wenigstens recht mit dem, was sie über uns sagt.

Dieser wenn auch unbeabsichtigt lasziv klingende Satz aus ihrem Mund erschüttert ihn nachhaltig, dergleichen ist er von Doria nicht gewohnt. Er hört eine Aufforderung zur Tatsachenvollendung und gleichsam einen Vorwurf heraus, daß er sie als Frau – meint: als Sexobjekt – nie wahrgenommen hat. Und dieser Vorwurf, ihm gemacht, ausgerechnet ihm, klingt schon aufgrund seiner Unwahrscheinlichkeit erschütternd. Die darin auch geäußerte Liebeserklärung überhört er geflissentlich. Gäbe es Giulia nicht, dann vielleicht – so aber will er die Lage nicht noch verschlimmern und agiert in

Gegenwart Dorias stets, als würden sie ständig beobachtet. Nicht einmal die Hand will er ihr geben, damit keine Mißverständnisse entstehen, falls jemand die beiden plötzlich überrascht.

Er läßt Doria zu Weihnachten das alte Grammophon bringen (nicht das von Edison, das hat er zu Neujahr 1904 an Ramelde verschenkt), dazu ein paar Platten, damit sie es in ihrer winzigen Kammer nicht so still hat.

Doria, die keineswegs plant, Giacomo zu verführen, die nur nach Signalen, Symptomen des Mitgefühls hascht, bemerkt seine seelische Zurückhaltung. Bald beginnt sie zu glauben, sie sei ihm im Grunde nichts als lästig.

Erstmals denkt sie an Selbstmord. Noch nicht deswegen, weil sie die Feindseligkeiten nicht ertragen könnte. Mehr, um ihrem Giacomo mit der Selbstopferung einen Gefallen zu tun, einen großen, gewaltigen Liebesdienst. Schließlich wäre ihr Tod die einzige gangbare Möglichkeit, der Welt ihre Unschuld zu beweisen. An ihrer Leiche (und nur an ihrer Leiche, nicht etwa am lebendigen Körper, das wäre zu peinlich) könnte die virginale Intaktheit nachgewiesen werden. Der Maestro stünde strahlend da, von jedem Verdacht gereinigt. Nebenbei, kein geringer Aspekt, wäre es auch der einzige Weg, Elvira, die verhaßte Tyrannin, als Lügnerin zu entlarven, gewissermaßen in Blut zu tauchen.

Am 26. Dezember kehrt Elvira aus Lucca zurück. Die zwischenzeitliche Distanz hat sie keineswegs ruhiger werden lassen, im Gegenteil. In ihrer Phantasie hat sie sich ausgemalt, wie Giacomo und Doria fünf Nächte lang die Puppen tanzen lassen.

Elviras Unbeherrschtheit wird immer bedrohlicher. Wo sie Doria trifft, giftet sie sie an, inzwischen skrupellos und lautstark. Ihre zuvor so gerade eben noch in zeitgenössischen Lexika aufzufindenden Schimpfwörter tauscht sie nun gegen solche ein, die zu jener Zeit höchstens an Klo- und Bordellwände gekritzelt worden wären. In den Fokus ihres Zorns gerät sogar Sybil, wie überhaupt jedes weibliche Wesen, mit dem Giacomo je näher zu tun gehabt hat.

Elvira schreibt der Engländerin im ihr typischen, nicht leicht durchschaubaren Geflecht grammatischer Bezüge, daß sie (Sybil) bloß nichts von dem glauben solle, was er (Giacomo) ihr erzähle, es seien alles Lügen, so wie sie (Elvira) seinen Lügen nie geglaubt habe, und sie (Sybil) wisse am besten, daß es Lügen gewesen seien, was er, früher zumindest, sie (Sybil) und ihn betreffend, behauptet habe. (*Anm.: Nämlich, daß das Verhältnis zwischen Giacomo und Sybil von Beginn an platonisch war.*)

Wiederum sind es die Leonardi, die Elvira einreden, da müsse doch wohl mehr gewesen sein. Und sei es vielleicht immer noch. Fosca und Toto, den aus der Villa Verbannten, scheint inzwischen jedes Mittel recht, Rache zu üben. Selbst Sybils zweitgeborener Sohn, Vincent, der dreißig Jahre später gnädig einen Mantel der Freundschaft über jene Zeit ausbreiten und die Korrespondenz seiner Mutter mit Puccini nur sehr verstümmelt veröffentlichen wird, erwähnt, daß es eine Zeit der Irritationen gegeben habe, in der *gewisse übelwollende Menschen* das an sich herzliche Verhältnis zwischen Elvira und Sybil zu vergiften suchten.

1909

GP sieht sich Anfang Januar veranlaßt, Sybil einen Brief zu schreiben, in dem er ausdrücklich bedauert, daß »Elvira unsere Freundschaft falsch gedeutet hat«. Jene Zeile ist der einzige schriftliche Beleg für Elviras Eifersucht auf die Engländerin. Wie sehr muß sich Elvira der Touristin Sybil gegenüber in den Jahren zuvor zusammengenommen haben.

Von Zusammennehmen kann jetzt keine Rede mehr sein.

Am 1. Januar 1909, quasi als Neujahrsgruß, wird Doria von Elvira beinahe geohrfeigt, vor etlichen Zeugen, auf der Straße. Nur eine schnelle Flucht verhindert die Vollendung der physischen Attacke.

Offenbar wahr (so unglaublich es klingt) ist, daß Elvira in Giacomos Kaffee, wann immer er in der Villa Besuch von einer leidlich gut aussehenden Frau bekam, triebdämpfende Bromlösung geträufelt hat.

Daß sie die Innenseiten von Giacomos Kleidern mit Kampferpaste beschmiert haben soll, deren Dünstungen eine ebensolche Wirkung nachgesagt wird, ist dagegen nur eine von vielen Anekdoten, aber sie ist vor Ort entstanden und legt beispielhaft dar, wie die Witze und Anspielungen über Elvira zu Witzen und Anspielungen über Giacomo werden, die der, ein echter italienischer Macho, nur schwer erträgt. Mehrmals denkt er daran, seine Gutmütigkeit zu überwinden und Elvira zu verprügeln. Was nur auf den ersten Blick eine Lösung wäre. Sie würde ihn daraufhin wahrscheinlich sogar verlassen, aber die Zeitungen hätten Schlagzeilen, und an Doria würde ewig ein Makel haften bleiben.

In Briefen an weiter entfernt wohnende Freunde aus jener Zeit gibt sich Puccini auffallend unbeschwert, eskapistisch, als könne die leidige Angelegenheit unter den Teppich gekehrt, ja rundum verheimlicht werden. Nur Sybil teilt er mit, wie sehr er leidet.

GP an Sybil, 4. Januar 1909

Ich lebe noch immer im tiefsten Unglück – wenn Sie wüßten, wozu meine Frau fähig ist und wie sie mir nachspioniert! Es ist eine entsetzliche Quälerei ... Ich würde Ihnen gern alles erzählen, möchte mich aber nicht noch mehr quälen; es genügt, wenn ich

Ihnen sage, daß ich nicht länger leben will – jedenfalls nicht mit ihr. Weit weggehen und ein neues Leben anfangen, frei atmen können und mich von dieser Gefängnisatmosphäre befreien, die mich umbringt – Elvira redet immer davon, daß sie mich verlassen will, aber sie geht nicht. Ich hätte nichts dagegen, alleine hierzubleiben; ich könnte arbeiten und auf die Jagd gehen – gehe aber ich weg, wo soll ich hin? Und wie soll ich leben? Ich, der ich nun an die Bequemlichkeiten des eigenen Hauses gewöhnt bin? Kurzum, mein Leben ist ein Martyrium …

5

Im Laufe des Januar stößt Rodolfo Manfredi, »Dolfino«, gegenüber Giacomo – diesmal schriftlich – Morddrohungen aus, weil jener seine Schwester verführt habe. Puccini nimmt die Drohungen des verwirrten Jünglings zwar ernst, antwortet jedoch nicht. Tief deprimiert verrammelt er die Fensterläden und schläft mit geladenem Gewehr neben sich.

Am 10. Januar trifft er sich ein letztes Mal mit Doria.

Ich ertrage es nicht mehr.

Sagt sie, ohne jede einleitende Begrüßungsformel.

Halt still. Hör nicht hin. Bleib im Haus. Sie wird schon einmal Ruhe geben. Im Grunde kann sie dir nicht viel tun.

Warum tun *Sie* nichts? Bitte!

Was soll ich tun? Was?

Ich weiß auch nicht. Sie können einfach weggehen. Ich kann nicht weggehen. Nicht so einfach.

Am liebsten nähme ich dich mit.

Es sähe dann so aus, als hätte Ihre Frau mit allem recht gehabt.

Es wird alles wieder gut, Doria.

Ja. Man muß nur soviel tun dafür. Zuviel. Ach, wüßten Sie, wieviel ich Ihnen zuliebe tun würde.

Puccini ist sich unsicher, wie er diesen Satz verstehen soll, er möchte Doria tröstend in den Arm nehmen, kann sich dazu nicht überwinden und murmelt eine leise Abschiedsphrase.

Am 19. Januar, gegen Mittag, rennt Elvira, als sie Doria am See entlanggehen sieht, ihr entgegen, pflanzt sich vor ihr auf und schreit, man müsse sie im See ertränken, sie selbst werde das tun, wenn sich sonst niemand finde. Wieder sind Zeugen anwesend, um die sich Elvira nicht zu scheren scheint. Von ihrer ehemaligen Köchin Angiolina Manfredi (mit Doria nicht oder nur entfernt verwandt) gleich darauf zur Rede gestellt, ob sie das alles wirklich gesagt habe, brüstet sich Elvira damit, noch viel schlimmere Dinge gesagt zu haben.

Am 19. Januar, abends, kommt es zu einer Groteske, auf die jeder Romanautor lieber verzichten würde, um nicht als Phantast zu gelten.

Puccini sitzt am Flügel, kann nicht arbeiten, raucht, geht durch die Nacht spazieren, im Garten seiner Villa. Plötzlich steht Elvira vor ihm, trägt seinen Mantel, seinen Hut, steht da, verkleidet, im Dunkel, raucht auch und wartet darauf, daß Doria zu ihr (vielmehr zu *ihm*) eilt und sich verrät.

Ein Moment unüberbietbarer Peinlichkeit. Puccini wendet sich um, sagt nichts. Dabei war es nur Stunden zuvor zu einer Art Aussprache gekommen, die einigermaßen glimpflich, fast verheißungsvoll verlaufen war. Giacomo muß einsehen, daß Elvira ihn nur quasi in Sicherheit wiegen, zur Leichtsinnigkeit verleiten wollte. Seine Ehe ist ein Abgrund geworden, er selbst eine Witzfigur.

Ein Brief vom nächsten Morgen macht deutlich, daß die Angelegenheit für Elvira durchaus auch eine sportliche Note besitzt:

Elvira an Alfredo Caselli, 20. Januar 1909

Leider war das Unternehmen vorige Nacht ein Fehlschlag. Die Tauben kamen nicht in den Schlag zurück. Ich habe eine Stunde umsonst gewartet. Und heute ist er nach Rom gefahren. Sie ein anderes Mal zu erwischen ist unmöglich, denn auch ich will weg, nach Mailand, am Samstag, und weiß Gott, wann ich zurückkomme.

Sofort nach dieser bizarren Episode, noch am 20. Januar 1909, hat GP den Zug nach Rom bestiegen. Immerhin glaubt er, sich keine Sorgen um Doria machen zu müssen. Mit Elvira abgemacht ist, daß er nach Rom, sie nach Mailand fährt. Das Mädchen soll endlich in Ruhe gelasssen werden.

An Caselli (ausgerechnet!) schreibt GP aus Rom am 22. Januar 1909:

Es hat eine Art Versöhnung stattgefunden, und ich sagte, ich würde das Vergangene vergangen sein lassen. Dies wurde akzeptiert, und nach so langer Zeit verlief der Tag endlich wieder einmal leidlich. Am nächsten Abend ging ich wie gewöhnlich nach dem Essen aus – ich schwöre, daß ich kein geheimes Treffen hatte. Ich ging zu Emilio, dann unterhielt ich mich eine Weile mit einem Jäger, nach einer halben Stunde kam ich zurück, aber Elvira war nicht da. Ich suchte sie überall, doch sie war nirgends zu finden. So stellte ich mich in die Nähe der Tür, im Dunkeln, um auf sie zu warten. Bald darauf hörte ich schnelle Schritte, und ich sah Elvira vor mir, in meinen Kleidern! Sie war fort gewesen, um mir nachzuspionieren. Ich war darüber aufgebracht und angewidert … Ich sagte gar nichts und fuhr am nächsten Tag niedergedrückt nach Rom. Kaum war ich hier angekommen, erhielt ich (wieder) einen Brief von einem der Brüder Dorias mit ernstzunehmenden Drohungen – unter anderem sagte er, er wisse, daß Elvira behauptet habe, ich träfe mich mit seiner Schwester abends um acht Uhr draußen im Dunklen. Kannst Du Dir so etwas vorstellen? Was soll ich jetzt tun? Ich habe an Elvira geschrieben und erwarte sie hier. O mein Gott, es ist einfach zu viel! Nachdem sie mir versprochen hat, nicht mehr zu spionieren, macht sie weiterhin solche Dinge … Es muß einfach etwas Tragisches oder zumindest sehr Unangenehmes geschehen.

Im Zug erst fällt Puccini ein, daß er sich von Doria nicht verabschiedet hat. Egal, denkt er sich, besser, man verhält sich *normal*, unauffällig, gibt keinerlei Spekulationen Nahrung. Der Rom-Aufenthalt soll zudem nur einige Tage umfassen.

Elvira jedoch täuscht ihre Abreise nur vor, bleibt drei Tage länger in Torre. Und fährt nach Mailand erst am Tag der Katastrophe, am 23. Januar, um elf Uhr morgens.

Zwei Stunden zuvor, um neun Uhr morgens, paßt sie Dorias Cousine Giulia auf der Straße ab und wirft ihr vor, Giacomo und Doria als Kupplerin zu dienen. Was Giulia, mit dem ihr eigenen Selbstbewußtsein, strikt von sich weist und schwört, daß sie dem Sor Giacomo nicht als *Kupplerin* diene. Herantretenden Passanten gegenüber (fast ausnahmslos Mitglieder der Manfredi-Familie) behauptet Elvira, Giacomo habe ihr endlich alles gestanden. Als man auf ihren Bluff nicht hereinfällt, gibt Elvira zu, Giacomo habe zwar nicht alles gestanden, aber, so ihre krude Logik, alle Leute würden darüber reden, so wahr sei es. Mit diesen Worten besteigt sie die Kutsche nach Viareggio zum Zug nach Mailand.

Doria, die sich von Gott und der Welt, insbesondere aber von Giacomo verlassen glaubt, ist die ihr zugewiesene, allzu passive Rolle in diesem Drama endgültig leid und sieht nur einen einzigen Ausweg.

Noch am selben Tag, gegen zehn Uhr morgens, betritt sie die Dorfapotheke. Der Apotheker erinnert sich später des kurzen Gesprächs und auch daran, Doria beim Kauf beraten und auf die Gefahr gewissenhaft hingewiesen zu haben.

Haben Sie Sublimat?
Hab ich, klar.
Was ist das genau?
Ein Desinfektionsmittel.
Das reinigt?
Ja, das reinigt.
Es ist giftig, nicht?
Ja nun, meint der Apotheker, schlucken sollte man es wohl nicht.

Doria geht nach Hause, hört Grammophonmusik, natürlich solche des Maestro (sicherlich auch eine Aufnahme des *Butterfly*-Finales – »*Con onor muore …*«, vermutlich in der Columbia-Pressung 1907, gesungen von Renée Vivienne), schluckt, Giacomos Porträtphoto im Blick, um elf Uhr das Sublimat, drei rosafarbene Tabletten.

Ihre beiden Neffen, die 1924 und 1926 geborenen Söhne der jüngeren Schwester Vittoria, werden später, 1998, behaupten, sie habe sich gewiß nicht umbringen, nur einen Hilferuf senden wollen und habe die Wirkung der Tabletten, die ihre Eingeweide verätzten, bedauerlicherweise unterschätzt. Die aufgerissene Packung sei in der Familie seit Generationen wie eine Reliquie weitergegeben worden, bevor man sie im Jahr 1994 in einem Acker vergraben habe.

Doria erbricht, preßt die Hände gegen die Lippen, schluckt, was sie vom Erbrochenen im Mund behalten kann, wieder runter. Es muß so gewesen sein, ansonsten ihr das Erbrechen wohl das Leben gerettet hätte. Ihre Angehörigen bemerken erst gegen Abend, daß etwas nicht stimmt. Aus ihrem Zimmer sind Schreie zu hören. Man hält sie für hysterisch. Endlich stemmen ihr Onkel Emilio und der Bruder Dolfino die Tür zu ihrer Kammer auf. Ekelerregender Gestank schlägt ihnen entgegen. Man ruft Dottore Giacchi – der ist nicht auf Vergiftungen spezialisiert, und selbst wenn er es wäre, es gibt nichts mehr zu tun, die inneren Organe der Selbstmörderin werden vom Gift zersetzt, jede Operation käme zu spät.

Am 24. Januar fragt Puccini aus Rom per Brief einen Freund, ob denn endlich der Termin für die Blesshuhnjagd feststehe. Keine Viertelstunde später erhält er ein Telegramm seines Kumpels Bettolacci, das ihn von der Tragödie unterrichtet. Er erleidet einen physischen Zusammenbruch.

Alsbald erfährt auch Elvira, was geschehen ist. Und bleibt gelassen. Die Schlampe habe sich Gift gegeben, na und? *Sie* habe es getan, niemand habe es ihr verabreicht. Und sie lebe ja noch. Wozu die Aufregung? Elvira telegrafiert an Giacomo sogar, daß dies seine und Dorias Schuld beweise, schuldlos vergifte sich niemand.

Paolo Tosti und seine Frau Berthe halten sich zufällig in Rom auf und eilen ins *Hotel Quirinale*, versuchen ihren Freund Giacomo zu trösten. Dieser telegrafiert täglich mehrmals mit seinem Verbindungsmann in Torre, Antonio Bettolacci, um Neues zu erfahren. Bettolacci (der Gutsverwalter des Marchese Ginori, dem Eigentümer des Massaciuccoli-Sees) weiß nichts Neues, läßt nur Elvira warnen, sie möge in Mailand bleiben, hier sei es definitiv zu gefährlich für sie.

Die Reporter lungern in unserem Treppenhaus herum, berichtet Tonio seiner Mutter. Sie hätten ihn gezupft und bedrängt und ihm Geld angeboten, damit er sich zu den Vorfällen äußere.

Elvira gibt einen grimmigen Kommentar ab, daß die Hure sich mit dem Sterben zuviel Zeit lasse, um es ernst zu meinen, alles sei nur Getue und Theater. Als Tonio sie entsetzt anblickt, legt sie nach und betont erneut, die Schlampe habe sich schließlich aus freiem Willen vergiftet und werde selbst am besten wissen, weswegen.

Tonio erfährt von der vermeintlichen Abtreibung, von Kopulationen im Garten oder auf dem Klavier, vom Fausthieb, den sein Vater der Mutter im letzten Herbst verpaßt hat usw. Es scheint ihm schwer vorstellbar, daß sie das alles erfunden haben könnte. Was soll er glauben?

Zumal er seinen Vater einigermaßen richtig einzuschätzen gelernt hat.

GP an Antonio Bettolacci
Rom, Hotel Quirinal,
26. Januar 1909, Dienstag –

(…) Du kannst Dir vorstellen, wie mein Zustand ist! Falls die arme Doria nicht stirbt, brauche ich Deine Hilfe – Tu mir den Gefallen, Dich mit ihrem Bruder Rodolfo zu treffen, und sag ihm, daß es überhaupt nicht stimmt, daß ich veranlaßt hätte, ihn aus dem Dorf zu entfernen. Es sieht so aus, daß Rodolfo Torre verlassen hat und *er* sagt, und auch bevor ich abgereist bin, hat er gesagt, daß ich der Grund war, da ich ihn weghaben wollte, dies entspricht überhaupt nicht der Wahrheit, im Gegenteil. (…) Alles abstreiten, was meine Frau über die nächtlichen Verabredungen behauptet hat etc. – (…) daß ich Doria um 20 Uhr abends in der Via del Polese getroffen habe – das ist völliger Quatsch.

Verwende Dich bitte dafür, daß das arme Mädchen ein bißchen Trost bekommt. Kümmere Dich darum, als ob es Deine eigene Angelegenheit wäre – wenn es noch rechtzeitig ist! Dieser Gedanke ist furchtbar – ich sehe alles zerstört für mich, Familie, Frieden – Leb wohl für immer, mein Torre del Lago! … Alles ist dem Untergang geweiht – und die Gewissensbisse werden alle packen … nein, manche Leute haben keine Seele … Ich werde von allen der Unglücklichste sein! Wenn bei Doria zu Hause die Hölle los ist, rate ich Dir, nimm Du sie mit (…), denn Doria ist eine Seele von Mensch – Ich habe sie mehr als 5 Jahre bei mir im Hause gehabt und kann das sagen – böse Kreaturen haben sie ruiniert, Du kennst den Grund –

Lieber Tonino, was könntest Du machen? (…) Aber, wenn zu dieser Stunde, in der ich dies schreibe, es geschehen sein sollte, daß das arme Mädchen gestorben ist! O mein Gott, welch furchtbarer und ständiger Gedanke! Ich bin in einem schrecklichen Zustand – nur du kannst mir helfen – ich weiß nicht, was ich Dir raten soll – Du, der Du einen so guten Menschenverstand besitzt, geh vor, handle, so gut du kannst – o wenn sie nur mit heiler Haut davonkäme! Laß uns hoffen – aber man muß unbedingt etwas für sie tun – Ich bin zu allem bereit – ihr eine Anstellung woanders zu besorgen – wie auch immer, lieber Tonino, hab keine Angst vor Geschwätz und Kommentaren, nimm Dich der Sache an und kümmere Dich um jenen grausamen und verderbten Bruder – aber nicht mit Drohungen, das macht es nur schlimmer – sag mir sofort Bescheid, schick mir *lange* Telegramme aus Massarosa. (…)

Ciao, ich umarme Dich,

Dein GPuccini

Fünf Tage liegt Doria auf dem Sterbebett. Unter entsetzlich schmerzhaften Krämpfen verlangt sie, ihre Reinheit möge nach ihrem Tod geprüft werden. Auf einem Zettel bekräftigt sie schriftlich ihre Unschuld. Von Dolfino erzwingt sie den Schwur, er möge dem Maestro nichts antun, jener sei immer sanft und gut zu ihr gewesen. Dolfino schwört es, wenn auch widerstrebend. Um so heftiger schwört er allerdings auch, Elvira zu töten. Von diesem Vorhaben das überdrehte Brüderchen abzubringen, versucht Doria erst gar nicht.

Giulia unternimmt nichts, zieht sich zurück, hilflos angesichts des bestürzend einstimmigen Urteils der Ärzte. Doria werde sterben, es bestehe keinerlei Hoffnung. Nein, keine.

GP an Sybil, 27. Januar 1909

Ich bin am Ende und verzweifelt, meine Lage ist rettungslos verloren. Doria hat sich mit Sublimat vergiftet, und jeden Moment erwarte ich die Nachricht ihres Todes. Sie können sich ausmalen, wie es mir geht.

Ich bin völlig ruiniert. Dies ist das Ende meines Familienlebens, das Ende von Torre del Lago, das Ende von allem. Ich weiß nicht, was ich tun werde, ich bin des Lebens überdrüssig, das für mich zu einer unerträglichen Last geworden ist. Die Konsequenzen dieser schrecklichen Tragödie sind nicht vorauszusehen, wenn Doria stirbt – und sie wird bestimmt sterben, wenn sie nicht bereits tot ist, jetzt, da ich Ihnen dies schreibe. Letzte Nacht hieß es, ihr Zustand sei praktisch hoffnungslos. Tosti und Berthe sind hier und trösten mich ein wenig, aber wofür? Liebe Sybil, wie elend ist mir. Haben Sie Mitgefühl mit mir … Was soll ich tun? Hierbleiben? Weggehen – aber wohin? Was für ein schlimmes Unglück … Alles dreht sich …

GP an Sybil, 28. Januar 1909

Das arme Mädchen ist heute morgen gestorben … es ist das Ende von allem … ich habe an Ricordi geschrieben, er soll sich darum kümmern und für Elvira etwas tun, denn ich will nie, nie wieder etwas mit ihr zu tun haben. Fühlen Sie mit mir – ich bin ein gebrochener Mann.

Doria stirbt, nachdem sie von Padre Michelucci die letzte Ölung bekommen hat, am 28. Januar 1909 um 2.30 Uhr nachts (auf ihrem Grabstein steht später – versehentlich – der 29. Januar.)

Die beantragte Grabinschrift, die aber vom Bürgermeister von Viareggio ausdrücklich *nicht* erlaubt werden wird, lautet: *A Doria*

Manfredi, fanciulla buona ed onesta che cessò di vivere il 28 gennaio 1909 perché empiamente calunniata. Tu sei morta, fanciulla, ma il tuo onore vivrà in eterno, e coloro che ti hanno ucciso sono ricoperti d'infamia e li ucciderà il rimorso.

(Für Doria Manfredi, eine gutherzige und ehrenhafte junge Frau, die am 28. Januar 1909 ihr Leben beendet hat, weil sie schändlich verleumdet wurde. Du bist gestorben, Mädchen, aber deine Ehre wird in alle Ewigkeit bestehen, und jene, die dich umgebracht haben, sind von Schande überhäuft und werden von ihrem schlechten Gewissen umgebracht werden.)

Die Behörde erlaubt nur eine deutlich abgemilderte Version:

A Doria Manfredi, fanciulla buona ed onesta che cessò di vivere il 28 gennaio 1909. Tu sei spenta, o fanciulla, ma il tuo onore vivrà in eterno.

Aber auf die wird von den Angehörigen, weil zu lahm und nichtssagend, verzichtet.

Dr. Giacchi nimmt, wie es Doria von ihm verlangt hat, eine Autopsie vor, die Dorias sexuelle Unberührtheit beweist. Ihr Hymen ist intakt. Die zuvor gespaltene Haltung der Bevölkerung ist nun (obgleich man Dr. Giacchi – Jahre zuvor Giacomos *Trauzeuge* – ein Gefälligkeitsgutachten durchaus zutrauen könnte und es bei der Autopsie vielleicht außer Dorias Mutter keine weiteren Zeugen gab) komplett auf seiten des Maestros: Eine Rückkehr Elviras an den See scheint damit für alle Zeit unmöglich.

6

Alfredo Caselli setzt sich erneut in Szene, spielt sich als Mittler auf. In einem Brief vom 31. Januar 1909 schreibt er an Giacomo, daß Elvira ein boshaftes Telegramm an Alfredo Vandini geschickt habe, das Schicksal jener armen Dora (*sic!*) betreffend. Sie habe es aber geschrieben, ohne von deren inzwischen erfolgtem Tod etwas gewußt zu haben, es tue ihr leid und sie schwöre mit tausend Eiden, daß das Mädchen von ihr nicht mehr angegriffen worden sei, nachdem er, Giacomo, Torre am 20. Januar verlassen hat. Caselli beklagt sich über Giacomos Schweigen, er unterstellt ihm quasi, alles Wesentliche nicht erzählt zu haben, will Informationen aus ihm herauskitzeln. Auch schlägt er eine Version vor, die sowohl Giacomo wie Elvira reinwasche und bei künftigen gerichtlichen Untersuchungen standhalten könne.

> (...) Auf die vielen Fragen, die auf mich einstürmen, antworte ich so: Daß die arme Dora von Elvira entlassen wurde, stimmt, aber in Deinem Einvernehmen, weil ihr beide überzeugt wart, daß in dem Mädchen Gefühle aufkeimten, die mit dem Hause Puccini unvereinbar waren, daß das Mädchen von Liebe zu Dir entflammt war und sich aus einer spontanen Verzweiflung heraus vergiftet hat. Dora stelle ich dabei wie eine reine Madonna dar und verneine laut, daß sie von dir in irgendeiner Weise kompromittiert worden sein könnte. Ich bitte Dich, mir zu schreiben, oder mir wenigstens über Vandini Mitteilung zu machen, ob Deine Briefe an Dora bei ihr gefunden werden könnten. Ich erwarte mit großer

Ungeduld Deine Stellungnahme, schon um zu wissen, ob Du über mich Neuigkeiten von Elvira wissen willst. Sie hat mir eben geschrieben und behauptet felsenfest, das Mädchen nach Deiner Abreise nicht mehr gesehen zu haben, nur deren Verwandte, ihre Mutter und ihren Onkel Emilio, die, ich zitiere:

»... zu mir kamen und sich entschuldigten, erstens dafür, daß sie mir nicht geglaubt hatten, zweitens, weil sie mir fälschlich vorgeworfen hatten, ich hätte das Mädchen grundlos hinausgeworfen. Beide versicherten mir, daß ich im Recht gewesen sei, das war am 22. Januar um fünf Uhr nachmittags und am Tag darauf bin ich über Viareggio abgereist.«

GP an Sybil, 31. Januar 1909

Ich bin noch hier in Rom und bleibe, bis die nötigen Vorbereitungen für die Trennung von Elvira getroffen sind ... Ich bin jetzt etwas ruhiger, und auch gesundheitlich geht es mir besser. Außer der Trennung von Elvira kommt noch anderes Unglück auf mich zu. Die Familie der armen Doria will gegen meine Frau gerichtlich vorgehen, als unmittelbar Schuldige am Selbstmord des Mädchens. Das Verfahren kann für meine Frau sehr ernste Folgen haben, und, moralisch, auch für mich. Gebe Gott, daß es den Freunden, die die Sache in die Hand genommen haben, gelingt, die Familie von einem Prozeß abzubringen ...

Giacomo ist ein gebrochener Mann. Verkriecht sich drei Tage lang im Bett. Immerhin denkt er noch daran, einen üppigen Kranz für Dorias Begräbnis zu bestellen. In Mailand bemüht sich Tonio währenddessen, seiner Mutter den Ernst der Lage nahezubringen.

Er mache sich, sagt er, große Sorgen.

Ach du! Mach dir nur Sorgen! Aber ich – ich habe unwiderlegbare Beweise.

Was für welche?

Wenn es zum Prozeß kommt, werde ich sie vorlegen.

Mama, es *kommt* zum Prozeß. Und wenn diese Beweise nichts taugen, wirst du verurteilt werden. Dann mußt du ins Gefängnis, verstehst du? Ein Mensch ist tot.

Elvira schweigt. Mit steinernem Gesicht.

Der Anwalt Carlo Nasi an GP, 31. Januar 1909

(...) Ich will Dir nicht verhehlen, daß mir die umlaufenden Gerüchte (von denen mich ein Brief unterrichtete, den ich dir zeigen werde) große Sorgen machten. Es war die Rede von einer Fehlgeburt etc. Jetzt ist jeder, auch der geringste Zweifel beseitigt und die vollständige Unbescholtenheit des armen Geschöpfes festgestellt worden. Wie man es auch ansieht, es ist von großer Bedeutung – für das Mädchen, für Dich und für Deine Frau. Vor allem um Deine Frau müssen wir uns ernste Sorgen machen (...) Die Lage ist folgende: Das ganze Dorf verflucht mit ungewöhnlicher Leidenschaft Deine Frau und äußert sehr feindselige Gefühle. Geschichten von ihren Streitereien und ihren Anschuldigungen machen die Runde. Sie darf daher unter keinen Umständen mehr hierher kommen, es könnte sonst peinliche Szenen geben. Dich betrifft das nicht, Du bist willkommen. Die Familie Manfredi will nicht nur Anschuldigungen gegen Deine Frau vorbringen, sondern hat bereits zwei Anwälte konsultiert.

(...) Eine gesetzliche Trennung ist unumgänglich, und zwar eine vor Gericht, wenn auch ohne Prozeß, und eine durch richterliche Verfügung, nach reiflicher Überlegung. Jedenfalls kann Elvira nicht mehr hierher zurückkehren. Du indessen kannst kommen, wenn einige Zeit darüber vergangen ist ... Ich habe in diesem Sinne bereits mit Deiner Frau gesprochen. Sie hatte mich telegrafisch gebeten, nach Mailand zu kommen. Ich bin hingefahren, habe mit ihr gesprochen und ihr gesagt, sie solle sich nicht fortrühren. Ich werde ihr jetzt noch mal schreiben und wiederholen, daß eine Trennung unabdingbar ist (...)

Arbeite, vergiß, wenn Du kannst, und zähle auf Deinen alten, Dich herzlich grüßenden

Carlo Nasi

Sybil an GP, Anfang Februar 1909

Liebster Maestro, was Sie mir schreiben, ist schrecklich, unfaßbar, die liebe Doria, ich habe das Mädchen in lebhafter und bester Erinnerung, was war es für ein fröhliches, dabei so aufmerksames und bescheidenes Geschöpf. Auch David ist getroffen und sprachlos, o Gott, wie schwer es mir fällt, Ihnen ein paar Zeilen zu schreiben, die nicht hilflos klingen müssen. Und Elvira? Wie groß muß das Mißverständnis gewesen sein, aus dem eine solche Tragödie erwachsen konnte? Sie wissen natürlich, daß Sie hier immer Freunde haben, auf die Sie bauen können. Was soll ich bloß sagen? Es fällt mir schwer, irgendeinen Ratschlag zu geben. Ratschläge sind in Ihrer Situation wohl auch nicht angebracht. Haben Sie aber bitte zu jeder Zeit die Gewißheit, daß Ihre Zeilen von einem mitfühlenden Herzen gelesen werden, und haben Sie keine Scheu, mir so viel über die Angelegenheit mitzuteilen, wie möglich ist, sofern Ihre gepeinigte Seele dadurch auf irgendeine Weise entlastet werden kann. (...) Trotz allem, ich weiß, es steht mir eigentlich nicht zu, dies zu sagen, möchte ich Ihnen nahelegen, gerade jetzt nicht unüberlegt zu handeln und keine Brücken, egal in welche Richtung, für immer abzubrechen. Ich weiß, wie wohlfeil dies in Ihren Ohren klingen muß. Doch schlimme Ereignisse wie diese sind selten in Tagen und Wochen zu verhandeln, ihre Schatten verdunkeln Monate und Jahre, und wenn es keine Aussicht auf Licht gibt, zerstören sie immer mehr, weit über das bereits Zerstörte hinaus. Verzeihen Sie mir, ich wage mich vor in abstrakte Spekulationen, um Ihre Freundin zu sein, um etwas zu sagen, zu etwas, von dem ich zu wenig weiß, um mich auch nur mit der kürzesten Silbe darüber äußern zu dürfen. (…)

GP an Ramelde, Anfang Februar 1909

Möchtest Du auf ein paar Tage vorbeikommen? Wie sehr mich Deine Anwesenheit trösten könnte … Soviel Infamie, so viele Intrigen. Das arme Mädchen war ein so gutes, zuvorkommendes Wesen – und mußte auf diese Weise sterben. Es ist unfaßbar, ein schreckliches Unrecht. (…) Ich bin niedergeschlagen, gedemütigt, am Ende!

GP an Antonio Bettolacci, aus Rom, erste Februartage 1909

Lieber Tonino,

Ich habe Deinen Brief erhalten, ich sage Dir nicht, welchen Eindruck er auf mich gemacht hat! Der arme Engel! Ich bin untröstlich und zerstört, weiß nicht, was ich schreibe – bin in einem unsäglichen Zustand – ich würde gerne bei ihr sein, wenn ich dazu die Kraft hätte – und ihre Schwestern und Brüder – daß sie immer etwas zum Leben haben sollen, das ist richtig – du kannst die Sache auf die angemessene Weise regeln – wenn es Dir gelingt – ihnen verständlich zu machen, daß sie, wenn sie gegen Elvira agieren, nichts zu gewinnen haben, was Dorias Ruf angeht. Elvira wird sich verteidigen, indem sie Sachen behauptet, die nicht existieren, aber vielleicht den *Anschein* von Wahrheit haben – genauso wie bei ihren Bespitzelungen und dem Mißbrauch von Dingen, wie z.B. von meinem Brief an Doria.

Der Brief von ihr hingegen, in dem sie erklärte, worin der Grund für ihre Kündigung bestand, nämlich, daß wir überrascht wurden, während ich ihr im Garten gut zugeredet habe, der wird sicher vernichtet werden.

Ich werde weder andere beschuldigen noch das enthüllen können, was ich weiß, auch nicht, daß Doria mir nach Paris geschrieben hat, da jener Brief von mir verbrannt wurde. Außerdem müßte ich dann Stellung beziehen – du verstehst das – Dorias Familie muß unbedingt beruhigt werden. Bemühe Dich, rede mit Emilio und Dorias Bruder, Dein *savoir faire*, welches Dir gegeben ist, wird Dir helfen, mach ihnen klar, daß, wenn sie tun, was sie vorhaben, dies schlimme Konsequenzen für das Gedenken der armen Toten hätte – Elvira ist zu allem fähig. Sie wird sich mit Anwälten schützen, Gott weiß, was dabei herauskäme – und ich wäre in der schlimmen Lage, zwischen den Stühlen zu sitzen – ich kann meiner Frau nicht auf den Leib rücken, um mich zu verteidigen, kann auch die Anklage von Dorias Verwandten nicht unterstützen.

Denk nach – überlege, bemühe Dich mit aller Kraft, ich bitte Dich, Du bist mein Freund, mein einziger echter Freund – ich spüre das – laß nicht nach – Du hast Taktgefühl und kannst das – Emilio hat eine gewisse Autorität – ihr beiden, unternehmt alles, was möglich ist. Ich werde auch an Emilio in angemessener Weise denken. Ich lasse Dir also freie Hand. Die Natur wird mich bald zerstören – das ist mein fixer Gedanke – und ich würde gerne an das Weiterleben der Seele glauben, um die meine wiederzufinden, oh, wenn ich diesen Glauben hätte, ich schwöre Dir, ich würde nicht einen Moment zögern, es zu tun –

Was die Entschädigung für die Familie betrifft, weiß ich nicht, was ich Dir sagen soll – ich bin natürlich bereit, der Mutter soviel zu geben, daß ihr ein ruhiges Leben gesichert ist, ich verstehe nicht, ob Du es ferner für nötig hältst, die Verwandtschaft zu entschädigen, das erscheint mir zuviel, ich glaube ja nicht, daß die sich das Unglück zunutze machen wollen – dazu haben sie kein Recht – die Mutter, das ist richtig, dennoch muß man es nicht übertreiben und aus dieser Sache ein großes Geschäft machen, denn das würde schnell zur Überzeugung führen, daß ich der Schuldige bin und die direkte Ursache für Dorias Tod. Am Ende stünde ich als Verführer da, und das ist es nicht und kann es nicht sein, schon wegen der Ehre der unschuldigen Doria.

Elvira macht mich für alles verantwortlich, sie hat an Vandini telegrafiert (einen Freund, der hier in Rom ist) und gesagt, daß ich der Grund für alles bin. Da der Bruder Dorias mir vorgehalten habe, ich hätte ein Verhältnis mit Doria, soll ich versucht haben, jenen Bruder aus Torre zu entfernen, und Doria habe sich in einem Moment der Verzweiflung umgebracht.

Ich hingegen weiß, daß in den 2 oder 3 Tagen, die E[lvira] alleine in Torre verbracht hat, sie unglaublich viele Grausamkeiten angerichtet hat. Bei einem Treffen mit Emilio hat sie Doria beleidigt, man hat mir gesagt, daß sie sie auch geschlagen haben soll und daß sie entweder meinen Brief oder eine Kopie davon vielen gezeigt und gesagt hat, daß ich mit Doria viele nächtliche Stelldichein hätte … Schließlich habe Doria keinen anderen Ausweg gewußt.

Sag Du mir, du mußt es wissen, alles, was Elvira gemacht hat, in den Tagen nach meiner Abreise – *ich muß es wissen* – man sagt, in meinem Haus habe es Treffen mit dem *Conte* und mit *Clorinda* gegeben – die übelsten Spione – (Clorinda war die Feindin der armen Doria).

Sag mir auch, was ich tun soll – Ich lebe nicht mehr, ich würde gerne nach Pisa kommen, um mit Dir zu sprechen – was sagst Du dazu? Oder ist es besser, wenn ich hier bleibe?

Ich habe vieles und zusammenhanglos geschrieben – es ist mein Gehirn, das schlecht arbeitet! Ich bin so erschöpft und zerstört! Und denke, daß ich mich *nie mehr* erholen werde; Puccini ist am Ende! Ich spüre das – doch bin ich darüber nicht betrübt – So Gott will, daß das Ende komme, um mir meinen Frieden zu geben – mich auszulöschen – ich würde gern bei ihr sein, dort auf dem kleinen

Friedhof, um auszuruhen – ich spüre in diesem Gedanken ein Gefühl von Ruhe und Glück – Die traurigen Ereignisse und das schreckliche Ende dieses Wesens haben es mir so lieb gemacht, daß ich als Trost mein eigenes Ende herbeisehne! So Gott will, wird es geschehen!! – Mein lieber Freund – ich halte es nicht mehr aus –

Ich könnte tausend Seiten schreiben und ich würde Dir immer dieselben Sachen sagen – aus diesem Brief ziehe Deine Schlüsse – und handle!

Du bist der Einzige, der um meine Gefühle und Absichten Bescheid weiß – und um die Maßlosigkeit meines Schmerzes.

Leb wohl, Dein Giacomo

Am 1. Februar geht die Anzeige gegen Elvira bei der Staatsanwaltschaft ein.

GP an Sybil, 6. Februar 1909

Sie können sich vorstellen, was passierte. Elvira fuhr am Tag der Vergiftung nach Mailand, alle waren gegen mich, aber noch mehr gegen Elvira. Eine Autopsie wurde durchgeführt, unter Zeugen, und sie (*Doria*) war Jungfrau – danach drehte sich die öffentliche Meinung und wütete nur noch gegen Elvira. Es gibt andere, schmerzvolle Details, die ich lieber übergehe.

Die Lage jetzt ist die, daß ich nach Torre zurückkehren kann und das auch tun werde. Aber Dorias Familie will gegen Elvira vor Gericht ziehen, wegen öffentlicher Verleumdung. Wir versuchen, dem Einhalt zu gebieten, allerdings nehme ich nicht direkt an den Verhandlungen teil. In jedem Fall wird Elvira nie nach Torre zurückkehren können, sie würde dort gelyncht werden.

Tonio schlägt sich in einem Brief an den Vater auf die Seite der Mutter. Giacchis Gutachten hat ihn keineswegs überzeugt. Er kündigt, als wäre die Zeit der Emanzipation und der Nestflucht nun gekommen, die Stelle beim Autohändler Minetti, von dem er sich ausgenutzt fühlt, und flieht nach Straßburg, an seinen alten Ausbildungsplatz, wo er vergeblich auf eine Anstellung hofft, danach nach München, wo er die Schwabinger Bohème bereichert und Pläne hegt, nach Afrika auszuwandern.

Puccini, der davon nur über Zweite und Dritte erfährt, kann ihn gerade noch rechtzeitig umstimmen. In Afrika krepierten 99 von 100, er solle nicht wahnsinnig sein, das Zerwürfnis mit Minetti sei zu reparieren, er habe mit Minetti gesprochen, erfolgreich. Tonio könne dort wieder arbeiten, ja sogar zum Leiter einer eigenen Filiale aufsteigen. Er rechnet dem Filius vor, wieviel ihn seine Ausbildung gekostet habe – 10.000 Lire und mehr, und das, wo er ohne jedes Diplom geblieben sei. Tonio lenkt ein, wenngleich unter Vorbehalt, so, als möge seine Revolte gegen das Elternhaus zwar ad acta gelegt, aber bitte dauerhaft ernstgenommen werden. Sein Trauma, nicht mehr aus sich gemacht zu haben, als der einzige Sohn (und sehr wahrscheinlich nicht einmal das) des populärsten Komponisten der Gegenwart zu sein, wird er nie ganz überwinden.

Aus Mailand schreibt er an seinen Vater in Rom:

Tonio an GP, 8. Februar 1909

Lieber Papa,

erst gestern (Sonntag) erreichte mich Deine Antwort auf meinen Brief vom Mittwoch. Gleich darauf war ich bei Minetti (der seit drei Tagen krank ist, aber jetzt geht es ihm ganz gut), und er sagte mir, unter anderem, daß er nichts von Dir erhalten habe. Er versprach mir jedoch, daß er Dir sofort wegen dieser Angelegenheit schreiben würde. Ich kann Dir, um ehrlich zu sein, nichts darüber sagen, da ich nichts Konkretes weiß. Und darüber bin ich auch verärgert. Was das betrifft, das Du von ihm wissen willst, scheint es, daß man mir nichts sagen will. Sie arbeiten, sagen sie, sie kümmern sich um alles, haben Sitzungen mit zukünftigen Vertretern. Über den Ausgang der Entscheidungen absolutes Schweigen. Wenn ich etwas frage, ein paar ausweichende Antworten und sonst nichts. Ich hoffe jedoch, daß er Dir deutlich schreiben wird und Dir alles erklären wird.

Was Deinen Brief angeht, kann ich vor Dir nicht verbergen, wie sehr dieser mich betrübt hat. Ich muß entweder annehmen, daß Du meinen (*Brief*) nicht aufmerksam gelesen hast oder daß Du ihn in einem Moment der Aufgeregtheit gelesen hast; andernfalls kann ich mir nicht erklären, weshalb Du ihn als kalt empfinden konntest. Ich schrieb ihn freien Willens, ich schrieb das, was mein Herz mir vorgab, und niemand wußte etwas davon, bevor ich den Brief abgeschickt hatte. Wegen des Vorwurfes, den Du mir machst, der mein ausgebliebenes Kommen nach Rom betrifft, muß ich mich rechtfertigen. Sogleich nach der Unterredung mit dem Anwalt Nasi hatte ich die Idee, zu Dir zu kommen und Dir mündlich vorzutragen, was ich Dir dann schrieb. Er (*Nasi*) riet mir unter Anführung guter und richtiger Gründe davon ab.

Mir scheint, daß Du mich falsch eingeschätzt hast oder mein Eingreifen anders gedeutet hast, als es hätte gedeutet werden müssen. Die Zeit Deiner Abkapselung hat mich vor allem traurig gemacht. Meine derzeitige sehr delikate und beschämende Position ließ mich aber weder verkennen, was Du für mich getan hast, noch daran zweifeln, was Du in Zukunft für mich tun willst. Meine Position erlaubt es mir weder, und noch weniger würde ich dies wollen, eine andere Haltung oder einen anderen Ton anzunehmen als jenen, den ein liebevoller und respektvoller Sohn gegenüber seinem Vater beibehalten sollte, noch erlaubt sie mir, durchweg immer der liebende Sohn zu bleiben oder daß wir uns in jeder Minute gleich gern haben. Entschuldige meine Offenheit, und ich bitte Dich, sie wohlwollend aufzunehmen; sie soll nur ein Mißverständnis beseitigen, das zwischen uns auf keinen Fall bestehen sollte.

Mir geht es einigermaßen. Vorgestern hatte ich meine üblichen Kopfschmerzen. Ich mußte im Bett bleiben, aber es ist besser geworden. Trotzdem möchte ich mich von einem guten Arzt untersuchen lassen.

Schreib also an Minetti. Mit Dir wird er deutlicher sprechen – und rüffele ihn ein bißchen! Ich habe Lust, anzufangen und mir mein eigenes Brot zu verdienen. Schreib mir bald und ausführlich und nicht wie gestern …

Aus Rom schreibt GP an Bettolacci, 12. Februar 1909

Du solltest eine Möglichkeit finden, diesen Conte (*gemeint ist mit dieser Bezeichnung nicht etwa der alte Märchenerzähler Conte Ottolini, sondern niemand anderes als Toto Leonardi – wie bereits erwähnt Sohn einer Baronessa und eines Gerichtspräsidenten*) aus Torre zu entfernen und noch eine andere Person. Eine Dame, die soviel Böses getan hat! Giulia kann Dir sagen, von wem ich spreche – es ist eine gewisse noch junge Dame (*ragazza*).

Es fällt GP schwer, seine Stieftochter schriftlich zu denunzieren, er zieht es vor, Andeutungen zu machen. Fosca befindet sich nicht in Mailand, sondern nach wie vor im Brennpunkt Torre. Spaziert seelenruhig durch die Katastrophenlandschaft und genießt das Resultat ihrer Rache. Sie ist es, die er im letzten Brief an Bettolacci *die böse Spionin Clorinda* genannt hat – er muß, fast zwanghaft, allen Menschen Spitz- oder Tarnnamen geben. An diesem Beispiel zeigt sich, wie er dabei oft, wohl unterbewußt, eine Art akustisches Scrabble spielt, eine Buchstabenverschiebung. Das C, das aus Fos-Ca blieb, muß man nur gegen ein E ersetzen und man bekommt *Elorinda* – ein Anagramm von Leonardi.

Inzwischen haben auch die außeritalienischen Zeitungen (während die regionalen Blätter erstaunlich diskret bleiben) den Skandal dankbar adaptiert. Bis nach Berlin dringen die Nachrichten, wo Ervin Lendvai, der Budapester Freund und Komponist (man könnte ihn GPs einzigen Schüler nennen), auf rührende Art Puccini ein Asyl in seiner Charlottenburger Wohnung anbietet.

Ervin Lendvai an GP, 12. Februar 1909

Liebster Maestro, was für Neuigkeiten aus Torre del Lago? Lieber Himmel, die ganze Welt liest diese fürchterliche Geschichte. Ich wußte von jeher, daß die Signora sehr eifersüchtig ist und daß eines Tages in Ihrem Haus ein Erdbeben bevorsteht, aber so etwas hätte ich mir nie vorstellen können. (…) Sie haben mir in Wien einst gesagt, daß die Signora alle Fotografien Blankas weggeworfen und die so unschuldigen Briefe meiner Schwester nicht, wie man auf Ungarisch sagt, mit gütigem Auge betrachtet habe. (*Er ahnt immer noch nichts davon, daß jene Briefe keineswegs so ›unschuldig‹ waren.*) Liebster Maestro, kommen Sie nach Berlin. Hier finden Sie ein wunderschönes Appartement, wo Sie in der größten Ruhe komponieren könnten. Nun, Sie lächeln darüber nur, ich weiß es. Dennoch: Hier würden Sie all Ihren Ärger vergessen. (…)

GP an Sybil, 22. Februar 1909

Morgen fahre ich nach Torre zurück. (*Tut er aber erst am 25.*) Die Trennung ist noch nicht offiziell, ich erwarte jeden Augenblick neue Nachrichten. Das Verfahren gegen Elvira ist noch nicht eingestellt – ich hoffe, daß der Prozeß verschoben wird, und sei es nur deswegen, damit die Zeitungen nicht mehr über die scheußliche Sache schreiben. Die Gedanken an diese Tragödie lassen mich noch immer nicht los …

Wieder daheim in seinem geliebten Torre del Lago, empfindet Puccini die Villa als riesig und kalt. Er verbarrikadiert sich darin, wagt kaum, sich auf der Straße zu zeigen, ist sich nicht sicher, ob es nicht doch Ressentiments gegenüber seiner Person gibt. Erst nach und nach stellt er fest, daß er nichts zu befürchten hat, daß ihm vielmehr eine Welle des Mitgefühls entgegenschlägt, selbst seitens der Manfredis. Seine Schwester Nitteti hat sich bereit erklärt, ihm für einige Zeit den Haushalt zu führen. Wenigstens haben die Leonardi das Weite gesucht, das Pflaster ist ihnen zu heiß geworden. Es spricht sich schnell herum, welche Rolle Fosca in dem Drama gespielt hat. Dafür hat GPs Freund Bettolacci gesorgt. Wie es ihm aufgetragen worden war.

Sybil, die nicht recht weiß, mit welchen Worten sie ihren Freund aus der Ferne trösten soll, bietet Giacomo an, zu ihm zu stoßen. Er lehnt dankend ab, das könne nur weitere Mißverständnisse provozieren. Sosehr er sich auch nach ihr sehne, nein, sie müsse sich aus der Angelegenheit heraushalten.

Alfredo Caselli macht seinem alten Freund ein mutiges Geständnis, bevor der es von Elvira erfährt. Er, niemand sonst, habe ihr, *allerdings spaßeshalber*, wie er betont, dazu geraten, sich als ihr Mann zu verkleiden. Das sei nicht ernst gemeint gewesen, wie er überhaupt, zu seiner tiefsten Zerknirschung, die ganze Angelegenheit nicht so bierernst genommen habe. Er bitte um Vergebung, er sei nun mal ein verrückter Hund, der manchmal nicht wisse, was er tue.

GP an Alfredo Vandini,
3. März 1909

Ich bin extrem traurig, und im Moment kann keine Rede davon sein, die Arbeit wieder aufzunehmen, alles langweilt mich, nichts interessiert mich. Ich habe erfahren, daß es Caselli war, der meiner Frau geraten hat, sich zu verkleiden, um mir nachzustellen!!! Das ist grandios, was?

Erstaunlicherweise kommt es zu keinem endgültigen Zerwürfnis mit Caselli, seinem jahrzehntelang beinahe brüderlichen Freund. Sofern es nicht um Angriffe gegen seine Kunst geht, ist Puccini in den meisten Fällen schnell bereit zu verzeihen.

GP an Sybil, aus Torre del Lago, 3. März 1909

Meine Frau ist in Mailand, Tonio ist hier bei mir. Ich bin unfähig zu arbeiten. Vielleicht werde ich nie wieder arbeiten. Ich glaube, mein Leben ist zu Ende, vorüber. Ich möchte nur sterben. Welch schreckliche Dinge sind passiert, welche Grausamkeiten wurden begangen! Auch Elvira verdient Mitleid, denn der Hauptfehler war nicht ihrer, sondern der ihrer *Entourage*.

Giacomo ist nahe daran, Sybil die ganze Wahrheit (Fosca/Giulia) zu gestehen. Diesmal, angesichts einer Toten, schreckt er davor zurück. Sybil merkt natürlich, daß ihr etwas vorenthalten wird, aber ihr Taktgefühl läßt sie vor aufdringlichen Nachfragen zurückscheuen.

Illica macht ihm den Vorschlag, doch das Weite zu suchen, im denkbar wörtlichsten Sinn, und nach Amerika zu fahren, um dort die *Fanciulla* fertigzukomponieren, das sei doch eigentlich der logische Ausweg.

Es ist, aus rein künstlerischer Sicht, ein sehr vernünftiger Vorschlag, aber GP bringt es nicht fertig, seine Familie sich selbst zu überlassen.

GP an Sybil, 6. März 1909

Ich kann nicht mehr arbeiten! Ich bin von Dämonen gefoltert und mutlos! Meine Nächte sind entsetzlich; ich weine – und bin verzweifelt. Immer sehe ich das arme Opfer vor mir. Das Schicksal des armen Kindes war zu grausam, sie hat sich selbst getötet, weil sie die unablässigen Verleumdungen (...) nicht mehr ertragen konnte. Wie kann Elvira behaupten, sie habe mich mit ihr in flagranti überrascht – das ist die gemeinste Lüge von allen! Ich möchte den sehen, der behaupten kann, ich hätte mit Doria auch nur die unschuldigste Zärtlichkeit getauscht! Man hat sie so sehr gequält, daß sie lieber gestorben ist – und dabei waren ihre Stärke und ihr Mut groß. Wenn Elvira auch nur ein wenig Gefühl besitzt, muß sie Reue empfinden! Verzeihen Sie mir, daß ich dauernd von denselben Dingen rede.

GP an Sybil, 10. März 1909

Ich liege seit vier Tagen mit Influenza im Bett, aber heute geht es mir etwas besser. Zwei meiner Schwestern kümmern sich um mich. Tonio war hier, ist dann nach Mailand gefahren, weil es Elvira nicht gutgeht, er kommt morgen zurück. Man sagt, Elvira sei in sehr schlechter Verfassung. Das tut mir leid, aber es wird sich bessern. Ich halte an meinem Vorschlag der Trennung fest. Es muß keine Trennung für immer sein, aber für jetzt muß man auf der Bestrafung bestehen.

Tonio ist längst noch nicht von der Unschuld seines Vaters überzeugt. Immerhin sieht er die Angelegenheit leidlich pragmatisch. Man solle die Tote ruhen lassen und die Lebenden unterstützen. Mit aller Kraft versucht er die Eltern zu einem Übereinkommen zu bewegen. Er beschwört den Vater, im Sinne der Familie zu handeln.

Du mußt meiner Mutter helfen.

Deiner Mutter kann niemand mehr helfen. Sie hat eine tragische Seele.

Du kannst sie doch nicht ins Gefängnis gehen lassen!

Es ist mir ganz egal, wo sie hingeht. Nur weit weg.

Dann gehe ich auch!

GP überredet ihn nicht etwa zu bleiben. Tonios entschiedenes Eintreten für die Mutter empfindet er als illoyal, wenn nicht gar als Erpressung.

Auf eine zaghafte Annäherung Elviras reagiert er brüsk. Er habe seinen Anwalt Carlo Nasi damit beauftragt, die Trennung in die Wege zu leiten. Es könne kein Zusammenleben mehr geben, noch könne er ihr je verzeihen: *Eine Leiche steht zwischen uns.*

Elvira hat ihrerseits Carlo Nasi gebeten, als ihr Anwalt zu fungieren. Er bedauert, in dieser Sache nicht zwei Parteien dienlich sein zu können, und empfiehlt Elvira einen anderen Advokaten, von dem er allerdings weiß, daß dieser ein glühender Verehrer Puccinis ist. Was den Prozeß gegen die Manfredis betrifft, sagt er ihr seine Unterstützung zu, natürlich erst, nachdem er GP um Erlaubnis gefragt hat. Leider wird Elvira diesem so fähigen Anwalt nicht immer trauen, unterstellt ihm, vielleicht nicht zu Unrecht, Giacomos Interessen mehr als ihre zu verfolgen.

GP an Ramelde, Mitte März 1909

Liebe Ramelde,

ja, ich bin allein, traurig und ohne Zuversicht. Elvira handelt wie eine bösartige und unheilbare Geisteskranke. Tonio, den hat sie auf ihrer Seite. Sie wechselt ständig ihre Anwälte, und ich muß das alles bezahlen. Sie hat alle mit ihren falschen Überzeugungen angesteckt, und mir glaubt fast niemand mehr. Ich überlege sogar, aus Torre wegzuziehen. Ach! Als Du mir vor Jahren geschrieben hast, diese Frau würde einmal mein Ruin sein, hattest Du so recht.

GP an Sybil, 15. März 1909

Ich bin immer noch im Bett, aber diesen Nachmittag habe ich vor aufzustehen. Was man Berthe erzählt hat – daß Doria vor Jahren Arsenlösung geschluckt haben soll, weil ich sie getadelt hätte – ist unwahr, ich denke, ich hätte davon schon einmal gehört haben müssen. Egal, es ist eine der üblichen Lügen, um die Wahrheit zu verschleiern … Ich bin inzwischen nicht mehr ganz so traurig, vielleicht werde ich bald meine vernachlässigte Arbeit wieder aufnehmen können, aber ich weiß nicht, ob ich in Torre bleiben soll. Es ist sicher, daß Elvira nicht herkommen kann, von dieser Seite her habe ich meinen Frieden, aber werde ich es ertragen, allein zu sein? Wir werden sehen. Wenn es nicht um meine Arbeit ginge, würde ich Ihre Nähe suchen – aber ich kann in einem Hotel nicht arbeiten.

Wiederum an Sybil schreibt er aus Mailand (wo er im *Hotel de Ville* wohnt) am 20. März 1909, Elvira solle sehr abgemagert sein, daß sie elend und unglücklich sei, aber daß nichts ihn in seinem Entschluß umstimmen könne, und daß er zum ersten Mal in seinem Leben darum bete, kein Mitleid zu empfinden.

Er überlege, nach Paris oder London zu gehen, gegen letztere Option spreche nur, daß er kein Englisch könne, aber wenn er nach Paris zöge, würde er London sicher oft besuchen.

7

Bald darauf erreicht ihn ein langer Brief Elviras, der an Drastik wenig zu wünschen übrig läßt. Es erscheint wie ein Wunder, daß dieser Brief später nicht vernichtet wurde.

Elvira an GP – Mailand, 25. März 1909

Wie Du immer ein großer Egoist und herzlos gewesen bist, hast Du Dich, um Deine liebe Ruhe zu haben, vom Acker gemacht und kümmerst Dich nicht um die Schläge, die mich gerade treffen, nicht aufgrund meiner Schuld, sondern Deiner. Dein Gewissen, wenn Du eines hättest, müßte gepeinigt sein von dem Gedanken, daß Deine Ehefrau heute für etwas verantwortlich gemacht wird, von dem, wenn es auch geschehen ist, niemand besser als Du den wahren Grund weißt, wieso es dazu kam, und ich kann es Dir, wenn ich will, beweisen.

Jetzt finde ich mich vor einem Tribunal wieder und muß mich für Taten rechtfertigen, die ich nicht begangen habe und für die ich mich rechtfertigen müßte, indem ich den wahren Schuldigen nenne, und Du in deinem Egoismus hast zwei Monate verstreichen lassen, ohne dich darum zu kümmern, die Angelegenheit zu beruhigen, was Du mit großer Leichtigkeit hättest tun können; es ist nichts als eine Erpressung, weil diese Leute wissen, daß ich wegen der Anklagen, die sie gegen mich erheben, nichts zu befürchten habe. Aber was Du nicht hättest zulassen dürfen, ist, daß die Mutter Deines Kindes auf der Anklagebank sitzt, zwischen Polizisten und Wachen, wie irgendeine Verbrecherin.

Ich habe so nicht gehandelt, als es um die Auseinandersetzung mit der Turinerin ging, auch wenn es in diesem Moment entschuldbar gewesen wäre, wenn ich einen gewissen Zorn auf Dich gehabt hätte, nach all den Gemeinheiten, die ich von Dir ertragen mußte, während der drei Jahre Deiner Beziehung zu jener Dame, dennoch blieb ich Dir gut und habe angeboten, nach Mailand zu kommen, um diese Sache niederzuschlagen, wegen der Du das Gefängnis riskiert hast. Ich erinnere mich noch bestens an jenen berühmten Brief, nach dessen Erhalt Du feig, aus Furcht vor einer Bestrafung, in die Schweiz flüchten wolltest. Heute befinde ich mich zwar nicht in derselben Situation (weil die Dinge doch etwas anders liegen), obwohl das nicht ausschließt, daß mein Gehirn sich immer mehr verwirrt und ich nicht weiß, zu welchen Antworten ich fähig sein werde. Die Anwälte stimmen in ihren Ratschlägen nicht überein, weil, wie ich wiederhole, in meinem Kopf alles durcheinandergeht und ich nicht weiß, was das Beste zu tun wäre. Ich werde mich beschuldigen, Dich, wen auch immer.

Und Du ziehst keine Konsequenzen. Für eine zu lange Zeit hast Du mich zu Deinem Opfer gemacht, hast meine guten und liebevollen Gefühle für Dich mit Füßen getreten, hast mich verletzt als Gattin und als leidenschaftliche Geliebte, die ich immer war. Aber wenn es einen Gott gibt, wird er dafür sorgen, daß Du dafür bezahlst, was Du mir angetan hast. Die Stunde der Züchtigung kommt auch für Dich, und dann wird er Dich bestrafen für alles Böse, das Du mir angetan hast, aber es wird zu spät sein. Mit Deinem Egoismus hast Du eine Familie zerstört, hast schlimme Dinge verschuldet, und wenn es wahr ist, daß alles in der Welt gebüßt werden muß, wirst auch Du büßen. Du bist nicht mehr zwanzig, noch erfreust Du Dich einer blühenden Gesundheit, und schnell kommt der Tag, an dem Du einsam sein wirst und

Dich nach der Pflege und Liebe einer zärtlichen Person sehnst, aber zu spät, und Du wirst Deine Tage einsam beschließen und verlassen von allen. Deine Theorie, daß man mit Geld alles haben könne, wird sich als falsch erweisen, denn die Zuwendung und die Sicherheit, um sich Menschen zu haben, die Dir gewogen sind, die läßt sich nicht erkaufen. Auch Dein Sohn wird sich daran erinnern, was Du seiner Mutter angetan hast, vielleicht wird *er* Dir das verzeihen können. Wenn ich Dir einen Rat geben kann, dann den, daß Du aufhörst zu lügen, denn es ist vielleicht der einzige Weg, um Dich vor allen zu rehabilitieren. Weil Du Dich ja auch selbst belügst, und der sicherste Beweis dafür ist der, daß Du Dir ein Alibi fabriziert hast, das Dich völlig reinwäscht, und um sicher zu sein, daß du nicht verwechselt wirst, hast du es Dir geschrieben und ich hab es gelesen. Aber wie die Dinge sich entwickelt haben, ist es nicht nötig, dies zu schreiben, und damit genug, denn ich weiß nicht mehr, was ich sage. Elvira.

Sie ist nicht auf dem laufenden. Puccini hat schon einige Anstrengungen gemacht, die Manfredis zu besänftigen, auch mit finanziellen Offerten. Erfolglos. Aber immerhin behauptet Dolfino bereits nicht mehr, geschworen zu haben, Elvira zu töten. Er habe nur geschworen sie zu töten, falls es *nicht* zu einem Prozeß kommt.

Elviras Brief zeigt bei Giacomo einige Wirkung. So ungerecht kategorisiert er sich zunächst fühlt, der theatralisch-leidenschaftliche Tonfall des Briefes beeindruckt ihn ebenso wie die düstere Vision der Alterseinsamkeit, die ihm angeblich droht. Ausgerechnet er, der sich tatsächlich jederzeit ein neues Leben erkaufen könnte, wird zusehends ängstlicher, scheut davor zurück, den letzten Schritt zur Trennung zu realisieren. Seiner Beziehung zu Elvira eine gewisse masochistische Komponente zu unterstellen, ist sicher nicht aus der Luft gegriffen. Auf ihren Brief hin kommt es, statt des von ihr riskierten endgültigen Bruches, zu neuen Verhandlungen, die von der Meldung überschattet werden, Tonio habe sich, ohne den Vater zu unterrichten, erneut nach München abgesetzt. Puccini bemüht sich um ihn, und in sein Schreiben schleichen sich, was die Zukunft mit Elvira betrifft, ganz neue Töne.

GP an seinen Sohn, 7. April 1909

Lieber Tonio,

was habe ich getan, daß ich es verdiene, so behandelt zu werden – allen sagst Du, daß Du nach München gehst, und mir verschweigst Du mit einem gewissen Ressentiment, wo Du hin gegangen bist. Du tust mir und Dir weh – und ich habe nicht verdient, diesen neuen Affront den vielen hinzufügen zu müssen, die mir meine Familie angetan hat. [...]

Ich wünschte, es wäre nicht wahr, denn ich liebe Deine Mutter, trotz allem. Ich wünsche mir nichts anderes, als wieder mit ihr zusammen zu sein, das aber wird dann geschehen, wenn sie die klare Wahrheit der Fakten einsieht – nicht wie ich sie sehe, das könnte man denken, sondern, wie sie tatsächlich sind – [...]

Ich verzeihe alles, all das, was sie für *Fosca* getan hat, und ich bin an den Punkt gelangt, zu sagen, daß, wenn sie einsieht, was Fosca getan hat, ich angesichts der großen Liebe, die eine Mama für ihre Tochter empfindet, bereit bin, weiterhin auf klare und unvoreingenommene Weise zu helfen – es gibt keinen größeren Hornochsen als mich – ! Was den Verrat angeht, der unseren Krieg ausgelöst hat: Du kennst die wahren Gründe, und davon spreche ich gar nicht mehr – [...]

Gestern haben die Anwälte Campanari und Bettolacci mit Mama gesprochen, um bestimmte ihrer bösen Äußerungen über mich zu klären – es war ein gutes Gespräch, das Mamas falschen Zorn besänftigt hat, es läßt auf die Zukunft hoffen, von der ich mir wünsche, daß sie Grund zum Aufatmen geben wird und daß man zu einer Einigung kommt. Wohlverstanden unter Ausschluß jener Personen, die zur eigenen Verteidigung oder aus Leichtfertigkeit, aus einer ungerechtfertigten, üblen Haltung heraus so viel Zwietracht zwischen Deine Mutter und mich gebracht haben.

Elvira reist nach München, um ein Auge auf den vagabundierenden Tonio zu haben. Puccinis gesellschaftliches Leben beginnt sich derweil zu normalisieren. Er genießt in Mailand (am 20. März) eine triumphale Neuinszenierung seiner *Manon Lescaut* an der Scala und durchlebt, im selben Haus, die italienische Erstaufführung (6. April 1909) der *Elektra* von Richard Strauss.

Troppo! Un horrore! schreibt er danach an Sybil. Aber er hat die Oper zu diesem Zeitpunkt erst ein einziges Mal gehört – und wie radikal neu und gewöhnungsbedürftig war jene Musik! Jahre später erzählt sein Freund Bettolacci, GP habe, nachdem er sich die Partitur kommen ließ, die Oper als gelungen und beeindruckend bezeichnet. In künstlerischen Fragen wider besseres Wissen zu urteilen, kann man ihm, im Gegensatz zu etlichen Kollegen, kaum einmal vorwerfen.

GP an Alfredo Vandini, 18. April 1909

Lieber Alfredo,

meine Angelegenheiten? Wie üblich. Man erwartet den Prozeß. Tonio ist nach München gefahren, um dort sein Glück zu suchen. Aber gut, dadurch kommt er aus alldem heraus. (...)

Gestern war (*Dein Bruder*) Guido hier, und von Caselli bin ich überzeugt, daß er so viel Schlimmes verbrochen hat ...

Mitte Mai treffen sich Elvira und Giacomo zu einem neuen Gespräch, das wenig bringt. Elvira fordert nach wie vor, er solle sich, wenn nicht öffentlich, so doch wenigstens ihr gegenüber, schuldig bekennen. Inzwischen hat sie wohl erfahren, daß sie nicht nur einer gezielten Desinformation, sondern, viel banaler, einer Verwechslung aufgesessen sein könnte. Gerüchte um eine Affäre ihres Mannes mit Giulia Manfredi haben sie erreicht, was ihrer Meinung nach an den Vorwürfen, die sie Giacomo macht, überhaupt nichts ändern würde, sie seien nach wie vor gerechtfertigt. Daß Doria aber unschuldig gewesen sein könnte, das weist sie immer noch weit von sich, es würde bedeuten, sich selbst und vor allem auch die Tochter Fosca zu belasten. Diese Möglichkeit auch nur ins Auge zu fassen, wäre destruktiv und unnütz.

In mancherlei Hinsicht ist Elviras Haltung logisch, ganz auf den Erhalt der Familie zugeschnitten; der toten Doria nutzen nun mal keine nachträglichen Richtigstellungen. Wenn sie schon tot sei, dann sei sie besser schuldig gestorben. Dergleichen äußert Elvira zwar nicht in Worten, doch laut gedacht schwingt es in den Debatten mit. Es sind rabulistische Versuche, das Mädchen posthum zu instrumentalisieren, als eine Art Bauernopfer zum höheren Ziel der Familienversöhnung. Puccini will darauf nicht eingehen, zugleich begreift er, wenn auch angeekelt, daß es nötig sein wird, Doria eines Tages noch einmal zu begraben, tiefer als nur in zwei Metern Friedhofserde. Vorher jedoch muß vor aller Welt ihre Ehre (und damit auch seine) wiederhergestellt werden, und obwohl er Elviras Verurteilung nicht bewußt herbeiwünscht, weiß er, daß diese ein unverzichtbarer Bestandteil der Aussöhnung sein wird.

Und sei es allein, um den verrückten Dolfino an einem Mordanschlag zu hindern.

8

Puccini findet sich von einer Phase der Stagnation zerrieben, die Fronten bewegen sich nicht wesentlich, alles ist gesagt, wieder und wieder, und Elvira bleibt stur. Die Untätigkeit ist nicht auszuhalten. Versuche, ein wenig zu arbeiten, bringen die liegengelassene Oper nicht voran, erschöpfen sich in routiniertem Handwerk, die Inspiration bleibt aus. Giacomo beschließt zu verreisen, eilt seiner Muse entgegen. Vom 20. Mai bis zum 3. Juni steigt er im *Claridges Hotel* in London ab, meidet für diesmal das gewohnte *Savoy*, um das Interesse der Medien nicht willentlich auf sich zu lenken. Sybil wird endlich von allen Details unterrichtet, die er ihr zuvor schriftlich nicht anvertrauen wollte. Sogar die Affäre mit Giulia wird am Rande erwähnt. Sybil umarmt ihn mitfühlend. Weil sie ihren Giacomo kennt, begreift sie schnell, daß er niemals die Kraft aufbringen wird, Elvira zu verlassen. Wenn er das wirklich gewollt hätte, wäre es in den letzten Monaten geschehen. Sie weiß, daß eine tief geliebte Frau nötig wäre, Giacomo einen solchen Kraftakt zu ermöglichen, um die Leere nach dem Umbruch zu überspielen. Diese Ersatzfrau könnte nur sie selbst sein, sie aber steht nicht zur Verfügung, ihr Leben ist bestimmt von David und den Söhnen, von denen der ältere bald lebenslang ihrer Pflege bedürfen wird. 1909 ist das letzte unbeschwerte Jahr in Sybils Leben, sie ahnt davon nichts, und ahnt doch, daß ihr geliebter Giacomo zu alt ist, um ganz von vorn zu beginnen. Also rät sie ihm, sich auf Elviras Seite zu schlagen, dorthin zu gehen, wo das Schicksal ihn nun einmal hinbestellt habe. So tragisch Dorias Tod auch gewesen sei, der Tod dürfe den Lebenden nicht im Weg stehen, dazu habe er kein Recht, die Zeit gehe schnell dahin. Und wenn es stimme, daß Elvira nicht die eigentlich Schuldige gewesen sei, habe er um so mehr die Verpflichtung, ihrer verwirrten Seele mit allen Mitteln zu helfen.

Puccini hört sich das an und sieht ein, daß Sybils Gesicht, das dem von Elvira schon immer ein wenig geähnelt hat, in den letzten Jahren müde geworden ist, nicht länger in einem oberflächlichen Sinn *schön* genannt werden kann. Mit Staunen, beinahe ergriffen, nimmt er wahr, daß seine Zuneigung zu ihr darunter keineswegs leidet. Er hält das für ein Symptom innerer Reife wie auch für den Beweis, daß eine schöne *Seele* den Schwund an äußerlicher Attraktivität nicht fürchten muß. Sybil bestärkt ihn im Glauben an die Familie als obersten Wert, dem zuliebe man sich über alle Widrigkeiten hinwegzusetzen habe.

Vielleicht, denkt er im Zug, ist das aber auch bereits der *Vorhof zum Tod*. Sich mit allem abzufinden, auch mit dem Verfall. Eine Art moralisch beweihräucherter *Bequemlichkeit*. Und vielleicht, denkt er, darf Sybil, die ja ebenfalls auf gewisse Weise Gefangene ihrer Familie ist, ihm keine anderen Ratschläge geben, will sie ihre eigene Situation nicht in Frage stellen.

Ab dem 3. Juni hält GP sich in Paris auf (besucht fast jeden Abend ein Theater oder die Oper, das helfe, die Zeit schneller vorübergehen zu lassen), ab dem 9. Juni in Mailand, bevor er Mitte des Monats nach Torre zurückfährt.

GP an Tonio, aus London, 24. Mai 1909

Nachdem ich mich mit Deiner Mutter getroffen habe, wurde ich sehr traurig, weil ich sehe, daß sich ihr Verhalten mir gegenüber nicht geändert hat. Nichts Versöhnliches, immer dieselbe Heftigkeit, und vor allem keinerlei Neigung, zu erkennen, daß der Grund, der Hauptgrund für ihr und mein Unglück sie selbst ist ... Glaub mir, lieber Tonio, die Zukunft sieht für uns düster aus. Ich habe wirklich die Absicht, zu ihr zurückzukehren, aber ich will mich nicht selbst demütigen ... Was also tun? Ich weiß wirklich nicht, was ich Dir sagen soll. Alles hängt von ihr ab. Soweit es den Prozeß betrifft, wird ihre Idee, sich von einem *Orator* verteidigen zu lassen, nicht funktionieren. Sobald sie sich verteidigt, wird sie mich anklagen. Und welcher Abgrund wird sich dann zwischen uns auftun? Egal, ein Orator ist lächerlich. Wenn der Prozeß vor einer Jury stattfinden würde, hätte ich Verständnis. Aber vor einem Richtergremium machen geschliffene Reden wenig Sinn. Ich wiederhole, der beste Rat, den ich ihr geben kann, ist, zu sagen, daß sie das Mädchen schlecht behandelt hat, weil sie sich vom Anschein hat täuschen lassen, und daß sie das tragische Ende tief bedauert, weil sie nicht im entferntesten daran gedacht hat, daß so etwas passieren könne. Auch Burresi und Attalla und alle anderen geben ihr denselben Rat. Sag das Deiner Mutter, damit sie ein für allemal überzeugt ist ...

GP an Elvira, aus London, 2. Juni 1909

Ich habe doch einen sehr anderen Brief von Dir erwartet. Habe gehofft, daß Du mir endlich schreiben würdest, daß Du froh bist, zu mir zurückzukehren, und daß Du einverstanden bist mit dem, was ich von Dir erbeten habe, ohne weitere Diskussion und ohne all meinen Vorschlägen zu widersprechen, Vorschläge, die richtig und einfühlsam und inspiriert von Wahrheit und Ehrgefühl sind. Statt dessen schlägst Du ein Treffen mit Zeugen auf neutralem Gebiet (der Schweiz!) vor usw. usw. Aber meine liebe Frau, mit all diesem Gerede und Getue werden wir nur dort weitermachen, wo wir schon zu Anfang waren. Schluß damit. Laß uns beide dies unter uns ausmachen, ohne Dritte hinzuzuziehen.

GP an Sybil aus Paris, 8. Juni 1909

Zehn Uhr Dienstag morgen, bekam Ihren Brief und Ihr Telegramm, danke. Morgen fahre ich ab … ich werde Elvira sehen … Sicher werden wir bald wiedervereint sein – es ist hart – dennoch muß ich es tun, und sei es nur dem Wohl meines Sohnes geschuldet.

GP an Elvira, Mailand, 9. Juni 1909

Ich werde in mein Haus in Torre zurückkehren, wenn unsre Sache geregelt ist und wir das Einvernehmen erreicht haben, das ich mir wünsche. Jetzt bitte ich Dich, hierher ins Hotel zu kommen, wo wir alleine sind und nicht einmal Personal uns zuhören kann. Warum bist Du so widerspenstig? (…)

Er trifft sie auf neutralem Platz, in einem Hotel in Mailand, wie er es bei geschäftlichen Besprechungen zu tun pflegt, die er so gut wie nie in den eigenen vier Wänden stattfinden läßt. Der Grund dafür ist die Möglichkeit, jederzeit die Verhandlung abbrechen zu können, ohne von lästigen Gastgeberpflichten daran gehindert zu werden.

Daß die Unterredung nichts Neues erbracht hat, zeigt sich in einem Brief von

GP an Elvira, 12. Juni 1909

Ich will keinen Streit. Du schreibst mir einen Brief, der eigentlich keine Antwort verdient, so ungerecht und falsch ist er … Ich soll das Leid wiedergutmachen, an dem ich schuld bin? Das ist wirklich ein starkes Stück! Du, die Du mit Deiner krankhaften Eifersucht und mit Deiner Entourage mein Leben vergiftet hast, verlangst nun, daß ich mich demütige und um Verzeihung bitte! Du bist verrückt! Nun gut, mach, was Du willst. Ich gehe … Wenn Du zu mir zurückkehren willst, bin ich stets bereit, Dich wieder aufzunehmen. Wenn Du Deine Verteidigung im Prozeß so führen willst, wie Du sagst, nur zu. Ich habe nichts zu fürchten, nichts …

Es gibt 1.000.000 Menschen, die meine künstlerische und menschliche Integrität bezeugen werden. Laß Tonio sich so verhalten, wie er glaubt, nach Verstand und Gefühl handeln zu müssen. Er sollte genug Urteilskraft und Herzensbildung haben, um Gut und Böse unterscheiden zu können. Ich werde Dir nicht noch einmal schreiben …

Er fährt nach Torre und läßt den Dingen ihren Lauf.

GP an Sybil, 16. Juni 1909

Entschuldigen Sie, daß ich Ihnen nicht mehr geschrieben habe. Ich bin von Mailand aus hierher gekommen und bin ganz allein. Meine Schwester (*Ramelde*) ist heute weggefahren. Es regnet, ich bin unglücklich, das *Girl* habe ich vor mir – aber es schweigt. Es ist elf Uhr nachts – welch große, unermeßliche Traurigkeit.

Elviras Anwälte tun ihr Bestes, sie und mich zugrunde zu richten, indem sie widersprüchliche Ratschläge geben, aber ich kann verstehen, daß sie die Kosten in die Höhe treiben wollen, damit mehr herausspringt und der Fall sensationeller wird, das bedeutet für sie zusätzliche Reklame. Der Prozeß wird am 6. Juli stattfinden; es sieht nicht gut aus für Elvira. Ich habe alles nur Mögliche unternommen, indem ich mit Dorias Bruder gesprochen habe, aber er ist unversöhnlich. Er ist entschlossen, einen Prozeß zu führen. Wenn der nicht stattfindet, hat er geschworen, Elvira umzubringen – und ich glaube, daß er durchaus imstande ist, seine Drohung wahrzumachen. Mir selbst will niemand Böses, er hat sogar gesagt, daß er mir alles Gute wünscht, denn Doria hat ihn vor ihrem Tod gebeten, sie an ihrer Herrin zu rächen, ihrem Herrn aber, der immer so gut zu ihr gewesen sei, dürfe kein Leid zugefügt werden … das ist, verkürzt, die elendige Geschichte, die ich zu erzählen habe. Von draußen höre ich den Regen auf die Pflanzen tropfen; es ist kalt und ich bin allein in diesem Raum. Im Haus gibt es außer mir nur einen alten Koch, der mir, zu allem Übel, ein ganz ekelhaftes Abendessen serviert hat. Ich gehe zu Bett – was soll ich tun?

Ich kann nicht arbeiten – ein wahres Verbrechen ist begangen worden, einen armen Kerl so zu quälen, der niemandem je etwas getan hat, wenigstens nicht mit Absicht.

9

Elvira nimmt den kommenden Prozeß nicht allzu ernst und hält es in keinem Moment für möglich, darin eine andere Rolle als die des betrogenen Opfers zu spielen.

Die Gerichtsverhandlung findet am 6. Juli 1909 in Pisa statt. Der Richter heißt Maurio Razzoli, seine Beisitzer sind Giulio Cirano Sivilia und Enrico Lodetto.

Für die Manfredis agieren die Anwälte Giuseppe Grossi und Vittorio Modigliani, letzterer ein berühmter Advokat aus Livorno, der sich aus freien Stücken der Familie angeboten hat, eine geeignete Werbeplattform witternd.

Für Elvira sind als Anwälte tätig: Enrico Ferri und Salvatore Barzilai sowie, vor Ort, die Herren Burresi und Attalla. Genaugenommen sind Ferri und Barzilai vor kurzem ihres Mandats enthoben worden, wissen davon aber offiziell nichts, und Burresi und Attalla haben es in der kurzen Vorbereitungszeit noch nicht geschafft, sich aneinander zu gewöhnen. Carlo Nasi, der erfahrene Staranwalt aus Turin, ist zuvor von Elvira vom Verfahren ausgeschlossen worden, weil sie ihm, als einem Freund ihres Gatten, nicht trauen könne. Immerhin befolgt sie, aus Stolz und Bequemlichkeit, Carlo Nasis Ratschlag, beim Prozeß abwesend zu sein. Der hatte seine Empfehlung damit begründet, ihre arrogante Haltung könne kontraproduktiv wirken.

Der Richter (*hämmert Ruhe herbei*): Verhandelt wird der Fall Manfredi gegen Bonturi-Puccini. Elvira Bonturi-Puccini ist angeklagt der groben Beleidigung, der öffentlichen Verleumdung und Ehrabschneidung zum Nachteil der Doria Manfredi, verstorben am 28. Januar dieses Jahres durch eigene Hand. Bekennt die Angeklagte sich schuldig?

Verteidiger: Die Beklagte erklärt sich der Beleidigung schuldig, in den anderen Anklagepunkten unschuldig, Euer Ehren.

Die Anwälte behaupten, Elvira Puccini könne sich nicht an eine konkrete Verleumdung erinnern. Zudem existierten Beweise, die die Beklagte entlasten würden, man wolle diese später präsentieren. (ANM. 4)

Also werden zuerst die Beweise der Anklage vorgelegt.

Diese sind: Ein mit letzter Kraft gekritzelter Totenbettbrief Dorias, auf dem sie ihre Unschuld beschwört (mit vielen orthographischen und grammatischen Fehlern, wie der Richter zu erwähnen für nötig hält). Das medizinische Gutachten des Dr. Rodolfo Giacchi. Eine lange Erklärung der Mutter Emilia Cinti. Eine charakterliche Beurteilung durch die Schule, die Doria besucht hat. Briefe von Giacomo Puccini an Doria und deren Mutter. Außerdem Aussagen von Freunden und Verwandten.

Erste Zeugen werden gehört, einige vereidigt. Giulia und Angiolina Manfredi sagen zu Dorias Gunsten aus. Belastungszeugen eines entfernteren Zweigs der Familie sind Domestico Manfredi und Egisto Manfredi sowie die als neutral geltende Nachbarin Giuseppina Tofanelli. Selbst nicht anwesend ist der Mechaniker und Chauffeur Silvio Peluffo, der schriftlich erklären läßt, Elvira habe ihn über ein bestehendes Verhältnis Dorias zu GP eindringlich befragt, er habe aber keine Auskunft geben können.

Der Richter gibt das Wort der Verteidigung.

Wir haben nun die Zeugenaussagen alle gehört, denen an Eindeutigkeit nichts mangelt. Hat die Partei der Beklagten hierzu noch etwas anzumerken? Ansonsten sollen jetzt ihre Beweise vorgetragen werden.

Gerufen wird die Elvira Bonturi-Puccini, Tochter des verstorbenen Amedeo Bonturi und der Maria Torre. Angeklagt laut Anzeige vom 1. Februar 1909 und Anklageerhebung vom 22. April 1909.

Der Verteidiger Burresi meldet sich und gibt zu Protokoll, daß seine Mandantin, die sich entschlossen hat, dem Verfahren fernzubleiben, ihn um Verlesung folgenden Briefes gebeten habe. Die Reporter auf den Zuschauerrängen spitzen die Ohren. Ist es der Moment der Wahrheit? Wenigstens wird es endlich spannend.

Burresi räuspert sich, wirkt unsicher. Attalla macht von seinem Recht Gebrauch, seinen Kollegen zu kritisieren bzw. dessen Entscheidung, den Brief Elviras vorzulesen. Es wird immer spannender. Der Richter glaubt, sich verhört zu haben.

Wie bitte? Habe ich recht verstanden? Sie mißbilligen die Verlesung des Briefes Ihrer Mandantin durch Ihren Kollegen?

Genau das. Zu den Gründen wolle er sich momentan nicht äußern, man werde sehen.

Die Reporter drehen fast durch – die Spannung ist unerträglich geworden. Schlagzeilen werden vorbereitet. Der Richter fragt, ob er vielleicht den Saal räumen lassen solle, ob der Brief Obszönes oder Sittenwidriges enthalte?

Das nun direkt nicht, antwortet Burresi, mit einem strafenden Seitenblick auf Attalla.

Dann solle er ihn endlich vorlesen.

Burresi räuspert sich erneut.

Sehr verehrtes Gericht. Durch die eingestandene Schenkung von 50 Lire an Doria Manfredi stellt sich das Verhältnis meines Mannes zu jener Person in eindeutigem Licht dar. Mein Gatte ist von Natur her ein sparsamer, man kann sagen: knausriger Mensch. Wenn ein Mann, der seinem Anlageberater monatlich 45 Lire bezahlt, hingegen im Februar immer nur 42 Lire – weil der Februar weniger Tage hat – wenn dieser Giacomo Puccini also einem Mädchen ohne triftigen Grund 50 Lire nachwirft, muß er derjenigen verfallen gewesen sein, das ist logisch.

Der Richter unterbricht, fühlt sich veralbert. Wo die angekündigten Beweise seien?

Das seien doch Beweise, meint Burresi, jedenfalls schwere Indizien. Attalla betrachtet unterdessen aufmerksam den Fußboden.

Burresi liest auch noch den Rest vor.

Im Übrigen sei darauf hingewiesen, daß jene Person, Doria Manfredi, durch ihre Verstorbenheit einen Sympathiebonus genießt, der einen natürlichen, wenn auch unlauteren Vorteil gegenüber noch Lebenden einschließt. Weswegen sich Elvira Puccini entschlossen habe, dem Prozeß ebenfalls physisch fernzubleiben.

Ein Moment beklommener, fast amüsierter Stille.

Der Richter, völlig enerviert, glaubt sich verspottet, will nur noch den Saal verlassen und unterbricht die Verhandlung für fünfzehn Minuten.

Die Beweisaufnahme geht weiter mit einer ebenso unbarmherzigen wie ungeschickten Beschuldigung der toten Doria. Nur weil sie noch Jungfrau gewesen sei, bedeute das ja nicht, daß sie auf keinerlei Weise mit dem Maestro sexuell verkehrt haben könne, führen Elviras Anwälte ins Feld. Der Richter erteilt ihnen eine herbe

Rüge, weil sie in Anwesenheit der Hinterbliebenen derlei wilde Spekulationen ausbreiten, ohne auch nur das geringste Indiz dafür zu haben. Da die Signora Elvira sich nicht einmal herbequemt habe, um, was sie da so behaupte, mit einem Eid halbwegs glaubhaft zu stützen, werde die Beweisaufnahme beendet.

Urteilsspruch

Die beklagte Elvira Bonturi-Puccini, Tochter des verstorbenen Amadeo Bonturi und der Torre Maria, geboren am 13. Juni 1860 in Lucca, wohnhaft in Torre del Lago, abwesend, beschuldigt,

A. der Vergehen nach Paragraph 393 und 19 p.p., nämlich in Torre del Lago im Dezember 1908 und an den Tagen 1/19/23 des Januar 1909 die Ehre des Fräuleins Doria Manfredi, zuvor ihre Angestellte, verletzt zu haben, mit der Behauptung, diese sei die Gespielin ihres Gatten gewesen.

B. des Vergehens nach § 395 – in der Öffentlichkeit die Würde der Manfredi beleidigt zu haben, durch Schimpfworte wie *troia puttana sudiciùme pettegola* und ähnliche, weit schlimmere.

C. des Vergehens nach § 252, am 19. Januar 1909 der genannten Manfredi aufs Schwerste Gewalt angedroht zu haben, insbesondere, sie im See ertränken zu wollen.

Am 1. Februar 1909 hat Emilia Cinti, Witwe des verstorbenen Riccardo Manfredi, in ihrer Eigenschaft als Mutter von Doria Manfredi, die sich am 23. Januar 1909 vergiftet hat, beim Prätor von Viareggio Klage gegen Elvira Bonturi, verheiratete Puccini, eingereicht.

Die Cinti hat dargelegt, daß ihre Tochter, welche sechs Jahre zuvor in den Haushalt Puccini eingetreten war, dem Maestro sorgfältige Pflege zukommen ließ, insbesondere nach dem Autounfall, dessen Opfer der Maestro gewesen war. Von daher resultierte ein Gefühl der lebhaften Dankbarkeit, das der Maestro der Doria Manfredi stets gezeigt hat. Die angeklagte Gattin des Maestro habe das wahre Wesen jener Dankbarkeit mißverstanden, um einen Krieg gegen die Manfredi zu beginnen, auf der Grundlage ehrabschneidender und ungerechter Vorwürfe. Erste Konsequenz dieser Anschwärzungskampagne war eine erhebliche Verschlechterung des Gesundheitszustandes der Manfredi.

Auf den Kräfteverfall hin verließ sie, sicher nicht spontan, das Haus Puccini, und darum herum entstanden üble Phantasien, die den entlegensten Legenden den Anschein von Wahrheit verliehen. Überwältigt und geschwächt von dieser Welle der Verleumdung hat sich die Manfredi am 23. Januar 1909 mit drei Pastillen Sublimat vergiftet. Ihrem Wunsch gemäß, den sie wenige Augenblicke vor ihrem Tod geäußert hat, untersuchte der Arzt und Chirurg Dr. Giacchi den Genitalbereich der Leiche und stellte deren vollkommene jungfräuliche Unversehrtheit fest.

Zu den Details der Tatbestände:

Am 1. Januar 1909 herrschte Sig. Bonturi die Manfredi an, als diese in Begleitung ihrer Cousine Giulia war, und sagte: »Klatschmaul, Drecksau, ich habe tolle Briefe, die du meinem Mann geschrieben hast«. Bei dieser Beschimpfung war auch der Zeuge Manfredi Domenico anwesend. Am 19. Januar kam Doria Manfredi, an der Straße, die am Massaciuccoli-See entlang verläuft, Sig. Elvira Bonturi entgegen, die, kaum, daß sie sie gesehen hatte, die Hände in die Hüften stemmte und Doria mit den Worten anfuhr: »Was für eine Hure! Was für eine Nutte!« Die Manfredi erblaßte, aber antwortete nicht und ging weiter die Straße entlang, ohne sich umzudrehen (Zeugenaussage Tofanelli Giuseppina). Am selben Tag, dem 19. Januar, aber zu anderer Stunde, sagte Sig. Bonturi, die sich einigen Frauen genähert hatte, die am See arbeiteten, auf Doria Manfredi anspielend: »Habt ihr sie gesehen, diese kleine Hure, sie kommt meinen Mann besuchen, und früher oder später werde ich sie im

See ertränken.« Die Zeugin Manfredi Angiolina, die diese Worte berichtet, hat hinzugefügt, daß sie, als sie die Bonturi gefragt hat, ob sie kurz zuvor das Mädchen derart beschimpft habe, folgende Antwort bekam: »Ich habe sie noch viel Schlimmeres genannt.«

Auch am Tag des 1. Januar bedrohte die Angeklagte Doria Manfredi, indem sie ihr sagte: »Ich werde dich übel zurichten.« Am 23. Januar ließ Sig. Bonturi nach der Zeugin Manfredi Giulia schicken, der sie vorwarf, sie würde die Kupplerin für Doria und ihren Mann spielen. Die Zeugin protestierte, und so insistierte Sig. Bonturi, indem sie sagte: »Aber mein Mann hat es zugegeben, bevor er abgereist ist.« Nachdem sie darauf aufmerksam gemacht wurde, daß das nicht wahr sein könne, gab Sig. Puccini dann doch zu, daß nicht ihr Mann ihr diese Dinge gesagt, sondern daß sie sie von irgendwelchen Leuten erfahren habe.

Sig. Bonturi beendete das Gespräch mit dem Satz: »Wie auch immer, Doria wird nicht mehr an den See kommen.« Dieses Gespräch fand um 9 Uhr statt. Um 11 Uhr des gleichen Tages vergiftete sich Doria Manfredi. An einem anderen, nicht genauer präzisierten Tag sprach Sig. Bonturi mit dem Zeugen Manfredi Egisto, dem sie sagte, sie habe Doria mit ihrem Mann gesehen. All diese Tatsachen haben ihre feierliche Bestätigung in der Verhandlung gefunden und liefern Beweismaterial, das mehr als ausreichend für die Feststellung der Vollendung von Vergehen der Verleumdung, der Beleidigung und der Bedrohung ist. Sig. Bonturi hat wissentlich zu Lasten von Doria Manfredi die Tatsache verbreitet, daß jene intime Beziehungen zu ihrem Gatten Giacomo Puccini unterhalte. Seien dies explizite Gespräche wie jene vom 1. und 19. Januar, bei denen Domenico Manfredi, Giulia und Angiolina Manfredi und andere Frauen, in der Absicht, am See zu arbeiten, anwesend waren, seien dies Anspielungen oder unbesonnene Befragungen, wie jene an den Mechaniker Peluffo und an Manfredi Egisto, seien es direkte Anschuldigungen, die Doria Manfredi und ihrer Mutter gemacht wurden. Es ist sicher, daß die Angeklagte die Verbreitung der Schmähreden anstrebte, da sie überzeugt war, daß derartige Reden ihr Hausmädchen der öffentlichen Mißachtung aussetzen und ihre Ehre beleidigen würden. Mit dieser bewußten Verbreitung der angeblich intimen Beziehungen zwischen Frau Manfredi und dem Maestro Puccini, die Sig. Bonturi begangen hat, in der offensichtlichen Absicht, die Ehre Frau Manfredis zu verletzen, liegt genügend Beweismaterial vor, um die Absicht eines Verleumdungsvergehens als bewiesen anzusehen.

Um die Tat der Angeklagten milder zu beurteilen, kann man auch nicht das Gefühl der Eifersucht heranziehen, von dem sie vielleicht geleitet war. Denn selbst wenn man ein Gefühl der Eifersucht voraussetzt, rechtfertigt dies nicht den gewaltsamen Anschlag auf das Gut der Ehre eines anderen. Ihre Absicht der Verleumdung wurde im schriftlichen Verhör noch klarer. Angesichts des Einwandes des Amtsrichters, der sie darauf aufmerksam machte, daß der Arzt die Jungfräulichkeit Sig. Manfredis unversehrt vorgefunden hatte, äußerte Frau Bonturi, anstatt ihre Reden zu bereuen, die sie nicht ausschloß, gemacht zu haben, den Vorschlag, den Gehalt ihrer Anschuldigungen beweisen zu wollen. Dieses Verhalten verdeutlicht einmal mehr den *animus diffamandi*, enthüllt die Hartnäckigkeit Sig. Bonturis, die unbegründeten Anschuldigungen zu wiederholen, um Sig. Manfredi weiterhin zu verleumden, auch nach deren Tod.

Solch eine Beständigkeit verdient keine Strafmilderung und regt das Kollegium an, Sig. Bonturi jegliche Rechtswohltat zu verweigern, auch die Verurteilung auf Bewährung.

Was die anderen beiden Vergehen betrifft, das der Beleidigung und der Drohung, sind auch diese in aller Schwere bewiesen. Die Sätze »Nutte, Dreck, Hure, ich ertränke sie im See, ich richte dich übel zu« stellen ein für beide Tatbestände ausreichendes Beweismaterial dar. Die Absicht der Beleidigung wird durch die Bedeutung der Worte, durch das von Sig. Bonturi an den Tag gelegte

Verhalten, den Groll, den sie gegen Frau Manfredi hegte, und in dem Vorschlag, sie vom Dorf fernzuhalten, klar und offensichtlich. Letzteres wird sogar verschlimmert durch die Drohung, das Mädchen früher oder später im See ertränken zu wollen.

Jedesmal beging Frau Bonturi das Vergehen der Verleumdung, da sie diese Reden in der Anwesenheit mehrerer Personen hielt.

Was die Strafe für die Tat der Verleumdung betrifft, hält es das Kollegium für richtig, von der Grundlage von vier Monaten Gefängnis und einer Strafe von 300 Lire auszugehen, die wegen der Dauerstraftat um ein Sechstel erhöht wird. Für das Vergehen der Drohung hält es das Kollegium angesichts der Schwere der Tat für angemessen, als Strafe einen Monat Gefängnis zu verhängen. Für die Beleidigungen sieht es das Kollegium als richtig an, eine Strafe von 300 Lire Geldstrafe zu verhängen, die wegen der Dauerstraftat um ein Sechstel erhöht wird. Das Gericht erklärt Bonturi Elvira, verheiratete Puccini, der ihr vorgeworfenen Vergehen für schuldig und verurteilt sie zu einer Gesamtstrafe von fünf Monaten und fünf Tagen Gefängnis, zu einer Geldstrafe von 700 Lire, zur Erstattung der Schäden gegenüber dem Zivilkläger, die an gesonderter Stelle beglichen werden müssen, und zur Erstattung der Prozeßkosten.

Gegen das Urteil kann binnen dreier Wochen Berufung eingelegt werden.

Pisa, 6. Juli 1909

Es ist eine unerwartet harte Strafe. Die Reporter sind zufrieden, sie haben, wenn auch keine Sensation, so doch eine ganz brauchbare Schlagzeile.

Elviras zerstrittene Anwälte gehen einige Tage später in Berufung, schon um Zeit für die Erarbeitung einer neuen Strategie zu gewinnen. Die Appellationsverhandlung wird auf den 21. Juli festgesetzt.

Elvira an GP, 8. Juli 1909 aus Mailand:

Ich schreibe Dir und liege im Bett. Ich fühle mich nicht gut, in meinem Kopf schwappt es hin und her, als wäre er voll Wasser. Dieser letzte Schlag hat mich niedergestreckt, und sicher werde ich mich nicht leicht davon erholen. Alle haben mich verurteilt (...).

Und was soll ich jetzt tun? Berufung einlegen? Wie soll ich mich verteidigen? Die Wahrheit sagen? Aber Du weißt, daß das jetzt erst recht unmöglich ist, ohne vor allem Dir zu schaden. Was wird die Welt denken? Daß Du es zuläßt, daß Deine Frau verurteilt wird? Und soll ich vielleicht ins Gefängnis gehen? Das kannst Du doch nicht wollen, hoffe ich. Meinen Anwälten muß ich Unfähigkeit vorwerfen, zugleich bestehe ich darauf, daß die Manfredis keinen Centesimo bekommen; vielmehr muß die Öffentlichkeit erfahren, daß sie versucht haben, Dich zu erpressen.

Sie zeigt sich unbeugsam und stur, doch nachdem sie zwei Tage über ihre Situation nachgedacht hat, lenkt sie schließlich ein.

Elvira an GP, 10. Juli 1909

Gut, ich will mit Dir über diese Angelegenheit nicht mehr reden. Ich erwarte auch kein Schuldbekenntnis mehr von Dir und zweifle auch nicht mehr an Deinen Worten. Ich wünschte nur, ich hätte genug Mut, mich aus dem Fenster zu stürzen.

GP interveniert erneut – und diesmal erfolgreich. Er zahlt der Familie Manfredi eine gewisse Summe, die Rede ist von 12.000 Lire, damit diese die Anklage zurückzieht. Was sie prompt tut. Dorias Ehre ist dank der Verurteilung Elviras wiederhergestellt. Damit kann man zufrieden sein und das – dringend benötigte – Geld akzeptieren. Von seiten der Justiz besteht daraufhin kein Interesse, das Verfahren aufrechtzuerhalten; die Sache wird zu den Akten gelegt. Elvira bleibt eine freie Frau.

Später wird Emilia Cinti-Manfredi steif und fest behaupten, sie habe von GP keine einzige Lira bekommen, habe stets in großer Armut gelebt, was alle, die sie kennen, bestätigen könnten. Elviras Verurteilung sei ihr Satisfaktion genug gewesen. Die Wahrheit findet sich vielleicht in der Mitte. Dorias Neffen, Eduardo und Emilio, die 1999 noch leben, halten für wahrscheinlich, daß die Zahlung sieben- bis achttausend Lire betrug, wovon die Anwälte und Dorias Grabstein bezahlt wurden. Einen Teil des Geldes soll Dolfino bekommen haben, um es irgendwo weit weg von Torre zu vergeuden. Er habe das Angebot gerne angenommen, um Elvira nicht ins Gesicht sehen zu müssen. Daher habe Emilia Cinti schon recht gehabt, sie selbst habe vom Geld wohl nichts bekommen.

10

Zwischen Elvira und Giacomo kommt es zur Versöhnung. Sie gleicht in ihrer steifen Zweckgebundenheit einer Hochzeitsnacht zwischen einander Zugelosten. Zwei Menschen begegnen sich, die so vieles vor sich hin schweigen müssen. Vereinbart wird, daß alles Vorgefallene vergangen sei, keiner Erwähnung mehr würdig.

Ende Juli 1909 fahren Giacomo, Elvira und Tonio nach Bagni di Lucca, um ein erneutes Zusammenleben, allerdings in getrennten Hotelzimmern, auszuprobieren. Elvira beträgt sich einigermaßen vernünftig, zeigt Reue, und die Eheleute beschließen das Wagnis, gemeinsam nach Torre zurückzukehren. Dolfino hat das Dorf inzwischen verlassen, stellt keine unmittelbare Bedrohung dar.

Unheimlich, wie schnell sich das Leben normalisiert. Auch die Dorfbewohner wollen scheinbar nichts anderes, als das letzte Jahr komplett aus der Erinnerung zu löschen. Elvira wird zwar nicht eben herzlich empfangen, es findet aber auch kein Vergeltungsakt statt, wie befürchtet. Eine Weile lang zieht sie es vor, die Villa nicht zu verlassen, bis feststeht, daß ihr Rang als *Madama Puccini* der einer unantastbaren Regentin gleichkommt.

GP an Sybil, 26. Juli 1909 aus Bagni di Lucca:

Nun sind wir drei wieder beisammen, und es scheint, daß das Leben nicht mehr ganz so unerträglich ist. Es kommt mir vor, als habe sich Elvira sehr verändert, weil die Trennung doch sehr hart für sie war – und so hoffe ich, ein wenig Frieden zu haben, um mit meiner Arbeit fortfahren zu können.

Das *Girl* wird endlich, nach einem Jahr Zwangspause, fertiggestellt. Die Akte zwei und drei bieten an melodischem Einfall wenig Neues, behelfen sich mit einer Art Leitmotivtechnik aus Themen des ersten Akts. Der überwältigend deutliche Fortschritt in Puccinis Instrumentationskunst jedoch kaschiert jeden Mangel an Inspiration. Rein handwerklich gehört die Oper, ein deutlicher und bewußter Bruch mit dem Belcanto-Erbe hin zum rezitativischen Stil eines Richard Strauss, mit zum Besten, was Puccini geschaffen hat.

Als *Fanciulla del West* wird sie am 10. Dezember 1910 in New York uraufgeführt und erringt, mit Caruso in der Hauptrolle, einen glänzenden Erfolg. Danach steht sie, aufgrund des von Sybil früh schon monierten, trotz aller mühevollen Stoffsuche so aberwitzig abseitigen Librettos lange im Schatten seiner anderen Werke und wird erst in jüngster Zeit zaghaft wiederentdeckt.

Puccini fährt mit dem Dampfer *George Washington* zur Premiere, begleitet von Tonio (der es inzwischen aufgegeben hat, einen Beruf zu erlernen) und Tito Ricordi, mit dem er sich während der Endproben wegen dessen rüpelhaft-arroganten Benehmens endgültig überwirft.

Elvira ist zu Hause geblieben. Dabei wäre sie gerne mitgekommen, aber die Doria-Tragödie wirft noch ihre Schatten über die Ehe, die zu dieser Zeit erst langsam beginnt, wieder etwas mehr als ein Zweckbündnis zu sein.

Elvira an GP, 30. November 1910

Die Tatsache, daß Du mich nicht hast mitfahren lassen, und die Art, wie Du es mir verboten hast, haben mir zutiefst mißfallen.

Ich vergesse das nicht, merk Dir das. Du hast mich der großen Befriedigung beraubt, an Deinem Triumph teilzunehmen.

Du fragst, was ich tue. Was soll ich schon tun? Ich langweile mich und bin immer allein. Dann gehe ich aus, einfach, um der Einsamkeit und der Traurigkeit zu entrinnen. Ich werde sehr rasch müde, wenn ich zu Fuß gehe, darum nehme ich einen Wagen und erledige meine Einkäufe, und so vergehen die Tage … Das einzige, was mich tröstet, ist der Gedanke, daß wenigstens Du ohne mich glücklich bist – ich hoffe, daß alles so klappt, wie Du es wünschst, daß Du großen Erfolg hast und daß kein Schatten, nicht der geringste, Deinen Frieden stört. Du bist nun ein großer Mann, und verglichen mit Dir bin ich nichts weiter als eine Pygmäe. Sei also glücklich und vergib, wenn ich Dich mit meinen Klagen gelangweilt habe.

Er antwortet am 7. Dezember 1910:

(…) Bei den Proben klappt alles. (…) Ich kann die Stunde nicht erwarten, wo ich meinen kleinen Quälgeist von Frau wiedersehe (Ich bin auch einer, sei also nicht beleidigt).

Am 28. Dezember 1910 fährt Puccini auf der *Lusitania* zurück nach Europa, das er von da an nie mehr verlassen wird. Vom Schiff aus telegrafiert er an seine Lieblingsnichte Albina, die bisherigen vier Aufführungen der *Fanciulla* hätten 340.000 Lire in die Kasse gespült.

11

Giacomos Lieblingsschwester Ramelde stirbt 1912 mit nur 52 Jahren an Krebs. Im selben Jahr stirbt auch Giulio Ricordi. Tito wird sein Nachfolger, aber 1917 wegen erwiesener Unfähigkeit von den Aktionären aus dem Amt gedrängt. Giacomo, der zuvor mit *La Rondine* fremdgegangen ist, zu Sonzogno, kehrt danach zum Verlagshaus Ricordi zurück.

Ins Jahr 1912 fällt auch GPs Versöhnung mit seiner Stieftochter Fosca, die fortan zum Vater wieder eine herzliche Beziehung pflegt. Ohne daß sich Fosca explizit entschuldigt hätte, zeigt sich GP bereit, unter allem einen Schlußstrich zu ziehen. Foscas Ehe mit Salvatore Leonardi, das kommt GP zupaß, ist nur noch eine Farce, besteht allein auf dem Papier weiter, Foscas drittes Kind, der Sohn Antonio, wird von Salvatore dennoch anerkannt.

Giulia Manfredi wird von Elvira bald stillschweigend geduldet, Elvira weiß, daß sie sich etwas ähnliches wie den Fall Doria nie mehr wird leisten können. Wenigstens nicht vor Ort in Torre del Lago. Giulia hat bereits mehrere Abtreibungen hinter sich, als der Arzt ihr eine weitere unter Hinweis auf Lebensgefahr verweigert. 1923 bekommt sie einen Sohn, Antonio. Über den Kindsvater schweigt sie sich ein Leben lang aus, doch jener Antonio (gest. 1988) und sogar noch dessen Kinder und Enkel ähneln Puccini wie aus dem Gesicht geschnitten.

Alfredo Caselli, Elviras Freund und Giacomos Intimus aus Lucca, wird im August 1921 unter mysteriösen Umständen tot aufgefunden, in einem riesigen Zelt am Straßenrand, dessen Interieur es an keinerlei Luxus fehlt. Eine Todesursache wird nicht genannt, Selbstmord ist sehr wahrscheinlich. Caselli, früher ein exaltierter Weltenbummler und – im besten Sinne – leidenschaftlicher Dilettant in allen denkbaren Kunstgattungen, litt immer öfter unter schweren Depressionen und manischen Zuständen.

Selbstmord begeht auch ein anderer Intimus aus Lucca, Guido Vandini, am 31. Juli 1925. Ohne wenigstens die Uraufführung der *Turandot* abzuwarten.

Lina Cavalieri, Puccinis New Yorker Kurzzeitaffäre und 1907 angeblich *schönste Frau der Welt*, kommt 1944 bei einem alliierten Bombenangriff ums Leben, in ihrem Haus in einem Vorort von Florenz.

Tonio dient im Ersten Weltkrieg als Freiwilliger an der Front, als Sanitäter im Motorradcorps.

1918 scheitert er bei einem Selbstmordversuch durch eine Überdosis Laudanum. Er geht kaum je einer geregelten Arbeit nach, genießt das Vermögen seines Vaters, dem er in dessen letzten Lebensjahren als eine Art Sekretär dient, und stürzt sich bald in etliche unglückliche Affären mit Frauen. 1933 heiratet er Rita dell Anna. 1946, mit nur neunundfünfzig Jahren, stirbt er wie sein Vater an Krebs. Daß er als Konstrukteur am Erscheinungsbild des legendären Motorrollers *Vespa* mitgearbeitet haben soll, wie gelegentlich kolportiert wird, gehört ins Reich der Legenden.

Sein bester Freund, das Faktotum der Villa, Giulio Giovannoni, genannt Nicché, gerät 1917 in deutsche Gefangenschaft. GP nutzt seine politischen Verbindungen, um ihn freizubekommen. Aus purer Dankbarkeit heraus schläft Giulios Frau mit Giacomo, bekommt daraufhin einen Sohn, Claudio, der indes zu bescheiden ist, um jemals Ansprüche auf das Erbe Puccinis zu erheben. Die Möglichkeit einer DNA-Analyse existiert zudem noch nicht.

Gabriele D'Annunzio lebt seit 1910 vorrangig in Paris. Nach der Eroberung Libyens durch Italien, 1911, widmet er sich der nationalistischen Dichtung und veröffentlicht die »*Laudi del Cielo, del Mare, della Terra e degli Eroi*« – Lobpreisungen des Himmels, des Meeres, der Erde und der Helden.

1915 kehrt er nach Italien zurück, um den Eintritt des Landes in den Weltkrieg zu fordern und zu fördern. Als Redner begeistert er in Rom die Massen. Er tritt freiwillig als Unterleutnant in die Armee ein, bekommt kurz darauf ein Sonderkommando zugeteilt. Für seine zahlreichen Einsätze erhält D'Annunzio mehrere Orden und Auszeichnungen. Berühmt wird er als Kampfflieger mit seinem Flug über Wien, wo er Propagandaschriften abwirft. Bei einem Luftgefecht verliert er sein rechtes Auge. D'Annunzio wird mit zahlreichen Schriften (u. a. »Der Geruch des Blutes«) zu einem Wortführer der Opposition, die den Versailler Vertrag als »verstümmelten Sieg« Italiens ablehnt. Als Anführer einer Freischärlergruppe besetzt er im September 1919 die dalmatinische Hafenstadt Fiume (heute: Rijeka), um sie für Italien zu annektieren. Die italienische Regierung wagt es nicht, gegen den populären Dichter-Krieger vorzugehen. Über ein Jahr lang behauptet er sich als Kommandant der Stadt. Nach der Anerkennung der Unabhängigkeit Fiumes durch Jugoslawien 1921 wird er von der italienischen Armee aus der Stadt vertrieben und läßt sich in seiner Villa »Vittoriale« in Gardone Riviera nieder. Zusammen mit Mussolini agitiert er für eine Machtergreifung der Faschisten. Am »Marsch auf Rom« und an der Machtübergabe an Mussolini bleibt er jedoch unbeteiligt. Von König Viktor Emmanuel III. wird er 1924 für die Besetzung Fiumes mit dem erblichen Titel eines »Fürsten von Nevoso« geadelt.

Gabriele D'Annunzio stirbt in Gardone Riviera 1938 an einer Gehirnblutung und wird, in Anwesenheit Mussolinis, mit einem Staatsakt beigesetzt.

Sybil Seligman taucht in den Nebel der Geschichte ab. Erst vor kurzem wurde ihr Grab wiederentdeckt (auf dem Nord-Londoner Hoop Lane Cemetery), wurden ihre Lebensdaten recherchiert und die Gründe eruiert, warum kaum Fotos von ihr existieren. Ihr scheinbar so unbeschwertes, kultiviertes Leben im intelligent genutzten Reichtum begleiteten etliche Schicksalsschläge. Das fängt früh an: Ihren Lieblingsbruder George verliert Sybil, als der mit nur 21 Jahren an Typhus stirbt. Das daraus resultierende jahrelange Trauma hat Sybil endlich überwunden, als ihre Schwester Evelyn (deren Mann aus erster Ehe sich Evelyns Untreue wegen erschossen hat) stirbt, im Mai 1910 nach langen Qualen, an einer nicht näher benannten unheilbaren Krankheit. Im selben Jahr erleidet ihr älterer Sohn Esmond, kurz nach Abschluß seiner Ausbildung in Eton, einen ersten epileptischen Anfall und wird bis ans Ende seines Lebens kaum länger als ein paar Monate gesund sein. Sybil, und das ist ein Grund, warum sie Giacomo fortan nur noch sporadisch sieht (zum vorletzten Mal in Viareggio im August 1924, zum letzten Mal in der Klinik in Brüssel), kümmert sich selbstlos und aufopferungsvoll um den Erstgeborenen, bis dieser früh – 1930 – stirbt, in Lugano, wo sich auch sein Grab findet. Ihre Angst, später die Trauer um den Sohn, lassen Sybil vor der Zeit altern, den Tod Puccinis hat sie auch nie ganz verwunden. Während des Ersten Weltkriegs, später durch den Börsencrash 1929, büßen die Beddington-Nachkommen wie auch die Seligmans einen erheblichen Teil ihrer Vermögen ein.

Sybil nimmt früh Zuflucht zu Alkohol und Drogen, ihre Sinne verwirren sich. Kein Wunder, daß es keine Altersfotos gibt, das Ehepaar Seligman fand sich gesellschaftlich isoliert. Finanziell müssen sie zwar noch lange nicht darben, aber der einstige Wohlstand wird binnen zweier Generationen aufgebraucht sein. Sybil stirbt am 9. Januar 1936, 67 Jahre alt. Der Totenschein meldet: an Lungenentzündung.

Ihr Mann David nimmt sich am 4. Februar 1939 das Leben, durch eine Überdosis Veronal. Auf dem Totenschein steht zu lesen: *unsound mind* – geistesgestört.

Noch im selben Jahr gibt der zweitgeborene Sohn Vincent eine Sammlung der Briefe Giacomos an Sybil heraus, allerdings um viele kompromittierende Stellen gekürzt.

Puccini wird zeit seines Lebens Geliebte haben, Giulia Manfredi (1889–1976), die Münchner Baroness Josephine von Stengel (19.3. 1886–25.9.1926), mit der er sich während des Ersten Weltkriegs mehrmals in der neutralen Schweiz trifft. (Elvira soll ihn deswegen beim italienischen Geheimdienst als Spion denunziert haben.) Für deren Incognito er sich ritterlich verleugnen läßt, als er 1912 in Bayreuth unter falschem Namen die Festspiele besucht und Cosima Wagner ihn in ihre Loge bittet.

Zu erwähnen bleibt noch Rose Ader (1890–1941), jene mit einer schönen, aber zu kleinen Stimme gesegnete Sängerin, die sich durch Giacomo eine große Karriere verspricht. Weil sich diese nicht einstellt, verraucht die Beziehung schnell, der Altersunterschied ist zu eklatant.

Der Maestro, stets ein Melancholiker, leidet nach der Trennung von Rose Ader unter schweren Depressionen, akutem Desinteresse an beinahe allem – und schreibt doch sein Opus Summum – die *Turandot*. An technischer Meisterschaft und melodischer Einfallsdichte stellt das Werk beinahe alle vorangegangenen Opern in den Schatten.

Nur das große Schlußduett, eine Hymne an die alles besiegende Kraft der Liebe, die Tristansche Ausmaße haben soll, schiebt er immer wieder hinaus, als käme sie ihm unehrlich, ja verlogen vor.

Seine Stimmung gibt ein Gedicht vom 3. März 1923 wieder:

Ich bin ohne Freund,
fühle mich allein,
selbst die Musik
widert mich an.
Wenn der Tod
mich suchen kommt,
werde ich glücklich sein,
endlich Ruhe zu haben.
Wie hart ist mein Leben!
Und dennoch erscheine ich
vielen als Glückskind.
Aber meine Erfolge?
Vergehen … es bleibt
am Ende so wenig.
Notizen am Rande, das
Leben entschwindet,
schreitet zum Abgrund.
Den Jungen gehört
die Welt, aber wer wird
sich dessen bewußt?
Die Jugend verfliegt so
schnell, und das Auge
starrt in die Ewigkeit.

1922 erreicht er mit seinem vierzehnten (und vorletzten) Automobil, dem Lancia Trikappa, eine Höchstgeschwindigkeit von 130 km/h. Im selben Jahr hat er die Möglichkeit, einen Passagierflug von Wien nach Budapest mitzumachen, aber der ihn begleitende Tonio zeigt »keine Lust«.

In den letzten Jahren wird das Ehepaar Puccini einander wieder vertraut, die Stürme ebben ab. Doch leidet Giacomo zunehmend unter Halsschmerzen. Im Oktober 1924 wird, viel zu spät (er hat Jahre zuvor, als ihm ein Entenknochen im Hals steckenblieb, auf den Rat eines Ingolstädter Arztes nicht gehört), Krebs diagnostiziert. Er unternimmt, mit gemäßigter Hoffnung, die Reise nach Brüssel, ans Institut des Professors Ledoux, begleitet von Tonio, Fosca, Carla Toscanini und zwei engen Freunden. Elvira, die an einer Grippe leidet, bleibt in Viareggio zurück, in der neuen Villa, die Puccini beziehen mußte, weil gegenüber seinem geliebten Domizil in Torre eine stinkende Zementfabrik gebaut worden war.

Die Operation, im wesentlichen eine Bestrahlung des Kehlkopftumors mit Radium, gilt als Erfolg. In ersten Telegrammen wird die bevorstehende vollständige Heilung des Meisters verkündet. Dann aber erleidet sein geschwächter Körper einen Schlaganfall, auf dem vorletzten Schmierzettel bittet er, der nicht mehr sprechen kann, um *un po' di aqua fresca*, auf den letzten kritzelt er: *Elvira – povera donna. É finita.* Und stirbt um halb zwölf Uhr mittags, am 29. November 1924.

Die italienischen Tageszeitungen reservieren die vier ersten Seiten für die näheren Umstände seines Hinscheidens und die Würdigung des Toten. Beinahe sämtliche Opernhäuser der Welt schließen an jenem Abend. In der New Yorker Met spielt man anderntags Chopins Trauermarsch in der Orchesterfassung, bevor *La Bohème* gegeben wird. Im Mailänder Dom findet, im Licht von achttausend Kerzen, ein Trauergottesdienst statt, der eines Königs würdig wäre. Über hunderttausend Menschen folgen dem Trauerzug. Zwei Jahre später wird der Leichnam vom Mailänder Friedhof nach Torre del Lago überführt und in der Villa, in einer Art Mausoleum hinter seinem Klavier, zur letzten Ruhe gebettet.

Elvira überlebt ihren Mann um sechs Jahre.

1926 findet die Uraufführung der *Turandot* statt, in der Mailänder Scala, mit dem nach den 36 Skizzenblättern ergänzten, oft zu Unrecht kritisierten Finale von Franco Alfano, das leider fast immer nur in der von Toscanini verstümmelten Fassung gegeben wird. Am Premierenabend jedoch beendet Toscanini die Aufführung bereits nach dem Tod der treuen Sklavin Liu, in deren Figur viele Biographen ein Denkmal für Doria Manfredi erkennen, mit den Worten: »Hier endet die Musik, denn an dieser Stelle ist der Maestro gestorben.«

Anmerkungen

Die kleinen Gärten des Maestro Puccini fungiert unter der Gattungsbezeichnung *Dokumentarroman*. Pflicht des Autors ist es in diesem Fall, offenzulegen, welche Stellen erfunden, der Dramaturgie geschuldet oder spekulativ sind. Denn der Rest ist zwar immer noch nicht die ganze Wahrheit – aber näher ist niemand je bei ihr gewesen. Und niemand wird je behaupten können, in ihr angekommen zu sein. Wo bei Briefen das Datum unterstrichen ist, handelt es sich um in keiner Weise manipulierte Texte.

Erstes Buch

1: Der Wortlaut jener Betrachtung ist erfunden. Zwar gibt er das Denken und Empfinden GPs wieder, stützt sich aber auf kein bekanntes Original. In etwas anderen Worten dürfte GP sich seinen Freunden gegenüber gelegentlich sicher geäußert haben.

2: Es sind keine Liebesbriefe GPs an Cori (wie auch umgekehrt) erhalten. Der vorliegende Text entstammt unverändert einem Brief, den der über Sechzigjährige 1921 an seine letzte Liebe, Rose Ader, schrieb.

3: Der Ablauf des Abends ist einigermaßen präzise wiedergegeben, nur die Anwesenheit Giacosas ist spekulativ, wenn auch nicht völlig auszuschließen.

4: Der Satz ist eine skatologische Übertreibung. Wäre GP in jenem Moment gestorben, wären seine letzten Worte laut Überlieferung gewesen: *Arme Butterfly!*

5: Jene »haarsträubenden Dinge« müssen sicher mit Cori zu tun haben. Um was es sich genau handelt, weiß bis heute niemand.

6: Das Treffen Elvira – Giulio Ricordi ist spekulativ. Sie dürften die Angelegenheit eher brieflich erörtert haben.

7: Daß GP die Angewohnheit gehabt hätte, mehreren Menschen Briefe gleichen Wortlauts zu schreiben, ist nirgends belegt.

8: Es gibt keinen Beweis dafür, daß Carignani jemals etwas mit Cori zu tun hatte. Höchstens Indizien. Möglich wäre es immerhin gewesen. Überhaupt ist Coris Aufenthalt in Mailand bisher unbelegt, wenn auch wahrscheinlich.

9: *Madame Adèle* war die Protagonistin in einem frivolen Lied, dessen Text Ernst von Wolzogen schrieb (ein Librettist von Richard Strauss!), 1901 uraufgeführt in einem Kabarett in Berlin. Es scheint schnell den Weg nach Italien gefunden zu haben. Darin preist sich eine Madame Adèle selbst als große Kokotte an. Der Text findet sich im Netz zum Beispiel auf *www.dirnenlied.de*

10: *Madame Humbert*, Gattin eines ranghohen französischen Politikers, war eine sehr bekannte Trickbetrügerin jener Zeit, die mit dubiosen Grundstücksgeschäften, nach heutiger Kaufkraft gerechnet, etwa 300 Millionen Euro ergaunert hat. Wenn GP Cori vorwirft, sie sei noch schlimmer, handelt es sich gelinde gesagt um eine Übertreibung.

11: Mit den *D.C.s* sind Coris Schwester (Domenica) und Vater (Domenico) gemeint, die beide jene Initialen besitzen.

12: *Aimone* ist ein sehr gängiger Nachname in Turin.

13: Carlo Carignani trug den Spitznamen *Bazza* – was ein stark hervortretendes Kinn bedeutet. *Bazzone* ist die Vergrößerungsform, meint hier nicht nur *Riesenkinn*, sondern metaphorisch einen unverschämten Menschen von ausgeprägter Chuzpe. Der Brief wurde von vielen Biographen (zuletzt Philips-Matz) schlicht falsch übersetzt.

14: Die gesamte Hochzeitszeremonie im Garten der Villa ist erfunden. Nach der zivilrechtlichen Trauung im Büro des Bürgermeisters von Viareggio kam es abends um zehn Uhr in der Dorfkirche von Torre del Lago zur kirchlichen Trauung, jeweils mit wenigen Zeugen.

Zweites Buch

1: Ob es einen ähnlich lautenden Brief wirklich gegeben hat, ist unsicher. Keiner von Sybils Briefen an GP kam je an die Öffentlichkeit, sie könnten aber sehr wohl noch in momentan zurückgehaltenen Archiven existieren. Erst 2007 tauchte im Nachlaß Beppe Razzis wenigstens eine Postkarte Sybils an Puccini auf, in französischer Sprache und auffallend zittriger Handschrift.

Drittes Buch

1: Die Szene ist anachronistisch. Vielleicht hat D'Annunzio einmal eine ähnlich schaumige Rede, das Sujet des Kinderkreuzzugs betreffend, vor GP erklingen lassen, aber wohl erst im Jahr 1912, nicht vorher.

2: Ob Giulia Manfredi, die jene Abtreibung vornahm, mit Doria verwechselt wurde, bleibt Spekulation. Allerdings wären so etliche frei im Dorf umherlaufende Gerüchte auf stringente Weise erklärt. Woher Fosca davon Wind bekommen haben kann, ist eine andere Frage.

3: Ob Doria wirklich für zwei Tage in den Dienst zurückgekehrt ist, konnte bislang nicht einwandfrei bewiesen werden, ist eine These, die vor allem vom zitierten Brief Elviras an Ramelde gestützt wird: *Kaum ist diese unheilvolle Person wieder im Haus etc.*

4: Was Elviras Anwälte im Gerichtssaal anstellten, wird in den vorhandenen Quellen nur stichpunktartig geschildert. Allzusehr ins Groteske übertrieben wird die vorliegende Interpretation gar nicht sein. Der Urteilstext ist im Original noch hundertmal verschwurbelter als die hier gedruckte, stark gekürzte und parataktisch vereinfachte Version.

Bedanken möchte ich mich vor allem bei Dieter Schickling, einem der führenden Puccini-Experten unserer Zeit. Mit ihm im Team zu recherchieren, war Wohltat wie Privileg. Kollegialer ist selten eine Zusammenarbeit verlaufen. Die Chronologie der Ereignisse folgt im wesentlichen seiner herausragenden Biographie (Carus – 2007), aus der ich hier und da einen Satz beinahe wortwörtlich übernommen habe. Die Informationen zu Antonios schulischem Werdegang im Technikum Mittweida verdanke ich einem Artikel Schicklings, den er mir vorab zur Verfügung gestellt hat und der in der Zeitung »Neues Archiv für Sächsische Geschichte« erschienen ist.

Einen herzlichen Dank auch an meine Übersetzerinnen Cécile Engelen und Federica Furbatto.

Im Internet ist unter *www.puccini-pics.com* eine Fotogalerie der meisten im Text erwähnten Personen einzusehen. Wenn jemand die manchmal unvollständigen Lebensdaten jener Menschen ergänzen kann, möge er sich beim Verlag melden.